Tradução **Karine Ribeiro**

BLACK BUCK

A cor do sucesso

Mateo Askaripour

astral
cultural

Editora Natália Ortega

Editora de arte Tâmizi Ribeiro

Coordenação editorial Brendha Rodrigues

Produção editorial Manu Lima e Thais Taldivo

Preparação de texto César Carvalho

Revisão de texto Carlos César da Silva, Dayhara Martins, Fernanda Costa e Wélida Muniz

Ilustração capa © Rupert Meats / Rude Ilustração capa interna Adobe Stock

Foto autor © Andrew "Fifthgod" Askaripour

Dados Internacionais de Catalogação na Publicação (CIP)
Angélica Ilacqua CRB-8/7057

A858b Askaripour, Mateo
Black Buck : a cor do sucesso / Mateo Askaripour ; tradução de Karine Ribeiro. — São Paulo, SP : Astral Cultural, 2024.
432 p.

ISBN 978-65-5566-578-9

1. Ficção norte-americana 2. Racismo 3. Negros I. Título II. Ribeiro, Karine

24-4666 CDD 813

Índice para catálogo sistemático:
1. Ficção norte-americana

BAURU
Rua Joaquim Anacleto
Bueno 1-42
Jardim Contorno
CEP: 17047-281
Telefone: (14) 3879-3877

SÃO PAULO
Rua Augusta, 101
Sala 1812, 18º andar
Consolação
CEP: 01305-000
Telefone: (11) 3048-2900

E-mail: contato@astralcultural.com.br

Para todos aqueles que já se sentiram inferiores.
Eu vejo vocês.

O item menos rentável já fabricado é uma desculpa.

— JOHN MASON

Nota do autor

Não há nada como um homem negro em uma missão. Não, melhor eu colocar de outro modo. Não há nada como um *vendedor* negro em uma missão. Ele é o Super-Homem, o Homem-Aranha, o Batman ou qualquer outra combinação sobrenatural, paranormal, talvez até mesmo divina, de carne, sangue e cérebro. Ele é imortal. Não acredita em mim? MLK. Sim, Martin Luther King Jr. era um vendedor negro. Da mesma forma que vendedores de carros usados vendem umas latas velhas que quebram assim que um cliente desavisado sai dirigindo da loja, nosso MLK era, dos pés à cabeça, um vendedor do mais alto calibre.

Ele não vendia apenas ao povo negro a visão de um país unificado, mas também a vendia à Suprema Corte dos Estados Unidos, que na época tinha nove homens brancos — os figurões mais difíceis de serem convencidos por um homem negro.

MLK, Malcolm X, James Baldwin, Jean-Michel Basquiat e Frederick Douglass eram todos vendedores. Caramba, Nina Simone, Rosa Parks, Harriet Tubman e todas as mulheres negras que conseguiram qualquer nível de sucesso eram vendedoras. Oprah "escondi uma BMW debaixo do seu assento" Winfrey é uma vendedora. Você me entendeu. Cada uma dessas pessoas vendia algo mais precioso que ouro: uma visão. Uma visão de como o mundo poderia ser se milhões de pessoas mudassem de ideia — a coisa mais difícil de mudar.

Como eu me encaixo em tudo isso? Quando vou calar a boca e falar logo da razão desta nota? Não se preocupe, estou chegando lá. Sou um homem negro em uma missão. Não, sou um *vendedor* negro em uma missão. E o motivo deste livro — que estou escrevendo da minha cobertura com vista para o Central Park — é ajudar outros homens e mulheres negros na missão de vender suas visões até chegarem ao topo. Tão alto que terei que esticar o pescoço, como uma daquelas pessoas brancas bobas em filmes, decidindo se um super-herói é um pássaro ou um avião, só para ter um vislumbre antes de eles desaparecerem. *Whoosh! Bang! Puf!* O grande ato de sucesso de desaparecer.

Meu objetivo é ensinar você a vender. E se eu for metade do vendedor que todo jornal, blog e trabalhador na cidade de Nova York diz que sou, então você está com sorte. Com minha história, eu darei a você ferramentas para criar a vida que quiser. Para superar qualquer obstáculo aparentemente impossível. Para consertar o jogo. Que jogo, você pergunta? Vamos chegar lá. Mas, antes disso, vou lhe pedir três coisas.

1. Abaixe a guarda e abra a mente para o que vou contar. Sei que ainda não nos conhecemos. Você deve estar se perguntando por que deveria confiar em mim. A boa notícia é que você já comprou este livro, então confiou em mim o suficiente para gastar dinheiro. Não vou te decepcionar.

2. Entenda que eu quero que todas as pessoas sejam bem-sucedidas, mas da mesma forma que o Starbucks não pode simplesmente dar *frappuccinos* a quem não tem dinheiro, não posso ajudar a todos. Então, estou começando com as pessoas negras. Se você não é negro e está com este livro em mãos, quero que pense em si mesmo como uma pessoa negra honorária. Vá em frente. Não faça *blackface* nem use um *black power*, mas se imagine negro. E, se quiser, pode até se dar um nome negro chique, tipo Jamal, Imani ou Asia.

3. Diga: "Todo dia é dia de fechar um negócio" e bata palmas. Sei que é estranho, mas faça isso. E quando fizer, pense no seu primeiro objetivo. Pode ser um carro novo, uma promoção, a afeição de alguém ou um par de sapatos caros. Seja lá o que for, pense e diga: "Todo dia é dia de fechar um negócio", e bata palmas o mais alto que puder. Pois, como vai descobrir, todo dia *é* dia de fechar um negócio. Um dia sem negócios é um camelo sem corcovas; não existe.

A esta altura, seu coração já está acelerado e há um brilho em seu olhar. Sei disso porque já fiz esse discurso para mim mesmo. Para milhares de pessoas querendo mudar de vida. E para pessoas que não sabiam que queriam mudar, mas que precisavam fazer isso. Muito tempo atrás, eu era uma dessas pessoas. Eu era como você. Ambicioso, mas temeroso. Inteligente, mas impotente. Curioso, mas covarde. Eu era isso e muito mais.

Mas a liberdade, a verdadeira liberdade, do tipo que você faz o que quer sem medo, tem um preço. É como meu tio-filósofo-e-fada-madrinho Gato Malandro costumava dizer: "Você pode trocar os ponteiros do relógio, mas não pode mudar a hora". Posso dar a você as ferramentas para mudar, mas a mudança só depende de você.

E se eu conseguir lhe ensinar a vender e dar um jeito na sua vida, peço que compre outra cópia do meu livro e dê a amigos que precisam dele. Que estejam presos como eu estava e precisando de uma saída. Que estão cegos para o jogo, mas têm potencial, assim como você. Parece justo? Se sim, e se você puder fazer as três coisas que destaquei há pouco, temos um acordo. E se temos um acordo, é hora de você fazer uma última coisa.

Vire a página.

Boas vendas,
Buck

CAPTANDO

No meio de cada dificuldade encontra-se a oportunidade.

— ALBERT EINSTEIN

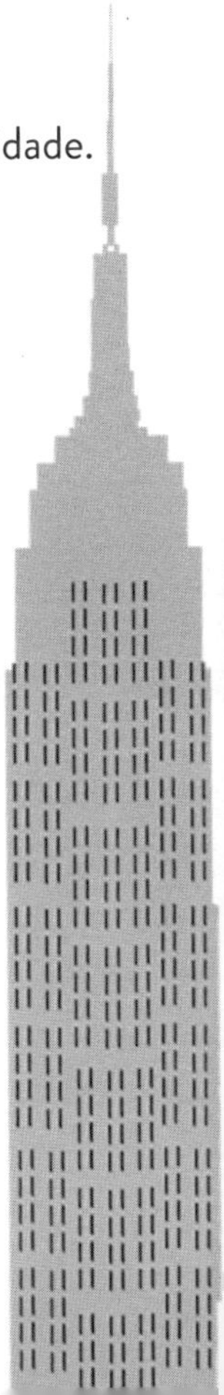

1

O dia que mudou a minha vida foi igual a qualquer outro, exceto pelo fato de que mudou a minha vida. Suponho que isso o torna tão importante quanto um aniversário, um casamento ou uma falência, e esse é o motivo de eu celebrar o dia vinte de maio todo ano como se fosse meu aniversário. Por que não, caramba?

Como em qualquer outro dia, meu alarme tocou às 6h15 da manhã. O zumbido interrompeu um sonho pouco digno de nota que me rendeu uma ereção matinal. Mas, em vez de me aliviar, beijei a foto da minha namorada, Soraya; endireitei minha pilha torta de livros; dei bom dia para os meus pôsteres de *Scarface, O poderoso chefão* e Denzel como Malcolm X, e fiquei diante do espelho, observando a pessoa que me encarava.

Na época eu não sabia, mas eu era, e ainda sou, um homem negro atraente. Com um metro e oitenta e oito, sou mais alto que a média, e minha pele é comparável ao caramelo de uma bala, graças ao meu pai, é tão macia que você não acreditaria que não é manteiga. Meus dentes são *status quo* e poderosos, também conhecidos como brancos e certinhos, e meu cabelo é naturalmente ondulado, embora eu o mantenha curto e na régua. *Nossa! O cara é bonito e nem sabe*. Eu inspirei fundo, entrei no chuveiro e comecei minha rotina matinal.

A casa tinha o mesmo cheiro de sempre às sete da manhã: café. Me fez querer vomitar. Depois de anos cercado disso, eu sabia a procedência do grão sem nem precisar provar, o que eu nunca faria porque odeio café. Sim. Eu. Odeio. Café. É crack preto. Nada mais. Todo mundo que o consome o deseja, precisa dele, e treme, coça, balança e rebola por ele a cada minuto em que a coisa não está circulando por suas veias colapsadas.

Uma "cafeteria" é um eufemismo para uma boca de fumo. Mas, em vez de deitar em um sofá mofado e manchado com sangue, suor e sêmen, pessoas com nomes como Chad, Kitty e Trip se sentam em cadeiras macias com encosto de couro, e lambem a doce espuma branca de seus *venti*, *caramel*, *mocha*, *choca*, cocoricó, duplo espresso longo *macchiato* de sete dólares. Mas eu divago.

O narcótico de escolha daquela manhã foi um blend indonésio de Sumatra, se meu nariz não estava enganado. Quando se trata de café de um local distante, o viciado americano comum e medíocre ou se apaixona pela encorpada explosão de sabor de caramelo e chocolate ou a odeia.

— Café? — Ma perguntou, sorrindo enquanto enchia sua caneca favorita, com o escrito "Café para cristãos".

— Engraçadinha — falei, dando um beijo na bochecha dela e pegando uma banana.

— Darren — disse ela, encarando a banana. — Tá esquecendo uma coisa.

Encarei a banana, e então ela, e então a foto dela, Pa e eu na parede da sala.

— Foi mal, Ma.

Atravessei o assoalho da cozinha e fui até a sala de estar, me inclinei e beijei o vidro que protegia o rosto espanhol sorridente, bronzeado e barbeado de Pa.

— Dia, Pa — falei, antes de voltar para a cozinha.

Ma olhou para o relógio e se sentou ao meu lado, me encarando. Ela tinha cinquenta anos, mas não parecia ter mais que quarenta. O cabelo estava sempre na altura do ombro e alisado. E com maquiagem, que eu quase não a via usando, ela se passava por alguém de trinta e cinco. Ela tinha sido rainha do baile e tinha planos de ser Miss América, mas os pais a dissuadiram.

Acontece que a magia de Ma não estava em sua aparência, que costumava sempre me meter em brigas. Era a habilidade dela de, só com um olhar, fazer você pensar e quase acreditar que estava destinado a algo melhor.

— O quê? — perguntei.

— O que *o quê?* — Os olhos dela sorriam para mim, prontos. Transformei meu corpo em borracha, me preparando para o impacto. — Quando você vai largar aquele emprego e ir para a faculdade, Darren?

Sabia. Ela tem feito a mesma pergunta nos últimos quatro meses, mas de maneiras diferentes. Como da vez em que me disse que o LinkedIn era útil para arranjar estágio. Ou na vez em que encontrei uma camisa social branca nova, cinto de couro marrom, sapatos e calça cáqui, tudo dobradinho sobre a minha cama, com um bilhete que dizia: "Para visitar o campus!". *Se ela ao menos soubesse por que fiquei em casa, não faria essa pergunta, muito menos essas coisas*, pensei. *Mas prefiro morrer a contar para ela.*

— Sei lá. Tô esperando a oportunidade certa, Ma. Você sabe. Além disso, está tentando me tirar de casa, né? Tá de namorado novo, e eu não tô sabendo?

Ela arfou.

— Para de bobagem. Você sabe que eu só tenho espaço para um homem na minha vida. Mas, juro, se você ficar esperando a oportunidade certa, como sempre diz, e não colocar esse seu cabeção pra jogo, vai acabar encrencado. Escuta o que eu tô te dizendo. — Ela se inclinou, tossindo como se algo sério estivesse preso em sua garganta.

Esfreguei as costas dela, como ela costumava fazer comigo quando eu era pequeno. Ela agarrou minha outra mão e sorriu.

— Estou bem, Dar. Não se preocupe comigo.

— Mas eu me preocupo. Faz um mês que você tá tossindo assim, Ma. Deve ser por causa de todos aqueles produtos químicos em que você mexe.

— Bem, vamos fazer um trato — disse ela, secando a boca. — Vou parar de manusear todos aqueles produtos químicos quando você ficar rico o suficiente para tomar conta de mim. Que tal?

Ela sempre tinha uma proposta na ponta da língua. Eu devia ter percebido na época: Ma era a melhor vendedora que eu conhecia. Ela fazia negócios comigo desde que eu era criança. Uma proposta para que eu fosse para a cama na hora. Uma proposta para que fizéssemos uma viagem para uma ilha qualquer se um dia ganhássemos na loteria. Uma proposta. Uma proposta. Uma proposta. Todo dia na minha casa era dia de ouvir propostas; tudo podia ser negociado.

— Combinado — falei, beijando a testa dela antes de sair.

...

É importante que você saiba que não éramos pobres, que nem *todos* que vivem no que algumas pessoas brancas acham que é a "periferia" são pobres. Graças aos pais de Ma, que faleceram quando ela tinha vinte anos, tínhamos uma casa de tijolinhos de três andares no coração de Bed-Stuy. E mesmo com os impostos cada vez mais caros, nós dois ganhávamos o suficiente para evitar o Key Food na Myrtle. Não éramos classe média, mas a vida não é tão ruim assim quando você tem casa própria e consegue um extra com os inquilinos.

Assim como eu fazia todos os dias, desci a escada do nº 84 da Vernon Avenue, corri para a rua e virei à direita na Marcy, indo para o metrô G.

— Dia, Darren! — gritou o sr. Aziz, o dono iemenita da bodega da esquina, enquanto espancava um tapete sujo como se fosse uma criança encrenqueira.

— *Sabah al-kheir!* — gritei em resposta, sempre dando o meu melhor para me conectar com a galera da vizinhança, tanto jovens quanto mais velhos.

Mas a diplomacia na cidade era difícil. Fábricas, restaurantes e todos os outros prédios com algumas rachaduras estavam sendo demolidos para abrir espaço para arranha-céus e o influxo dos mais novos e descorados residentes da Bed-Stuy, razão para eu sempre achar que virar a esquina perto do G era uma lufada de ar fresco. Não importava se era cedo ou tarde, o povo de sempre estava ali, como gárgulas em uma igreja gótica.

— Qual é a boa, Super-Homem? — disse Jason, nossas mãos se tocando, palmas batendo e dedos estalando.

— Nada de mais, Batman. Só indo pro trampo, e você?

Ele riu, batendo as mãos no casaco. Embora fosse maio, já estava esquentando, e eu o imaginei suando como um porco ali dentro. Com o jeans largo, Timberlands impecáveis e um *durag* com um chapéu *bucket* por cima, meu mano parecia um membro original do Wu-Tang Clan. Nós dois tínhamos vinte e dois anos, o mesmo porte atlético, mas de alguma forma as pessoas sempre achavam que ele era mais velho. Devia ser o bigode e o cavanhaque aparados.

— Já tô trampando — disse ele.

Cara, esse mano era uma viagem, mas era meu melhor amigo. E isso já fazia mais de dezessete anos, quando um palhaço tentou pegar minha mochila das Tartarugas Ninjas e Jason deu um coro nele. Quando perguntei por que ele me defendeu, ele apenas deu de ombros e disse:

— Só porque alguém quer algo, não quer dizer que tem que pegar o que é seu.

Dali em diante, éramos Raphael e Donatello, Batman e Super-Homem, Kenan e Kel. Mas se eu soubesse que ser mano dele ia me colocar nas piores merdas, eu teria metido um soco na cara dele bem ali.

— O quê? — perguntou ele, percebendo o meu olhar. — Você não é o único que quer dar o fora daqui.

— Não tô tentando dar o fora daqui, mano. Tô só esperando a oportunidade certa, só isso. E quando eu conseguir, não vou mudar e vazar daqui. Você vai me ver comprando um lanche ali — falei, apontando para o Crown Fried Chicken ao lado da bodega do sr. Aziz. — Ali — repeti, apontando para Kutz, a barbearia ao lado do Crown Fried Chicken. — Mas com certeza não vai me ver ali — falei, indicando o novo bar hipster e o condomínio que haviam acabado de ser construídos.

Jason riu.

— É, todo mundo fala isso, até te deixar pra trás pra ir pro mundo branco.

— Tô bem onde tô, Batman, e com as amizades que tenho. Como você, seu maluco. Mas preciso dar o fora. Tá lendo o quê agora?

— Williams.

— Tennessee?

— Tá maluco, mano. John A. E você?

— Huxley.

— Negão, você precisa parar de ler esses velhos brancos.

— Tá, mano. Te vejo depois.

— Pode crer.

O Gato Malandro estava sentado em uma caixa de plástico na esquina do outro lado da rua, lendo seu jornal. Eu estava correndo para o metrô quando o ouvi chamar:

— Ei, Darren!

Algo me disse para ignorá-lo e descer para o metrô úmido e com cheiro de urina, mas não dei ouvidos.

Cruzei a rua.

— E aí, Gato Malandro?

— Como tá a sua mãe? — Ele lambeu os lábios que nem um tarado.

Se eu tivesse tido coragem na época, teria dito ao Gato Malandro que se ele não parasse de perguntar pela Ma, eu o mandaria pra um caixão mais rápido do que uma dieta de Big Macs duplos com batata frita grande, mas não falei nada. Em parte porque eu estava abalado, mas principalmente porque gostava dele.

Veja bem, Gato Malandro era a definição de um cara das antigas. Mas não o tipo que só fica saudoso de todas as coisas que poderiam, ou deveriam ter feito "na minha época". Não, aos sessenta anos e vestindo uma camisa havaiana, cabelo crespo grisalho cortado baixo, um fedora imaculado e uma pança crescente, Gato Malandro era um milionário vezes dois. Como Ma conta, esse cara costumava viver em uma fazenda e estudar cavalos — seus pesos, temperamentos, a forma como se movem e comem —, e então ia para a pista de corrida e quase sempre escolhia o vencedor.

Um dia, ele estava vendo o anúncio das corridas no jornal e percebeu várias novas empresas entrando no mercado de ações. E pronto. Ele parou de apostar em cavalos e começou a apostar em empresas. Mas ele fazia isso indo até o escritório da empresa e falando com os faxineiros, que sempre sabiam as fofocas sobre os presidentes, vice-presidentes, se a empresa era desleixada ou limpa, pontual ou atrasada, e mais. Ele transformou alguns milhares de dólares em alguns milhões em menos de uma década. Tudo sozinho. E então começou a comprar propriedades. Mas o que o Gato Malandro amava mais no mundo era apenas sentar na esquina, ler o jornal e ver o povo passar. Além disso, ele ainda usava cupons.

— Ela tá bem — falei, me sentando na caixa ao lado dele. Pais com crianças pequenas demais para a escola e energéticas demais para ficar em casa chegaram no parquinho atrás de nós, o Marcy Playground, e as soltaram. Os gritos enchiam o ar quente.

— Que bom, que bom. Sabe, antigamente sua mãe era a mulher mais bonita de Bed-Stuy. Tão bonita que ela não dava bola pra negos como eu. Ela tinha que ter o melhor, tá ligado? Como o seu pai. Ele era um daqueles negros *suavamente* espanhóis, limpos, que tinham as garotas aos pés deles, mas ele era tranquilo. — Ele tirou o fedora, e secou a testa suada com o lenço.

— É, cara. Eu sei. — Sem querer que Gato Malandro continuasse a pintar por cima da memória de Ma, mudei de assunto. — Ei, Gato Malandro. Por que é mesmo que te chamam de Gato Malandro?

Ele arfou e olhou por sobre o ombro.

— Garoto, não faça perguntas que não são da *sua conta*. É melhor você fazer perguntas que te deem informações pra você usar na sua vida. E não perguntas de sim ou não. Tô falando daquelas abertas que vão partir sua mente no meio. Tipo, por que o orador da turma da Bronx Science está desperdiçando a vida trabalhando na droga de um...

Leitor: Gato Malandro é muitas coisas, mas não é bobo. O que ele me disse naquele dia foi uma aula de vendas disfarçada. A qualidade de uma resposta é determinada pela qualidade da pergunta. Cite isso e me pague direitos autorais.

Eu já estava do outro lado da rua antes que ele terminasse. Geralmente, eu gostava de bater papo com Gato Malandro, mas naquele dia, o dia em que minha vida mudou para sempre, eu só queria ir trabalhar, voltar para casa, ficar com Soraya e dormir.

Depois de passar da linha G para a L na Metropolitan Avenue, senti uma batidinha no meu ombro. Achando que tinha sido por acidente, aumentei minha música e fechei os olhos. A batida de "Polo & Shell Tops" do Meek Mill invadiu meus ouvidos como as tropas americanas no Iraque.

Outro tapinha, dessa vez mais forte. Quando algo assim acontecia, eu só ignorava. Mas então uma mão de unha feita agarrou meu pulso e o puxou para trás, me fazendo ficar cara a cara com uma garota coreana magra com cabelo cacheado castanho e uma jaqueta jeans que servia certinho.

— Darren Vender, o fantasma da Bronx Science — disse ela, os lábios com gloss abrindo para revelar um sorriso Colgate.

Tirei os fones de ouvido.

— Adrianna, e aí?

— Tranquilo, tô indo pra Midtown. E você?

— É, eu também. Como você tá?

— Ah, você sabe — disse ela. — Me formo na NYU semana que vem. Na verdade, estou a caminho de uma entrevista agora.

— Que ótimo — respondi, tirando a Bed-Stuy da minha voz. — Entrevista de quê?

— Tô meio envergonhada de dizer, mas é uma vaga de iniciante no setor de marketing em uma startup.

Jesus. Se ela está com vergonha de uma vaga de iniciante no setor de marketing, principalmente antes de se formar na NYU, *eu tô fodido.*

— Tenho certeza que você vai arrasar — falei.

Graças a Deus ela não tinha visão de raio X. Se tivesse, teria visto o avental preto na minha mochila. Graças a Deus, de novo, pelo metrô ter chegado na Union Square, interrompendo a conversa.

— Valeu, te vejo por aí — disse ela, partindo.

Um segundo depois, me dei conta de que nós dois íamos descer na 6, então fui para o lado oposto do vagão.

É engraçado. Naquela época, eu não liguei muito por ter esbarrado com Adrianna; fantasmas do passado sempre reaparecem na cidade de Nova York. Mas, agora que penso nisso, talvez ver a garota tenha tido a ver com a loucura que aconteceu depois.

2

O número 3 da Park Avenue era um mundo à parte. Meio escritório, meio escola de ensino médio, o colosso de quarenta e dois andares de tijolo geométrico, só faltava ter uma melancia enorme enfiada no topo. Doze elevadores. Trinta empresas. Um Starbucks. Um Darren Vender trabalhando duro naquele Starbucks havia quatro anos. Sim, depois de quase quatro anos, eu ainda estava no mesmo lugar. Mas pelo menos eu não estava fazendo as mesmas bebidas ou usando o mesmo avental verde sem graça. As bebidas ficavam mais ridículas a cada ano. As pessoas não estavam mais satisfeitas com sabores familiares como bolo de gengibre, abóbora e hortelã; agora elas precisavam de Frappuccinos de Gafanhotos. De gafanhotos, porra.

Quanto aos uniformes, bem, a maioria das pessoas não sabe, mas o Starbucks trata aventais como faixas de artes marciais. Aventais verdes para os iniciantes, aventais pretos para os mestres do café, e aventais roxos para os deuses. Eu era um avental preto. Depois de trabalhar ali por quatro anos, eu com certeza era o Nego Chefe na Liderança (o NCL). Mas, pra ser sincero, isso não significava muita coisa.

— Oi, Darren! — disse Nicole, amarrando as alças de seu avental verde. Nicole era uma mulher branca e gorda com um rosto bonito. Ela devia ter uns trinta e cinco anos e sempre estava de excelente humor, não importava a grosseria dos clientes.

Quando saí, o lugar tava lotado. Carlos, Brian e Nicole estavam enchendo os copos, dando troco e servindo bolinhos como se fôssemos um restaurante cinco estrelas. Eles eram um grupo diversificado — Carlos era um ex-presidiário que cometera um crime sobre o qual não podia comentar; Brian tinha pele cor de carvão com um rosto cheio de acne e tinha síndrome de Tourette, e Nicole, embora bem-intencionada, achava que o mundo era cor-de-rosa — mas eu os transformei em soldados. Eles nunca estavam atrasados, eram sempre profissionais e sabiam tudo sobre a nova bebida que a empresa tinha nos enviado. Acima de tudo, eram apenas bons seres humanos. Não tenho irmãos, então eles eram o mais próximo disso. E embora eu fosse o mais novo, eles me viam como um irmão mais velho.

Enquanto a fila dos viciados da manhã se estendia porta afora, entrei em ação.

Não estou tentando me gabar, mas eu era o que você chamaria de prodígio do Starbucks. Ninguém exceto Carlos, Brian e Nicole sabia, mas e daí? Eu conseguia me lembrar do pedido que alguém fez três meses atrás, misturar e combinar bebidas para satisfazer gostos especiais, e enquanto fazia tudo isso, cuidava de duas registradoras de uma vez, ia para lá e para cá como se eu fosse Billy Blanks ou Richard Simmons.

Acabamos com a fila em dez minutos, e eu nem havia suado. Então eu o vi. Ele começou a frequentar o lugar dois meses atrás, depois que sua empresa se mudou para o prédio. Bem cedinho, ele entrava sozinho, sempre ao celular. Às dez, voltava acompanhado por um grupo de homens, todos parecendo dobermans. De tarde, vinha de novo com alguns jovens que sorriam para ele enquanto ele ria, e dizia para eles para pegarem o que quisessem. Então, o fim de tarde chegava, e eu nunca sabia o que esperar.

A aparência dele mudava dependendo não da hora do dia, mas de com quem ele estava. Quando sozinho, ele era pensativo; com seus dobermans, focado; com seus jovens discípulos, brilhava mais que o próprio sol. Ele nunca pedia nada para comer, e apesar do porte atlético, cabelo bem cortado e cútis cor de oliva saudável, eu tinha certeza de que ele só consumia café.

Não posso te dizer por que fiz o que fiz a seguir; suponho que eu só quisesse ajudar. Ele se aproximou do balcão, fones de ouvido firmes nos ouvidos, o rosto contorcido de frustração. Mas, em vez de dar a ele seu Vanilla Sweet Cream Cold Brew de sempre, eu esperei. Ele assentiu e enfim disse:

— Eu sei, eu sei. Vai dar tudo certo, confia em mim. Cuidei do conselho.

Servi clientes no caixa ao lado até que ele ergueu o olhar e disse:

— Ei. Vanilla Sweet Cream Cold Brew. Como sempre. Você lembra, né?

A essa altura, o último cliente da manhã havia pegado sua bebida, e éramos só nós dois no balcão.

— Não acho que você quer isso hoje — falei.

Não sei por que meu coração estava batendo furiosamente contra minha caixa torácica. Pensando agora, percebo que meu corpo devia saber que esse era um ponto de virada na minha vida, que essas viradas sobrenaturais do destino são raras.

Leitor: o que você está prestes a ver é o que acontece quando a intuição suprime a lógica, que é a marca de qualquer vendedor que se preze. As pessoas compram baseadas na emoção e justificam com a razão.

— É, espera aí — disse ele no microfone, me encarando. Seus olhos queimavam de raiva. — Por que eu não ia querer hoje? — perguntou ele, ficando maior, como um leão perto de sua presa.

— Porque eu sempre te ouço ao telefone falando de eficiência. E o Vanilla Sweet Cream Cold Brew não foi feito pra isso. Você quer algo tipo...

Ele riu, mas não era o tipo de risada de alguém que achou algo engraçado; era o tipo que você dá quando tá tão irritado que está prestes a explodir. Ele inspirou fundo, expirando devagar.

— Escuta, não quero seja lá o que você está vendendo, só me dê o de sempre. Não tenho tempo pra isso.

Só dê a ele o de sempre. Pare com isso. Mas não ouvi. O que eu disse a seguir tinha que ser intervenção divina, porque não sei de onde saiu.

— Isso é o que os últimos cinco clientes também me disseram, até que eu dei a eles outra opção que resolveu um problema que eles nem sabiam que tinham.

Ele retesou o maxilar e se inclinou para mim como se fosse dar uma de Mike Tyson.

— Porque — continuei, comprometido demais para parar —, acredite ou não, quando você vem aqui e pede algo, não está pedindo uma bebida, está pedindo uma solução. Uma solução para a fadiga, para a irritação ou qualquer outra coisa que a falta de café signifique para você. Então, se me permite, tenho certeza de que o Nitro Cold Brew com Sweet Cream é o que você *realmente* quer. Tem dez gramas a menos de açúcar que o seu de sempre, quarenta calorias a menos e cento e quarenta miligramas a mais de cafeína. Mas, no fim das contas, são só números. Então, se você comprar o Nitro Cold Brew e não gostar, pode voltar, e te darei o seu de sempre de graça. O que você acha?

Silêncio. Dez segundos completos de silêncio. Se você não acha que dez segundos de silêncio é muito, apenas conte até lá enquanto imagina um homem adulto te encarando bem nos olhos como se fosse acabar com você. *Um. Dois. Três. Quatro. Cinco. Seis. Sete. Oito. Nove. Dez.* Eu estava tentado a dizer a ele para deixar pra lá, me desculpar, mas algo me disse para não fazer isso. Eu só o encarei até que ele me disse:

— Você tentou a *reverse close* comigo? — A mandíbula dele relaxou e seus olhos suavizaram de curiosidade.

Foi então que percebi que Carlos, Nicole e Brian estavam nos encarando todo esse tempo. Senti o coração deles pararem coletivamente por um instante quando o cara falou, e me lembrei da cor do meu avental, e que eu era o NCNL.

— Acho que sim — falei, assentindo para Brian fazer a bebida do cara.

— Qual é o seu nome?

— Darren. Darren Vender.

— Rhett Daniels — disse ele, estendendo a mão por cima do balcão. Eu sequei rapidamente o suor da minha antes de apertar a dele.

— Prazer, Rhett. Eu te vejo aqui todos os dias. Bem, algumas vezes por dia, na verdade.

Ele riu. De verdade dessa vez.

— Sim, eu funciono à base de café. O que você faz além de trabalhar aqui?

— Leio, vejo filmes, passo tempo com a minha namorada. Coisas normais que os caras fazem na cidade.

— E quanto é que você ganha?

Caramba, quanto é que eu ganho? O cara tava indo com tudo. Dei de ombros.

— Sua bebida está pronta — falei, assentindo para o canto distante do balcão.

Rhett foi para lá devagar, sem nunca tirar o olhar do meu, pegou a bebida e deu um gole.

— Está delicioso. Obrigado pela recomendação, Darren.

— Imagina. — Eu me sentia desconfortável. Algo havia mudado.

— Escuta, tenho que ir trabalhar. Mas tá aqui o meu cartão. Por que você não passa no escritório depois do seu turno?

Passar no escritório? Eu não fazia ideia do que esse cara tava falando.

— Pra quê?

— Uma oportunidade.

— Que tipo de oportunidade?

Ele já estava indo em direção às portas duplas que levavam ao saguão.

— Vem e você vai descobrir.

...

— Então, você foi encontrar ele? — perguntou Soraya, uma camada de suor se espalhava por seu corpo voluptuoso nu cheio de curvas por toda parte. Ela torceu o longo cabelo cacheado em um coque.

Meu coração ainda estava acelerado pela sessão de amor. Tomei um golão de água gelada e caí de costas sobre o travesseiro.

— Nem.

Ela se apoiou em um cotovelo e ergueu uma sobrancelha para mim.

— Por que não?

— Porque a coisa toda foi esquisita e muito rápida — falei, distraído pelas lindas aréolas marrons dela. — Além disso, eu tava zoando. Não sei o que me fez fazer aquilo, mas eu meio que queria ver se conseguia mesmo fazer esse cara branco poderoso mudar de ideia.

— E conseguiu — disse ela, traçando meu queixo com um dedo fino. Fiquei todo arrepiado.

— Sim, mas eu tava só zoando. Não sei o que esse cara quer de verdade. Além disso, tô ocupado demais com todo o resto.

— Que resto, D? Você sempre diz: "Tô só esperando a oportunidade certa". Não é essa a oportunidade que você precisava?

— Nem, não é não. Pelo menos não o que imaginei.

— E o que você imaginou, Cassandra?

Me sentei.

— Cara, para com essa merda de Cassandra.

Eu tinha de reconhecer; como Ma, Soraya sabia como me perturbar. Nós tínhamos nos conhecido aos sete anos. Ela havia acabado de se mudar do Iêmen para os Estados Unidos, e Jason a viu no Marcy Playground brincando sozinha. Ele correu para a minha casa, e quando abri a porta, ele disse que tinha encontrado um alien, e empurrou ela para a minha frente. Quando eu disse: "Olá", ela disse: "*As-salamu alaykum!*".

— Viu — disse ele, assentindo satisfeito.

Nós a levamos para mostrar para Ma, que nos deu um tapa na lateral da cabeça e disse:

— Ela não é um alien, seus bobos. Só é nova aqui. É melhor vocês tratarem ela como uma rainha.

Vou pular a parte romântica e brega, mas nos tornamos melhores amigos, e então, mais ou menos no final do ensino fundamental, nos tornamos mais que isso, e estamos juntos desde então, menos alguns términos menores. Ela era minha Mulher-Maravilha.

Ela riu.

— Sabe o que meu pai disse de você?

— Não, o que o sr. Aziz disse sobre mim?

— Ele disse que você é um cara inteligente com um futuro brilhante. E só de olhar para você, a forma como você realmente ouve as pessoas, e está sempre curioso, dá pra perceber que você não é como os outros caras por aqui. Que você é diferente.

— Diferente como?

— Não sei. Só diferente. Então fala sério comigo. Realmente não é a oportunidade certa ou é outra coisa?

Dei as costas para ela. Ela tinha o tipo de olhos que te lia como um livro aberto.

— Outra coisa tipo o quê?

— Tipo ter medo do que poderia acontecer, mas disfarçar dizendo que não é a oportunidade certa porque você quer ficar aqui e cuidar da sra. V, quando ela é a última pessoa que precisa ser cuidada. Além disso, ela sabe que você está se segurando por ela, D. Ela só quer que você comece a viver a sua vida.

Caramba. A vantagem de estar com alguém por mais da metade da sua vida é que ela te conhece melhor do que você mesmo. A desvantagem de estar com alguém por mais da metade da sua vida é que ela te conhece melhor do que você mesmo.

— Mas eu comecei. Do que eu teria medo?

Houve uma batida na porta.

— Dar, eu trouxe pizza pra nós.

— Valeu, Ma. Mas quem é "nós"?

Ela arfou detrás da porta.

— Não ache que eu não sei que Soraya está aí. Oi, amor.

Soraya se mexeu sob as cobertas, enrolando o corpo nu como se Ma tivesse visão de raio X.

— Oi, sra. V.

— O sr. Rawlings virá se juntar a nós, então vistam-se e saiam daí.

A parte boa de morar em uma casa de três andares é que havia bastante espaço. O sr. Rawlings vivia no andar do jardim, o quarto de Ma ficava no primeiro, nós tínhamos uma grande sala de estar e cozinha no segundo, e eu tinha todo o terceiro andar para mim. Eu havia dito a Ma que podia ficar no primeiro andar com ela, abrir espaço para mais um inquilino, mas ela disse que eu era adulto, e que homens adultos precisavam do próprio espaço.

Embora todos tivéssemos acesso ao jardim dos fundos, Ma e eu raramente íamos lá. Primeiro, o sr. Rawlings *amava* aquele jardim. Ele cuidava do espaço dia e noite, mesmo no inverno, quando colocava cobertores e lençóis anticongelamento e lâmpadas de aquecimento. Eu sempre ficava impressionado por ver rabanetes, brócolis, nabos, couve, espinafre e outros vegetais brotando quando havia neve no chão.

Em segundo lugar, o homem era mais velho que o próprio planeta. Ele estava com setenta e tantos na época e morava no número 84 da Vernon por décadas antes que Ma o herdasse. Eu nunca o ouvira falar de família, então presumi que ele não tinha ninguém. Mas, depois que os pais de Ma faleceram, meses antes de ela completar vinte anos, ele a tratou como filha, e quando eu cheguei, ele me tratou como neto. Tudo isso tornou o sr. Rawlings o cara — um veterano da Bed-Stuy a se respeitar.

Soraya e eu entramos na cozinha.

— Oi, sr. Rawlings — disse ela, plantando um beijo molhado na cabeça manchada e careca dele. Ele usava as roupas de sempre: o kit de Coroa™, equipado com sapatos de couro preto de sola macia, calça cinza e camisa xadrez para dentro dela, com um colete azul-escuro por cima. Às vezes, ele trocava o colete por suspensórios. Sim, suspensórios. Sua bengala de jacarandá estava apoiada no braço da cadeira.

— Boa noite, Jasmine — disse ele, piscando para ela. Jasmine sendo, claro, a princesa do *Aladdin*.

Ela apertou a bochecha dele.

— Nem começa, velhinho. — Como eu disse, o homem era um veterano da Bed-Stuy a se respeitar, mas se você vai falar, também tem que saber ouvir.

— Sentem-se e vamos agradecer — disse Ma da cabeceira da mesa, ainda usando as roupas de sempre do trabalho: uma camisa branca larga enfiada em jeans azul, com cheiro de cloro. Eu sabia que respirar essa merda o dia inteiro não era bom para ela, mas ela se recusava a pedir demissão, dizendo que era boa no trabalho e precisava se sentir boa em algo.

Nós quatro demos as mãos e Ma rezou.

— Querido Deus, agradecemos pelo seu amor incondicional, pela oportunidade que nos deu de podermos nos sentar juntos, comer boa comida e não termos que nos preocupar de onde virá nossa próxima refeição, e...

Ela afastou as mãos, o corpo inteiro convulsionando como se a tosse viesse bem de dentro dela. Como se um monstro tivesse enrolado seus tentáculos pegajosos ao redor dela.

— Ma — falei, esfregando as costas dela. — Põe pra fora. Seja lá o que for, põe pra fora. Você vai se sentir melhor depois.

— Obrigada, amor. Estou bem. Vamos terminar.

Demos as mãos de novo.

— Desculpe, Senhor. Dei uma tossida. — Nós quatro demos as mãos de novo. — Agradecemos pela oportunidade de ver outro dia. Querido Deus, peço que ajude Darren a encontrar seu caminho e que o use como instrumento para ajudar os outros das maneiras como todos sabemos que ele deve ajudar. Peço que Soraya continue a expandir o império de bodegas do pai para os cantos mais distantes de sua terra verde, e que o jardim do sr. Rawlings continue a produzir deliciosos vegetais e flores para todos nós admirarmos e aproveitarmos. Amém.

— Amém.

— Sabe, sra. V — disse Soraya, colocando um pedaço de pizza no meu prato —, você mencionou uma oportunidade na sua oração desta noite. O que é engraçado, porque D acabou de receber uma, mas não quer aceitá-la.

Os três me encararam como se eu tivesse sido acusado de um crime, mas só continuei comendo.

— Bom, vamos lá, garoto — disse o sr. Rawlings, me dando um daqueles olhares feios que apenas homens negros enrugados pra caramba sabem como fazer.

— É, Dar. Vamos lá — disse Ma, apertando minha mão um monte.

— Ah, para, Soraya. Por que você foi falar disso? Não é nada não, Ma. Um cara no trabalho, sabe esses caras brancos que mexem com tecnologia? Ele pediu para eu ir no escritório dele para a gente conversar.

— Como assim *conversar?* — perguntou o sr. Rawlings. — Que tipo de *conversa* ele queria, te pedindo assim do nada pra *conversar?*

— Não foi do nada — explicou Soraya, contando a história inteira. Os dois caixas, a aparência de Rhett, como eu o convenci a comprar uma bebida diferente, a *reverse close*.

— *Reverse* o quê? — perguntou o sr. Rawlings. — Parece uma dessas posições sexuais novas em que vocês jovens ficam se contorcendo hoje em dia.

— Percy! — gritou Ma, dando um tapa no pulso do sr. Rawlings. — E então, Dar? Você não foi ao escritório dele depois do trabalho?

— Nem — falei, me preparando para o sermão.

Em vez do sermão, ela optou por afastar a mão e olhar para as migalhas brancas no prato. Então começou a fungar.

— Para, mãe.

Me senti um merda. O sr. Rawlings pegou outra fatia de pizza, resmungando consigo. E Soraya me olhou como se ela tivesse pisado na bola, e tinha.

— No meio de cada dificuldade encontra-se oportunidade — disse Ma, encarando o prato. — Sabe quem disse isso?

Inspirei fundo, balançando a cabeça.

— É algo que seu pai sempre dizia. Quando estávamos passando por um momento difícil, ou quando algo simplesmente não estava funcionando como deveria, ele se virava para mim e dizia: "No meio de cada dificuldade encontra-se oportunidade, *amor*". Sempre acreditei nele. E ele estava certo. É o que eu disse a mim mesma quando ele faleceu, e é o que sigo dizendo até hoje.

— Olha aqui, garoto — disse o sr. Rawlings, me olhando feio.

Eu o olhei rapidinho antes de desviar.

— Eu disse *olha* para mim — repetiu ele, parecendo mais sério do que da vez em que eu acidentalmente esmaguei suas ervilhas. — Jovens negros, até os jovens mestiços negros e espanhóis como você, não têm esse tipo de oportunidade com frequência.

"Na minha época, quando um homem branco te dava uma oportunidade, tinha um preço. Você poderia ser o chofer dele, mas sempre teria que estar disponível para levá-lo, não importando se você tinha ou não feito planos com sua família. Você podia votar, mas alguém quebraria suas pernas se você não votasse no candidato que ele escolhesse. Mas de qualquer forma, uma oportunidade era sempre uma oportunidade, e se você a aceitasse, e aprendesse como jogar o jogo deles, poderia ser bem-sucedido."

Mas eu não quero jogar o jogo deles. Eu estava bem fazendo meu próprio lance. Trabalhar no Starbucks não era tão ruim. Eu tinha tempo de sobra para curtir com Soraya. E, ainda mais importante, eu estava presente quando Ma precisava de mim. Mas foi só quando ela se virou para mim, com lágrimas descendo pelas bochechas, que eu realmente considerei ir ver Rhett.

— Prometa para mim que você pelo menos dará uma chance a isso. Seja lá o que for — disse Ma. — O homem deve ter visto algo em você, Dar. Algo que todos na Bed-Stuy veem em você. Você deve a si mesmo ir até lá e ver o que ele quer. Me prometa.

Cruzei meus dedos atrás das costas e a olhei nos olhos.

— Está bem, Ma. Prometo.

3

Eu menti. Menti porque não queria que Ma achasse que eu não estava tentando me aprimorar. Menti por causa do olhar feio que o sr. Rawlings me deu enquanto um fio de queijo se agarrava com toda força em seu lábio. Mas, acima de tudo, menti porque estava com medo. Veja bem, é fácil alguém sair por aí dizendo pra geral que está "apenas esperando a oportunidade certa", mas é uma coisa totalmente diferente quando essa pessoa finalmente recebe a tal oportunidade. Uma oportunidade significa mudança. Uma oportunidade significa ação. Mas, acima de tudo, uma oportunidade significa a chance de falhar. E é o potencial de falha, mais que a falha em si, que impede tantas pessoas de começarem qualquer coisa. Na época, eu não era diferente delas.

Quando cheguei no trabalho na manhã seguinte, recebi uma salva de palmas. A sala só tinha três pessoas, mas era uma salva de palmas mesmo assim.

— Cara, você impressionou mesmo aquele gringo — disse Carlos, me cumprimentando com vontade e me trazendo para tão perto que quase desmaiei com a névoa densa de vodca, maconha e perfume barato.

— Ah, não foi nada — falei, e fui para os fundos antes de perceber os olhos arregalados de Nicole.

— Vem cá, Darren — disse ela, passando seus braços grossos e macios ao meu redor. — De onde saiu isso? Foi como se você tivesse se transformado em outra pessoa. Como o Hulk!

— O Hulk negro, *hermano* — disse Carlos. — Eu sabia que ia acontecer alguma coisa quando você foi mexer nas duas registradoras. Você tinha um brilho no olho, como se fosse a mesma pessoa, mas diferente. Tipo um super-herói que vê a cidade pegando fogo e tem que ajudar. Só que o Starbucks não é uma cidade, mas, espera, talvez seja; se você parar pra pensar, temos que...

— É, entendo o que você tá falando, Carlos — falei, decidindo se chamava a atenção dele por estar chapado, bêbado, as duas coisas ou outra coisa. Mas cada soldado merece uma folga, então larguei minha bolsa, vesti o avental e destranquei a porta da frente.

Quando a sala ficou silenciosa — aquele silêncio afiado antes de a primeira pessoa entrar *claqueando* seus sapatos caros de couro como se fosse um cavalo —, alguém deu um tapinha no meu ombro.

— Ei, Darren? — disse Brian, olhando para todas as direções, exceto para mim.

— Sim?

— Você acha que poderia, hã, acha que poderia... *merda!* Foi mal. Você acha que poderia... — Ele rapidamente levou a mão à boca, abafando um ainda audível "*Pênis!*". — Foi mal, foi mal.

Veja bem, nem todo mundo com Tourette xinga involuntariamente como um marinheiro com sífilis. É chamado de coprolalia, e só uma a cada dez pessoas com Tourette tem isso. Brian Grimes — vinte e seis anos, nascido na Virgínia, criado em Connecticut, ávido jogador de Dungeons & Dragons e barbeiro espetacular — era uma delas. E, embora eu nunca tenha me sentado à mesa e guerreado contra feras mitológicas com ele, costumávamos conversar sobre quadrinhos e compartilhar nosso icônico ódio por café. De vez em quando ele também me dava um corte de cabelo que salvava minha vida.

Coloquei minhas mãos nos ombros dele e falei:

— Feche os olhos e respire fundo.

Também devo mencionar que, embora ele fosse mais velho que eu, Brian — talvez porque eu era um homem negro como ele, só que com um pouco mais de poder — me admirava e me respeitava. Então, sendo o NCNL, dei o meu melhor para que ele ficasse confortável, se acalmasse e soubesse que estava fazendo um bom trabalho.

— Valeu, Darren. Queria perguntar se você acha que poderia me ensinar o que fez ontem.

— O que eu fiz, Brian?

— Como você, hã, como você...

— Respira, cara. Sabe que eu tô aqui para ajudar.

— Como você controlou a mente daquele cara? Para comprar o Nitro Cold Brew em vez do de sempre?

Eu ri.

— Não foi controle mental, Brian. Não sei o que foi, mas não foi isso.

— Foi sim! O cara entrou aqui querendo uma coisa e saiu com outra. Não só isso, ele *gostou* da outra coisa. Foi como se você o tivesse enfeitiçado. E não estou dizendo que quero ser um feiticeiro nem nada assim, ou que quero controlar o que as pessoas bebem, só quero conseguir — ele pausou para coçar o rosto — ser persuasivo, sabe? Tipo, se eu conseguisse aprender a fazer isso, talvez pudesse arranjar uma namorada ou algo assim, sabe?

Eu não queria dar a má notícia para ele, mas o poder da persuasão provavelmente não ia funcionar enquanto o rosto dele parecesse uma pizza queimada.

— Escuta, Brian. Não sei como controlar mentes nem como ser realmente persuasivo. Foi só um lance que aconteceu no momento. Desculpe eu não poder ajudar mais, mas o que posso fazer é garantir que você seja o melhor barista possível para que possa deslumbrar as mulheres com suas habilidades de fazer café.

— Ah, tá. Mas só quer dizer uma última coisa.

— Manda.

Os primeiros *claques* do dia entraram. Nicole e Carlos estavam lidando com eles, mas eu precisaria ir ajudar logo.

— A maioria dos super-heróis não sabe que são super-heróis até se verem num momento decisivo, como você. Algo toma conta deles, mostrando um vislumbre de seus poderes ocultos, ou são levados para tão além de seus limites que não têm escolha a não ser sucumbir a seja lá o que os torna tão especiais.

— Obrigado, Brian. Vou me lembrar disso. Agora vamos trabalhar.

Mas, naquele momento, os olhos dele arregalaram, a boca se abriu e ele ergueu um dedo em direção à porta, como se fosse um zumbi.

Assim que me virei, lá estava Rhett Daniels. Ele entrou como se fosse qualquer outro dia, mas, diferentemente de qualquer dia, ele não estava com os fones de ouvido nem olhando para o celular, conversando com seus dobermans nem com os seguidores fiéis em seu encalço. Ele estava me encarando.

E estava puto.

...

Ele esperou na fila com os outros viciados. Mas, quando chegou em mim, só ficou me encarando. Desviei o olhar.

— Pode vir dar uma volta? — perguntou ele, com voz calma.

— Hã, não, preciso comandar o Starbucks. — Eu estava começando a suar.

— Não, Darren, tudo bem. Vamos comandar o forte enquanto vocês conversam — disse Nicole do nada.

— É, mano, a gente te ajuda — adicionou Carlos.

Rhett deu uma piscadela para eles, e então olhou pra mim.

— E aí?

Foda-se. Tirei o avental, coloquei-o no balcão e o segui porta afora e pelo saguão.

— Pra onde? — falei, percebendo que fazia anos que eu não ia na Park Avenue número 3 às oito da manhã em um dia útil. Jovens executivos do século XXI iam e vinham pelas portas giratórias como abelhas-operárias voltando para a colmeia.

— Aonde você quiser. Tá com fome? — Ele olhou o celular antes de colocá-lo no bolso.

— Não, de boa.

Eu não devia a ele uma explicação nem um pedido de desculpas. No entanto, por algum motivo, senti que devia. Era como se ele tivesse atração gravitacional, e se você chegasse perto demais, seria impossível escapar.

— Ótimo, vamos comer panquecas.

Caminhamos por apenas alguns minutos, mas nosso silêncio fez esses minutos parecerem dias.

Ele abriu a porta de um restaurante chamado Boa Boia do Bobby, BBB, para facilitar, e nos sentamos numa mesa nos fundos.

— Então, panquecas — disse ele, ignorando os cardápios diante de nós.

— Panquecas — assenti, evitando contato visual. *Estou preso, mas já, já acaba.*

Uma garçonete loira empolgada apareceu com caneta e bloquinho na mão e o encarou — a pele sem manchas dele, a mandíbula definida com a barba castanho-escura por fazer —, como se estivesse hipnotizada. *Sei que o cara é bonitão, mas caramba. Sai dessa!*

Rhett passou a mão pelo cabelo castanho desarrumado, sem dúvida um visual conseguido com mão e pente implacáveis, e sorriu.

— Olá.

— Ah — disse a garçonete, despertando do devaneio. — Desculpe, o que vocês desejam?

— Dois cafés pretos e panquecas de banana para mim. E panquecas de mirtilo para o meu amigo — disse ele.

— Mais alguma coisa? — perguntou ela, babando nele como um cachorro do lado de fora do açougue.

Ele deu um sorriso de flerte.

— Não, só isso. Obrigado.

— Fiquem à vontade — disse ela, e se afastou.

— Tudo bem, Darren?

— Hã, claro.

Mais silêncio. Exatamente um minuto e meio de silêncio até nosso café chegar, e mais seis minutos e meio para que nosso prato fumegante de panquecas chegasse, com uma montanha de gotas de chocolate por cima.

— Um extra pra vocês — disse a garçonete.

Fiquei sentado lá, amassando e alisando minhas calças. O aroma do café preencheu minhas narinas. Guatemalteco.

— Você não tocou no café — disse ele, indicando minha xícara.

— Ah, sim, eu...

— Toma um gole, tá delicioso. Não é Starbucks — ele sorriu —, mas ainda assim é bom.

Encarei a piscina preta na minha xícara, vi meu reflexo aquoso. *De jeito nenhum, porra.*

Mas Rhett indicou a xícara de novo.

Olhei de volta para a xícara. *Vá se foder.* Levei a xícara aos lábios e tomei um gole. *Vá se foder pra caralho!*

— Muito bom — falei. Estava surpreso; não estava nem um pouco ruim.

Ele riu.

— Não te disse? E alguém já te falou que você parece o Martin Luther King?

— Hã, não. Você é o primeiro.

Ele se recostou.

— Bem, você parece. Então, de onde você é?

— Bed-Stuy.

— Chris Rock, legal — disse ele, limpando todo o chocolate derretido de sua pilha de panquecas antes de cortá-las pedacinho a pedacinho.

— A maioria das pessoas conhece lá por causa do Jay-Z — respondi, surpreso.

Ele continuou a cortar as panquecas em pequenos triângulos empilhados.

— A maioria das pessoas só sabe do que as outras pessoas falam. E sua formação? Onde você estudou?

— Bronx Science. Fui orador da turma.

Ele parou de cortar as panquecas e me encarou.

— Então, você é incrivelmente inteligente ou apenas alguém que sabe fazer muito bem o que as pessoas pedem. Qual é?

Olhei para a minha pilha inclinada de panquecas, de repente com fome.

— Ainda não sei.

— E quanto à faculdade? Onde você estudou?

— Não fiz faculdade.

— Por que não?

— Só não era para mim.

Eu não ia contar minha história de vida para esse cara, não importava o quanto a atração gravitacional dele me puxasse.

— Faculdade não era para o orador da turma de uma das melhores escolas do país? Nem vem com essa.

— Eu não... eu tinha... tenho outras prioridades.

— E o que seus pais acham dessas outras prioridades?

— Bem, meu pai morreu, e minha mãe não ficou muito feliz. Ainda não está muito feliz, na verdade — falei, dando um gole no meu café.

— Sinto muito por seu pai. O que aconteceu? Se você não se importar...

— Tudo bem. Ele morreu quando eu tinha dois anos. Era faz-tudo, e depois de alguns anos economizando, enfim teve dinheiro suficiente para abrir o próprio negócio. Ele comprou uma van e, no mesmo dia, estava voltando para casa quando um ônibus atingiu o lado do motorista.

Rhett inspirou fundo.

— Se vivermos, viveremos pelo Senhor; e se morrermos, morreremos pelo Senhor. Então, quer vivamos ou morramos, pertencemos ao Senhor.

— O que é isso?

— Romanos 14:8. Mas sinto muito. Deve ter sido difícil.

— Mais para a minha mãe, sim. Eu não o conheci de verdade.

— E você tem irmãos?

— Não, somos só minha mãe e eu.

Vi um breve brilho nos olhos dele, como se tivesse visto algo que não conseguiu ver antes, uma resposta que ele buscava.

— Então você não foi para a faculdade porque não queria deixar sua mãe sozinha em casa. E trabalha no Starbucks porque te mantém ocupado, principalmente porque você é o chefe. Mas não demanda muito de você. Assim, você consegue sair de casa e se sentir produtivo, mas há uma parte grande de você que não consegue deixar de perguntar: "É só isso mesmo?".

Que porra é essa? Parecia que o cara tinha entrado dentro da minha cabeça, dado uma olhada nos arredores, cagado e partido. Se Brian achava que eu conseguia controlar mentes, queria ver o que ele diria de Rhett. Dei uma mordida na minha panqueca fria, me remexendo no assento até reunir coragem para falar.

— É. Talvez.

— Mas você ainda não foi testado, então só diz para todos que está "esperando pela oportunidade certa", não é? Então aqui está. E se eu te dissesse que você poderia aprender como fazer o que eu faço?

Ah, enfim chegamos lá: o motivo para esse café da manhã.

— E o que você faz, Rhett?

— Negócios, Darren. Faço negócios e vendo a única coisa que todos querem.

— Que é?

— Uma visão.

— Que tipo de visão?

— Uma visão para o futuro. Vendo para as pessoas a oportunidade de viver a vida ao máximo, e deixa eu te dizer, as pessoas pagam fortunas por isso. Mas, além disso, o que fazemos lá em cima — disse ele, apontando na direção dos andares superiores do número 3 da Park Avenue — é ajudar pessoas. Estamos mudando o mundo por meio do que fazemos, causando um impacto positivo e nos divertindo pra caramba enquanto isso.

— Então por que você precisa de mim?

— Não preciso de você, mas quero você. O que vi ontem foi algo que não vejo há anos: talento cru, confiança e a habilidade de me fazer pensar de maneira diferente. Você me convenceu a comprar o que estava vendendo porque minha escolha beneficiaria a mim, não a *você*. Te ter lá em cima — ele indicou de novo o número 3 da Park Avenue — causaria um grande impacto na minha empresa, e um impacto ainda mais transformador em você.

Meu coração estava acelerado. Minha boca ficou seca. Engoli metade de um copo d'água.

— Não sei, Rhett. O que aconteceu ontem foi só eu me jogando no momento. Não acho que sou o tipo de pessoa que poderia vender, seja lá qual visão é essa de que você está falando.

Ele estendeu a mão e apertou meu ombro. Com força.

— Me escuta, Darren. Você foi feito para mais que vender água cafeinada. Você quer vender aquela merda pelo resto da vida ou quer vir comigo e mudar o mundo?

Por mais que a ideia de mudar o mundo soasse ótima, eu ainda não estava convencido.

Como já disse, eu estava confortável. Eu tinha a Soraya, a Ma, o sr. Rawlings, o Jason, um andar inteiro da casa para mim, um salário decente, e não precisava de nada que não pudesse pagar. Eu sentia que já estava fazendo a diferença para aqueles que mais importavam, sem ligar para o que ele pensava.

Mas eu estaria mentindo se dissesse que não estava curioso sobre por quê o Rhett me escolhera, sobre o que ele queria de verdade.

— Sinto muito, Rhett — falei, enquanto ele pagava pela refeição. — Não sou a pessoa que você procura.

Quando saímos, ele passou o braço-musculoso-mas-não-marombado ao meu redor, como um melhor amigo faria. O abraço era estranho, mas reconfortante, principalmente junto à colônia dele, que era amadeirada com toques de lavanda, como se dissesse: *sou masculino, mas isso não quer dizer que não consigo chorar.*

— Você está certo, Darren. Você não é a pessoa que acho que é. Você provavelmente é bem melhor. Mas vamos fazer assim. Venha para o escritório e sinta a *vibe*. Se não gostar do que vir, pode entrar no elevador e ir embora. Voltarei a ser o cara comprando café com você, e você voltará a ser o cara que o traz pra mim. Parece justo?

Leitor: Terminar um argumento com "parece justo?" é uma tática de vendas comum. A maioria das pessoas não quer ser vista como injusta ou insensata, então é mais provável que ceda, principalmente quando o que a pessoa está propondo parece justo o suficiente. Teste e me diga o que acha.

Se eu soubesse aonde essa pergunta me levaria, poderia ter pensado duas vezes sobre ir ao escritório. Poderia ter tirado a mão dele do meu ombro e dito: "Não, obrigado", voltado aos meus soldados e colocado meu avental preto. Também poderia apenas entrar no metrô, ir para Bed-Stuy e enterrar meu rosto no peito de Soraya, buscando refúgio em um lugar seguro. Mas não fiz isso.

— É — falei. — Parece justo.

Atravessamos a Park Avenue e entramos no prédio. Mas, em vez de ir à esquerda para o Starbucks, segui em frente, atravessando o saguão, passando pelos seguranças e entrando no elevador para o trigésimo-sexto andar.

4

Entramos no elevador. Uma mulher que já estava lá dentro apertou o botão para o trigésimo andar. Ao ver Rhett, ela sorriu.

— Qual andar? — perguntou ela, com um sorriso brilhante como o traseiro de um vaga-lume.

— Trinta e seis, obrigado — disse Rhett, me dando um sorrisinho.

Ela cruzou os braços, semicerrando os olhos.

— Então você é do andar que faz todo aquele barulho e dá as melhores festas, hein?

Rhett se afastou para o canto, erguendo as mãos.

— Culpado.

— Dizem os boatos que você tem que pagar os seguranças para que não chamem a polícia quando vocês extrapolam.

— A verdade é que geralmente os seguranças são os que mais extrapolam quando estão com a gente.

O elevador apitou, sinalizando que estávamos no andar dela. Ela saiu, mas não sem antes olhar para Rhett.

— Então, vai me convidar para uma das suas festas?

— Toda sexta, às seis — disse ele, dando a ela um tchauzinho.

Enquanto o elevador subia, o som da música bate-estaca estremecia a cabine como um terremoto. Quanto mais subíamos, mais violento ficava. Meu coração batia irregularmente ao pensar nos cabos se partindo e eu despencando trinta e seis andares para a morte.

— O que é...?

Rhett pousou um dedo suave nos meus lábios.

— Aqui é onde homens e mulheres são feitos, Darren. Se você não apenas sobreviver, mas tiver sucesso aqui, conseguirá fazer qualquer coisa.

As portas se abriram para um saguão com portas de vidro transparente à esquerda e um par de portas com vidro fosco à direita. Depois das portas transparentes havia uma garota branca sentada, de cabelos curtos, óculos e feições angulosas. Um cara loiro, que poderia ser gêmeo dela, se inclinou sobre a mesa e acariciou o rosto dela antes que ela pudesse afastar a mão dele. Mas o som alto vinha de detrás das portas foscas.

Silhuetas difusas se moviam além delas: pulando, correndo e arfando ao som de "We Dem Boyz" do Wiz Khalifa. Algo pequeno e redondo, como o Pomo de Ouro do Harry Potter, ricocheteou no vidro.

Rhett olhou para mim.

— Tá pronto?

Alisei a camisa e assenti, sem saber para que eu precisava estar pronto.

Assim que Rhett abriu a porta, algo voou para o rosto dele, e antes que eu pudesse entender o que era, encontrei um na minha mão.

— Uau, o mano consegue pegar no ar! — alguém gritou na cena ensandecida diante de nós.

Mano?

— Bons reflexos — disse Rhett, apontando para a bola de estresse roxa na minha mão.

Tudo aconteceu tão rápido que eu sequer percebi que alguém havia jogado uma bola em mim. Eu a virei e vi a palavra SUMWUN em letra cursiva branca. Quando tornei a olhar para cima, meus olhos se reajustaram ao caos diante de mim.

Um mar de pessoas ia e vinha, saindo de cada cantinho, entrando, saindo, de pé nas mesas, aconchegadas nos escritórios, sentadas debaixo da mesa com mãos nas orelhas enquanto a boca se movia em ultravelocidade, jogando bolas umas nas outras.

Isso é real ou tinha alguma coisa naquelas panquecas?

Pessoas passavam em scooters com canecas de café quente nas mãos. Grupos de caras e garotas escreviam nas janelas do chão ao teto que davam para o East River, como se estivessem em *Uma mente brilhante*. Cachorros latiam e corriam atrás uns dos outros. Algumas pessoas brandiam tacos de beisebol pintados de roxo atrás de outras suando ao celular, como se fossem estourar a cabeça delas por dizerem a palavra errada. Havia uma garota vagando com um porquinho nos braços, acariciando-o enquanto ria para o fone de ouvido aninhado em seu cabelo laranja-avermelhado.

Me virei para Rhett, que mexia no celular casualmente.

— Que isso?

— Isso? — Ele deu de ombros, sorrindo para mim. — Este é o andar das vendas às nove da manhã. O que mais poderia ser?

— Mas como as pessoas conseguem trabalhar? — Olhei ao redor, buscando a resposta. — Tem gente ao celular, mas tem música alta vindo de... De onde a música está vindo?

— De todo o canto. Temos alto-falantes em toda a sala, até na academia. É bom para as festas, mas também informa a todos quando estamos celebrando um novo negócio, como agora.

— Academia?

— É, quer ver?

— Sim.

— Vinte mil, Rhett! — uma voz indistinguível gritou do vazio.

— Anota lá! — disse Rhett, apontando para o quadro branco preso à parede ao nosso lado.

— Já anotei!

Viramos à direita e seguimos por um corredor estreito até chegarmos a uma porta com um calendário de exercícios nela. Rhett a abriu. Lá dentro havia uma pequena academia impecável com banco supino, pesos, esteiras, uma TV de tela plana e outras parafernálias. Um cara branco com feições mediterrâneas — cabelo preto, olhos castanhos e pele oliva — e mais cinzelado que Adonis e Hércules juntos socava um saco de couro.

— Mac, Darren. Darren, Mac — apresentou Rhett.

Eu já tinha visto Mac no Starbucks, acompanhando Rhett quando ele ia buscar café à tarde, então fiquei ali esperando que ele me reconhecesse como o "cara do Starbucks", mas ele apenas tirou as luvas e estendeu uma mão calejada. Estendi a minha e ele a apertou, quase me fazendo chorar, mas aguentei firme. Apenas mantive a encarada dele até que ele riu e me deu um tapão nas costas.

— Isso aí, cara! Achei que você ia puxar a mão depois de uns segundos, mas não puxou. Ótimo.

— Darren — disse Rhett, gesticulando ao redor. — Esta é a academia. Mac é nosso personal trainer. Temos vestiários com chuveiros, sabão, toalhas e tudo o mais que você precisar. Vamos continuar. O escritório é um círculo bipartido grande — explicou ele quando passamos por um grupo silencioso encarando o notebook. — Aqui fica o marketing. Eles passam o dia escrevendo matérias, e-mails, trabalhando em anúncios e ajudando nas vendas.

Uma mulher pálida com cabelos castanhos e sardas ergueu o olhar, me deu um tchauzinho e voltou a focar o computador.

— Jen — disse Rhett, fazendo a mulher tornar a erguer o olhar. — Este é Darren. Ele vai ser um dos nossos novos SDVs.

— Novo o quê? — perguntei.

Jen se levantou, pegou minhas mãos e chegou tão perto do meu rosto que jurei que ela ia me beijar. Como Mac, eu vira Jen no Starbucks uma dezena de vezes, tanto que sabia que ela preferia leite de soja, mas, quando ela olhou nos meus olhos, foi como se me visse pela primeira vez. *Por que ninguém me reconhece?*

— Que bom te conhecer, Darren! Mal podemos esperar para tê-lo conosco. Se está recebendo o tratamento real do próprio rei, você deve ser especial. A propósito, alguém já disse que você parece o Sidney Poitier?

— Hã...

— Sério? — comentou Rhett, incrédulo, enquanto encarava Jen.

Finalmente, podemos parar toda essa bestei...

— Pensei no MLK — continuou ele.

— Não. — Jen balançou a cabeça. — Com certeza, Sidney.

— Hã, não, nunca ouvi essa. Mas obrigado.

Seguimos, passando por escritórios com cenas diferentes como se passássemos os canais da TV: gente branca reunida ao redor de uma mesa, gritando ao telefone; o cara loiro de antes escrevendo em um quadro branco enquanto caras e garotas brancos assentiam; dois caras brancos fazendo flexão, batendo as mãos depois de cada uma; um grupo de garotas brancas comendo salada.

— Ei — comecei a perguntar —, cadê os neg...

— Cuidado! — alguém gritou, quando duas scooters passaram por nós zunindo.

Chegamos ao canto mais afastado do escritório, onde havia uma sala de reunião tão grande quanto o comprimento do corredor.

— Esta é Alcorão, a principal sala de conferências. — Rhett abriu as pesadas portas de madeira e puxou uma cadeira com estofado de couro para mim.

Me sentei diante da mesa de mogno.

— Meio corporativa, mas gostamos. Faz a gente se sentir mais sério.

Ele apontou para a mesa cheia de telefones triangulares de conferência. Havia uma grande TV de tela plana na parede do outro lado da sala, e estávamos cercados por vidro. Janelas de vidro do chão ao teto, como aquelas no andar de vendas, e paredes de vidro transparente.

Mas por que diabos é chamada de Alcorão?

Antes que eu pudesse absorver tudo, um cara baixo, suado, com rosto avermelhado e cabelo apontando para toda a parte entrou às pressas.

— Rhett — disse ele, respirando com dificuldade.

— O que foi, Chris?

— Lucien ligou. Ele quer conversar. Agora.

Rhett o dispensou.

— Diga que ligarei mais tarde. Não se preocupe.

— Mas, Rhett...

— Caramba, Chris. Falei que vou ligar mais tarde. Pare de se preocupar, sim? Vai ficar tudo bem. Prometo.

— Pare de se preocupar? Como podemos parar de nos preocupar quando o conselho está fungando no nosso cangote, Rhett? Me diga como e farei isso.

Rhett não respondeu. Apenas o encarou. Chris assentiu e saiu tão rápido quanto chegou.

— Então — disse Rhett. — O que você achou de tudo isso?

— Nem sei o que tudo isso é, cara. É algum tipo de operação ilegal ou um hospício?

Ele riu, apertando meu bíceps.

— Com certeza não é ilegal, mas não posso afirmar que não é um hospício. A maioria de nós aqui é louco, louco o suficiente para achar que temos o que é preciso para mudar o mundo e todas aquelas outras besteiras de startup. Mas aqui é pra valer. Você mesmo viu, Darren. A paixão intensa, a loucura desenfreada, a eletricidade. Consegue sentir?

Eu estaria mentindo se dissesse que não. Havia algo como relâmpagos nos olhos de todos que vi. Queimava através de cada um deles, como se fosse destruí-los se não fosse usado. Era algo que eu costumava sentir também antes de me permitir ficar complacente.

— Consigo — falei, olhando para o comprimento da mesa. — Mas eu com certeza não tenho essa faísca, Rhett. Pelo menos não mais. Nem sei o que vocês fazem aqui.

— Eu te disse: vendemos uma visão.

— Sim, mas *que* visão? O que a empresa faz?

— Não se preocupe com isso ainda. Quero que você esteja tão puro quanto possível para a sua entrevista. Podemos falar dos detalhes depois. Prometo.

— Entrevista? Do que você está falando? Preciso voltar, cara. O Starbucks pode estar pegando fogo agora mesmo e nem estou sabendo.

Ele me puxou pelo cotovelo para que eu me levantasse e me empurrou em direção às janelas.

— O que você vê, Darren?

Olhei para baixo e me encolhi. Um congestionamento de táxis, ônibus e caminhões enchia as ruas abaixo; ciclistas costuravam entre eles para lá e para cá, como agulhas sem fio; fumaça subia das barraquinhas de comida nas esquinas; homens e mulheres se apressavam para cruzar as avenidas, alguns provavelmente se perguntando se a babá ia dar certo, outros se perguntando se conseguiriam pagar o aluguel. De onde eu estava, me senti como Deus.

— Vejo Nova York. É bagunçada pra caramba, e linda.

Ele ficou atrás de mim, segurando meus ombros.

— Então, se seu precioso Starbucks estivesse em chamas, agora, e o prédio inteiro fosse cair, você não gostaria de pelo menos estar aqui em cima com a vista?

— Hã?

Ele pressionou um botão no telefone de conferência.

— Alô? — atendeu uma voz.

— É, Clyde. Alcorão.

Segundos depois, o cara alto e loiro que estivera acariciando o rosto da recepcionista entrou, um sorrisinho se formou devagar em seu rosto.

— Clyde, Darren. Darren, Clyde.

Estendi a mão.

— Prazer em conhecê-lo, Clyde.

Os olhos azuis profundos dele pareciam redemoinhos prontos para me engolir a qualquer momento.

— Ah — disse ele, sorrindo de orelha a orelha enquanto apertava a minha mão. — *Isso* vai ser divertido.

...

— Vou deixar vocês dois a sós. — Rhett me deu um tapinha no ombro antes de partir.

Me virei para Clyde, que estava sentado na cabeceira da mesa.

— Aonde ele vai?

— Não importa — disse ele, cruzando as pernas, espalmadas sobre a mesa.

Eu não fazia ideia do que diabos fazer. O cara só ficava me encarando. Depois de alguns minutos infinitos, ele respirou fundo e deu um tapa na mesa.

— De onde você é, Darrone?

— Bed-Stuy. E é Darren.

— Certo. Está bem longe de casa, né?

— De onde você é?

— Greenwich.

— Então eu diria que você está ainda mais longe de casa do que eu.

Ele deu risada, e então assentiu, sem nunca tirar os olhos de mim.

— Com certeza não parece assim. Então, como você conhece Rhett?

— A gente acabou de se conhecer. Não posso dizer que eu *conheço* ele de verdade, mas ele parece um cara legal.

— É, ele *é* um cara legal. Louco, brilhante e maníaco, mas legal mesmo assim. Onde vocês se conheceram?

Eu não queria que ele soubesse nada sobre mim. Ele fedia a privilégio, Rohypnol e evasão fiscal, o que dava a impressão errada. Mas, em vez de inventar alguma coisa, achei que contar a verdade poderia me beneficiar, já que o Starbucks era um lugar comum onde pessoas do mundo deficiente de pigmento se encontravam.

— Starbucks.

Ele juntou as mãos e jogou a cabeça para trás.

— Eu sabia! Eu estava tentando imaginar de onde você saiu. Sabia que você parecia familiar, mas não tinha certeza se era porque a maioria das pessoas negras se parece. Não de um jeito racista, claro. Você é o cara que trabalha no Starbucks lá de baixo, não é? Francamente, quase não reparei. Duvido que alguém aqui vá te reconhecer sem o uniforme.

Merda. Eu sabia que já o tinha visto em algum lugar, sem dúvidas entrando com Rhett e pedindo alguma bebida nojenta. Mas eu não tinha certeza. Da mesma forma que Clyde alegava que todas as pessoas negras se pareciam, eu não conseguia distinguir um branquelo do outro. Era como se fossem agentes saídos de *Matrix*. Mas, em vez de usarem ternos pretos, usavam camisas polo Ralph Lauren, pulôvers Vineyard Vines, calças cor de ovos de Páscoa e cintos de couro marrom com Sperrys combinando.

— Sim, sou eu. — Não adiantava esconder agora. Fui descoberto. E, por mais estranho que pareça, me senti aliviado. Toda essa alucinação estava prestes a acabar, e eu podia acordar e voltar para a minha vida normal.

Ele me olhou de cima a baixo.

— Alguém já te disse que você parece o Malcolm X?

— Hã, não. Mas recentemente disseram que pareço o Martin Luther King e o Sidney Poitier.

— Humm. Bem, você parece. Aonde você gosta de ir?

É piada? Pensei que, depois de descobrir que eu trabalhava no Starbucks, ele pressionaria um botãozinho em um de seus telefones e chamaria Rhett para me levar para fora.

— Não saio muito. Geralmente vou ao trabalho, para casa ou fico com minha namorada.

Ele ergueu a sobrancelha.

— Namorada? Há quanto tempo vocês estão namorando?

— Difícil dizer. Faz mais ou menos nove anos que a gente termina e volta, se o ensino fundamental contar. Mas eu acho que diria seis anos, pois foi quando ficamos sérios.

Ele bateu na mesa. Me encolhi.

— Termina e volta, hã? Sei como é, irmão. Terminei e voltei com várias garotas. De onde ela é?

— Do Iêmen, originalmente — respondi, sem saber por que ele estava tão interessado em Soraya. Mas a forma como ele agia me fez sentir que estávamos só conversando, e não que era um interrogatório.

— Árabe, legal. Tive uma dessas uma vez. Do Líbano. A gente acha que elas são todas cobertas e tímidas, mas preciso te dizer, ela não era uma muçulmana de *hijab*, isso com certeza. — Ele deu uma piscadela.

Engoli a raiva subindo pela minha garganta.

Ele se inclinou para a frente.

— Escuta, não tenho permissão para fazer certas perguntas durante as entrevistas. Pelo menos é o que me disseram. Você não pode perguntar coisas sobre raça, gênero, idade blá-blá-blá. Mas — disse ele, apontando para mim — *isso aqui* não é uma entrevista de verdade, é, Darrone? Isso é mais como uma conversa entre dois caras se conhecendo, né?

— Hã, acho que sim.

Não se parecia com qualquer entrevista que eu já fiz. Eu nem sabia qual era o trabalho para o qual estava sendo entrevistado. Ou o que a empresa fazia.

— Ótimo — disse ele, se recostando e colocando os pés na mesa, a centímetros de onde eu estava. Vi sujeira nas rachaduras das solas de seus Sperrys e percebi que ele não estava usando meias. Estava quente lá fora, mas *caramba*.

— Quantos anos você tem? — perguntou Clyde.

— Vinte e dois.

— Legal, sou só dois anos mais velho que você.

Assenti.

— Como você foi parar no Starbucks?

— Eu precisava de um emprego e me candidatei há quatro anos. Estou lá desde então.

— Jesus, está servindo café há quatro anos? Não podia ter arrumado outro trabalho?

— Acho que sim, mas é fácil e me sobra tempo para fazer outras coisas.

— Você acha — disse ele, virando as palavras na boca devagar, como se fossem balas duras. — Você acha. Você fica dizendo que acha. Por que fica dizendo isso?

— Hã, não sei.

— E esses "hãs" e "hums". — Ele tirou os pés da mesa e apontou para mim. — E a forma como você está sentado, curvado, torcendo as mãos sob a mesa. Dá pra ver seus pulsos se mexendo. Está nervoso?

Eu não havia percebido que estava torcendo as mãos, mas, quando olhei para baixo, vi que estava. *Que diabos está acontecendo?*

— Hã. Acho que não.

— Aí! De novo! — disse ele, como se tivesse encontrado uma mancha em seu par favorito de Dockers. — Os "hãs" e você dizendo que não tem certeza. Como é que não sabe se está nervoso? É o seu corpo, não é? Aos vinte e dois anos, você não conhece seu próprio corpo?

— Bem...

— Bem o quê? Você não está mais fazendo café, *irmão*. Me diz o que fazemos aqui.

— Você, hã...

— Chega de "hãs" e "hums", irmão. Fica parecendo que você é retardado. Você não é retardado, é?

Meu joelho estava tremendo e meu pé batendo tanto no chão que pensei que fosse atravessar o piso. Fechei minha mão em punho, pronto pra socar esse filho da puta branquelo ou só partir sem olhar para trás. Mas era isso que ele queria, e eu não daria a ele a satisfação de conseguir.

— Você vende uma visão — cuspi.

Ele revirou os olhos, gesticulando.

— Qualquer um pode falar isso. Você deve ter ouvido Rhett dizer isso. Mas o que, *exatamente*, fazemos aqui em Sumwun?

— Não sei.

— Você não sabe? Então por que está sentado aqui, ocupando meu precioso tempo, porra?

— Porque Rhett me trouxe aqui — falei, ficando sem fôlego. — Eu nem sabia que ia ser entrevistado para algo hoje. Eu devia estar no trabalho.

— Primeiramente, isso aqui não é uma entrevista, lembra? Em segundo lugar, daqui a pouquinho você vai estar preparando meu café. Não se preocupe com isso, *irmão*. Só tenho mais algumas perguntas e acabou. Me diz o que você acha que Rhett viu em um cara de Bed-Stuy que vende café.

— Não sei — falei, me perguntando a mesma coisa. Eu não pertencia àquele lugar. Eu não era uma daquelas pessoas, e com certeza não queria ficar mais tempo sentado na frente desse futuro criminoso de colarinho branco.

— Vou te falar o que eu sei, Darrone. Ou melhor, Buck. Eu te chamaria de Starbucks, mas é muito longo, então Buck vai ter que servir. Você não se importa, não é, Buck? Não, eu acho que não. Então vou te falar o que eu sei. Sei que Rhett gosta de dar uma chance para pessoas como ele, trabalhadores, jovens que ele acha que estão fazendo nada da vida, mas só precisam de uma chance. Às vezes, funciona; na maioria das vezes, não. Você, Buck, seria uma das vezes em que não funciona. Confie em mim. Vou te poupar a agonia e te acompanhar até a saída.

Ele se levantou e abriu a porta pesada da sala de conferências, esperando que eu partisse.

Mas não me levantei. Encarei a mesa, os nós na madeira congelados em uma camada de poliuretano como insetos pré-históricos em âmbar.

— Você não me conhece, porra.

Eu estava puto.

Teria sido mais fácil esquecer tudo e voltar para o Starbucks, mas eu não podia. Esse filho da puta não fazia ideia de quem eu era, não sabia nada da minha vida e o que eu era capaz ou não de fazer. Naquele momento, não se tratava de provar nada para ele; se tratava de provar tudo para mim mesmo. Que eu podia fazer mais. Que eu não precisava ser segurado pelo medo do desconhecido e dos *e se*.

Ele olhou por sobre o ombro.

— Como é?

— Eu falei — olhando bem na cara dele — que você não me conhece, porra. Você não faz ideia de quem eu sou e do que posso ou não fazer. Você fica sentado aqui em seu precioso trigésimo sexto andar, olhando de cima para pessoas como eu, pessoas que você acha que são inúteis e estão desperdiçando o ar que você respira. Mas você não me conhece. Posso trabalhar mais que você e qualquer um neste andar. Não importa se eu não sei o que a empresa faz nem o que terei que vender. Sei que posso fazer o que você faz, e ainda melhor. Porque, Clyde, você provavelmente nunca teve que lutar por nada na sua vida inteira, porra.

"Você é de Greenwich, uma das cidades mais ricas dos Estados Unidos. Eu cresci em Bed-Stuy, *irmão*, onde a maioria das pessoas luta, sofre e se mata para pagar o aluguel cada vez mais alto por causa de riquinhos como você, que querem comprar apartamentos maiores pela metade do preço. Então não me diga que me conhece, porque não conhece."

Ele fechou a porta e eu me senti encurralado, pronto para dar uma nele se ele tentasse alguma coisa.

— Aí está — sussurrou ele, se virando e abrindo um sorriso ainda maior do que quando entrou. — Aí está, porra!

Ele bateu palmas, foi até o telefone e pressionou alguns botões.

— Sim? — Era Rhett.

— Ele está pronto — respondeu Clyde, estendendo a mão aberta na minha direção.

Eu ainda não sabia o que a empresa fazia nem como seria trabalhar para eles, mas segurei a mão dele e a apertei. Lá no fundo, eu sabia que Clyde estava certo. Fosse lá o que ia acontecer, eu estava pronto.

II

QUALIFICANDO

A maioria das pessoas quer evitar a dor, e a disciplina costuma ser dolorosa.

— JOHN C. MAXWELL

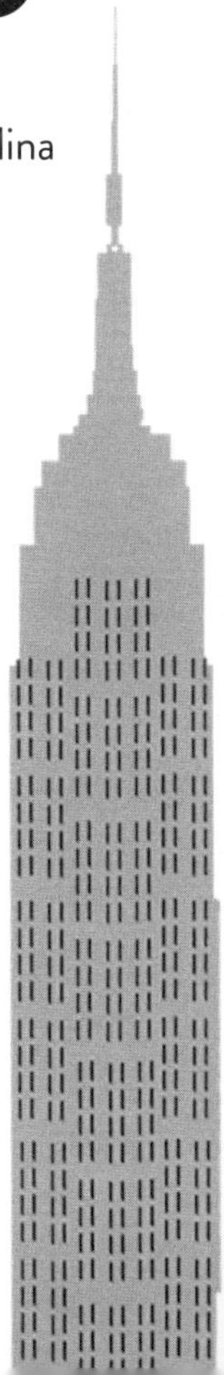

5

— Então aconteceu o quê? — perguntou Ma, partindo um pedaço do seu hambúrguer que era sua marca registrada: bem-passado-mas-na-verdade-quase-estorricado, e logo o levou à boca.

O sr. Rawlings, a Soraya e o Jason estavam lá em casa, provavelmente desejando que minha mãe tivesse comprado o hambúrguer pronto. Na opinião de todos, nossa casa era a casa deles e, de certa forma, a família que a gente escolhe às vezes é mais unida que aquela que nos é dada ou, no meu caso, que foi em parte tirada.

— Então o outro cara, Rhett, entrou e me deu um tapa tão forte nas costas que fiquei sem fôlego. Ele se sentou na cabeceira da mesa, e o cara branco, Clyde, se sentou na minha frente. Rhett me perguntou quanto eu ganhava. Falei que eu ganhava nove dólares a hora. Mais ou menos dezenove mil por ano. Ele olhou para Clyde, e então para mim, e me perguntou como diabos eu estava sobrevivendo em Nova York.

"Ele passou as mãos pelo cabelo sedoso, como se fosse um tipo de estrela de cinema, sabe, e disse que conhecia as tristezas do salário-mínimo. Depois ele me disse que me pagariam quarenta mil dólares por ano, com pelo menos vinte e cinco mil dólares de bônus se eu atingir a meta."

— O quê? Sessenta e cinco mil por ano! Você vai ficar mais rico que aquele garoto em *Esqueceram de mim*, rapaz! — gritou o sr. Rawlings, batendo sua bengala de jacarandá no chão e cuspindo hambúrguer estorricado por toda a mesa.

— É mais do que eu ganho, amor — disse Ma, pegando minha mão, já com os olhos marejados. — E trabalho na Clorox Company há mais de duas décadas.

Eu sabia que ela estava feliz por mim, mas não posso mentir, algo não caía bem em ganhar sessenta e cinco mil dólares por ano para sentar em uma sala e falar no telefone enquanto Ma, uma operadora de processos químicos, ficava de pé o dia inteiro respirando Deus sabe o quê.

— Estou orgulhosa de você, D — disse Soraya, esfregando meu pau debaixo da mesa. Cuspi pedacinhos de hambúrguer estorricado por toda a parte.

Ma trouxe uma garrafa de champanhe barato e serviu uma taça para cada um.

— Quer uma, Dar?

— Não, obrigado, Ma.

— Ah, vamos, garoto — pressionou o sr. Rawlings. — Nada de errado com um espumante de vez em quando. Não é como se você fosse perder o juízo e apostar suas economias da vida toda.

Isso é estranhamente específico.

Todos ergueram as taças. Brindei com um copo de refrigerante.

— Para o meu bebê, Dar — disse Ma. — Graças ao Senhor por colocar as mãos nele e conduzi-lo pelo caminho do sucesso, como todos sabíamos que estava destinado a acontecer. Saúde.

— Saúde — repetiram todos. Menos Jason.

— Então, o que é que você vai fazer? — perguntou o sr. Rawlings, bebendo o champanhe.

— Bem, eu não sei de verdade — falei, me dando conta de que ainda não fazia ideia do que a Sumwun fazia.

O sr. Rawlings me olhou feio.

— Você *não* sabe? Como vai ficar lá ganhando sessenta e cinco mil dólares por ano sem saber, garoto? Esse é um daqueles golpes da Wall Street em que você vai acabar na TV, com os repórteres dizendo que você enganou idosos para ficar com a pensão deles?

A mesa tremeu com o riso.

— Não. Acho que não, sr. Rawlings. Depois que assinei a documentação, eles disseram que eu ia ter direito a férias ilimitadas, plano de saúde, mil em *stock options* e plano de previdência privada. Também tem academia, pode levar o cachorro e eles tocam várias músicas. Tenho certeza de que vou descobrir na segunda.

— As coisas mudaram — disse Ma. — Na minha época, ninguém recebia férias ilimitadas nem tinha academia dentro do escritório. Tenho certeza de que vai ser um lugar e tanto para se trabalhar, Dar.

— Quem é que precisa de academia no escritório? — perguntou o sr. Rawlings, virando a cabeça. — E animais correndo lá como se fosse uma fazenda? Que esquisito.

Ele encheu a cara de batatinhas, engolindo-as com mais champanhe.

— Ei — falei, me virando para Jason. — Você tá meio quieto, mano. Tudo bem?

Ele pegou um segundo hambúrguer duro como pedra e deu uma mordida corajosa.

— Sim, mano. Só não esquece que *aquelas* pessoas não são *suas* pessoas. É fácil se confundir. Caramba, tia, esses hambúrgueres estão deliciosos.

— Coma o quanto quiser, amor — disse Ma, enquanto entrava na sala de estar. — E já que estamos contando as novidades, recebi algo interessante no correio hoje.

Ela voltou com um envelope.

Na frente, dizia NEXT CHANCE MANAGEMENT.

— Que isso? — perguntei, pegando a carta.

Ma sorriu.

— Leia.

Prezada Sra. Vender,

Espero que esta carta a encontre bem.

Sou Richard Lawson e escrevo em nome da Next Chance Management, uma imobiliária especialista em propriedades de alto valor na cidade de Nova York, incluindo Bedford-Stuyvesant. Trabalhamos com pessoas como você por anos, ajudando-as a venderem suas propriedades com o objetivo de se mudarem para locais mais confortáveis.

Caso queira falar da venda da sua propriedade, principalmente no cenário atual, onde pessoas querem viver em vizinhanças em desenvolvimento como a sua, por favor ligue para o número 212-781-9258, ou mande um e-mail para: r.lawson@nextchance-management.com.

Para ser sincero, o mercado não ficará aquecido indeterminadamente. Com o passar do tempo, os impostos de sua propriedade vão aumentar, e vai ser mais difícil permanecer na vizinhança. No momento, estamos em contato com alguns dos seus vizinhos, como o sr. Jones, a sra. Williams, entre outros, e adoraria apresentar algumas ofertas a você.

Novamente, sinta-se livre para nos contatar quando for mais conveniente, mas também entraremos em contato caso não tenhamos um retorno seu.

Atenciosamente,
Richard Lawson
Next Chance Management

— Frederick e Maisal estão vendendo a casa deles? — gritou o sr. Rawlings. — Eles perderam o bendito juízo?

— Ma, você não vai entrar em contato, vai?

— Claro que não, Dar. Mas é bom saber que temos opções caso chegue a isso.

Meu coração batia mais rápido do que quando eu estava com Clyde. Eu não conseguia imaginar Ma vendendo a casa; a casa na qual eu crescera; a casa que Pa reformara todinha com as próprias mãos.

— Se chegar a quê?

— Só estou dizendo, se precisarmos de dinheiro algum dia, é bom saber que vamos conseguir.

Agarrei a mão dela com mais força do que pretendia.

— Ma, *nunca* vamos precisar vender a casa. Com o meu novo emprego, prometo isso. Prometa que não vai entrar em contato com esse homem. Prometa para mim.

Ela me deu um tapinha na mão.

— Prometo, Dar. Não tem nada com que se preocupar. É só uma carta.

...

Depois do jantar, Soraya e eu fizemos amor, e nunca senti precisar tanto daquilo. O cabelo cacheado dela, as curvas de seu corpo, a forma como ela me tocava, tudo. Fazia anos que eu não tinha um dia agitado como aquele, e ela parecia sentir, e fez o que podia para me ajudar a liberar a tensão e o estresse enquanto fazia amor com ela.

— Vou voltar para a faculdade — anunciou ela. E envolveu os dedos ao redor dos meus, como hera.

— Faculdade? — Me sentei. — Você já estudou na Hunter por quatro anos. Para que precisa de mais?

— Pra ser enfermeira, D. Você sabe que eu sempre quis isso.

— Então por que se formou em administração? Parece um desperdício de dinheiro.

— Porque pensei que seria mais prático, para que eu pudesse ajudar meu pai com as lojas. E agora que elas estão indo bem, é hora de seguir meus próprios sonhos.

Ergui o queixo dela e olhei bem no fundo de seus olhos para ver o que havia abaixo da superfície.

— Esteve pensando nela?

Ela apoiou a cabeça no meu peito, me abraçando com mais força.

— Ela teria feito dezoito anos na semana passada, D.

— Você tinha nove anos, Soraya. Não pode continuar se culpando por isso — falei.

Quando eram crianças, a irmã mais nova de Soraya morrera de uma terrível doença que consumiu seus órgãos de dentro para fora. Lembro que Soraya faltou muita aula na época, e quando ela estava na escola, começava a chorar do nada. A professora de inglês a mandava para a enfermaria, e a enfermeira a mandava para casa. Era um padrão que continuou pelo que pareceu uma eternidade. A mãe dela, incapaz de superar, se mudou para o Harlem para começar uma nova vida, deixando Soraya e o sr. Aziz para trás.

Anos depois, Soraya me disse que as únicas lembranças felizes que tinha daquela época eram passar tempo com Jason e eu no parquinho, pregando peças no sr. Rawlings, ou Ma dando a ela um abraço e um lanchinho.

— Eu sei — sussurrou ela. — Estou tentando. Mas me tornar enfermeira vai ajudar, eu sei.

— Qual é o plano, então? Vou ter que fazer macarrão instantâneo para você, te forçar a tirar uma folga dos estudos e te levar garrafas de crack preto de novo por quatro anos? Porque... — hesitei, e ela me olhou, irritada — ...você sabe que eu vou — falei, sorrindo.

Ela riu e passou a mão nos pelos do meu peito, que ela dizia serem como grama.

— Bem, vai ser só por um ano e meio, desta vez. Eu iria para o programa intensivo na NYU. Então eu poderia arrumar um emprego no Woodhull e ainda posso morar com meu pai, para ele não ficar sozinho.

Beijei as costas da mão dela.

— O que te faz feliz me faz feliz, *habibti.* Mesmo time, mesmo sonho, sabe disso.

Ela agarrou meu pau, esfregando devagar para cima e para baixo, me deixando duro de novo.

— Sabe que eu não resisto quando você fala esse seu árabe horroroso comigo.

Dei uma piscadela.

— Por que você acha que eu estou falando?

— Só me promete uma coisa — disse ela, sentando em mim, me inserindo dentro dela.

— O quê?

Eu já sabia que minha resposta seria "sim". É difícil negociar com uma mulher quando se está dentro dela. Quer dizer, Soraya era a única mulher com quem já estive, mas eu imaginava que era igual quando outras pessoas transavam.

— Não mude quando você virar um figurão, tá?

Eu ri, contorcendo o rosto. *Do que ela tá falando? Figurão? Eu?*

Ela se inclinou para mais perto, sem sorrir, como se um de nós estivesse prestes a desaparecer.

— Me promete.

Agarrei a bunda dela e preenchi meus pulmões com seu cheiro doce.

— Não vou me tornar um figurão, Soraya. Você não precisa se preocupar.

— Sim — disse ela. — Você vai. E se não me prometer, é melhor a gente terminar agora.

— Caramba. Tá. Eu prometo. Tá feliz?

Leitor: acreditar que você pode de alguma forma evitar a mudança é a forma mais garantida de falhar. Quer na vida ou nas vendas, nada nunca permanece igual.

— Veremos — disse ela, rebolando.

Logo, eu não sabia mais onde o corpo dela começava e o meu terminava.

6

Meu alarme disparou às 5h30 da manhã. Bati no relógio, pulei da cama e entrei no chuveiro. Era segunda-feira, meu primeiro dia de trabalho. E eu não podia me atrasar.

Antes de sair do escritório na sexta, Clyde me disse que eu tinha que estar lá às sete *em ponto*.

— Tudo bem se eu atrasar um minuto ou dois? — perguntei, pensando no fato de que eu não podia controlar os atrasos do metrô ou os trabalhadores do Greenpeace que só queriam "um minuto" do meu tempo.

— Claro, sem problema — respondeu ele. Dada a intensidade do local onde eu estava, fiquei aliviado por eles não serem *tão* rígidos.

Entrei na cozinha vazia, peguei uma banana e uma tigela de cereal. Ainda eram seis da manhã, mas eu queria chegar cedo e causar uma boa impressão. Então enfiei o cereal goela abaixo e larguei a tigela vazia na pia. Ma chegou usando seu robe atoalhado cor-de-rosa, turbante multicolorido apertado e chinelos brancos, coçando o topo da cabeça com o dedo.

— Acordou cedo, Dar. Pronto para o primeiro dia de trabalho?

— Você sabe, Ma. Não posso me atrasar.

Ela me olhou de cima a baixo e balançou a cabeça, rindo.

— Qual é a graça?

Ela passou a mão na minha frente.

— Você parece um mórmon, filho.

Olhei para minha camisa de botão branca e de mangas curtas, as canetas no bolso da frente, calça preta, cinto preto e sapatos pretos combinando. *Merda.*

— Mas foi você quem comprou essas roupas para mim ano passado! — falei, em pânico. Eu não podia ir ao escritório parecendo mórmon. Eles ririam da minha cara assim que eu entrasse, provavelmente dizendo que eu aparecera para o trabalho errado, que o culto seria às onze.

— Vá pegar sua camisa xadrez de botões, calças jeans e calce tênis de corrida — ordenou ela, enquanto ligava a cafeteira.

— Ma, não acho que vai ficar bom.

— Dar, pelo que eu li, é melhor se vestir casualmente nessas startups. Se você chegar lá todo mauricinho, vão pensar que você é metido. Confie em mim.

Pensei na minha visita na sexta e me lembrei de ver pessoas usando de tudo, de moletons e tênis a calças engomadas e suéteres. Ela estava certa, então me troquei o mais rápido que pude.

— Obrigada, Ma. — Beijei a testa dela.

— Dar?

— Sim, Ma?

— Estou orgulhosa de você, filho. E estou feliz que você enfim encontrou algo que te faz querer mais da vida. Você tem tanto potencial, e agora é a chance de mostrar isso ao mundo. Sei que seu pai também ficaria feliz.

Pressão. Era só o que eu sentia. Não estava feliz por fazer Ma feliz. Nem uma onda de empolgação com o meu primeiro dia. *E se não der certo? E se eu não fosse quem as pessoas achavam que eu era? O que as pessoas pensavam que eu era?*

— Obrigado, Ma. Vou dar o meu melhor — falei, correndo para fora da casa.

Seis e quinze. Quarenta e cinco minutos para chegar lá. Se tudo desse certo, era possível. Desci as escadas, corri rua abaixo e virei à direita, logo vi o sr. Aziz destrancando a porta da loja.

— Dia, Darren! Soraya disse que você está começando um emprego novo hoje — disse ele enquanto eu passava.

— *Na'am*, sr. Aziz! Estou atrasado!

— Vai lá!

Vi as gárgulas na esquina e imaginei que, embora estivesse atrasado, eu podia parar um minutinho só para dar um oi.

Jason assentiu rapidamente para mim antes de me dar as costas.

— Nem um cumprimento direito? — perguntei, me aproximando.

Ele abaixou mais o capuz e estendeu a mão.

— Você tá bem?

Ele assentiu, mas eu cheguei ainda mais perto.

Sob seu capuz, o rosto inchado, vermelho e reluzente como uma máscara barata de Halloween. Puxei o capuz dele, expondo seu olho roxo, bochechas inchadas e lábio partido.

— Ei, J, o que rolou, cara?

— Tira a mão de mim, B! — gritou ele, me empurrando com força.

Me aproximei, de mãos erguidas.

— Vamos, Batman. Sou eu, cara. Fala comigo.

— Não é nada. Fui roubado ontem à noite, então tô aqui tentando compensar o Malcolm.

— Caramba, J. Eu não sabia que você tava mexendo com o Malcolm, cara. Essa merda é perigosa.

Ele escarrou. Deu pra ouvir a coisa atingindo o concreto.

— Por que você acha que eu tô aqui cedo assim? Tenho que vender essas drogas.

— Drogas? Costumava ser só maconha. Ei, você tem que sair dessa merda pra ontem. Vai terminar mal.

— Tanto faz. Quanto menos você souber, melhor, mano. E não preciso de você me dizendo o que fazer como se fosse meu pai. Só porque você arrumou um emprego novo, não quer dizer merda nenhuma.

— Tá, cara. Mas qual é o seu plano?

— Qual é o meu plano? Tô aqui tentando ser homem e tirar minha mãe das casinhas do governo, nego. Esse é o plano. Agora, por favor sai daqui, porra, tá atraindo toda essa atenção para que os tiras me peguem.

Jason era o meu melhor amigo, meu irmão, e nos conhecíamos melhor que qualquer pessoa. Mas, naquele momento, parecia que estávamos a mundos de distância. Ele era o tipo de pessoa que ria em vez de chorar — ele perfurava a tensão como uma agulha. Enquanto eu encarava o rosto amassado dele, sabia que havia um mundo interior que ele estava escondendo, até de mim. E, pra ser sincero, doeu.

— Tá — falei, agarrando o ombro dele. O Gato Malandro acenou para mim, mas ele teria que esperar. De jeito nenhum eu ia arriscar me atrasar.

Seis e vinte e cinco da manhã. O metrô chegou e eu tinha trinta e cinco minutos. *Eu consigo*. Entrei, coloquei meus fones de ouvido e fechei os olhos, ouvindo "Hate Me Now" do Nas.

Seis e trinta e cinco da manhã. Peguei o metrô seguinte antes que partisse.

Meu coração estava fazendo hora extra. Tudo estava acontecendo tão rápido. Conhecer Rhett, o escritório, Clyde acabando comigo. *Para de pensar. Quando você desacelerar, vai levar uma na cara.*

Seis e cinquenta da manhã. Pela graça de Deus, o metrô 6 estava esperando com as portas abertas. Pulei os degraus de dois em dois, chegando bem a tempo. Suor escorria pela minha testa, e eu agarrei a haste de metal frio com tanta força que pensei que fosse amassá-la.

— Ei, Darren.

Me virei. Era Brian. Usando seu avental verde no metrô. *Não há esperança pra esse cara.*

— Fiquei sabendo que você não trabalha mais no Starbucks. É verdade?

— Hã, é, cara. Desculpa eu não ter me despedido direito. Foi tudo tão rápido, e acabei aceitando um emprego com aquele cara que foi lá naquele dia. Rhett Daniels.

— Tudo bem. Sei que você foi feito para coisas maiores. Não me entenda mal, você foi o melhor chefe que eu tive, mas era inteligente demais para ser supervisor de turno. Isso é tipo, sei lá, o professor Xavier dando aula pro prézinho.

Ele estava encarando um daqueles poemas péssimos na parede em vez de olhar para mim. Eu não sabia dizer o que ele estava sentindo.

— Obrigado, Brian. Trabalhar com vocês foi divertido, cara. Vou sentir falta de vocês. Jared vai ficar com os meus turnos?

— É, Nicole chorou quando ele contou pra gente, e Carlos sorriu, como se estivesse com orgulho de você ou algo assim. Mas você ainda vai dar uma passada lá, né?

Encarei o celular. Seis e cinquenta e seis da manhã, e estávamos na Twenty-Eighth Street. *Mais uma parada. Se eu correr, consigo.*

— Claro — falei. — Jared é um babaca, então eu vou ver vocês tanto quanto...

O metrô parou de repente, lançando corpos um por cima do outro.

Uma voz soou no alto-falante.

— Desculpem, senhoras e senhores, mas estamos enfrentando atrasos devido a um passageiro passando mal no vagão à nossa frente. Esperamos seguir em breve.

Passando mal no vagão à nossa frente? Merda!

O que eles queriam dizer é que alguém havia se lançado nos trilhos. Quem seria tão egoísta a ponto de cometer suicídio em uma segunda-feira às seis e cinquenta e sete da manhã e atrasar todo mundo? Se mate fora do horário de pico!

— Com sorte, não vomitaram no vagão todo — disse Brian, encarando o poema.

O metrô parou na Thirty-Third Street às sete e um. Corri pela escadaria do número 3 da Park Avenue, passei pelas portas giratórias e subi no elevador logo antes que fechasse. Apertei o número trinta e seis, rezando para que não fizesse nenhuma parada.

Enquanto o elevador subia, tudo o que ouvi foram cabos puxando, esticando e tremendo. Nada de música. Nada de arruaça.

Saí e olhei para a direita, mas não vi comoção além das portas de vidro fosco. Quando olhei para a esquerda, meu coração parou. A sala de conferência estava lotada, e todos lá dentro encaravam algo.

Eu.

...

Fiquei perto do elevador sem ter ideia do que fazer. Lá estava eu de camisa xadrez de botões, calças jeans e tênis de corrida da Saucony que Ma escolhera para mim. Inspirei fundo e abri as portas.

A recepcionista de feições angulosas deu um sorrisinho e estalou a língua.

— Nada bom, Buck.

Por que diabos ela está me chamando de Buck?

Mas eu não tinha tempo para perguntas. Eu tremia mais que Jack no final de *Titanic*. E também não havia ninguém para me salvar.

Fui em direção à porta pesada de madeira à esquerda. Mas, antes que eu a abrisse, Rhett balançou a cabeça, apontando para o outro lado da sala. Segui pelo caminho da parede de vidro, todo mundo ainda me olhando, e abri a outra porta.

Cada cadeira de encosto de couro ao redor da mesa de mogno tinha uma bunda sentada nela. Cada centímetro do balcão de mármore abaixo da TV de tela plana estava ocupado. Cada aquecedor diante da janela tinha alguém nele. Algumas pessoas sorriam, outras cobriam a boca horrorizadas, e alguns poucos pareciam rezar por mim. E, não tô brincando, cada uma das pessoas era branca.

Olhei para Rhett do outro lado da sala. Clyde estava ao lado dele, sorrindo.

— Por que você tá atrasado? — perguntou Rhett.

— Essa vai ser boa — sussurrou uma mulher para outra.

— Hum, o metrô. Alguém passou mal no outro vagão. — Olhei ao redor para ver se era uma resposta aceitável.

Ele fechou os olhos e assentiu.

— Ah. Entendi. O metrô. Sem problemas. Sente-se e vamos começar.

Limpei o suor da testa e me sentei no chão.

— Levanta, porra! — gritou Rhett, correndo na minha direção.

Levantei de uma vez e me preparei para o impacto. O que eu sabia até então era que esse escritório não era normal, que essa empresa não era uma empresa normal, e que essas pessoas não eram pessoas normais.

— Enlouqueceu, caralho? Começamos às sete da manhã em ponto. Toda segunda-feira do ano. Não trinta segundos depois. Não um minuto depois. E com certeza não três minutos depois. Onde você acha que tá, porra? No primeiro andar?

Minha boca ficou seca. Eu não conseguia fazer nada além de olhar para os meus pés.

— Olha pra mim! — gritou Rhett, com o rosto vermelho e uma veia pulando na testa, ameaçando explodir em um aneurisma.

— Se você se atrasar de novo para uma reunião de segunda-feira de manhã, estou falando de dois nanossegundos atrasado, cada pessoa aqui, todas as cento e cinco delas, porra, terá que fazer flexões até os braços caírem e não conseguirem segurar o celular. E você vai ter que observar até elas caírem duras. Depois disso, vou te mandar pro olho da rua. Entendeu?

Assenti com tanta força que quase quebrei o pescoço.

— Agora. — Ele endireitou a camisa e indo até a cadeira. — Pessoal, este é um dos quatro SDVs novos, Darren Vender.

— Buck — corrigiu Clyde, convencido pra caralho.

— Por que Buck? — uma garota muito branca perguntou do outro lado da sala.

— Porque, se ele fizer o trabalho dele, cada um de nós leva um milhão — respondeu Clyde, me dando uma piscadela.

— Certo — disse Rhett, assentindo. — Este é o Buck. Os outros três SDVs estão aqui?

Três pessoas sentadas no chão abaixo de mim, dois caras brancos e uma loira alta, ergueram a mão.

— Viu? — disse Rhett. — *Eles* chegaram na hora certa. Vocês três pegaram o metrô?

Eles assentiram.

— *E* eles pegaram o metrô! Assim como você também, Buck. Só que não se atrasaram. Vocês três, levantem-se e fiquem com Buck.

Eles se levantaram e olharam ao redor; ovelhas nervosas que pareciam ter acabado de ver uma ser assassinada.

— Apresentem-se e contem a porra de um fato divertido sobre vocês — ordenou Rhett.

— Sou... — a voz do Cara Branco Número Um falhou, e a sala explodiu com risadas.

— Deixou cair as bolas, meu jovem? — perguntou Rhett. A risada da sala aumentou dez decibéis, e ele ficou vermelho e começou a pigarrear sem parar, como se tivesse engolido um ossinho de galinha. A risada ficou cada vez mais alta. — Vamos, fale — disse Rhett.

O Cara Branco Número Um encolheu os ombros, e se inclinou como se fosse vomitar. Mas, em vez de pôr os bofes pra fora, ele agarrou a mochila, me empurrou e saiu correndo para a escada.

Rhett riu.

— A descida vai ser longa.

O Cara Branco Número Dois, que acabara de ser promovido para Cara Branco Número Um, encheu o peito e disse:

— Sou Arnold Boneiro. Joguei futebol americano na Notre Dame e fiquei em terceiro lugar no levantamento de peso de cento e seis quilos no Scouting Combine da NFL.

— Terceiro lugar? — gritou alguém. — Você é ruim, cara!

Uma garota loira diante de nós se virou e disse:

— Boneiro? Parece o nome do Bilbo Bolseiro do *Senhor dos Anéis!*

Todo mundo recomeçou a rir, e alguém gritou: "Frodo!", e todo mundo começou a cantar: "FRODO! FRODO! FRODO!".

Mas Arnold Boneiro nem suou. Ele só fechou os olhos e assentiu em diferentes direções, como se ouvisse música. Por fim, abriu os olhos e gritou:

— Meu nome... é Frodo!

Toda a sala bateu palmas, aprovando.

— Ótimo, Frodo está aqui — disse Rhett. — Próximo.

— Claire Vanderbilt — disse a loira alta, usando um vestido branco e cinto de couro marrom, de rosto sério, com determinação no olhar. — De Darien, Connecticut. E sou uma Vanderbilt.

A sala ficou em silêncio. Então alguém gritou:

— Holandezinha!

— Não — disse outra pessoa. — A Duquesa!

Todos assentiram concordando com o novo nome de Claire, e ela assentiu antes de se sentar.

— E você, Buck — disse Rhett. — Seu nome já é Buck, então qual é o seu fato?

Depois de terem gritado comigo e testemunhado o que aconteceu com o Cara Branco Número Um original, tentei pensar em algo bom, mas não consegui.

— Hum. — Os segundos se estenderam. Alguém bateu alto na mesa. *Tap-tap. Tap-tap. Tap-tap. Foda-se.* — Faço rima no *freestyle.*

Todo mundo arregalou os olhos. Incluindo Rhett.

— Bem, prossiga — disse ele. — Faça uma demonstração.

— Hum, não posso.

Não é que eu não pudesse, mas eu não queria começar minha carreira, principalmente como a única pessoa negra na sala, como um macaco de corda que podia bater os pratinhos quando gente branca quisesse.

Sentindo minha hesitação, eles me vaiaram como se estivessem jogando maçãs podres, amendoins e outros lixos de circo.

— É o mínimo que você pode fazer por ter se atrasado — disse Clyde.

— Sim — insistiu uma garota. — Vamos, Buck.

— Buck, Buck, Buck — todo mundo sussurrou, aumentando o volume até estarem gritando. — BUCK! BUCK! BUCK!

Então ouvi uma *batida. Tap-tap-tap. Tap-tap.* Vinda da mesa. *Tap. Tap-tap-tap. Tap-tap.* Todos faziam em uníssono.

Minha boca ficou seca de novo. Eu não conseguia respirar.

— Ele vai engasgar como o B-Rabbit em *8 Mile!* — gritou alguém.

Merda. Não havia tempo para medir os custos de ser Flavor Flav *versus* os benefícios de ser Jesse Jackson. Eu já havia passado vergonha, e não podia deixar acontecer mais uma vez. Graças a Deus, eu não estava vestido de mórmon.

Inspirei fundo e abri a boca.

— Tá, foi mal fazer esse lance que cê acha errado. Tô falando de dar desculpas, só um pouco atrasado. Tem duzentos e dez olhos me olhando, e nem, legal não é não, mas com certeza é melhor que o cara que saiu vomitando igual um bobão. É verdade, eu posso ser novo, mas prometo que tenho potencial. Palavras e verbos coalescendo em provérbios indo direto para o seu mental. É meu primeiro dia, mas se tem uma coisa que posso dizer, é que meu mano Frodo, a Duquesa e eu vamos fazer fumaça, como o peru no Dia de Ação de Graças.

Silêncio. Todos os duzentos e dez olhos me encarando.

— Puta merda — disse uma garota. — Buck faz rap mesmo!

A sala retumbou com aplausos, mãos pálidas me cercando para bater na minha.

Do outro lado da sala, Rhett me lançou um olhar que dizia: *Aí está ele. Esse é o cara que eu contratei.*

Leitor: se você é um cara negro, a chave para conquistar qualquer pessoa branca é a habilidade de mentir, engabelar ou fazer rap. Mas use-a com sabedoria e só de vez em quando. Do contrário, você arrisca se tornar um Steve Harvey.

Rhett ergueu a mão e, a fechou em punho, devagar, até que um silêncio pesado caiu.

Me sentei no chão ao lado da Duquesa, que se afastou o máximo que pôde de mim.

— Que semana é? — perguntou Rhett.

— SEMANA DOS NEGÓCIOS! — gritaram todos.

— Isso mesmo. E para aqueles que não foram iniciados, alguém pode explicar o que é a Semana dos Negócios?

Uma loira ergueu a mão.

— Semana dos Negócios é a semana mais importante do mês. É quando cada um dos membros da equipe está fazendo tudo o que pode parara garantir que a gente alcance nossa meta de RRM.

— E o que é RRM? — perguntou Rhett.

— Ah — disse ela, olhando para nós, recém-contratados. — Receita recorrente mensal. A quantidade de dinheiro de negócios fechados que presumimos que vai se repetir nos próximos meses. Ajuda o modelo financeiro e a ajustar nosso CAC, que, é claro, impacta a TF de nossos clientes.

Todo mundo assentiu, como se ela tivesse feito uma profecia. Para mim, parecia que ela estava falando em uma língua desconhecida.

— Obrigado, Tiffany. Ela está certa — disse Rhett, se levantando. — Mas ela deixou algumas coisas de fora. Alguém pode contar para os novatos por que temos a Semana dos Negócios, para começo de conversa?

A garota de cabelos laranja-avermelhados, aquela que eu vira com o porquinho nos braços, se levantou. Ela tinha o olhar perdido, como se espiasse outra dimensão.

— Porque é divertido pra caramba?

— É mesmo, Marissa — concordou Rhett. — Mas não é esse o *motivo* de termos a Semana dos Negócios. Mais alguém tem um palpite?

Um cara baixinho de barba cheia, que suava em uma camisa xadrez de botões ergueu a mão.

— Nos conte o motivo, Charlie. — Rhett se aproximou.

— Porque atingimos vinte e cinco por cento de crescimento mês a mês nos últimos onze meses, e se não atingirmos a meta, nosso crescimento vai ser prejudicado.

— E o que acontece se o nosso crescimento for prejudicado?

Charlie hesitou, olhando ao redor.

— Tudo isto acaba. Tudo o que temos, tudo o que somos. Não seremos mais os melhores.

— Que se foda! — gritou alguém.

— É, que se foda! — disse outra pessoa.

Rhett parou na minha frente, meus olhos na direção da parte de trás de seus joelhos; seu jeans era obviamente feito sob medida, as botas Chelsea de suede sem uma mancha sequer.

— Exatamente, Charlie. Obrigado. Agora — disse ele, indo até os fundos da sala, com cuidado para não pisar em ninguém, vez ou outra apoiando a mão em um ombro ou outro. — Vamos deixar isso acontecer?

— De jeito nenhum — responderam alguns.

— Não? Acho que ouvi alguns de vocês, mas não ouvi todos. Eu disse: vamos deixar isso acontecer?

— Não! — gritaram mais pessoas; algumas delas começaram a bater as mãos brancas na mesa até ficarem vermelhas.

— Não foi bom o bastante. Vocês se chamam de Sumwunners? Se estão falando sério, preciso ouvir. Então de novo. Vamos. Deixar. Isso. Acontecer?

— NÃO! — gritou a sala inteira, batendo em toda superfície que conseguiam alcançar. Alguém jogou um Moleskine no vidro atrás de mim. Me abaixei por um triz.

— DE JEITO NENHUM! DE JEITO NENHUM! DE JEITO NENHUM! — entoavam eles. Dava para ver o fogo no rosto deles, a loucura misturada como cimento no fundo de seus olhos.

Dúzias de espectadores que não eram das vendas formaram uma multidão fora da sala, jogando as mãos no ar, batendo os pés ao som de uma batida que só eles conheciam. Essas pessoas, que presumi serem semi-inteligentes e sãs, estavam gritando como um grupo de selvagens, batendo no peito enquanto uma horda de mastodontes se aproximava. Esperei que eles pegassem os chicotes com o emblema da Sumwun e se autoflagelassem.

— Temos a Semana dos Negócios porque sermos os melhores significa que *precisamos* — Rhett esticou o dedo no ar — alcançar a meta todo mês. E vou te contar um segredinho, não se limita a vendas. Não é simplesmente colocar números no quadro, porque, se fizermos nosso trabalho esta semana, faremos história. Sim, história.

"Então vamos ser claros sobre o que *não* faremos. Não vamos vender porcarias de peças de papelão e chamar de móveis, porra. Aqui não é a IKEA! Não estamos vendendo merda enlatada cheia de gordura que induz ataques cardíacos que matam bilhões de pessoas todos os dias, porra. Isso aqui não é o McDonald's! E com certeza não estamos vendendo sacos de aninhagem superfaturados e de baixa qualidade montados em lojas em Bangladesh, do outro lado do planeta. Aqui não é a American Eagle, Hollister, Aéropostale, nem nenhuma dessas marcas sem graça que estão tornando o mundo em que vivemos pior, porra.

"Somos a Sumwun. E o que a Sumwun faz é ajudar pessoas a viverem melhor. Serem melhores. Coexistirem melhor. Damos às pessoas esperança: a esperança de que amanhã será um dia melhor, a esperança de que existe alguém que as entende, e a esperança para continuar a viver com propósito. 'Deus não é injusto; ele não vai esquecer o seu trabalho e o amor que você demonstrou a Ele enquanto ajudou o povo Dele e continua a ajudá-los.' Hebreus 6:10. Agora, vão se alongar e vamos começar essa Semana dos Negócios, caralho. A primeira pessoa que fechar um negócio ganha mil dólares. Em dinheiro."

Pensei que a cena inteira tinha saído de *Um domingo qualquer*, mas eu estaria mentindo se dissesse que meu coração não estava acelerado. De jeito nenhum eu havia comprado a loucura deles, mas a energia no ar estalava como estática.

— Hora do alongamento! — gritou Clyde.

Saímos da sala um a um. Enquanto eu esperava na fila, percebi que todos estavam com a mesma cara séria, olhos fixos e mandíbula retesada. Eles não tinham pintura de guerra, AKs-47 nem tanques, mas pareciam soldados mesmo assim.

E, verdade seja dita, estavam prontos para a guerra.

...

Segui o mar de pessoas até o "espaço do evento".

Sofás roxos e mesas de madeira haviam sido empurrados para um canto da sala, e o assoalho parecia ter acabado de ser polido. Olhei para as janelas do chão ao teto e absorvi a vista livre do East River. Então percebi que havia um gongo do tamanho de uma orquestra suspenso no teto.

Pra que serve essa merda?

O cheiro de rabanadas, panquecas, salsichas, melado e frutas frescas enchia o ar. Duas dúzias de bandejas de alumínio, cheias de comida, estavam sobre a grande ilha branca de mármore perto da parede dos fundos. Detrás da ilha, na parede mais distante, havia geladeiras, cestas de frutas, máquinas automáticas de vendas que não precisavam de dinheiro, dispensários de cereal e torneiras com diferentes etiquetas, dizendo Joyride Coffee Cold Brew, Blue Moon e Health-Ade Kombucha.

A multidão que não era das vendas tostava pãezinhos, misturava aveia e cortava bananas, sem jamais tocar nas bandejas, quase como se sequer as visse. A coisa inteira parecia uma versão adulta do Rancho Neverland.

— Façam um círculo — disse Clyde. O povo das vendas obedeceu. — E nem uma palavra.

É isso. O momento do sacrifício humano. Se eu vir alguém afiando uma faca e lambendo os lábios para mim, vou sair correndo. Com isso decidido, me juntei ao círculo a algumas poucas pessoas de distância de Clyde.

— À direita — ordenou Clyde.

Todos estenderam o braço esquerdo sobre o peito em um movimento rápido, segurando-o no lugar com a ajuda do antebraço direito.

— À esquerda — disse Clyde.

Todos estavam tão acostumados aos movimentos que as instruções dele eram apenas uma formalidade; os movimentos e o ritmo enraizados neles eram como um código biológico.

— Hora do sorriso. — Clyde deu o sorriso mais ameaçador que já vi. Os olhos dele se arregalaram, e a boca se esticou tanto que achei que ele fosse partir os lábios. Mas, quando olhei ao redor, todo mundo sorria como uma gangue de palhaços assassinos.

— Por que você não tá sorrindo, Buck? — perguntou Clyde entredentes.

— Ah, desculpe — falei, expondo os dentes como uma fera.

Clyde então nos disse para fechar os olhos e "expirar". Mas, antes que eu fechasse os olhos, vi que os espectadores estavam observando com cada vez mais entusiasmo. Jen do marketing acenava para mim. Mac da academia fechou a mão em punho, no símbolo do *Black Power* quando meu olhar encontrou o seu. Teria sido mais reconfortante se Mac fosse negro.

— Mantenham os olhos fechados — ordenou Clyde. — Hoje é o primeiro dia da Semana dos Negócios, o que significa que precisamos fazer tudo que for humanamente possível para atingirmos a meta o quanto antes.

A sala ficou em silêncio.

— Temos quatrocentos e cinquenta mil dólares para fechar esta semana. Sei que parece muito, mas já fizemos em menos tempo que isso.

— Fizemos mesmo! — gritou Frodo.

Clyde acenou para ele.

— Isso mesmo, Frodo. Mas, tirando o que temos que alcançar, quero que cada um de vocês esvazie a mente e imagine-se daqui a um ano. Onde está? Talvez esteja de férias com sua namorada no Caribe, ou deitado na praia, comendo lagosta. Ou está escalando em Machu Picchu, sentindo o cheiro antigo da floresta peruana aos seus pés enquanto escala mais alto, colocando a cabeça entre as nuvens densas. O que você está vestindo?

Para ser sincero, enquanto ele falava, eu não conseguia parar de imaginar Soraya e eu numa transa quente e cheia de suor e pedindo pizza depois. O lado bom era que eu não teria que esperar um ano para que isso acontecesse. Eu só precisava vencer o dia.

O chão estalou enquanto as pessoas se moviam, todas elas prevendo pilhas de notas de cem dólares e barras de ouro caindo do céu.

— Agora voltem aqui, a este prédio, a este andar, a este escritório. Imaginem-se fechando o negócio que precisam, jogando-o no conselho sob aplausos. Imaginem-se batendo no gongo com força, sabendo que não apenas alcançaram sua meta pessoal, mas também ajudaram a equipe a alcançar a dela.

Eu não sabia se ainda deveríamos ficar de olhos fechados, então abri os meus.

Cada pessoa no círculo estava de olhos fechados com força e cabeça abaixada; todos assentiam e sussurravam consigo. Não tô brincando, algumas tinham até lágrimas escorrendo pelo rosto. Se houvesse uma Igreja de Sumwun, sem dúvida alguma a segunda-feira da Semana dos Negócios teria sido o domingo de missa.

De olhos fechados, Clyde estendeu o braço diante de si e apontou para diferentes partes do círculo, direcionando sua energia. Ele era um filho da puta privilegiado, mas realmente *acreditava* no que estava dizendo e nos valores da empresa. Isso eu precisava reconhecer.

— Toda vez que alguém disser não, desligar na sua cara, ou dizer "talvez mês que vem", quero que vocês cavem fundo e façam de tudo para não serem desencorajados. Quero que peguem o telefone de novo e façam a próxima ligação não importando quanta rejeição encarem e quantos nãos ouvirem. Lembrem-se: se vocês estão economizando dinheiro e tempo para eles, não há motivo para eles não assinarem.

Leitor: espero que esteja fazendo anotações. Clyde era louco, mas isso é Vendas para Leigos. Repito: se está economizando dinheiro e tempo para eles, não há motivo para não assinarem.

— E se virem alguém caindo, erga-o. Alcançar a meta deste mês vai significar que teremos alcançado o objetivo do ano inteiro, o que não aconteceu ainda. Então quero que abram os olhos, gritem o mais alto que puderem, batam palmas e batam os pés com tanta força que as pessoas no térreo vão achar que é um terremoto.

Todos abriram os olhos, com o corpo tenso como o dos corredores, esperando pelo tiro da largada.

— Todo dia é dia de negócios no três — gritou Clyde. — Um.

Havia algo no rosto deles.

— Dois.

Levei um segundo para perceber o que era.

— Três.

Fúria.

— TODO DIA É DIA DE NEGÓCIOS! — gritaram eles, batendo as mãos e os tênis, os saltos, as botas e os tamancos no chão com tanta força que houve mesmo um tremor.

— Comam e vamos ao trabalho! — ordenou Clyde.

Eles atacaram as bandejas de comida como se fossem urubus. E então senti uma mão no meu ombro. Clyde.

— Vamos. Você e os outros dois estão em treinamento comigo hoje. Mas primeiro vou mostrar onde você vai ficar.

— Está bem.

Chegamos ao andar de vendas, uma longa sala retangular contendo dez fileiras de mesas.

Ele apontou para duas, uma diante da outra.

— Duquesa e Frodo, vocês se sentam ali e ali. Você — ele agarrou meu ombro — vai se sentar aqui.

Ele bateu na mesa mais perto das portas foscas, na mesma fileira que as de Duquesa e Frodo.

Momentos depois, todos entraram no andar equilibrando pratos e tigelas cheios de comida do bufê de café da manhã. A maioria deles se apressou para as mesas. Mas alguns poucos, aqueles cujas mesas eram próximas à minha, pareceram ir no seu próprio ritmo.

— Sente-se — disse Clyde. — E se acomode. E então vamos começar o treinamento.

Quando puxei minha cadeira, uma chuva de tinta desceu sobre mim, cobrindo de branco minha mesa, cadeira e corpo. Olhei para cima, vi um balde pingando pendurado no teto, balançando da esquerda para a direita, como se pedisse desculpas.

QUE PORRA É ESSA?

O andar inteiro gargalhou. Algumas pessoas tiraram fotos; outras, cujas mesas eram próximas à minha, deram sorrisinhos enquanto limpavam gotículas de tinta branca e se sentavam.

Com tinta na roupa, no cabelo e até no nariz, me virei para Clyde. Ele sorria.

— Te peguei, Buck! Ha-ha! Achei que o branco ia te ajudar a se encaixar melhor — disse ele, me dando um tapa nas costas. — Não fique tão chocado. É só uma piadinha de boas-vindas. Você não está bravo, não é?

Não estava bravo? Eu não conseguia nem falar. Eu queria meter a mão na cara dele, quebrar os seus dentes anormalmente retos que pareciam um castelo de LEGO.

— Bem — disse ele, gesticulando para a bagunça. — Limpe tudo e nos encontre em Bagavadeguitá. O treinamento começa em dez minutos.

Eu deveria ter aprendido com *A passagem do meio* que jamais devia confiar em um cara branco que diz: “Sente-se”. Pode ser sua última vez.

7

Além de ser um antigo texto hindu, o Bagavadeguitá era uma sala de reuniões comum no trigésimo sexto andar do número 3 da Park Avenue. Tinha uma mesa marrom de madeira com cadeiras marrons, janelas do chão ao teto, e paredes de lousa. Tinha a mesma *vibe* da sala de conferência, mas mais abafada.

A recepcionista, Porschia, conseguiu uma camiseta e uma calça de moletom brancas para mim, mas eu ainda tinha tinta branca no cabelo, olhos, sobrancelhas, unhas e outros lugares que não conseguia ver, mas sentia. Se isso, um trote de garotinho branco de fraternidade, ia ser o pior pelo que eu passaria ali, imaginei que conseguiria aguentar.

— Sentem-se — ordenou Clyde para nós três, novos contratados, enquanto escrevia algo em uma das paredes.

Ele tampou seu marcador e foi para o lado, expondo o que parecia uma árvore genealógica. O nome de Rhett estava no topo; linhas diretas e feitas de pontinhos saíam dela, indo para outros nomes e caixas.

— O que é isso aqui? — perguntou Clyde.

— Um organograma organizacional — falei.

— Um ponto para o Buck. Temos Rhett no topo, pois ele é o presidente e fundador, Chris ao lado direito dele, como cofundador e diretor de tecnologia, e abaixo de cada um deles estão suas equipes. Como podem ver — ele apontou para o próprio nome —, sou o diretor de vendas.

Frodo olhou para a esquerda e para a direita, como se fosse atravessar a rua, e ergueu a mão.

— Não precisa levantar a mão, Frodo — disse Clyde. — Você é adulto agora.

— Ah, certo. — Frodo passou a mão no cabelo. — Percebi que todo mundo abaixo de Rhett é co ou vice alguma coisa, menos você. Por quê?

Clyde ficou vermelho como uma beterraba e fechou a mão em punho.

— Bem, tínhamos um vice-presidente de vendas, Frodo, mas ele era péssimo e levou um chute na bunda. E como você tão astutamente destacou, há uma vaga agora, que eu planejo preencher.

— Quando? — perguntou Frodo, um sorriso bobo e sonhador em seu rosto.

— Assim que você parar de fazer perguntas idiotas e começar a colocar números no quadro.

O sorriso de Frodo desapareceu.

— E quando podemos começar a fazer isso? — perguntou a Duquesa, admirando suas unhas feitas.

— Quando ganharem o direito disso — disse Clyde, escrevendo números ao lado do nome de todos. Havia um 108 ao lado do de Clyde e um 208 ao lado do de Rhett.

Frodo tornou a erguer a mão. Clyde suspirou e esfregou os olhos.

— Sim, Frodo?

— Por que é que tantas pessoas respondem ao Rhett? Parece um pouco estranho que ele seja, hã, dono de todos esses departamentos diferentes.

— Quantas empresas você abriu, Frodo?

— Hã, nenhuma, só estou tentando...

— Exatamente. Nenhuma. Zero. *Zilch*. Se não percebeu, Rhett gosta de controle. Ele gosta porque ele é o melhor em cada função abaixo dele. Mestrado em administração de empresas em Harvard, mestrado em psicologia organizacional na Universidade do Sul da Califórnia, vendedor número um em cada ano em que trabalhou na Salesforce, diretor de produção do Google por dois anos e inventor de sete produtos anunciados e vendidos na HSN, QVC e aqueles comerciais que passam às três da manhã. Não era pra gente saber desses, mas vou só dizer que um dos produtos dele rima com "slam cow".

Frodo arregalou os olhos.

— Rhett inventou o sham...

— Não diga! De novo, não era pra gente saber. Mas, sim, ele inventou. Continuando. A equipe de vendas — continuou Clyde, dando um tapa no organograma — tem três partes. Executivos de contas, conhecidos como ECs. Gerentes de contas, conhecidos como GCs. E os coitados dos representantes de vendas, conhecidos como SDVs, que são vocês. Quem pode me dizer o que um SDV faz?

A Duquesa revirou os olhos.

— Ligamos para novas empresas, qualificamos clientes potenciais e os encaminhamos para os ECs para fechar.

— Mais ou menos, sim. — Clyde apagou o organograma. — Mas não exatamente. SDVs são o sangue do time de vendas. Sem vocês, não há negócios nem moletons de marca, não há comida nem kombucha na torneira, nem as outras bobagens. Se não fizerem seu trabalho, e estou falando que se vocês não produzirem, porra, a empresa para de existir. Então, além de qualificar e entregar pessoas para os ECs, seu papel requer sangue, suor e lágrimas de entusiasmo que, sinceramente, não estou vendo em nenhum de vocês agora.

Lágrimas de entusiasmo? Eram nove da manhã, e eu já estava exausto. Exausto de tentar chegar no escritório a tempo, exausto do estresse da reunião da manhã e de estar cheirando como o estúdio do Bob Ross. Eu nem sequer percebi que estava pegando no sono até que...

— Levante-se! — gritou Clyde, a centímetros do meu rosto. — Você quer dormir? No primeiro dia de treinamento? Não debaixo do meu nariz, porra. Me diz o que é a Sumwun. Agora.

Eu havia procurado a empresa no Google no final de semana e enfim descobri o que fazia, ou pelo menos pensei que sim.

— Sumwun é uma plataforma que conecta indivíduos com o que é conhecido como "assistentes" do mundo inteiro para discutir várias questões, problemas de vida e desafios em uma tentativa de...

— AH! — gritou Clyde. — Foi uma porcaria. Sente-se. Você obviamente não sabe como falar. Duquesa. Fale.

Ela se levantou, endireitando seu largo cinto de couro, e disse:

— Através de sessões de vídeo ao vivo, conversas de texto e relatórios visuais, Sumwun dá aos indivíduos o apoio para superarem suas questões e alcançarem seus objetivos.

— AH! — gritou Clyde. A Duquesa o olhou feio. — Sente-se!

Frodo se levantou e disse:

— Sumwun é, hã. Sumwun se trata de, hã, dar às pessoas poder para, hã...

— Senta aí, porra — disse Clyde, balançando a cabeça. — Vocês parecem robôs regurgitando o que tá no site. Não, vocês parecem robôs com defeito, que não passaram no controle de qualidade e podem muito bem ir para o lixo.

Ele foi até a parede, e nós três nos sentamos desconfortavelmente ali enquanto Clyde anotava todo o pitch, lendo cada palavra em voz alta enquanto escrevia.

— Há mais de sete bilhões de pessoas na Terra, o que significa que há pelo menos sete bilhões de pessoas com seus próprios problemas, desafios e formas de viver. Sete bilhões de pessoas, como você, que acordam, vão ao trabalho, passam tempo com a família, comem, amam e dormem esperando um novo dia. Mas, conforme a população cresce, os estresses, as dificuldades e as ansiedades que as pessoas enfrentam crescem também. Foram-se os dias em que a terapia tradicional e de um único modelo funcionava. Na verdade, nunca funcionou, mas ninguém tinha alternativa, então as pessoas acabavam pagando preços insanos para falar com supostos terapeutas, e gastavam milhares de dólares em livros de autoajuda que não ajudavam ninguém além dos autores, que encheram os bolsos de dinheiro. Ou terminaram sofrendo em silêncio, por fim se machucando e machucando outras pessoas.

"Percebendo isso, criamos a Sumwun para empoderar indivíduos para receber assistência personalizada, sob medida e customizada para suas necessidades, tudo enquanto removemos o estigma de buscar ajuda. Ao oferecer um time crescente de mais de dois mil assistentes pelo mundo todo, que tem formas diferentes de vida, crenças diferentes e aplicam diferentes métodos de terapia, garantimos que você e aqueles mais próximos a você encontrarão alguém que pode se comunicar com seus próprios desafios, focados em encontrar uma solução, em vez de alguém que vai lucrar com a sua dor ao te manter como paciente.

"Com clientes individuais e corporativos em mais de cento e cinquenta países, Sumwun garante que você sempre terá alguém com quem falar quando precisar de alguém com quem falar."

— Isso — disse Clyde, batendo as mãos na mesa, fazendo todos nós, até a Duquesa, nos encolhermos — é o que fazemos aqui. Agora, quero que vocês se levantem e repitam em voz alta até que acreditem. Porque, se não puderem dizer essas palavras com confiança, entusiasmo e vigor, é melhor darem o fora daqui. Eu volto em uma hora. Falei para se levantarem!

Nos levantamos. Ele foi em direção à porta, parou, olhou para trás e disse:

— Ah é, ninguém tem permissão de sair, nem sequer sentar, até eu voltar. Se fizerem isso, estão demitidos. E, se acham que estou blefando, sentem-se ou abram a porta e vejam o que acontece.

Nós três nos levantamos e começamos a andar pela sala como monges em oração. *Merda.*

...

Era mais difícil dizer aquelas palavras com coragem real do que memorizá-las, principalmente com a bexiga cheia e um neoneandertal ao meu lado, agarrado na mesma palavra por noventa minutos a essa altura. Toda vez que chegava nela, Frodo pronunciava "população" como "pupu-ulação". Eu só respirava fundo e tentava focar no roteiro.

— "Percebendo isso, criamos Sumwun para empoderar indivíduos..."

Frodo parou e olhou para mim.

— É *encorajar* indivíduos, não *empoderar* indivíduos, Buck.

— É *empoderar*, Frodo. A palavra está bem ali no quadro onde esteve pelos últimos noventa minutos. E não me chame de Buck, cara. Meu nome é Darren.

— É *encorajar*, Buck. E por que eu não devia te chamar de Buck? Todo mundo chama. Além disso, você me chama de Frodo, e meu nome é, hã...

Só para constar, Frodo, anteriormente conhecido como Arnold Boneiro, quase se esqueceu do próprio nome.

— Arnold. Meu nome é Arnold — disse ele, suspirando aliviado.

— A diferença é que você gosta de ser chamado de Frodo; você até admitiu que esse é o seu novo nome. Não gosto de ser chamado de Buck; só deixo todo mundo me chamar assim porque seria muito desgastante retrucar.

— Então por que está me retrucando?

Ele tinha um ponto.

Frodo se virou para a Duquesa, que estava no canto, olhando pela janela.

— E você, Duquesa, se importa com seu novo nome?

Ela não se virou.

— Hã, Duquesa, perguntei...

— Eu ouvi — disse ela, seu tom tão seco como o Deserto de Gobi. — Não ligo para como me chamam. Só me importo de ver meu nome, seja lá qual for, no topo do quadro, o que, de uma maneira ou de outra, vai acontecer.

Caramba, ela é fria pra caralho. A Duquesa fedia a herança e forcas ensanguentadas. Eu a imaginei em um leilão nos anos 1800, empurrando seu marido frouxo de lado e abrindo as bocas das "feras", dos "selvagens" e dos "bárbaros" importados da África.

— Bem, só quero deixar meu pai orgulhoso — concluiu Frodo, encarando as costas dela. — Quando eu era criança, ele vendia carros usados. Antes de ele perder o emprego e começar a beber, eu gostava de passar muito tempo com ele, vendo ele falar com as pessoas, fazendo elas sorrirem e apertando a mão delas depois de entregar as chaves de um carro novo. Quero fazer isso.

— Entregar as chaves de um carro *usado*, seu idiota — disse a Duquesa, ainda olhando pela janela.

— O quê?

— Você disse "entregar as chaves de um carro *novo*", mas seu pai vendia *carros usados*. Então as chaves que ele entregava eram de carros *usados*.

— Mas os carros eram novos para elas... mesmo se fossem usados.

— Então — ela se virou, com um sorrisinho no rosto —, se eu usar um par de tênis por cinco anos, suar neles, sujá-los e os rasgar em pedaços, eles serão novos ou usados quando eu os entregar a você?

— Bem, acho que...

A porta se abriu de uma vez e Clyde entrou com um grupo de vendedores.

— Frodo, vai — ordenou ele, fechando a porta.

— Há mais de sete bilhões de pessoas na Terra, o que significa que há sete bilhões de pessoas — começou ele, errando algumas palavras, mas soando até bem. — Sete bilhões de pessoas que acordam, vão trabalhar...

Ele estava chegando perto, e eu esperava mesmo que o cara não estragasse tudo.

— Passam tempo com a família, comem, amam e dormem esperando um novo dia. Mas enquanto a *pupu-ulação*...

— Espera aí, porra — interrompeu Clyde, olhando para o grupo que trouxera. — Que diabos é uma *pupu-ulação*?

— Hã — disse Frodo, mais vermelho que um russo. — Eu quis dizer *população.* Desculpe. Eu, hã, posso recomeçar.

— Não — disse Clyde. — Você não pode. Se fizer isso no telefone, as pessoas vão pensar que contratamos retardados.

Na verdade, vão pensar que *eu* contrato retardados. E elas vão desligar e rir... de mim, de Rhett, e daquilo que toda esta empresa representa. Quer isso, Frodo?

— Hã...

— Não faz "hã" pra mim, porra, seu saco inútil de pele de porco. Perguntei se você quer que isso aconteça. Se quer que as pessoas riam de mim e de Rhett.

— Não — respondeu ele, olhando para a mesa e cutucando a pele saudável dos dedos, fazendo-os sangrar.

— Foi o que eu pensei, agora sente-se. Duquesa, vai.

— Há mais de sete bilhões de pessoas na Terra, o que significa que há pelo menos sete bilhões de pessoas... — Ela recitou a coisa toda e não errou nem uma palavra.

A gangue de Clyde o olhava com expectativa.

— Nada mal. Você precisa soar um pouco mais humana, mas bom trabalho.

Ela assentiu, se sentou e juntou as mãos como se nada tivesse acontecido.

— O melhor por último, certo? Vamos, Buck — disse ele, sorrindo.

— Há mais de sete...

— Jesus! — gritou Clyde. — Que porra foi essa?

— O quê? — perguntei, confuso.

— *Isso.* — Ele apontou um dedo tão próximo do meu olho que me encolhi. — Foi pior que o de Frodo. Você não teve nenhum espírito, falou sem convicção, e, sinceramente, soou tão sem emoção quanto uma boneca inflável murcha. De novo.

Inspirei fundo.

De jeito nenhum o meu foi pior que o de Frodo.

— Há mais de sete bilhões de pessoas na Terra, o que significa que há pelo menos sete bilhões de pessoas com seus próprios problemas, desafios e formas de viver — falei, enunciando cada palavra. — Sete bilhões de pessoas, como você, que acordam, vão ao trabalho, passam tempo com a família, comem, amam e...

— AH! — gritou ele. Sua gangue riu, balançando a cabeça. — Você é péssimo, irmão. — Ele me olhou direto nos olhos. — Precisa sorrir enquanto fala. Quando você fala no telefone com alguém, a pessoa não pode te ver nem sabe se você está usando um terno de três mil dólares ou essa merda de brechó que você tá usando agora. Então sua voz é sua aparência. Uma voz de merda, como essa que você usou, vai fazer a pessoa pensar que você compra suas roupas da seção de descontos da Kmart. Uma voz forte e apaixonada vai fazê-los pensar que você está usando Gucci, Versace ou seja lá o que você e seus *manos* gostam. Entendeu?

Leitor: essa penúltima frase foi racista pra caramba, mas as anteriores foram bons conselhos. Anote isso.

Respira. Respira. Respira. Se Ma estivesse ali, observando esse babaca amante de maionese, telespectador de *Seinfeld*, celebrador do Dia de Colombo falando assim comigo, ela teria me pegado pelo pulso e me dito para respirar. Então respirei.

Ele ficou atrás de mim e se aproximou demais da minha orelha esquerda, quase beijando-a.

— De novo — sussurrou ele.

— Há mais de sete bilhões de pessoas na Terra...

Ele gesticulou bruscamente.

— Espera! Algo não está certo. De novo.

Enquanto eu começava, ele pegou o iPhone e mostrou algo a uma das pessoas que o seguia.

Ela riu. Eu parei.

— Falei para parar? Continue.

Continuei.

— Um pouco melhor — interrompeu ele. — Mas ainda ruim. Vou ser sincero com você, Buck. Não acho que você acredita nas palavras que está dizendo. Na verdade, acho que você simplesmente não se importa. Vamos ficar aqui o dia todo até você me convencer que se importa. De novo.

Quando digo que isso durou mais oito horas, quer dizer que durou mais oito horas. A Duquesa, o Frodo e eu não nos revezávamos; eles, com diferentes grupos de representantes de vendas, me ouviram recitar as mesmas duzentas e sessenta e seis palavras várias vezes até eu ficar rouco. Perto do final, Clyde me fez escrever o roteiro do começo ao fim, até cobrir cada centímetro das paredes brancas do Bagavadeguitá.

Grande parte de mim sabia que nada daquilo estava certo, que eu era um alvo, mas não estava fazendo isso apenas por mim, estava fazendo isso por Ma, pelo sr. Rawlings, por Soraya e por todos os outros que acreditavam em mim. Eu só tinha que ter coragem e aguentar. Depois que o sol se pôs e os sons do escritório diminuíram, Clyde ergueu o olhar do notebook e assentiu.

— Mais uma vez.

Falei as palavras. Todas elas. Pelo que foi provavelmente a milésima vez naquele dia. Frodo cochilou e a Duquesa, com os braços cruzados sobre o peito, olhou para mim, furiosa. Terminei, e Clyde bateu palmas. Frodo acordou e a Duquesa se endireitou.

— Você está quase lá, Buck. Ainda não, mas quase. De qualquer forma, vou te dar uma folga. Amanhã começa a verdadeira diversão. Encenação. Depois do alongamento, venham direto pra cá. Vocês estão dispensados.

Enquanto Frodo e a Duquesa saíam, Clyde me chamou.

— Ei — disse ele, indicando uma cadeira.

Com todos fora da sala, Clyde — vestindo o que eu passaria a conhecer como sua marca registrada: camisa social xadrez da Brooks Brothers com um colete Patagonia preto ou azul, Dockers cáqui e mocassins ou sapatos fechados — olhou para mim, preocupado como um orientador.

Preferi ficar de pé.

— Sim?

— Tem certeza de que isso é para você? Perguntando como amigo, porque eu sei que não é pra todo mundo. Algumas pessoas simplesmente não se encaixam, sabe?

Eu o encarei, olho no olho.

— Tenho certeza.

— Tá, descansa um pouco. Acredite ou não, hoje foi fácil.

Quando entrei no elevador, alguém gritou:

— Segura!

Segurei a porta, e Rhett entrou. Apesar de ser o primeiro dia da Semana dos Negócios, de alguma forma ele mantivera seu brilho sobrenatural, como se nada pudesse preocupá-lo.

— Obrigado, Buck.

Todo o estresse do dia saiu de mim e eu sorri.

— Imagina.

Ele pôs a mão no meu ombro, me encarando.

— Ei, Buck. Desculpe por esta manhã. Eu não posso ser mole quando alguém se atrasa para a reunião de segunda-feira. Ou quando não dá seu melhor. Não foi pessoal.

— É. Eu não achei que foi. Eu entendo.

— Legal. Como foi seu primeiro dia?

Arregalei os olhos e balancei a cabeça.

Ele riu.

— Ruim assim, hein? Sei que é difícil, mas garanto que será uma das melhores experiências profissionais da sua vida, Buck. Sério.

— Espero que sim.

— Eu *sei* que sim. Você vai ver.

Nós nos separamos no saguão. Saí pela porta e Rhett entrou no Starbucks. Foi a primeira vez em doze horas que senti o doce ar fresco de maio e ouvi outra vez os sons da cidade de perto.

Não me lembro muito da viagem de metrô. Mas me lembro de chegar em casa, desmaiar e ouvir Ma abrir a porta para perguntar se eu estava bem.

— Tô — falei, meio dormindo.

— Como foi seu primeiro dia?

Não lembro o que falei, mas me lembro de pensar: *se esse foi só o primeiro dia, como vão ser os outros, porra?*

8

Exceto às segundas-feiras, o trabalho começava às 8h. Mas fiquei traumatizado, então no segundo dia levantei às 6h15, tomei um banho rápido e fui para a cozinha.

Ma estava sentada à mesa lendo um jornal com uma xícara de café forte e espumoso. O cheiro era doce, como tangerina, mas picante com notas intensas de acidez. *Com certeza um blend salvadorenho.*

— Dia, Ma.

Plantei um beijo cansado na bochecha dela. Embora eu tivesse dormido por quase dez horas, ainda estava exausto, o que me fazia temer pelo longo dia que teria pela frente.

— Dia, Dar. — Ela dobrou o jornal. — Você estava dormindo como um cadáver quando voltei do trabalho. Se você não tivesse respondido, eu ia te balançar pra garantir que estava vivo.

Eu ri, me servindo uma tigela de cereal.

— É, eu me sentia um cadáver.

— Então, como foi?

O que eu queria dizer era: *me ajuda, mãe! Eles me forçaram a fazer rap, jogaram alguma merda de alcatrão e pena da* KKK *em mim e me fizeram escrever em um quadro até meus dedos sangrarem. Por favor, por favor, por favor, não me faça voltar!*

Mas não consegui. Jason estava na esquina tentando proporcionar uma vida melhor para a mãe dele. Eu tinha que engolir meus sentimentos. Ma fez o papel de mãe e pai durante toda a minha vida, e era minha vez de cuidar dela.

— Foi tranquilo — falei, me sentando. — Somos três novos contratados. Bem, éramos quatro, mas um foi embora. E agora estamos trabalhando em um roteiro.

— O que aconteceu com o outro?

Pensei nele, e me dei conta de que nem soube seu nome. Vi o suor descendo em seu rosto avermelhado, o desespero em seus olhos enquanto ele olhava ao redor em busca de ajuda como um animal assustado.

— Só não era o emprego certo para ele — falei, dando de ombros, e comi meu cereal rapidamente.

— Bem, se ficar muito difícil, lembre-se de por que você está lá, Dar. Para se tornar algo e mostrar ao mundo o seu valor. Para deixar sua luz brilhar e ser tudo o que sei que você pode ser.

— Eu sei, Ma. Vou tentar. — Peguei minha bolsa e fui para a porta.

— Ah, e Dar?

— Sim, Ma?

— Eu estava pensando que a gente podia jantar junto de novo na sexta. Eu, você, Soraya, Jason e o sr. Rawlings. Para celebrar o fim da sua primeira semana. Vou fazer peru extra-apimentado para você.

— Tá ótimo, Ma. Te amo — falei, e corri escada abaixo para não me atrasar, não importava o que acontecesse.

Quando virei a esquina, Soraya estava sentada em um banco fora da loja, usando um moletom preto escrito "Huda Sha'arawi: pesquise ela". Ela estava lendo uma pequena pilha de papéis.

— Ei — falei, surpreso. — E aí?

— Ajudando meu pai a abrir a loja — respondeu ela, com os olhos grudados nos papéis. — Está chegando um carregamento de sabão preto africano.

— Ah *é?*

Ela riu.

— Não se preocupe, já tem seu nome nele.

— *Shukran, habibti.* E o que é isso?

— Papéis de inscrição. Para ser aceita no programa de enfermagem acelerado da NYU, preciso fazer seis pré-requisitos. Já fiz três na Hunter, mas vou fazer cursos de verão para o resto e torcer para que me aceitem.

— Eles vão. — Ergui o queixo dela na minha direção e nossos lábios se conectaram rapidamente. — Qual é o prazo?

— Se eu quiser começar no outono, preciso me inscrever até quinze de junho. Então, algumas semanas.

— Está bem — falei, e a beijei mais uma vez. — Me avisa se precisar de ajuda.

— Aviso. E espera, você não me mandou mensagem ontem à noite. Como foi seu primeiro dia?

— Eu te conto mais tarde! — gritei, correndo em direção às gárgulas.

— Vem cá, garoto! — chamou o Gato Malandro.

Eu o ignorei por um momento e cumprimentei Jason rapidinho.

— Você tá bem?

— Sim, mano. Como eu tô? — disse ele, ainda ferido, mas sorrindo.

— Como se tivesse ferrado, mas não tá tão mal.

— Boa visão. Quer jogar xadrez?

— Nem, preciso ir trabalhar.

— Tá. Eu também não ia querer me misturar comigo se fosse você. Mas não esquece o que eu disse.

— Sobre o quê?

— Sobre aquelas pessoas chiques no escritório não serem o *seu* povo. A casa vai cair.

— Tá, cara. Fica em paz.

Corri até o Gato Malandro e me sentei em uma caixa, conferindo a hora. 6h58 da manhã. *Vai dar certo.*

— E aí, Gato Malandro?

Percebi que ele estava usando uma camisa havaiana particularmente colorida.

— Como foi seu primeiro dia?

— Difícil. Estamos trabalhando em um roteiro e hoje vamos encenar.

— E o que é que aquele povo te faz vender lá? Quando leio sobre essas novas empresas de tecnologia e toda aquela merda do Mark Zucker-quem, até minha cabeça dá voltas. Sei que eles estão fazendo maluquices.

— Pra ser sincero, eu ainda não tenho certeza. É como uma plataforma em que pessoas podem falar com outras pessoas ao redor do mundo para conseguir ajuda para seus problemas. Sabe, terapia sem toda a besteira.

Ele jogou as mãos para cima e arfou.

— Sem toda a besteira? Essa merda não é pra pessoas negras, Darren. Isso é uma merda pra mulher branca rica, nego. Pessoas negras não precisam de terapia, porque a gente não tem essas questões mentais. TOC, TDAH, TEPT e todas essas siglas que eles inventam todo santo dia. Tô te falando, as únicas siglas com as quais as pessoas negras precisam de ajuda é NYPD, FBI, CIA, KKK e KFC, porque eu *sei* que eles tão colocando alguma merda naquele balde de doze pedaços que deixa a gente viciado. Toda aquela gordura saturada, sódio. Essa merda é crack, mas...

— Tá, cara. Preciso ir, Gato Malandro. Não posso me atrasar. Mas valeu pela conversa.

— Ei, tenho um conselho antes que você vá. Estou nessa esquina há tempo suficiente para ver dez mil transações acontecerem. E o que aprendi é que, ou você tá vendendo para alguém um sim ou ele tá te vendendo um não. Não importa o que acontecer, algum nego vai sair pior que o outro nego, então você tem que dar um jeito de esse nunca ser você, tá ligado?

Leitor: preste atenção no que o Gato Malandro acabou de dizer, exceto toda a besteira das siglas. Quer você venda a alguém um sim, quer ele te venda um não, uma venda é sempre feita.

— Falou, tá ótimo — disse, dando um tapinha nele e indo para o metrô.

Conferi meu celular: 7h05 da manhã. Eu ia chegar.

Eram 7h40 quando cheguei na Park Avenue, então achei que tinha tempo suficiente para dar um oi para os meus antigos soldados.

Carlos limpava o chão enquanto Nicole preparava as bebidas.

— E aí, gente?

Carlos olhou para cima e jogou as mãos pro alto, a vassoura atingiu o chão molhado.

— Ei, Darren! E aí, *hermano*? Achei que não ia mais te ver aqui agora que você tá todo chique na cobertura, mano.

— Jamais.

Cumprimentei ele e olhei ao redor. Tudo parecia estar do jeito que deixei, exceto pelos anúncios no balcão mostrando uma nova bebida surpreendente.

— Darren! — gritou Nicole detrás do caixa. — Eu iria até aí te abraçar, mas preciso terminar estas bebidas — disse ela, limpando o suor da testa.

Parte de mim sentia falta dela; de todos eles. Eu sentia falta da familiaridade, de ser o verdadeiro NCNL sem ninguém mais para me dizer o que fazer ou gritar insultos para mim como se eu fosse um vira-latas.

— Tudo bem, Nicole! — gritei por cima do zumbido da máquina de café.

Mas, quando eu estava prestes a subir, percebi que algo estava errado.

— Ei, Carlos. Cadê o Brian?

Ele indicou a outra sala. Me aproximei e ouvi gritos detrás da porta. Abri e encontrei Brian sentado em uma cadeira, o rosto tomado de lágrimas, enquanto Jared se assomava acima dele como um capataz prestes a acabar com ele.

— Que porra tá acontecendo aqui? — perguntei, olhando de Jared para Brian.

— O que você tá fazendo aqui? — perguntou Jared, surpreso. — Você não trabalha mais aqui.

— Por que ele tá chorando?

— Não é da sua conta, cara — disse Jared, me empurrando porta afora.

— Encosta em mim de novo e eu vou quebrar a sua mão.

— Bem, talvez você devesse ter ensinado esse garoto a fazer café. Ele fica queimando todos os grãos e derramando as coisas. Não sei o que ele tem.

Agarrei o braço de Brian, ajudando ele a se levantar, e o levei para fora, deixando Jared parado na sala.

— O que aconteceu, Brian? — Sequei o rosto dele com um guardanapo.

— Eu não sei. Eu só... MERDA! Desculpe. É só que sem você aqui... — Ele cobriu a boca rapidamente e ficou com a mão ali até abafar o que ia dizer, como se estivesse contendo um espirro. — Desculpa, Darren. Sem você aqui, parece que eu tô meio sozinho. E estou distraído.

Dei uma longa olhada em Brian e me perguntei o que aconteceria com ele. Quando eu era o NCNL, minha preocupação ia até garantir que ele estivesse feliz e focado, mas nunca me perguntei aonde ele iria a partir daí. Mesmo assim, ele sempre se inspirou em mim, o que talvez fosse de onde saiu parte da confiança que eu tive para abordar Rhett naquele dia. Eu precisava estar ali para ele.

Agarrei seus ombros.

— Escuta, cara. Estou tentando entender esse meu novo emprego, mas talvez eu consiga te indicar ou algo assim. Quando eu me estabelecer. Não estou dizendo que seria contratado, mas posso pelo menos falar com eles sobre você em um mês ou dois.

Ele sorriu, expondo lindos dentes que pareciam pérolas em veludo preto, e seus olhos ameaçaram pular fora do crânio, como se ele fosse um personagem de desenho.

— Faria isso por mim?

— Claro, cara — falei, dando um tapinha nos ombros dele. — Preciso ir, mas fique de cabeça erguida. Faça seu trabalho e não seja demitido.

— Pode deixar! — disse ele, endireitando o avental. — Você é incrível, Darren!

Com tudo sob controle, me despedi dos meus soldados e conferi a hora. Sete e cinquenta e cinco da manhã. *Merda.*

Corri para dentro da área do elevador e vi um se fechando.

— Segura, por favor!

Mas ninguém o segurou. Enquanto as portas se fechavam, vi Clyde lá dentro, apontando para o relógio com um sorrisinho no rosto. *Filho da puta.*

...

Me juntei ao círculo às 7h59 da manhã. Clyde deu o mesmo discurso animado, fez as mesmas ameaças e causou a mesma tensão do dia anterior. Depois, fui o primeiro a passar pelas portas de Bagavadeguitá. Me sentei em uma cadeira na curta mesa de madeira, e meu joelho balançava de cima para baixo como se tivesse uma mola. *Hoje é o meu dia. Seja o homem que Ma precisa que você seja.* Clyde entrou com Frodo e Duquesa a reboque, e foi direto para o quadro.

Ele mostrou o que chamou de "anatomia de uma chamada fria": introdução, afinidade, descoberta, apresentação, lidar com a objeção, qualificação e entrega.

— Se vocês fizerem bem cada uma dessas sete coisas, serão bem-sucedidos. Senão, sua carreira na Sumwun morrerá rápido.

Então ele nos contou para que serviria toda a semana de treinamento: uma encenação formal na sexta.

— Mas não é nada grande. Vai ser só eu, Rhett e Charlie, que vai gerenciar vocês quando o treinamento acabar. Se passarem, receberão seus telefones na segunda. Se não, estarão na rua.

Ele fez mímica de chutar alguém porta afora com seu *loafer* polido.

Leitor: isto é importante. Se você dominar a sequência, conseguirá ligar para qualquer estranho e conseguir o que quiser. Eu garanto.

Pelo resto da sessão, Clyde explicou os passos um por um. Uma boa introdução, disse ele, é baseada na simplicidade. Você diz quem é e inicia a ligação em um tom alegre. Com a afinidade, busca estabelecer uma rápida conexão entre você e o cliente. Para isso, pergunte como ele está, quais são seus planos para o final de semana, se viu uma série popular na TV na noite anterior etc.

— Mas, pelo amor de Deus, nunca falem do clima. Todo mundo e a mãe deles falam da droga do clima. A questão aqui é se familiarizar com eles pra ontem. Quanto mais rápido fizerem isso, mais provável alguém abaixar a guarda. E quando a guarda abaixar, vocês podem fazer o que quiserem com eles.

A Duquesa se endireitou nessa parte, perguntando a melhor maneira de fazer alguém abaixar a guarda.

— Com a sua confiança e o seu tom de voz — respondeu Clyde. — Você não quer que o cliente sinta que está recebendo ordens. Em vez disso, ele deve te ver como um amigo, um parente ou um conselheiro confiável. *Não* alguém que está tentando conseguir algo dele. Então, por mais que você não dê a mínima depois que desligar, precisa se importar profundamente por dez, vinte ou trinta minutos enquanto está ao telefone com ele. Se o cachorro dele acabou de morrer, você o consola. Se ele está animado por alguma feira nerd da Renascença, você pergunta se ele vai se vestir de elfo ou cavalheiro. Entendeu?

Todo mundo assentiu.

Frodo ergueu a mão e a abaixou rapidinho.

— Como nós, hã, somos pagos?

— Ao gerar novos clientes qualificados de vendas, também conhecidos como NCQV. Se você passar o cliente para um EC e o EC disser que é bom, você é pago. O mesmo funciona para os NCQV que se tornam negócios. Mais perguntas?

Nem uma palavra. Todas essas siglas e passos faziam minha cabeça girar. Frodo estava anotando o máximo que podia, literalmente suando. E a Duquesa estava, sério, lixando as unhas.

— Ótimo — disse Clyde, sorrindo. — Vamos começar.

...

— Frodo, sou Jack Durft, diretor de RH do Cemitério Cold Stone — disse Clyde. — Me liga.

— Hã, quem é Jack Durft? — perguntou ele, se virando para a Duquesa e eu.

Clyde apertou a ponta do nariz e inspirou fundo.

— Frodo, eu acabei de te falar. Ele é diretor de RH do Cemitério Cold Stone, porra. Liga para mim.

— Tá, hã, alô?

Clyde bateu as mãos na mesa. Dei um pulo.

— Toca a porra do telefone, seu idiota.

— Ah, certo — disse Frodo. Ele fez o sinal de *hang loose*, como um telefone, e o levou à orelha. — Trim-trim.

— Aqui quem fala é o Jack.

— Hã, sim, sr. Jack, aqui é...

— *Click!* Por que tá chamando ele de *sr.* Jack? Seja familiar. Você chamaria seu amigo de *sr.* Alex?

Frodo deu de ombros.

— Acho que depende se ele quer ser chamado de sr. Alex.

— Você deve ter amigos esquisitos pra caralho. — Clyde balançou a cabeça. — Mas, para o propósito disto, vamos presumir que seus amigos não são pirados. Ligue de novo.

— Trim-trim.

— Bom dia, aqui é Anna.

— Anna? Pensei que você tinha dito que era Jack — disse Frodo, ficando vermelho.

Clyde correu para Frodo tão rápido que pensei que ia socar a cara dele. Em vez disso, chegou bem próximo da orelha de Frodo e sussurrou:

— Jamais, sob nenhuma circunstância, saia do personagem.

Frodo engoliu em seco, alto o suficiente para que ouvíssemos, e assentiu, de cabeça baixa.

Clyde se endireitou.

— O quê? Você achou que quem vai atender é sempre a pessoa para quem está ligando? Haverá dias em que você fará duzentas ligações sem falar com ninguém. E, se conseguir, pode ser que fale com Anna, a secretária, uma guardiã cuja função é impedir que vendedores incompetentes como você desperdicem o precioso tempo do chefe dela. É seu trabalho se acotovelar por eles como uma gangue de *groupies* emocionadas.

Leitor: isso é verdade. É o século XXI, então secretárias não são mais apenas mulheres, mas, mesmo assim, grande parte de chegar na pessoa certa consiste em se tornar amigo do guardião para que ele te deixe passar, te dê informações e se torne um aliado — não um inimigo.

Frodo sorriu. A Duquesa bocejou. Eu senti que ia vomitar.

— Buck.

Merda. Ah, não. Senti que estava amarrado a um trilho esperando ser atingido enquanto um trem avançava em minha direção, suas luzes brilhando na escuridão.

— Meu nome é Harry Johnson, sou vice-presidente de pessoal no McDonald's. Ligue para mim.

Inspirei fundo. Sem fazer nenhuma da merda idiota de Frodo com o *hang loose*, falei:

— Trim-trim.

— Aqui é o Harry.

— Olá, Harry, aqui é o Darren da Sumwun. Como você está?

— Oi, Darren, estou ótimo. E você?

— Muito bem, aproveitando o bom, hã, o bom...

— O bom o quê, Darren? Alô? Você ainda está aí? Você estava prestes a falar sobre o clima? A PORRA DO CLIMA COMO SEU CHEFE

TE DISSE PARA JAMAIS COMENTAR PORQUE É CHATO E SÓ GENTE CHATA FALA DISSO? Caralho!

Clyde agarrou meu cotovelo com força, me puxou da cadeira e me levou para a janela.

— Olhe lá para fora, Buck — ordenou ele. — O que você tá vendo?

— Prédios. — Eu estava oficialmente enjoado.

— Isso mesmo — disse ele, me dando um tapinha nas costas. — Se falar do clima de novo, vou te atirar pela porra desta janela e garantir que você jamais veja *aqueles* prédios por *esta* vista de novo. Entendeu?

De alguma forma, Clyde parecia Jack Nicholson tanto em *O iluminado* quanto em *Um estranho no ninho*. Os dentes dele estavam expostos, mechas cheias de gel de cabelo loiro penduradas acima de seus olhos, e ele respirava como uma fera.

Eu nunca tinha deixado ninguém falar comigo assim, e, embora não quisesse deixar passar, eu sabia, como o sr. Rawlings dissera, que era tudo parte de um jogo, e que homens de verdade eram julgados pelo quanto conseguiam aguentar. Então assenti.

— Duquesa. Ligue para Harry. O mesmo cara com quem Buck quis falar do clima.

A performance dela foi impecável.

Clyde, enfim satisfeito, digitou alguns números no telefone da mesa.

— Alô?

— Aqui é o Clyde. Pegue Eddie e Marissa e venha para Bagavadeguitá.

...

Marissa, Eddie e Tiffany, SDVs sêniores que já haviam alcançado a meta pessoal, ficaram na parte da frente da sala, nos inspecionando como se fôssemos gado. De braços cruzados, Tiffany sorriu e perguntou:

— Quem vai primeiro?

— Espere — disse Eddie. — Vamos conferir a temperatura. Como vocês estão?

Frodo e eu demos de ombros. A Duquesa disse:

— Bem, quanto tempo mais precisamos ficar aqui?

— Pelo tempo que precisar, riquinha — disse Tiffany, irritada. — Vocês três devem ser o grupo mais patético de SDVs que já vi.

O resto da sessão foi traumatizante. Na hora do almoço, parecia que eu tinha sido atacado pelos cachorros de Mike Vick. Por sorte, o almoço era bufê.

A ilha de mármore do espaço para eventos transbordava de arroz amarelo, feijão, tortilhas, frango, bife, cebola salteada, alface, tomate e pimentão verde. Nós três voltamos ao Bagavadeguitá sem dizer uma palavra. Frodo havia pegado o dobro de tudo e sua comida mal cabia em dois pratos grandes, Duquesa preparou uma pequena salada de tacos e eu optei por um modesto burrito de carne.

— Então, como foi que vocês ficaram sabendo da Sumwun? — perguntou Frodo, enquanto os líquidos salgados escorriam de seu queixo.

— Conheci Rhett no Starbucks — falei, tentando ser casual.

— Então foi o que aconteceu? — perguntou a Duquesa. Ela empalou pedaços de frango e alface com o garfo, como se fizesse vudu culinário com alguém.

— Foi o que eu falei, não?

— O que você estava fazendo no Starbucks? — perguntou ela.

— Como *você* chegou aqui? — devolvi.

— Meu pai joga squash com o pai de Clyde no Greenwich Country Club — respondeu ela, como se eu devesse saber. A verdade é que, até os quinze anos, eu nem sabia o que era squash.

— E? — perguntou Frodo, parando para engolir uma ambiciosa boca cheia.

— E Clyde me falou da vaga, me deu alguns conselhos e estou aqui com vocês dois, espécimes de excelência.

— Conselhos? — perguntei. — Tipo o quê?

— Tipo como encenar e fazer o trabalho, o que mais poderia ser? Nada especial.

Nada especial. Não era de se estranhar ela não estar sendo destruída nas encenações. Ela tinha *conexões.* Conexões, como títulos do tesouro, são emitidas para cada pessoa branca rica ao sair do útero. Sempre que um deles se droga e bate o carro dos pais, sempre que é pego por comprar cocaína de um infiltrado, sempre que é pego mexendo com os bandidos errados nas férias, eles fazem uma ligação, mandam uma mensagem ou sacam seu AMEX.

Leitor: uma das chaves mais importantes para o sucesso em vendas é o foco. Nunca deixe que nada nem ninguém o tire do caminho, especialmente pessoas que parecem ter nascido em berço de ouro.

Frodo, depois de conseguir engolir mais do que conseguia mastigar, respirou aliviado.

— É, meu recrutador também me ensinou. Na verdade, a Sumwun foi o sexto lugar onde fiz entrevista. Quando Clyde viu que eu era jogador na Notre Dame, só perguntou se eu estava preparado para trabalhar aqui mais do que no campo. Eu disse sim e consegui o trabalho. Inclusive — disse ele, largando o taco e se virando para mim —, alguém já te disse que você parece o Dave Chappelle?

As cartas estão contra mim. Eu não tinha um papai para jogar squash com o diretor de vendas. Nenhum recrutador iria marcar cinco entrevistas para eu arruinar até que alguém se arriscasse comigo porque eu era atleta. A única coisa que me fez chegar lá foi um lampejo momentâneo de coragem, coragem que ficava mais fraca a cada dia.

...

O dia se repetiu em ciclos de diferentes SDVs nos interrogando sem parar. No final, eu estava exausto. Graças a Deus Clyde não voltou mais.

Peguei minha bolsa e fui para o elevador quando ouvi gritos. Minha curiosidade foi maior que minha exaustão. Quando me aproximei do escritório de Rhett, a porta se abriu e Chris, o pequeno e suado cofundador de rosto vermelho, saiu correndo como um furacão.

— Se não cuidar disso, eu cuido! — gritou ele por sobre o ombro enquanto passava às pressas por mim.

Espiei lá dentro e vi Rhett sentado em um sofá de couro com um copo de gim em uma das mãos e a testa apoiada na outra. A camisa social branca estava amarrotada. Em silêncio, recuei até que ele ergueu o olhar e encontrou o meu.

— Ah, Buck, eu não sabia que você estava aqui. Tudo certo?

Seus olhos estavam vermelhos e a pele bronzeada parecia mais pálida, como se alguém tivesse arrancado algumas camadas dela para revelar o inverso pálido e vampiresco de seu eu diurno.

— Hã, sim — falei. — Desculpe interromper. Fiquei preso no Bagavadeguitá o dia todo e ouvi gritos, então...

Ele acenou e sorriu, trazendo a cor de volta ao rosto.

— Ah, não se preocupe com isso. Só chatice de startup. Sente-se.

Larguei minha bolsa e me sentei na outra ponta do sofá. O escritório dele era enorme, com cerca de metade do tamanho do Alcorão, e tinha dois longos sofás de couro preto, uma mesa de sinuca grande, uma escrivaninha feita de uma porta antiga e, claro, janelas do chão ao teto.

Devagar, ele se levantou do sofá e foi até as prateleiras cheias de livros e garrafas de bourbon, uísque, vodca e muito mais.

— Uma bebida?

— Não, obrigado, eu não, hã...

— Não se preocupe. Eu provavelmente não devia beber tanto quanto bebo. Mas tem algo em um copo gelado de gim no fim do dia que me faz me sentir mais humano. — Ele riu. — Isso me torna um alcoolista ?

— Acho que depende.

Ele se sentou ao meu lado.

— De quê?

— De saber se você ainda se sente humano sem isso.

Ele olhou dentro do copo, como se as respostas estivessem no fundo.

— Clyde me disse que você está com dificuldade.

— Está tudo bem — falei, admirando os livros dele. Daniel Pink. Dale Carnegie. Eric Ries. Andy Grove. Tudo parte do kit inicial de presidente. — Você gosta de ler, né?

Ele riu.

— Pode-se dizer que sim. Mas você ainda não me deu uma resposta direta. Como você tá?

— Essa merda é difícil, cara — respondi antes de poder me conter. — Sinto que Clyde está sendo mais duro comigo que com os outros. Como se eu sempre estivesse um passo atrás.

Ele deixou o copo de lado e assentiu.

— Isso é normal, Buck. Se você sente que ele está sendo duro com você, então ele provavelmente está. Mas apenas porque ele vê potencial em você, assim como eu vejo. Isso aqui — disse ele, gesticulando ao redor — não significa nada se as pessoas não forem levadas além do limite de quem pensam que são. E, acredite ou não, eu *sei* quem você realmente é, o gigante que pode se tornar.

Caramba. Esse cara acredita em mim mais do que eu mesmo.

Leitor: todo mundo acha que a chave para ser bem-sucedido em vendas é motivação. Errado. Motivação some em um instante. Mas inspiração? Cara, isso é o que vai te sustentar por mais tempo que tomar Viagra demais sem querer. Rhett, como você verá, incorporava a inspiração. Ele me capturou — até me cegou.

— E você? — perguntei.

— Eu? Ah, está tudo bem. Só precisamos alcançar a meta. O que você vai aprender, Buck, é que cada um de seus problemas desaparece — disse ele, juntando as mãos — quando alcançar a meta.

Eu não sabia como o tempo havia passado tão rápido, mas eram 20h30, e minha exaustão havia retornado como um caso assintomático de gonorreia.

— Tá ficando tarde, Rhett. Preciso ir.

— Agora? — perguntou ele, rindo. — Tarde? Na semana que vem, oito será cedo para você. Vá para casa, descanse e esteja pronto para arrasar amanhã. Mas quero que me prometa algo, Buck. Sei que não faz muito tempo que nos conhecemos, mas se você me prometer, eu prometo a você.

Esperei que o cara ficasse de joelhos e confessasse seu amor por mim, mas fiquei grato quando ele apenas disse:

— Prometa que será sempre sincero comigo, Buck. Que nunca esconderá nada de mim. E eu prometo cuidar de você. Prometo te moldar à minha própria imagem e garantir que você seja bem-sucedido.

Ele estendeu a mão para a minha. Eu sabia que segurá-la significaria fazer uma promessa da qual eu não poderia escapar — um aperto de mão que eu não poderia desfazer. Como eu disse, eu já era um planeta menor no campo gravitacional de Rhett, e gostava da sensação. Inspirei fundo e agarrei a mão dele. Um pequeno sorriso apareceu em seu rosto.

— Prometo.

9

Depois de acordar com uma dor de cabeça do tamanho do ego do Kanye, fui para a cozinha. Mas não havia nem sinal de Ma. Desci as escadas e encontrei a porta do quarto dela fechada, o que era incomum. Ela costumava dormir com a porta aberta.

— Ma — chamei, batendo na porta. Nenhuma resposta. — Ma — repeti, mais alto. Nenhuma resposta. Quando abri a porta, eu a encontrei deitada de costas, desmaiada. Aterrorizado, rastejei devagar em sua direção, pensando que ela havia morrido durante o sono. Lágrimas haviam começado a se formar nos meus olhos quando chutei um copo que ela havia deixado no chão. Ela se levantou de uma vez, com a máscara preta de dormir ainda sobre os olhos.

— Graças a Deus — falei. Peguei o copo e enxuguei as lágrimas. — Eu pensei...

— Que horas são, Dar? — Ela removeu a máscara para revelar olheiras escuras.

— Seis e quarenta, mãe.

— Ah, eu não escutei o despertador. Tenho estado tão cansada, querido. Talvez eu falte hoje.

Era a primeira vez na vida que Ma faltava ao trabalho. Ela sempre conseguia preparar o café e ir para lá, por mais que se sentisse mal. Ela até foi à fábrica no dia seguinte à morte do meu pai, porque disse que era bom ser necessária, mesmo quando se era apenas mais um entre milhares. Eu estava preocupado, mas achei que a melhor coisa a fazer era ir para a Sumwun, arrasar e confiar que ela se sentiria melhor logo.

— Quer que eu te traga alguma coisa antes que eu saia, Ma? Quer mais água, café?

— Não, obrigada, querido. — Ela fechou os olhos e agarrou meu braço. — Tenha um bom dia no trabalho, Dar. Te vejo quando você voltar. E não se esqueça da sexta. Estarei melhor até lá. Vai ser bom.

Me inclinei e beijei a testa fria dela.

— Tá, Ma. Eu estarei lá.

Descer a escada. Virar a esquina. Acenar para o sr. Aziz. As gárgulas estavam paradas no mesmo lugar. Jason queria conversar, mas eu não tinha tempo, então passei correndo por ele e acenei para o Gato Malandro antes de entrar no metrô.

Assim como Ma, eu também devia ter ligado para dizer que estava doente.

...

Clyde estava fechando negócio com alguém em Londres, então Charlie, o cara que parecia o Paul Bunyan e seria meu futuro gerente, explicou por que precisávamos atingir nossa meta.

No final, Rhett foi até o centro do círculo. Ele não estava mais pálido e encolhido como na noite anterior. Estava mais intenso, mais cheio, mais parecido com o cara com quem falei no Starbucks.

Todos ficaram imóveis; os únicos sons eram a chuva batendo na janela e as vozes distantes na área de vendas, de pessoas tentando fechar negócios no exterior. Rhett cerrou os olhos e ficou em silêncio por dois minutos inteiros.

— Deixa eu perguntar uma coisa — disse ele. — Coisa simples. Há dois anos, o que arrecadamos na nossa Série A?

— Sete milhões — disse alguém.

— E na nossa Série B?

— Vinte milhões — acrescentou outro.

— Ao todo, incluindo uma rodada de plantio, arrecadamos vinte e oito milhões de dólares. Parem um segundo para imaginar como seria uma sala cheia de vinte e oito milhões de dólares. — Ele se virou pelo círculo. — Alguém me diga o que está vendo.

— Uma sala cheia até o teto com notas de cem — disse alguém.

— Barras de ouro em um cofre de banco — disse outro.

— O que mais? — perguntou Rhett.

— Uma garagem cheia de Bugattis! — gritou uma voz.

— Claro, pode ser tudo isso — disse ele. — Mas, quando penso em uma sala de vinte e oito milhões de dólares, o que vejo são todos vocês. Não vejo este escritório, com nossas regalias, os MacBooks com os monitores Mac, nem mesmo Mac Jackson, nosso treinador, embora ele seja grandão.

Mac, entre os espectadores da cozinha, acenou para o círculo e todos sorriram.

— Vejo uma sala cheia de pessoas. E vou contar a vocês: quando família, amigos e investidores nos deram aqueles vinte e oito milhões, o dinheiro foi apenas um símbolo. Um símbolo da crença que tinham em nós. Em cada um de vocês. — Ele apontou ao redor do círculo. — E o que mais importa é que alcancemos a meta deste mês e mostremos a eles que fizeram a escolha certa em apostar em nós, mesmo quando todos disseram que éramos loucos por pensar que podíamos desestruturar o mundo da terapia.

"Disseram que empresa nenhuma se importava o suficiente com seus funcionários para pagar por terapia moderna. Disseram que ninguém em pleno juízo ligaria um computador para falar com um estranho do outro lado do planeta, se abrindo como biscoitos da sorte. Mas aqui estamos. A queridinha da cidade de Nova York. Colocando o Silicon Alley no mapa."

Clyde entrou no círculo.

— Boas notícias? — perguntou Rhett, com todos observando, tensos.

— Duzentos mil da Virgin! — gritou Clyde, e ergueu o punho para uma sala que se encheu de aplausos.

— ISSO AÍ, CARALHO! — disse Rhett, tirando-o do chão e o girando.

A sala ficou quieta, e Clyde partiu o mar de pessoas, indo para o gongo. Ele pegou uma marreta com ponta de borracha e encarou a multidão.

— É apenas um programa-piloto, mas a Virgin fará mil dos funcionários de pior desempenho em suas subsidiárias usarem a Sumwun para melhorar o desempenho. Eles nos garantiram que, se funcionar, vão aumentar para dez mil no ano que vem!

— A gente te ama, Clyde! — um grupo de mulheres gritou.

— Sim, a gente também, mano! — uma horda de caras usando bonés para trás gritou.

— Eu amo vocês também. Sei que tem sido um mês difícil — ele passou as mãos pelo cabelo — e que os meses não ficam mais fáceis. Mas quero agradecer a todos vocês por estarem trabalhando duro, e Rhett por me ajudar a conseguir esse negócio.

— Foi tudo você, Clyde. Por favor, eu só estava junto na jornada.

Foi então que eu vi pela primeira vez. Não sei se posso dizer que era o olhar que um pai dá ao filho ou que um irmão mais velho dá a um mais novo, mas o que posso dizer é que era amor de verdade. O amor que é trocado entre duas pessoas que fariam qualquer coisa uma pela outra. E, pela primeira vez, vi uma humanidade em Clyde que não sabia que ele possuía.

— Agora bate nessa merda! — ordenou Rhett.

Clyde inclinou a mão para trás como se fosse um rebatedor prestes a lançar uma bola a cento e cinquenta quilômetros por hora e atingiu o gongo com uma força que fez o chão tremer.

— SFN baby! — gritou Rhett. — Sempre. Feche. O. Negócio!

...

— É assim que se faz, porra! — gritou Clyde, entrando em Bagavadeguitá como um colonizador.

Frodo ergueu a mão para que Clyde batesse nela.

— Boa, Clyde. Mal posso esperar para fechar um negócio assim.

— Tá. — Clyde ignorou Frodo. — O plano do dia é encenar comigo. Depois, encenar com um SDV sênior até o fim do dia. Agora é hora de arrasar, então não façam corpo mole, porra. Frodo, você primeiro. Levanta.

Clyde era Karl Schmitt, presidente da Schmitt Merdinhas. E Karl jogou merda em Frodo. Ele até disse:

— Você é quase pior que Buck, e isso é uma conquista.

Tirando "ter menos cérebro que um corpo mumificado", o principal erro de Frodo foi terminar afirmações com uma interrogação, o que Clyde disse que introduz dúvida na conversa.

Leitor: isso é cem por cento verdade. Se você falar assim? As pessoas vão pensar que nem você sabe o que está dizendo? Então, quando falar, imagine que está terminando tudo com pontos-finais. Ponto-final = confiança. Confiança = sucesso.

Quando foi a vez da Duquesa, Clyde disse a ela para permanecer sentada porque ela seria aprovada na sexta, sem mais sessões.

— Mas você — ele chutou minha cadeira —, levanta. Sou Tyrone Williams, vice-presidente de pessoal na Imperial Tabaco.

— *Trim-trim.*

— Tyrone.

— Ei, Tyrone, é o Darren ligando da Sumwun. Como você tá?

— *Tô* bem, Darren. Ei, esse nome parece nome de *irmão.* Você é um *irmão*?

Ignore. Eu não ia deixar ele me atrapalhar.

— Sim, Tyrone. Sou um irmão. E tô ligando pra você hoje para saber mais sobre o que você está fazendo aí para aumentar o bem-estar dos funcionários.

— Hã, *qui* pergunta engraçada, Darren. Nunca *ovi* essa. Caramba, nunca *ovi.*

— Ótimo, parece que foi bom eu ter ligado. Estamos trabalhando com empresas parecidas com a sua, para ajudar a aumentar a produtividade dos funcionários por meio de um estado mental mais equilibrado e saudável. O que você acha?

— Caramba, parece bom pra mim, *fi*! Ei, já fumou um *cigarrim*?

— Não, Tyrone. Eu não fumo.

— *Cê* num fuma? Que tipo de *irmão cê* é? A gente aqui na Imperial Tabaco faz eles! Acho que num posso fechar negócio com alguém *qui* nunca *fumô* um *cigarrim* antes.

Que se foda. Ele não deveria fazer isso com ninguém. Soca a cara dele e vai embora. Não, não faz isso. Esse teatro de menestrel moderno é irritante, mas você aguenta. Pense na Ma. Pense na Ma. Pense na Ma.

— E se eu te fizer uma proposta? Fico sabendo um pouco mais de você, Tyrone, e quando você estiver em Nova York, a gente acende um *cigarrim* juntos?

— CLICK! Que merda foi essa, Buck? Você fumaria um baseado com ele? Jesus.

— Também são cigarros, cara. Não falei de baseado.

— Não, falou sim. Pra que mais servem? Aprenda a diferença entre se tornar familiar e se tornar confortável *demais*. E se Tyrone estivesse gravando e postasse na internet? Você acabaria com a porra da empresa toda com esse seu pouco profissionalismo.

— Você é quem estava agindo de maneira estereotipada.

— Tá me chamando de racista, Buck, porra? Vigia essa boca.

Minha mão estava pronta, meu coração estava pronto, e minha frustração, alcançando o nível de intensidade de magma, estava lá.

— Por favor, manda ver — disse Clyde, olhando para o meu punho. — Quero que faça isso. Vai ser mais fácil pra todo mundo.

— Buck. — Frodo agarrou meu cotovelo. — Relaxa.

Clyde veio na minha direção e só parou quando seu nariz tocou o meu. Ele sorriu aquele mesmo sorriso de merda, com aqueles mesmos olhos azul-celeste, e aquele mesmo fedor de soberba.

— Senta aí — ordenou ele.

Fiquei tentado a espalhar o cérebro dele na parede branca, mas a mesma voz de antes disse que eu precisava escolher minhas batalhas, manter os olhos no prêmio e todas aquelas outras besteiras de *Rocky* "Eye of the Tiger". Então, me sentei.

Leitor: não importa o quanto doa, nunca deixe que a frustração de curto prazo atrapalhe os ganhos de longo prazo. Vendas são uma maratona, não uma corrida.

— Bom garoto — disse ele, indo para a porta.

Dúvidas ricochetearam dentro da minha cabeça. *É isso mesmo que Ma quer? O que havia de tão errado com quem eu era na semana passada?*

— Buck? — Clyde parou na porta.

— O quê?

— Da próxima vez que me ameaçar, você não será apenas demitido. Também vou te jogar na cadeia. Entendeu?

Não, não entendi isso, porra, seu filho da puta adorador de David Duke, que anda por aí com licença para portar arma, que fica cantando "Take Me Home, Country Roads"!

Mas fiquei em silêncio.

Ele se virou, entretido com a situação.

— Quero ouvir que você entendeu, Buck. Não, eu *preciso* ouvir para me sentir seguro, para saber que você não é *perigoso*.

Fechei os olhos, eu me imaginei me levantando e dando um soco na cara dele, o nariz do cara quebrando como gelo em uma bandeja de plástico.

Mas então imaginei Rhett olhando para mim com o mesmo olhar de orgulho que ele deu a Clyde naquela manhã, o mesmo olhar que ele me lançou depois que fiz rap na reunião de segunda-feira. Não sei por que essa visão teve tanto peso para mim, mas teve. E foi o suficiente para me fazer engolir qualquer vestígio de orgulho que eu tivesse.

— Entendi — falei, me odiando.

...

— Bem-vindo à Torá — disse Eddie, estendendo os braços.

A Torá, como todas as outras salas do escritório, não tinha qualquer semelhança cultural com seu homônimo.

— Outro texto religioso, legal — falei.

Embora eu tivesse tido apenas algumas interações com Eddie, eu gostava dele. Todo o visual hipster-punk-rock — alargadores de orelha pretos, cavanhaque, óculos de armação fina, camiseta furada do Metallica para combinar com seus jeans *skinny* pretos e as botas de couro — não combinava com sua personalidade esfuziante, mas eu gostava de não conseguir colocar um rótulo nele.

— Uhum. Quando trocamos de escritório, o todo-poderoso Rhett decretou que cada sala fosse nomeada em homenagem a um livro sagrado das várias crenças religiosas de nossos assistentes.

— Então, como isso funciona? Os assistentes, quer dizer. A gente encontra eles ou eles nos encontram?

— Um pouco das duas coisas, mas temos o que chamamos de gerentes de comunidade, que os inscrevem. Eles não são tipo, terapeutas licenciados, mas são totalmente certificados em todos os seus sistemas de crença e podem falar sobre eles de maneira convincente. Por exemplo, nossos gerentes de comunidade podem achar uma proeminente praticante hindu na Índia por meio de um post de blog ou vídeo, e então contatá-la pra ver se ela gostaria de se tornar assistente. Depois que ela aceitar, o tempo dela se torna disponível para marcação de consultas para empregados das organizações que nos usam. E, embora a mulher possa não ser certificada por nossos padrões americanos, a visão dela de vida ainda pode ser útil para pessoas passando tempos difíceis aqui ou em outras partes do mundo.

— Entendi. Mas acontecem problemas? Vocês estão encontrando estranhos na internet e pessoas estão pagando para falar com eles. Isso nem sempre pode ser bom, certo?

Ele coçou o cavanhaque.

— É, claro. Sempre há alguns ovos podres que acabam encrencados, mas os usuários podem avaliar, reportar ou deixar comentários para que tiremos eles da plataforma o quanto antes. Mas é óbvio que os assistentes não querem ser babacas. Eles querem ganhar dinheiro e ajudar pessoas.

— Entendi.

Essa sessão com Eddie foi o ponto alto do dia. Aprendi que "ninguém vai ficar na linha com alguém interessante como uma porta", que "o que e como você oferece depende de para quem está oferecendo", e que o objetivo de falar com alguém é ter uma conversa, não conduzir uma investigação. Mas o melhor de tudo é que aprendi a me divertir ao telefone.

Leitor: tudo isso é conselho essencial. Ninguém que vai ouvir uma pessoa dá a entender que prefere estar fazendo outra coisa. E, quando se está tentando convencer alguém, é preciso moldar a mensagem para a pessoa com quem está falando, para que ressoe o mais poderosamente possível.

No fim, Eddie sorriu e disse:

— Pode ser que você consiga fazer isso.

E não importa como pareça brega, foi como uma daquelas cenas de filme em que o nerd branco e magrelo começa a ganhar músculos, correr mais rápido e erguer mais peso pouco antes de acabar com o valentão. Ou fazer um massacre na escola. Mas você entendeu. Pela primeira vez na vida, *eu* era o nerd branco e magrelo.

...

Quando passei no escritório de Rhett, ele estava no mesmo local que na noite anterior, sozinho com as luzes baixas, aninhando a um copo de gim. Ele estava de olhos fechados quando entrei, como se estivesse rezando.

— Coisa boa? — Larguei a bolsa.

— O de sempre. — Ele abriu os olhos e deu um tapinha no sofá. — Como foi o seu dia? Melhor?

— Hã, mais ou menos. Pelo menos as encenações foram. Eddie me endireitou.

— Boa. Quer beber?

— Não, obrigado.

— Então sinuca. Bora.

Ele jogou um taco em mim e posicionou as bolas.

— Vai — disse ele, os olhos vermelhos encarando o triângulo iluminado.

Sempre pensei que a sinuca fosse reservada para caras brancos com tatuagens, jaquetas de couro e Harley-Davidsons barulhentas, o que me levou a um resultado infeliz: eu não conseguia acertar uma bola nem para salvar minha vida.

— O objetivo é atingir aquelas bolas no meio da mesa, Buck. Não fazer o que puder para errar — disse ele, tremendo de riso. — De novo.

Mirei e acertei o canto de baixo do triângulo. Quinze bolas se afastaram.

— Vou te falar uma coisa... Espero mesmo que você venda melhor do que joga sinuca.

— Esse jogo está viciado — falei, depois que ele acabou comigo.

Qualquer jogo em que uma bola branca pode acabar com todas as outras bolas não brancas na mesa tem que ser viciado.

— Não tem nada de viciado, Buck. Você só precisa mudar sua estratégia. Só precisa de um treinador.

— É, tá — falei, me largando no sofá de couro. — Como Deus, certo? O maior treinador? Era com ele que você tava conversando?

Ele pegou uma garrafa da prateleira e se serviu outro copo.

— Acho que sim. Você é crente?

— Minha mãe costumava me levar para a Igreja Adventista do Sétimo Dia quando eu era pequeno, mas parou depois que fiquei reclamando sobre ter que ir à igreja aos sábados.

— Mimado. Ela ainda vai?

— De vez em quando, sim. Depois que meu pai morreu, minha mãe disse que Deus e eu éramos os únicos homens para quem ela tinha tempo.

— E você? — disse ele, posicionando as bolas. — Ainda não respondeu a minha pergunta.

— Não sei, cara. Não muito.

— Então, o que acontece quando morremos?

— Não faço ideia. Quer dizer, espero que essa vida não seja o fim. Mas, se for, não posso fazer nada, né? E você? Você é um "homem de Deus"?

Ele bateu nas bolas com tanta força que jurei que iam rolar para a caçapa só para escapar da fúria dele.

— Cresci pobre, Buck. E, pelo que parece, pior que você. Pessoas pobres e Deus costumam se dar bem porque é fácil explicar porque tantas pessoas têm muito e outras têm tão pouco quando há um plano divino.

"Meus pais costumavam levar minha irmã mais nova e eu à igreja todos os domingos, sem falta. Vestíamos o único par de roupas decentes que tínhamos e caminhávamos um quilômetro e meio até a igreja, de mãos dadas durante todo o caminho. Mas, quando entrávamos, minha mãe se iluminava como se fosse Natal. Ela sorria e você nunca adivinharia que ela ganhava a vida esfregando o chão ou que às vezes passava noites sem jantar para que os filhos pudessem comer."

Ele continuou enfiando as bolas nas caçapas, uma por uma. Vermelho no canto. Roxo e branco na lateral.

— Você ainda não respondeu a minha pergunta — falei.

— Sim, eu acredito em Deus. — Ele deu a volta na mesa, arranjando um ângulo melhor. — Mesmo se eu estiver errado, não faz mal acreditar. Quando se trata de apostar, eu sempre protejo minha aposta.

— Até comigo?

Ele sorriu e lançou uma bola para fora da mesa, mandando-a direto para o meu rosto. Eu a peguei no último instante.

10

Quando acordei, a cozinha estava como eu a deixara na noite anterior: um prato e uma caneca solitários na pia, todas as cadeiras encostadas na beirada da mesa, nada de Ma.

— Ma — falei, batendo na porta. Eu não havia percebido que ela não estava acordada quando cheguei em casa. Só fui direto para o meu quarto e desmaiei. O mesmo medo de encontrá-la paralisada em algum arfar derradeiro me impediu de abrir a porta. Bati de novo.

— Entra, Dar — sussurrou ela.

Eu a encontrei na mesma posição que a deixara na manhã anterior: meio curvada de lado, com os cobertores puxados pouco abaixo dos olhos. As cortinas estavam fechadas, e o quarto tinha um cheiro azedo, como se estivesse se rebelando contra fosse lá o que estava acontecendo com ela.

Me sentei ao lado dela.

— Ma, o que está acontecendo?

— Ainda estou um pouco cansada — disse ela, se sentando. — Que horas são?

— Seis e quarenta e sete. Ficou deitada aqui desde que eu saí ontem?

— Não. — Ela pegou um copo d'água da mesinha. — Fui ao banheiro, peguei um pouco de água e andei um pouco. Tentei lavar o que estava na pia, mas não consegui.

— Não se preocupa com isso, Ma. — Pus a mão na testa dela. — É uma gripe ou algo assim? Não parece febre.

Ela agarrou minha mão, levou-a à bochecha e sorriu.

— Vendedor. Médico. O que mais você vai se tornar, político?

— Não, provavelmente não, Ma — falei, rindo. — Não sou um líder muito bom. Exceto no Starbucks.

— Uhum. Isso é o que você diz. Mas eu sei o que você é. Sempre soube.

— Ah é, virou sensitiva agora?

Ela arfou e afastou minha mão.

— Não mexe comigo. Eu posso estar fraca, mas ainda vou te mostrar quem é que manda.

— Então eu sou o quê? O que é que você sempre soube?

— Isso cabe a você descobrir, Dar. Não cabe a mim nem a ninguém te dizer. Quando você chegar aonde quer que está indo, vai saber. E eu estarei lá, assistindo de longe, orgulhosa como um pavão.

Toquei a testa dela outra vez para ver se estava febril. Não estava, mas algo não parecia certo. Minha intuição me disse para ficar com ela e levá-la ao médico, mas a ideia de Clyde pensando que eu havia desistido superou meu instinto. *Vamos fazer um acordo.*

— Ma. — Peguei a mão dela. — Não vou mentir; não quero ir trabalhar hoje com você se sentindo assim.

— Darren Vender, se você não se levantar e for trabalhar, vou ficar mais doente. Confie em mim.

— Tá, mas com uma condição.

Ela fechou os olhos, balançando a cabeça.

— O que é?

— Você precisa pedir ao sr. Rawlings para te levar ao médico hoje só para garantir que não é nada sério. Combinado?

— Combinado — disse ela, sorrindo. — Agora vá e não se atrase. Ficarei bem. Talvez até a ponto de ir trabalhar. Já estou me sentindo um pouco melhor.

Eu a olhei sério e me levantei.

— Tá, Ma. Te amo.

— Também te amo, Dar — disse ela. — Daqui a pouco vou chamar Percy e vou. Prometo.

...

Descer as escadas. Virar a esquina. Acenar para o sr. Aziz. Cumprimentar Jason. Dizer "e aí" para o Gato Malandro. Era assim na maioria dos dias, mas no quarto dia da Semana do Inferno, Jason, usando roupa militar dos pés à cabeça, agiu como se não tivesse me visto quando estendi a mão.

— E aí, Batman? — perguntei, querendo que ele olhasse pra mim. — Você tá bem?

Ele pegou o celular e colocou os fones de ouvido, balançando a cabeça para fosse lá o que estava ouvindo.

— Ei — falei, arrancando um dos fones.

Ele me deu um soco no peito, me derrubando no chão.

— Mas que porra é essa, cara? — perguntei, olhando para ele, a mão dele ainda fechada em punho.

— Não encosta em mim, porra. Eu não deixo nenhum estranho encostar em mim.

Me levantei e bati a poeira do traseiro.

— Tá de brincadeira, J. O que tá rolando?

— O que tá rolando é você passando correndo por mim todo dia como se nem me visse. Como se eu não fosse o nego que cuidava de você quando negos mais velhos tentavam roubar sua mochila, tênis ou as roupas limpas que sua mãe te comprou com o dinheiro do bom trabalho dela. Mas eu que tô de brincadeira, né?

Tentei tocar o ombro dele, mas ele se afastou.

— Já falei que não gosto de gente desconhecida me tocando. Da próxima vez, não vai ser um soco.

— Está com inveja ou algo assim? — perguntei, vendo o ódio real no olhar dele. — Que eu estou progredindo e você tá preso nessa esquina? É isso? Posso tentar te arranjar um trabalho, mano. Só pede.

O ódio no olhar dele sumiu, e ele riu.

— Um trabalho? Você tá tão perdido que não consegue ver que tá fazendo o mesmo que eu. Porque não importa como você embale e venda, droga é droga. Só que você tá vendendo droga pro cara branco, e sua esquina é um escritório. Mas você não é um deles. E quando descobrirem que você é um nego que nem eu, vão te chutar na sarjeta. Fica vendo.

— Tá, cara — falei, cansado dessa merda. — A única diferença é que minha droga não vai me botar na cadeia. Eu ia dizer "talvez te vejo amanhã", mas sei que vou ver, bem aqui nessa porra de esquina.

Cruzei a rua até Gato Malandro, que estava sentado, balançando a cabeça.

— Vocês neguinhos não deviam brigar — disse ele, dando um tapinha na caixa ao seu lado. — Essa merda de negros contra negros. Nego, nós temos que nos unir, como uma comunidade, principalmente com toda essa gente branca chegando. Merda, você deve até conhecer alguns deles agora, não é?

— Tanto faz, cara — falei, me levantando da caixa.

— Senta seu traseiro aí — ordenou ele, e me puxou para baixo com tanta força que quase tropecei. — Tenha respeito por um malandro das antigas. Como tá sua mina?

Disparei uma cuspidela na rua, bem do jeito que eu costumava ver Gato Malandro fazer quando eu era mais novo.

— Ela tá bem.

— E sua mãe?

— Um pouco cansada, cara. Mas ela vai ficar bem.

— É — disse ele, olhando para o sol, protegendo os olhos. — Ela é forte. Sempre foi. E seu novo trampo de vendas? Já tá fazendo milhões? Sabe que, quando estiver, você me deve. Nada de mais, só uns dois mil, algo pequeno por todo o conhecimento que eu te ofereci ao longo dos anos.

Eu o encarei, me perguntando se era brincadeira, mas não dava para saber.

— Não tô fazendo nada, cara — falei, cuspindo de novo. — Tem toda essa gente branca, principalmente um cara branco, me dizendo o que não consigo, que eu não sou bom o suficiente.

— Eles que se fodam — disse o Gato Malandro, se abanando com seu fedora. — Todo mundo fazendo alguma coisa ouve gente falando que eles não conseguem. Se você tá fazendo alguma coisa e não tem gente dizendo que você não consegue, a verdade é que você não tá fazendo merda nenhuma! — disse ele, se dobrando sobre a caixa, o riso sacudindo todo seu corpo ossudo. — É verdade, nego! Além disso — ele agarrou meu ombro —, em qualquer jogo, você tem que ter memória de curto prazo. Alguém te disse alguma merda de que você não gostou? Esqueça assim que ele fechar a boca. Alguém te disse alguma merda de que você gostou? Cara — disse ele, arfando com tanta força que jurei que ele ia engolir os dentes —, é melhor você esquecer *essa* merda mais rápido ainda.

Leitor: destaque esse parágrafo inteiro,
vai te poupar anos de dor.

— A única coisa que importa é isso aqui — continuou ele, estendendo uma mão grossa na altura dos meus olhos.

— O quê, sua mão? — perguntei, lembrando que precisava pegar o trem.

— Nem, nego. Uma mente equilibrada, assim como essa mão equilibrada aqui. Sei que não vão te ensinar essa merda na sua escola chique.

Bati na mão dele.

— Ótima lição, Gato Malandro. Preciso dar no pé — falei, indo para o metrô.

— Ah, e Darren! — gritou ele do outro lado da rua. — Nunca, sob nenhuma circunstância, foda uma branquela. Nunca! Você terá sete anos de azar! Ora, por que você acha que eu tô aqui nessa caixa?

Eu não dei atenção àquelas palavras, mas talvez deveria ter dado. Uma grande queda estava por vir, e eu ainda me pergunto se foi porque não ouvi o Gato Malandro.

...

— Nenhum negócio — disse Clyde. — É quinta-feira, e não fazemos um acordo desde a Virgin.

O círculo estava congelado como as tetas de uma esquimó.

— Isso significa que temos que encontrar duzentos e cinquenta mil — ele olhou para o pulso nu — em menos de dois dias. E, normalmente, como vocês todos sabem, eu sou tranquilão. Mas é melhor cada um de vocês — ele balançou o dedo pelo círculo como se fosse a foice da morte — ralar hoje. Se eu não vir dinheiro no quadro, cabeças vão rolar. Entenderam?

Todo mundo assentiu.

— Ótimo. Porque, por mais que eu não possa garantir que vamos atingir o número mesmo a gente tendo atingido cada merda de número no último ano, *posso* garantir que, se não atingirmos, vou demitir alguém. *Não* — os olhos brilhando com visões de fogo e sangue —, vou demitir um grupo inteirinho. A gordura. E depois que tiverem ido embora, vai sobrar apenas a carne. Carne doce, deliciosa, saborosa e gostosa. Agora vão — ordenou ele.

O círculo se espalhou como baratas quando a luz é acesa.

— Frodo, Buck, Duquesa — gritou ele. — Livro das Sombras. Agora.

Livro das Sombras? Imaginei espíritos sombrios e gritantes voando ao redor de um enorme livro com capa de couro, forçando caminho pela nossa garganta, tomando nossa alma.

Isso não pode terminar bem.

...

Entramos um por um e, assim que a porta se fechou, fomos banhados por luz ultravioleta. Isso fez com que Clyde e Duquesa, com suas jubas brancas reluzentes, pele de cores vivas e olhos penetrantes, parecessem da nobreza alienígena. Ilustrações intrincadas de pentagramas, luas, homens-fera com chifres e velas brilhavam no tapete, e nos sentamos em círculo, de pernas cruzadas, no estilo kumbayá. Clyde explicou que os designers criaram a sala para assustar pessoas.

Ignorando Frodo e Duquesa, Clyde encenou apenas comigo. Ele era Marshall, presidente da Marshall Padarias, e mesmo tendo tornado quase impossível, dizendo que não estava interessado, repetindo sem parar que precisava ir e até me chamando de "garoto", acabei qualificando ele totalmente. Mas, depois que desligamos, houve silêncio. Ele flutuou pela sala como fumaça, parando para acariciar meu rosto antes de se tornar mortal.

— Me impressiona — Clyde fez uma pausa — o quanto você errou, porra.

— Errei? Eu te qualifiquei! — Minha voz estava aumentando de tom.

— O cara estava obviamente te dando um monte de sim para evitar ser grosso. Ele não teria aparecido na reunião seguinte nem se você oferecesse um milhão de dólares.

Meu corpo inteiro tremia, mas eu não ia desistir. Não quando estava quase do outro lado.

— Deixa eu te fazer uma pergunta. — Clyde se arrastou pelo círculo. — O que você fez da primeira vez que tentou comer sua namorada? Quando pôs a mão no jeans apertado dela? Você não vacilou, não é?

Enfiei as unhas no carpete.

— Se você tivesse vacilado — prosseguiu ele, com os dentes brilhando como Tic Tacs turquesa —, ela teria batido na sua mão. E vocês nunca teriam fodido, né?

Não ceda. Não ceda. Não ceda. Eu repetia como uma oração, como se fosse a única coisa que ia me impedir de enfim bater nele ou correr porta afora.

— Sim ou não? — pressionou ele.

Pense no futuro, quando você estiver em uma ilha com Ma, Soraya e talvez até Jason e o sr. Rawlings. Nada disso vai importar.

— Sim — sussurrei entredentes.

— O quê? — disse ele. — Não consegui te ouvir, *irmão*. Fale alto. Está escuro aqui, mas você não precisa falar tão baixo. Vamos.

Seja o homem que Pa ia querer que você fosse.

— *Sim* — repeti, mais alto.

— Se você não puder falar alto, aqueles novos clientes vão te engolir vivo. Fale alto, porra!

Vira homem, vira homem, vira homem.

— Sim! — repeti, ainda mais alto. Senti que estava prestes a vomitar.

— Só junta suas merdas e dá o fora. Você não vai durar uma hora naquele andar. Eu falei pra você FALAR ALTO, PORRA!

— SIM! — gritei, lágrimas pesadas manchavam minhas bochechas. — SIM! SIM! SIM! — Eu parei de me importar. Eu não ligava mais. Para Clyde. Para provar que eu podia fazer aquilo ou qualquer outra coisa. Eu estava exausto. Eles haviam ganhado. Me encolhi e as lágrimas continuaram a cair; meu corpo tremia enquanto eu lutava para respirar.

— *Shh.* Pronto — sussurrou ele, esfregando minhas costas levemente. — Enfim, um Buck derrotado.

...

— Ei, você vai voltar? — perguntou Frodo enquanto eu esperava pelo elevador.

— Não sei.

— Isso tudo é só, hã, parte da coisa, sabe, Buck? Era assim quando comecei a jogar pela Notre Dame. Você tem que passar pela dor para chegar ao prazer. Não pode deixar eles te atingirem, ou...

— Verdade — falei, entrando no elevador.

Atravessei o saguão, saí para a luz do sol de um dia quente de maio e mandei mensagem para Soraya, perguntando onde ela estava. Ela respondeu em segundos: *Na loja, onde mais?*

Eu sabia que ela estaria lá. Ela estava sempre lá durante a semana. Mas eu não conseguia pensar direito. A única coisa que eu sabia era que precisava dela. *Você pode me encontrar no Washington Square Park?*

A caminho, respondeu ela.

Toda a caminhada de vinte e oito quarteirões até o Washington Square Park foi um borrão. Não sei dizer quais anúncios havia nos ônibus. Não me lembro do túnel de cheiros que encontrei enquanto navegava por Murray Hill, Gramercy e Union Square, até o Village. Os mendigos estendendo copos, os homens e mulheres de negócios e os passeadores de cães não tinham rosto, como manequins de vitrine. Mas o que me lembro, finalmente, é do parque.

Um pianista desgrenhado tocando ritmos antigos; nações de babás negras, hispânicas e asiáticas empurrando bebês de barriga de aluguel de cabelos loiros e olhos azuis em carrinhos de mil e quinhentos dólares; skatistas perturbando a estátua de Garibaldi quando deveriam estar na escola; a fonte, como uma corcunda, jorrando água para o céu, captando o reflexo da luz. As palavras de Washington inscritas para sempre no arco, construído sobre os ossos dos nativos enterrados embaixo: *elevemos um padrão que os sábios e honestos possam reconstruir.*

Parece uma confissão, pensei, sentado dentro da fonte, fora do alcance da água.

Uma sombra apareceu, bloqueando o calor do sol.

— Vem sempre aqui?

Olhei para cima e vi seu rosto doce e sorridente. Por baixo da jaqueta jeans desbotada, vi uma camiseta branca com um dos autorretratos de Frida Kahlo. Por um breve momento, esqueci por que estávamos ali.

— De vez em quando — falei, estendendo minha mão para ajudá-la a subir ao meu lado.

— Então. — Ela segurou meu rosto com suas mãos macias e plantou um beijo na minha testa. — E aí?

— Nada.

Observei as criancinhas correndo pela fonte. *Ser livre assim, cara. Esse é o sonho.*

— Nada, hã? Beleza — disse ela, se levantando. — Acho que vou voltar para o Brooklyn, então. Tchau.

— Espera! — Agarrei a mão dela. — Tá, tá, tá. É o trabalho, o que mais poderia ser?

Ela se recostou.

— O que tem o trabalho?

— Não consigo, Soraya. Essa merda simplesmente não é para mim. Essas pessoas, quase todas elas, acho, estão me perseguindo.

— Perseguindo você como, D?

— Esse cara, Clyde. Te falei dele. Ele fica em cima de mim durante as encenações e deixa os outros passarem. Ele me diz o dia inteiro como não sou bom o suficiente e que vou falhar. E tem essa mulher com quem estou sendo treinado, a Duquesa, que é superpretensiosa. E o outro cara, Frodo, ele é superburro, mas não tão ruim. E Rhett, ele é o único motivo de eu estar lá, mas nem ele pode me salvar. É tudo uma merda. Tô cansado. Eles ganharam.

— Nossa. — Ela puxou minha cabeça para seu ombro, o cheiro de canela e manteiga de cacau quase me acalmando. — Calma, calma. Todos esses nomes. Todas essas pessoas. Não é para isso que serve a Semana do Inferno, D? Para eles tornarem sua vida, não sei, um inferno? Para ver se você aguenta?

— Sim, mas não consigo. É por isso que não se vê minorias nesses lugares. A gente não foi feito pra essa merda. Sério.

— E daí? — disse ela, erguendo meu queixo. — Vai só desistir, é? Vai mesmo? Voltar a ser supervisor de turno no Starbucks? Vamos, D, você é mais inteligente que isso.

Me afastei dela, com o coração disparando.

— O que tem de errado em ser supervisor de turno no Starbucks, caralho? Você era minha namorada quando eu estava lá, e nunca ouvi reclamação.

Ela puxou minha mão para o peito dela, e senti seu coração batendo.

— Calma, D. Sou eu. Mesma equipe, mesmo sonho, lembra? Sempre foi e sempre vai ser, você sabe disso, mas vamos nos acalmar.

Fechei os olhos, respirei fundo e soltei o ar. Os sons da cidade nos cercavam: táxis buzinando; crianças rindo; saltos batendo no concreto; o piano misturado com guitarras, saxofones e trompetes perdidos.

— Eu sei, foi mal. É só que tô cansado de todos esses joguinhos. Todo dia é um teste, e tudo parece muito injusto, sabe? Tipo, por que eu tenho que ser bom em dobro?

— Você tem que jogar o jogo deles para conseguir vencer, D. E não importa se tiver que ser duas ou três vezes melhor. O que importa é não deixar eles te vencerem nenhuma vez e dizer: "Fim de jogo". Porque, se desistir agora, será muito mais difícil se reerguer.

O que ela disse era verdade, mas eu não me importava. Eu estava cansado. Cansado pra caralho. Frodo e Duquesa não estavam passando por metade do que eu passava, e tudo parecia tão injusto. Como se minha pele tivesse vindo com um alvo.

Leitor: contrário à crença popular, a "equidade" não tem espaço nas vendas. Não é uma meritocracia. Cada vendedor chega ao jogo com um conjunto diferente de vantagens e desvantagens, mas é saber como se arriscar no que torna você especial que vai ajudá-lo a seguir em frente.

Ela acariciou minha bochecha.

— Lembra quando meus pais se divorciaram e eu planejei fugir?

— Sim. Logo depois que sua mãe se mudou para o Harlem, você foi à minha casa, tipo meia-noite, com uma mala pronta, querendo ir.

— E depois, o que aconteceu?

— Fui lá pra dentro, peguei minha mochila e fomos para a estação Pensilvânia. Mas a gente era burro aos doze anos. — Eu ri. — Achando que podíamos pegar o Amtrak para Hersheypark à uma da manhã, sem dinheiro.

— E o que você me disse, D? Quando eu estava chorando no seu ombro de volta para o Brooklyn?

— Falei que tudo acontece por um motivo. E que, às vezes, quando você foge de algo, perde uma oportunidade de crescer.

— E o que mais?

— E que, não importa o que acontecesse, eu estaria ao seu lado.

— Na época, me pareceu um conselho muito bom — disse ela, ao me abraçar, me puxando para mais perto. — Parece um conselho muito bom agora.

Beijei o topo da cabeça dela e a abracei, nós dois nos agarrando enquanto o sangue da cidade corria ao nosso redor.

— *Habibi* — disse ela, olhando para mim. — *Habiiiiiibiiiii* — repetiu. Não consegui conter o sorriso. — *Habiiiiiibiiiiii* — repetiu ela, entoando a palavra como a chamada matutina para oração da coleção de CDs religiosos do sr. Aziz que ouvíamos quando crianças. Ela me balançou de um lado a outro, repetindo: "*Habibi, habibi, habibi*" até que eu gargalhei.

Ficamos assim por uma hora, enquanto ela me atualizava sobre o processo de inscrição para a faculdade de enfermagem e o que estava acontecendo nas bodegas.

— Preciso voltar agora — concluiu ela.

— E agora? — Saí da fonte.

Ela semicerrou os olhos e sorriu como uma criança, fazendo uma careta engraçada para a foto da escola.

— Primeiro. Um beijo.

Eu me inclinei e levei os lábios aos dela.

— E agora?

— Agora volte ao trabalho e arrase.

11

Finalmente, o grande dia chegara. Fiquei na frente do meu espelho, pensando no que vestir. Eu precisava de algo que me desse um impulso extra de confiança. Então vesti minha cueca boxer, enfiei a cabeça pelo avental preto do Starbucks, amarrei os cordões nas costas e vesti jeans e camiseta, escondendo o avental como a roupa do Super-Homem de Clark Kent. *Isso aí*, pensei, me admirando. *Vamos lá.*

O cheiro me atingiu antes de entrar na cozinha e com ele veio um oceano de alívio. Era perfeito, com notas de mirtilos e laranjas recém-torradas e uma acidez intensa, quase como vinho. *Queniano*. Não há café no mundo tão apreciado quanto o queniano. Também senti cheiro de xarope de bordo, leitelho, canela e baunilha.

— Dia, Dar — disse Ma. Havia uma pilha fumegante de panquecas sobre a mesa, xarope de bordo fresquinho e, melhor de tudo, Ma sentada com uma xícara de café na mão.

— Dia, Ma. Pra que tudo isso?

— Pra você, querido, quem mais? É o seu grande dia, então imaginei que você ia acordar cedo e queria te preparar uma coisa.

Meu intestino estava fazendo todo tipo de acrobacias, e fiquei sentindo que tinha que cagar. Mas, considerando como ela estivera cansada nos últimos dias, eu não podia deixar minha mãe esperando.

— Obrigado, Ma. O cheiro tá delicioso. Você deve estar se sentindo bem melhor, né?

Ela sorriu. Estendi a mão e peguei a jarra de café.

— O que você tá fazendo? — perguntou ela, arregalando os olhos.

— Me servindo um café, o que mais?

Ela se inclinou à frente, semicerrando os olhos.

— *Você* bebe café? Desde quando?

— Desde agora — falei, e dei um gole.

— Bem, olha só você, se tornando um homem crescido bem diante dos meus olhos.

Apertei a bochecha dela.

— Muito engraçado, Ma. Você faria Richard Pryor ficar preocupado. Mas preciso ir.

— Está bem, sr. Crescidinho, mas não se esqueça de hoje à noite — disse ela enquanto eu ia para a porta. — A Soraya e o sr. Rawlings estarão aqui lá pelas oito, então você terá tempo de relaxar um pouco antes de comermos. Pena que Jason não pode vir, ele disse que está ocupado.

Ocupado? Ele está mesmo levando essa merda longe.

— Parece bom. Vou estar aqui. — Abri a porta. — Ei, Ma?

— Sim, amor?

— Estou feliz que você está melhor. Eu, hã, fiquei preocupado.

Ela estendeu os braços, como se tivesse acabado de fazer um truque de mágica.

— Sabe que não precisa se preocupar comigo, Dar. Deus me protege, como sempre. E você também.

Vou precisar disso hoje, com certeza.

Desci as escadas.

— Vem cá, garoto! — gritou o sr. Rawlings do quintal. — Sei que é você, você sempre desce a escada como um elefante. Tá com sorte que acordei cedo. A porta tá aberta.

Entrei no apartamento dele e encontrei um cheiro forte de fruta azeda, incenso e ovos. Um trompete gritava de um antigo tocador de discos, e, sério, tinha insetos voando. Um pousou em mim: uma joaninha. Outro me levou a um porta-retratos com a foto de uma linda mulher de pele retinta embalando um bebê. Ela tinha um sorriso que faria até o diabo chorar.

— Ei, quem é essa aqui? — perguntei, levando a foto comigo até a porta dos fundos.

O sr. Rawlings estava ajoelhado diante de um emaranhado de trepadeiras verdes e folhudas, com a bengala de jacarandá ao alcance do braço. As mangas de seu cardigã azul-claro estavam arregaçadas, e imaginei que os joelhos de sua calça marrom estivessem cobertos de sujeira.

Quando ele olhou para cima, seu rosto passou de confusão para raiva.

— Ninguém. Guarde isso. *Agora*. É por isso que não te convido para a minha casa. Você é muito intrometido. Os jovens não têm senso de privacidade hoje em dia.

— Foi mal. — Guardei o retrato. — E aí?

— Sua mãe me falou que você tem um grande teste hoje.

— É.

— E que os caras brancos estão acabando com você.

— É.

— Bem, venha aqui.

Fui até o emaranhado de trepadeiras e me ajoelhei ao lado dele.

— Vamos, ponha a mão no chão.

Pousei minhas mãos na terra preta macia, mas ele pôs as mãos dele sobre as minhas e as empurrou com bem mais força do que pensei que ele pudesse ter.

— O que sentiu?

— Terra?

— Claro, garoto. Pare de ser tão simples. O que *sentiu*?

Fechei meus olhos e movi minhas mãos pela terra macia, agarrando raízes e encontrando o que pensei serem minhocas.

— Raízes, minhocas e outras coisas que não consigo ver — respondi.

— Vida, garoto. Você está sentindo a vida. E nada pode crescer sem solo fértil ou mãos talentosas. Isso aqui — disse ele, levando dedos sujos de terra até a testa — é apenas solo. Assim como este jardim. E só você pode decidir o que cresce e quem você permite que coloque as mãos nele. Entendeu?

— Entendi. Obrigado, sr. Rawlings.

— De nada. Agora sai daqui e não toque nas minhas coisas no caminho.

Virar a esquina. Acenar para o sr. Aziz.

— *Bit tawfiq*, Darren! — gritou ele.

— *Sabah al-kheir,* sr. Aziz. Mas o que quer dizer?

— Significa "boa sorte" — disse ele, segurando uma vassoura. — Soraya me disse que você tem uma avaliação importante hoje.

— *Shukran jazeelan*, sr. Aziz.

Era cedo, mas as gárgulas estavam lá. Jason não olhou para mim. O Gato Malandro acenou, mas toquei meu relógio de pulso invisível antes de correr para o metrô.

Com "Pursuit of Happiness" de Kid Cudi tocando nos meus ouvidos, fechei os olhos, permitindo a letra — que falava de nunca desistir, fazer o que você quer e focar apenas o futuro, mesmo que inclua insucessos — me consumir.

Mais fácil falar que fazer, Cudizinho. Mais fácil falar que fazer.

...

O círculo se reuniu e seguiu os movimentos de Clyde em silêncio. Olhei ao redor, esperando para ver como estavam as expressões de Frodo e da Duquesa; Frodo usava uma camiseta vermelha com o escudo de algum time de futebol americano, estava coberto de suor, e a Duquesa, em um caftã bege, parecia tão entediada quanto sempre.

— Faltam setenta e cinco — sussurrou Clyde. — Perdedores perdem; vencedores vencem. É simples assim. E não contratamos perdedores.

Ele disse a famosa máxima maoísta/dos mosqueteiros: "Um por todos, e todos por um", e disse que iríamos atingir a meta "porque somos briguentos, engenhosos e mais tenazes do que a porra do HIV na África". Eu fui o único que se encolheu.

Rhett apareceu fora do círculo com a mesma aparência de alguns dias antes: pálido, com olheiras escuras e o cabelo mais parecendo um ninho de pássaro. Ele estava roendo as unhas e tentou passar despercebido, mas Clyde olhou em sua direção e perguntou:

— Quer dizer alguma coisa, Rhett?

Ele tossiu e entrou devagar no círculo.

— Não, na verdade não. Mas, como todos sabemos, tivemos três novos contratados começando esta semana: Duquesa, Frodo e Buck, e, na moda Sumwun tradicional, hoje é o quinto dia da Semana do Inferno. Então vocês sabem o que isso significa.

Sorrisos, sorrisinhos e outras formas de fervor apareceram em cada rosto como estrelas ficando visíveis no céu noturno. O ar no espaço do evento, surgindo da energia de Clyde, apareceu, brilhou e estalou. Era uma coisa de dr. Frankenstein da vida real.

— Ah, é *mesmo* — disse Clyde, dando um tapinha na testa. Ele entrou no círculo com as mãos estendidas. — Quem deve ir primeiro?

Ir primeiro? Vamos fazer isso em público?

O círculo gritou nossos nomes até que os gritos caóticos decidiram por "Frodo!".

— Frodo, entre no círculo — mandou Clyde. — E Tiffany.

Tiffany esfregou as mãos, sorrindo diabolicamente, enquanto Frodo, visivelmente trêmulo, secou o pescoço vermelho suado com uma toalha de papel e entrou no círculo.

— Use isso aqui. — Clyde jogou um pequeno capacete de futebol americano no peito de Frodo.

— Hã, pra quê? — perguntou Frodo, com dificuldade para encaixar o capacete na cabeça.

Clyde riu, batendo no capacete.

— Para você focar, para que mais?

Tiffany o circulou como uma serpente prestes a atacar.

Ela se divertiu com ele, mas Frodo, apesar da gagueira, fez as perguntas que precisava, e tudo terminou sem muito derramamento de sangue.

Clyde entrou no círculo, esticando o polegar para o lado, como Cômodo em *Gladiador*, e o segurou ali. Ele balançou o dedo em direção ao chão, depois em direção ao teto, como um ímã bipolar, depois desceu e, enfim, subiu. Frodo suspirou de alívio e o círculo cantou: "Frodo! Frodo! Frodo!". Todos bateram palmas e riram, claramente mais *dele* do que *com* ele, mas dá na mesma.

— Duquesa e Eddie. Anda — ordenou Clyde. — Mas, primeiro — disse ele, pegando uma coroa de plástico cheia de strass —, use isso aqui.

A Duquesa olhou para a coroa na mão de Clyde como se ele a tivesse pegado do lixo. Achei que ela fosse recusar, mas a garota revirou os olhos e colocou a coisa na cabeça, para alegria de todos.

A encenação foi curta e eficiente. Eddie não era babaca; a Duquesa deu um sorriso falso e seguiu sua lista de perguntas. Clyde entrou no círculo e rapidamente levantou o polegar como se fosse uma bandeira de caixa de correio. O círculo não gritou o nome dela nem explodiu em aplausos. Ela apenas tirou a coroa em silêncio, quebrou-a rapidamente ao meio e a jogou no lixo.

— Tá, o melhor para o final — disse Clyde. Todos no círculo focaram em mim. Meu coração parecia que ia explodir. *Se você morrer, pelo menos não terá que fazer isso*. Rezei a Deus para que Clyde não me colocasse com Tiffany ou um dos outros ECs sádicos. *Eddie seria perfeito. Até Marissa serviria*. Mas não, eu tirei...

— Eu — disse ele. — Você e eu no círculo, Buck. Vamos.

...

Minha boca ficou seca. Tentei pensar em Soraya me dizendo para lutar, na terra do sr. Rawlings, em Ma e suas profecias de grandeza. Mas nada disso ajudou. A única coisa que me relaxou foi lembrar que eu estava usando meu avental preto do Starbucks e que eu já tinha sido o melhor supervisor de turno do Starbucks da cidade, talvez até do mundo.

— Antes de começarmos — disse Clyde, sorrindo como uma hiena usando heroína —, coloca isso aqui.

Congelei quando vi o que era: um boné preto com *Starbucks* bordado em letras brancas com aquele ® quase invisível no fim. Mas não foi só o boné que fez meu coração parar; havia também o broche verde quadrado com a sereia do Starbucks e as palavras *Barista Certificado* ao lado, o que só poderia significar uma coisa.

— Consegui com uma das pessoas que trabalha lá embaixo — completou ele, satisfeito. — Um garoto negro com espinhas nojentas? Paguei vinte dólares, e ele ficou extremamente grato. Me disse para te dizer oi.

Ele quer me desestabilizar e me fazer falhar. Que ele se foda.

Peguei o boné, coloquei na cabeça e falei:

— Estou ligando pra quem?

— Pensei que nunca fosse perguntar. Está ligando para Deborah Jackson, vice-presidente de RH do Starbucks.

Que maníaco. Em vez de inventar uma pessoa, estava usando uma de verdade, alguém que eu conhecia. Mas o Starbucks era o meu domínio, então de jeito nenhum ele ia me tombar. Sorri e falei:

— *Trim-trim.*

— Alô, aqui é a Debbie!

— Olá, Debbie, aqui é o Darren ligando da Sumwun. Como você está?

— Ah, oi, Darren! Tô ótima, obrigada por perguntar. Só mais um dia aqui no paraíso. Peguei meu café matinal, então estou pronta! Como você está?

— Estou ótimo, obrigado por perguntar. O que está bebendo?

— Uma das nossas torras claras... não me canso delas! Como posso te ajudar hoje?

— Essa é deliciosa. Fiquei sabendo que as pessoas amam o toque de limão. Enfim, estou ligando porque estou trabalhando com outros vice-presidentes de RH como você que desejam elevar a produtividade dos empregados ainda mais e...

— Espera, desculpa interromper. Você disse que seu nome é Darren, certo?

— Sim, sou eu.

— Vai parecer meio do nada, mas por acaso você não é o Darren Vender, é?

— Hã, sim, sou eu — respondi, suspeitando. — Talvez você tenha visto um dos meus e-mails? Nós mandamos vários desses — falei, rindo.

— Não, não. Darren, sou eu! Deborah Jackson, lembra? Céus, não nos falamos faz o quê, um ano? Você era tão dedicado no trabalho, estava empilhando caixas e servindo café da última vez que nos falamos. Como você está?

Aonde ele quer chegar com isso? Que porra ele está fazendo?

— Estou bem, Debbie. Na verdade, não percebi que era você. Então, como eu estava dizendo...

— Caramba, Darren. Nem sabia que você tinha saído do Starbucks. Mas quatro anos foi um tempão. Qual era a sua loja mesmo? Aquela no número 3 da Park Avenue em Manhattan?

Olhei ao redor do círculo. As pessoas estavam confusas, sussurrando umas para as outras, enfim percebendo que eu não era apenas um negro sem rosto, mas *aquele* negro sem rosto do Starbucks lá embaixo.

— Sim. — Respirei. — É esse mesmo.

— E agora — disse Debbie — você está nessa empresa chamada, hã, Sumwun? É bom ver que você está bem. Ainda mais para alguém que nem fez faculdade! Você ainda mora com sua mãe em, onde era mesmo, Bed-Stuy?

Eu suava, afundando, me encolhendo em um buraco escuro como um pinto circuncidado. Dramaticamente, Clyde estendeu os braços e olhou ao redor, fingindo estar confuso.

— Alôôôôôô? Darren, você está aí? Perguntei se você ainda mora com a sua mãe.

Chega. Isso é demais. Mas então ouvi uma voz. Uma daquelas vozes que as pessoas ouvem nos filmes que de repente dão a elas força para lutar. É clichê pra caralho, mas é verdade. E não foi a voz de Deus. Era nada mais nada menos que o barítono pungente da voz do Gato Malandro: *Em qualquer jogo, você tem que ter memória de curto prazo. Alguém te disse alguma merda de que você não gostou? Esqueça assim que ele fechar a boca."*

Me forcei a esquecer toda a besteira de Clyde e sorri.

— Moro, Debbie. É bom poder vê-la mesmo quando estou ocupado com o novo emprego. Mas me deixa falar rapidinho sobre a Sumwun e, se caso der certo, reservarei tempo para que você fale com meu colega e melhor amigo, Clyde.

O círculo riu. Me soltei e contei a "Debbie" como a Sumwun seria uma forma incrível de investir na felicidade e saúde mental de seus funcionários.

— Claro, Darren. A proposta parece ótima, mas você ainda não me contou o que a Sumwun é. Desculpe, mas também não consigo superar como é fofo você me ligar e fazer sua apresentaçãozinha!

— Acho que é, Debbie. O ciclo se fechou. Enfim, por meio da nossa plataforma, funcionários do Starbucks podem falar com o que chamamos de assistentes, que são pessoas de todo o mundo que se especializam em diferentes formas de vida. São como terapeutas, mas sem a parte chata. As pessoas podem falar com eles pelo telefone, computador ou até por mensagem. O que você acha?

De acordo com "Debbie", era difícil para ela confiar em uma empresa da qual nunca ouvira falar, principalmente uma que permitia que pessoas que não haviam terminado a faculdade trabalhassem lá. Era "arriscado demais".

— Foi isso que as pessoas disseram quando ouviram falar do Starbucks pela primeira vez, Debbie. Que comprar café de uma marca sem nome era um risco. Mas, da mesma forma que as pessoas deram uma chance ao Starbucks, alguém aqui me deu uma chance, apesar de eu não ter diploma de faculdade. Você obviamente tem orçamento, existe uma necessidade real, e é você quem toma as decisões. Então vou te apresentar ao meu colega, você confere o que temos a oferecer, e, se não interessar, ainda podemos ser amigos. Parece justo?

Leitor: eu sei; eu arrasei nessa merda. Isso — o encerramento perfeito — é o que motiva os vendedores. Toca aqui!

Silêncio. Os olhos de Clyde se fixaram nos meus e o círculo ficou imóvel, sem mais sussurros, pernas inquietas nem tosse. Eu não conseguia sentir meu coração bater e me perguntei se estava morto e não tinha me dado conta.

— Tudo bem, Darren — disse ela. — Vamos prosseguir. Mas só porque eu conheço você.

O círculo aplaudiu ainda mais alto do que aplaudiu Frodo, e eu sorri porque tinha vencido; tinha vencido Clyde em seu próprio jogo. Eu passei pelo inferno e saí do outro lado: ensanguentado, machucado e espancado, claro, mas ainda respirando. *Isso foi para você, Ma.*

— Isso aí, Buck! — gritou Rhett de fora do círculo, batendo palmas como se eu tivesse ganhado o Super Bowl.

Clyde, encarando Rhett, parecia ter sentido cheiro de peido. Ele se virou para mim, sério, e estendeu o dedão. Mas, em vez de colocado para cima, ele o girou para baixo, balançando a cabeça.

— Não foi bom o suficiente, Buck. Não foi bom mesmo. Vá de novo.

Isso não pode estar acontecendo.

— De novo? — falei, olhando ao redor do círculo. — Mas você, quer dizer Debbie, concordou com a reunião. Eu não passei?

— Não, temo que não. — Ele deu de ombros. — Você armou um fracasso. Abobrinha. De jeito nenhum Debbie ia aparecer na próxima reunião. Você falou qualquer merda esperando que colasse.

— Acho que ele foi bem — disse Eddie de fora do círculo.

— Ainda bem que não importa o que você acha — gritou Clyde. — Tiffany, no círculo com Buck.

Eu estava tremendo. Pensei que tinha acabado, que eu tinha passado.

— Está bem — disse ela, pronta para arrancar sangue. — Sou Nora...

— Não — disse Rhett. — Deixa ele; foi bom.

— Ele precisa ir de novo — disse Clyde, sem olhar para Rhett.

— Para, Clyde. Se ele tiver qualquer problema, pode praticar ao telefone.

— De jeito nenhum podemos deixar porcaria nos telefones, Rhett. Ele vai nos deixar em maus lençóis. Além disso, é por minha conta escolher quem passa, não é?

Rhett, parecendo doente outra vez, fechou os olhos e inspirou fundo.

— Ele passou.

— Mas ele não é um de nós! — gritou Clyde. — Ele não se encaixa aqui!

— Eu acho que sim. — Rhett me deu uma piscadela. — Mas vamos deixar a equipe decidir. Ele passa ou não?

Todo mundo ficou parado, duzentos olhos disparando para ver se alguém ia se mexer, a fúria de Clyde preenchia o ar. Mas então Frodo, de todas as pessoas, deu um passo à frente.

— Se eu passei, o Buck passa. Ele foi melhor que eu.

— Não — retrucou Clyde. — Você é um idiota, mas é *mais* adequado do que ele.

— Aprove ele — disse Ed, entrando no círculo.

— Aprove ele — repetiu Marissa, também entrando no círculo. Clifford, o porquinho dela, seguiu.

— Aprove ele — disseram outros, cujos nomes eu não sabia, enquanto entravam no círculo. Eles entoaram: "Aprove ele, aprove ele, aprove ele", até que se tornou ensurdecedor.

— Tá. — Clyde dispensou todo mundo. — Vocês estão todos errados, porra, mas não será minha culpa quando eu demitir ele. Vocês querem que eu aprove o cara? Tá. Ele está aprovado.

Antes que eu entendesse o que estava acontecendo, Frodo me jogou sobre os ombros e todo mundo estava batendo palmas, assobiando e jogando coisas em mim como se eu tivesse acabado de me casar. Eu não sabia por que eles me defenderam, mas fiquei grato.

Enquanto Frodo me girava e girava, com dezenas de mãos batendo nas minhas costas, vi Clyde parado com os braços cruzados, longe da multidão. Quando nossos olhos se encontraram, ele murmurou três palavras tão altas e claras como se as tivesse gritado: *Vá. Se. Foder.*

...

— Você é um de nós agora — disse Charlie, nosso gerente com o estilo de homem da montanha, enquanto nos entregava MacBooks Air novinhos, moletons, capinhas de iPhone, canetas, óculos de sol, meias, chinelos, chapéus, sacolas, canecas, garrafas de água, cadernos, adesivos, camisetas e mochilas, todos roxos, todos com SUMWUN impresso em letra cursiva branca.

— Tá brincando! — Frodo vestiu cada coisa em segundos. — Esperei por isso minha vida toda!

Ele parecia um anúncio ambulante.

— Você esperou a vida inteira para receber um monte de coisa com logo de empresa? — perguntou a Duquesa, jogando tudo na lixeira.

— Hã, não, mas quer dizer, é muito legal fazer parte disso tudo e andar por aí com a nossa logo e tal. É como se fosse nosso uniforme — disse Frodo, murcho pela falta de entusiasmo da Duquesa.

Charlie disse muitas coisas, inclusive que o marketing entregaria a cada um de nós uma lista de novos clientes para ligar na segunda-feira. Mas a coisa mais importante que ele disse foi sobre uma "espécie de tradição". Ele se recostou na cadeira antes de apoiar seus mocassins de couro sobre a mesa. Sem brincadeira, eu estava esperando que ele pegasse uma pele de castor e nos contasse como o capturou.

— Quero que façam uma lista de desejos de três pessoas que vocês não conhecem ou com quem não têm nenhuma conexão. E que sejam bem-conhecidas, até celebridades.

— Para quê? — perguntou a Duquesa.

— Um momento, estou chegando lá. Se vocês conseguirem qualificar e repassar qualquer uma das pessoas da lista, serão automaticamente promovidos a ECS.

— Sério? — perguntei. — Simples assim?

Ele estalou os dedos duas vezes.

— Simples assim.

— Mesmo que a gente consiga no primeiro dia? — perguntou Frodo, parecendo um bobão. O cara tava até usando meias e chinelos da Sumwun.

Charlie assentiu.

— Sim, mas nenhum SDV conseguiu isso até hoje. E preciso aprovar sua lista. Então tirem um tempinho e me falem.

Frodo escolheu o chefe da NFL, o presidente da Ford Motors e, depois que Charlie lhe disse que ele não podia colocar uma banda feminina sulista sem nome, o chefe de RH da Wendy's. A Duquesa escolheu os chefes da Yves Saint Laurent, Chanel e Hermès.

— E você, Buck? — perguntou Charlie. — Quem você tem?

Deu branco, e disse as primeiras pessoas que me vieram em mente:

— Bernie Aiven, chefe da Hinterscope Records; Stefan Rusk, chefe da SpaceXXX; e Barry Dee, aquele cara que sempre aparece no YouTube e que tem aquela empresa grande de mídia, DaynerMedia.

— Tudo bem, está decidido. Todos vocês têm suas listas de desejos, receberão seus novos clientes na segunda, têm seu equipamento, passaram pela encenação e, o melhor de tudo, têm a mim. Então estamos prontos.

— Temos um nome de equipe? — perguntou Frodo, com dificuldade de tirar um adesivo dos óculos.

Charlie bateu na testa.

— Ah é! Como me esqueci? Todos vocês agora são orgulhosos membros da NWA.

NWA*? Niggaz Wit Attitudes?* Minha mão instintivamente se fechou em punho, e tive que abri-la conscientemente, antes de socar Charlie, que, até aquele momento, eu tinha pensado ser um cara ok. Só consegui dizer:

— Quê?

— Ah, é — disse ele, cobrindo a boca. — Não é o que você está pensando, Buck, juro. *Negotiators with Attitude* — Negociadores com Atitude. Cada equipe adaptou nomes de diferentes grupos de hip-hop para serem vendáveis, sabe, como uma forma divertida de mudar as coisas. Vamos lá, a última coisa que alguém aqui é, é racista.

Ele colocou a mão no meu ombro, aguardando a absolvição.

Eu simplesmente o olhei. Ele explicou como eram nomeadas as outras equipes de SDV.

1. Vendavais MCs
2. Linn da Chamada
3. SaboVendas
4. Ei, Me Liga
5. Xamãndo

Jesus. É isso que acontece quando você tem uma empresa sem pessoas negras.

— Tá. E agora? — perguntou a Duquesa.

— Agora — Charlie passou a mão pelo cabelo, evitando o olhar da Duquesa, como se ela fosse transformá-lo em pedra —, vocês podem revisar nosso sistema, fazer chamadas-fantasma e rezar para que a gente alcance a meta.

...

Eram cinco horas, e ainda tínhamos quarenta e oito mil pela frente.

A área de vendas, que geralmente era mais barulhenta do que a Times Square no Ano-Novo, acalmou-se, e uma densa névoa de ansiedade desceu.

Rhett saía de seu escritório, olhava para o quadro branco, roía as unhas e depois voltava com uma abordagem diferente, sem dúvida fazendo tudo ao seu alcance para alcançar a meta.

— Nunca demorou tanto. — Marissa passou pela nossa fileira de mesas dando mamadeira a Clifford. — Três, talvez às quatro e meia, no máximo, mas nunca às cinco numa sexta-feira. E se...

— Não diga isso — repreendeu Eddie.

— Estou nervoso, Buck — disse Frodo na minha frente. — Muito nervoso.

Tinha certeza de que ele estava, mas era difícil para mim levá-lo a sério com seus óculos escuros, chapéu, moletom, chinelos, meias e mochila da Sumwun. Sim, ele estava sentado, mas ainda usava a mochila.

Me virei para Charlie, que estava ao meu lado.

— Ei, Charlie — sussurrei, dando um tapinha em seu ombro. — Vamos conseguir?

— Não sei — disse ele, digitando. — Nunca demorou tanto, e o fato de Rhett nem Clyde terem dito algo até agora me deixa preocupado.

Mais ou menos às seis, Clyde saiu do escritório de Rhett, balançando a cabeça. Ele foi até sua mesa, que ficava, pela graça de Deus, a fileiras de distância da minha. Quando ergueu a cabeça, o andar inteiro desviou o olhar.

— Escutem — disse ele, se levantando. — A gente sabia que era uma aposta grande e que estávamos tentando algo que a maioria das startups nunca chegou nem perto de fazer. Então vou dizer agora. Não conseguimos.

Todo o andar se lamentou. Lágrimas se acumularam nos olhos de algumas pessoas. Até Frodo, que tirara seus óculos escuros, estava chorando.

— Isso não está acontecendo — disse alguém.

— É — murmurou Charlie. — Não pode ser real. Se for, estamos todos encrencados.

Encrencados? Eu sabia que bater a meta por doze meses consecutivos era um marco importante, mas caramba.

— Sinto dizer que está acontecendo — disse Clyde, caminhando por ali, apertando ombros, consolando sua congregação como um padre benevolente. — Mas ainda teremos uma pequena celebração. Pelo esforço, porque todos trabalhamos muito este mês. Sei que trabalhamos.

— Puta que pariu! — gritou Rhett, abrindo a porta com um braço ao redor de Chris. — Mês doze! Conseguimos!

Em vez de jogar papéis para o alto, pular e bater palmas até que seus pulsos se quebrassem, todos olharam para Rhett, incrédulos. Ele foi até o quadro, apagou o USD 48 mil sob *Faltam* na caixa no centro e colocou um grande e gordo USD 0!!! em seu lugar. Todos suspiraram audivelmente.

Quando ele tampou o marcador, o andar explodiu. "Let's get it started" do Black Eyed Peas tocou nos alto-falantes do teto. Porschia e sua equipe apareceram com carrinhos cheios de garrafas de champanhe e taças de marca.

Rhett pegou um microfone.

— *Uhuuuuu*! — gritou ele. — Quase não conseguimos, equipe. Sério, quase não conseguimos este mês.

— Mas conseguimos! — gritou alguém, jogando com força uma bola antiestresse roxa bem no rosto dele. O cara nem ligou, como se estivesse gostando.

— Isso aí! — disse ele. — Isso aí, porra. Conseguimos porque pessoas acreditaram em nós. Porque cada um de vocês, pessoas lindas, corajosas e com colhões — disse ele, agressivamente agarrando os testículos. — Vocês. Vocês são a definição de Sumwunners. Sei que foi em cima da hora e vocês ficaram nervosos, mas — ele bateu no peito — lá no fundo, vocês acreditavam. Vocês SABIAM! Alguém me lança uma bola!

Dezenas de pessoas lançaram. Uma chuva de bolas atingiu o corpo dele em ultravelocidade.

— Agora quero que todos esqueçam o mês. Esqueçam o quanto trabalharam. Esqueçam as lágrimas, o suor e, em alguns casos, o sangue. Quero que vão ao espaço de eventos, peguem bebida, comida e se preparem para a melhor noite da vida de vocês. Lucien da Poplar Capital ligou e nos deu permissão para enlouquecer. Então coloquem a porra de seus sapatos de dança e suas melhores roupas, porque vamos para a balada! "Batam as palmas, povo! Gritem para Deus com canções altas de júbilo!" Salmos 47:1, filhos da puta!

Todos correram para o espaço de eventos. Fiquei colado na minha cadeira, tentando entender que merda tinha acontecido. A insanidade da semana me paralisou.

Rhett estava ao lado do quadro branco, removendo confete do cabelo, e Clyde foi até ele. Eles se abraçaram por minutos, Rhett sussurrando no ouvido de Clyde, Clyde balançando a cabeça sem dizer nada e, não estou brincando, soluçando. Rhett segurou a cabeça de Clyde e beijou-a antes de saírem do andar.

O espaço de eventos estava cheio de pessoas virando shots, tomando de barris de cabeça para baixo e dançando no ritmo da música com um baixo pesado o suficiente para fazer seu coração tremer.

— Buck — disse Rhett, abrindo os braços com um sorriso que automaticamente me fez sorrir. — Venha aqui.

Ele passou os braços em volta de mim com mais carinho do que qualquer homem jamais fez. Ele estava quente e me segurou até que sua cabeça caiu no meu ombro.

— Conseguimos, Buck.

— Sim — falei, sem saber o que dizer. — Quer dizer, você conseguiu, Rhett. Você conseguiu.

Ele se levantou e me segurou na frente dele.

— Não, Buck. *Nós*. Você faz parte disso tanto quanto qualquer um aqui. E você vai ser melhor que todos eles, eu sei disso. Então pare de agir como se não tivesse conseguido — disse ele, batendo um dedo duro em meu peito. — E como se você não fosse um de nós, ok?

— Tudo bem. — Lágrimas começaram a se formar em meus olhos. Não sei por que fiquei tão emocionado. Olhei ao redor do espaço de eventos, vi todas as pessoas rindo, dançando e se abraçando, todo o amor real e tangível, e comecei a acreditar. Acreditar no Evangelho de Rhett. Na Igreja de Sumwun.

Clyde acenou para mim do outro lado da sala. *Porra. Tudo estava indo tão bem, o que será que ele quer?*

— Ei — disse ele.

— Ei.

— Escuta, Buck. Sei que fui duro com você essa semana, mas é o meu trabalho.

Eu o encarei, pensando na tortura que passei com ele. O constrangimento e a humilhação. Tudo.

— Rhett gosta de você. E se Rhett gosta de você, *eu* gosto de você. Então, o que você diz? — Ele estendeu uma mão de porcelana, com unhas feitas e nós dos dedos rosados. — Trégua?

Esse cara não tinha mandado eu me foder horas atrás? Eu não tinha planos de me tornar "mano" de Clyde, mas achei que era melhor deixar o passado para trás do que ser o "homem negro raivoso" na Sumwun. E, por mais louco que parecesse, ver como ele estava com Rhett e vê-lo consolar todo mundo antes me fez acreditar que ele não era um completo idiota; era apenas alguém que queria deixar seu mentor orgulhoso.

— É — falei, apertando a mão dele. — Tá, cara. Trégua.

— Ótimo. Agora vira isso aqui.

Isso aqui era um copo vermelho cheio de cerveja.

— Não, obrigado. — Empurrei o copo na direção dele.

— Vamos, Buck — disse ele, me encarando com um sorriso infantil. — Somos amigos agora. Então vamos oficializar com uma bebida. É contra as regras na sua religião ou algo assim?

— Não, eu só não bebo. Não é pra mim, sabe. Faz as pessoas perderem a cabeça..

— Uma bebida não machuca ninguém — insistiu ele, empurrando o copo na minha direção. — Prometo.

— Tô bem, obrigado.

Ele enfiou o copo no ar.

— EI, QUEM QUER VER O BUCK VIRAR ISSO AQUI?

Todos olharam, já possuídos pela bebida, comida gordurosa e Deus sabe mais o quê, e gritaram:

— VIRA! VIRA! VIRA!

Comecei a tremer. A semana, os gritos, a pressão, tudo se tornou intenso demais e eu só queria fugir. Agarrei o copo e bebi em um gole. O líquido acobreado desceu pela minha garganta e atingiu meu estômago, e eu me curvei de dor.

— AEEEEEE! — gritaram eles.

— *Agora* você é um de nós — disse Clyde, dando um tapinha nas minhas costas. — Bem-vindo à Sumwun.

Uma cerveja levou a duas, e duas levaram ao pingue-pongue com cerveja, e o pingue-pongue com cerveja levou a doses de tequila com sal nas mãos e rodelas de limão na boca, o que me fez tropeçar para fora do número 3 da Park Avenue e Rhett me puxar para um Escalade preto, dizendo:

— O Buck vem com a gente.

Chris, Clyde, Porschia e duas mulheres que eu nunca conheci já estavam lá dentro. O Escalade nos levou ao Meatpacking District, bem perto do Hudson. Nós descemos, nuvens de fumaça rolando lentamente ao nosso redor como mágicos aparecendo do nada, só que esses mágicos estavam loucos e destruídos. Incluindo eu.

Antes de entrarmos na balada, peguei meu celular para ver a hora, mas Rhett o pegou e guardou no bolso.

— Não, não. Nada de telefones, nunca. Estamos comemorando, Buck, e não queremos nos preocupar com nada aparecendo nas redes sociais. Você entende, né?

Eu balancei a cabeça, bêbado. A fila à nossa frente se estendia ao redor do quarteirão: caras vestidos com camisas brancas impecáveis e blazers justos; mulheres usando vestidos e salto alto, expondo uma quantidade saudável de nádegas.

Rhett foi até o início da fila e falou com o segurança, que nos deixou entrar com os outros Sumwunners empilhados em táxis, Ubers e Lyfts atrás de nós. Eu sentia que estava flutuando em uma nuvem. Como se fôssemos celebridades ou algo assim.

Uma recepcionista nos mostrou uma seção nos fundos, e pessoas — garçonetes, caras aleatórios, algumas das modelos da fila — nos cercaram. Alguém me entregou um drink *screwdriver* que queimou na minha garganta. A música, as pessoas, tudo isso fazia minha cabeça girar.

Rhett me puxou para um sofá de couro.

— O que você vê, Buck? — perguntou ele. Luzes azuis e índigo brilhavam ao nosso redor. Parecia um sonho subaquático.

Eu vi Porschia se esfregando em Clyde, Frodo e Marissa se beijando, Eddie e um cara de mãos dadas.

— Eu nem sei, cara — falei, meus olhos pesados. — Isso tudo é uma loucura.

— Essa é a vida que você merece, Buck. As pessoas que são espertas — disse ele, tocando minha têmpora — e trabalham duro não merecem trabalhar todo dia em lugares como o Starbucks. Elas, você, merecem ter tudo. E prometo que é só o começo. Acredita agora? — perguntou ele, me encarando com olhos semicerrados. — Acredita que é um de nós?

— Eu — a sala girava agora — acredito, Rhett. Acredito.

— Ótimo.

Me levantei e abri caminho pela multidão.

— Cadê o banheiro? — perguntei a um cara brandindo uma lanterna metálica como se fosse um cassetete.

Ele apontou com a cabeça na direção do corredor, e tropecei para lá.

Meus joelhos cederam e vomitei toda a cerveja, a tequila, o suco de laranja, a comida gordurosa e tudo mais no vaso sanitário. Continuei vomitando até jogar apenas ar dentro do vaso. A última coisa de que me lembro foi de lavar a boca e pegar uma toalha, então, não sei quanto tempo depois, ouvi batidas na porta.

— Abra! — gritou alguém. Parecia o segurança.

Droga, esse cara bate mais forte que Ma. Espera aí. Ma. Soraya. O pânico me abraçou e apertou.

Abrindo a porta, desviei do segurança e abri caminho no meio da multidão.

— Ei, cuidado, filho da puta! — gritou alguém.

Quando cheguei à nossa mesa, vi Rhett conversando com Clyde e Porschia.

— Buck, meu mano! — disse ele, estendendo a mão. — Onde você esteve? Estávamos falando de você. Senta, senta. Você está bem?

— Meu celular — falei, ficando sóbrio.

— Quê?

— Me dá meu celular! Por favor!

Ele mexeu no bolso e me entregou.

— Tá, mas nada de foto. Lembre-se disso.

Os segundos que levei para ligar pareceram uma eternidade. A hora. Já não eram mais seis ou sete, como era no escritório. O tempo, com vontade própria, havia se arrastado até uma da manhã. Olhei ao redor da balada, tentando descobrir para onde foram as horas, os minutos e os segundos.

Então um forte arrepio na minha mão se transformou em uma convulsão total. Três chamadas perdidas de Ma, oito da Soraya. Duas mensagens de voz de Ma. Cinco de Soraya. Dez mensagens no total.

De Ma:

Ei, Dar, dando os retoques finais em sua refeição de comemoração!

Dar, você provavelmente ainda está ocupado no trabalho. São 20h30 agora, então mande mensagem ou ligue para nos avisar que horas você chegará.

Querido, você tá bem? Faz tempo que não temos notícias suas e agora são 21h30. Todo mundo está com fome. O sr. Rawlings e a Soraya estão esperando por você.

POR FAVOR, ME LIGUE DE VOLTA QUANDO VER ISSO. É meia-noite e Soraya e o sr. Rawlings já foram embora. Todo mundo já foi, mas estou preocupada. Você não é assim.

De Soraya:

Espero que seu dia tenha corrido bem, D! Mal posso esperar para te ver mais tarde.

São 20h15 e você está atrasado, MOCINHO*! É melhor você estar no metrô. O sr. Rawlings vai fazer vudu pra você se ele não colocar as mãos nesse chili logo.*

D? Cadê você? Por que você não atende nenhuma de nossas ligações? Sério?????

ONDE VOCÊ ESTÁ*? Juro por Deus, se estiver no hospital ou se algo acontecer com você, vou te ressuscitar só para poder te matar por nos preocupar.*

Você não é assim, D. Espero que tenha uma boa desculpa para isso. Sua mãe está preocupada e chorando.

Indo para casa. Espero que tudo o que você fez esta noite tenha valido a pena.

Rhett se levantou e colocou a mão no meu ombro paralisado.

— Você não parece tão bem, Buck. Tá tudo certo?

Fiquei ali imóvel, com o celular na mão como uma arma com a qual eu tinha acabado de matar alguém: pesada, fria e sem saber do dano que havia causado.

III

DESCOBERTA

O sucesso tem preço. Se não estiver disposto a pagar por ele, talvez não deva alcançá-lo.

— DAN WALDSCHMIDT

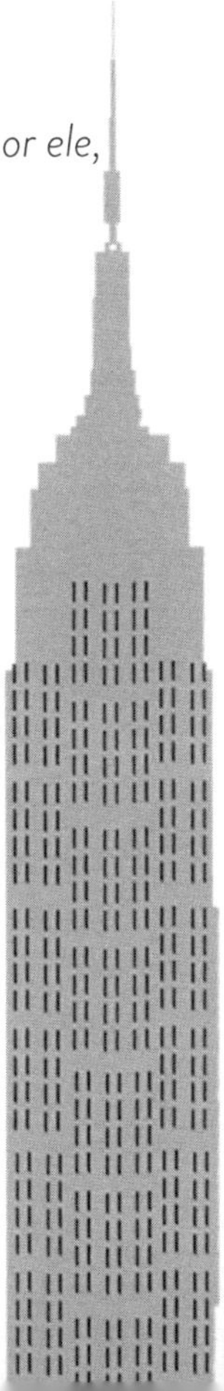

12

Três meses depois

Nunca esperei estar onde estou hoje. Morar na cobertura de um prédio de noventa e oito anos, avaliado em milhões de dólares e admirado por pessoas do Brooklyn ao Brasil. Se você tivesse dito ao meu jovem eu que ele estaria aqui, eu teria dito que você estava cheirando pó. Mas aqui estou eu, e aí está você, olhando de fora e, com sorte, colhendo o que plantou. Trabalhei muito para chegar até aqui, e se você continuar me acompanhando, vou ajudá-lo a melhorar sua vida e a de quem você mais ama. Eu garanto isso.

No mundo das startups de tecnologia e vendas, três meses, também conhecido como um trimestre, é muito tempo. Muita coisa pode acontecer. E, para mim, aconteceu.

Na primeira segunda-feira de junho, o primeiro dia útil depois da Semana do Inferno, quando alcançamos a meta pelo décimo segundo mês consecutivo e fomos à loucura com a comemoração, nós, os mais novos membros da NWA — Frodo, Duquesa e eu —, pegamos os telefones. No primeiro dia, Duquesa disparou de baixo para cima no todo-poderoso quadro branco. Ela tinha alguns amigos do pai — presidentes, gigantes dos negócios e outros sujeitos de caráter questionável — prontos para qualificar e passar para a frente, o que significava que ela atingiu seu objetivo em poucas horas. Ela acumulou mais NCQV e negócios ao longo do mês.

Até Frodo tinha alguns contatos, — como curadores da Notre Dame que se lembravam com carinho de Arnold Boneiro, o lateral que por vezes jogou com várias concussões para levar a universidade deles à glória. Ele qualificou um deles no segundo dia e adicionou mais alguns. Não terminou o mês no topo do quadro, mas estava em uma posição segura e confortável no meio superior.

E quanto ao seu parça Buck, você pergunta? Bem, fiz mais de cem ligações por dia durante duas semanas, mas ninguém me atendeu. A maioria dos números era falsa, ia direto para mensagens de voz estrangeiras ou levava a recepcionistas que me diziam que fulano de tal estava morto.

Quando falei sobre isso com Clyde, ele disse:

— Faz parte do jogo, Buck. Bem-vindo ao show. — Antes de me dar um tapinha nas costas e me dizer para continuar.

Mas, quando enfim contei a Charlie, ele olhou minha lista e percebeu que eu, sim, apenas eu, estava recebendo clientes da pilha "Não ligue, eles são uma merda ou estão mortos". Se você está se perguntando quem foi o responsável pela distribuição dos novos clientes de marketing, foi Clyde. Que bela trégua.

Tudo isso para dizer que terminei o mês com um ovo de ganso grande, gordo, cru e provavelmente infectado por salmonela. Não ganhei nada em comissão; Frodo ganhou quinhentos e trinta e cinco dólares, e a Duquesa, é claro, ganhou mais de mil e quinhentos. É engraçado como, de alguma maneira, os ricos sempre acabam mais ricos. Felizmente, ninguém chegou perto de qualificar alguém em sua lista de desejos. Nem a Duquesa e todas as suas conexões incestuosas de riqueza conseguiram tal proeza.

Os demais meses seguiram o mesmo padrão. Só depois de conseguir clientes melhores com a ajuda de Charlie é que comecei a gerar oportunidades, o que me fez subir algumas posições em relação ao último lugar do quadro. Até ganhei algumas centenas de dólares em julho e agosto, que usei para comemorar a entrada de Soraya na faculdade de enfermagem e para pagar um jantar para ela, Ma e o sr. Rawlings em um restaurante chique de Manhattan, como desculpa por ter perdido meu jantar de comemoração na Semana do Inferno. Jason, ainda irritado pra caramba, recusou o convite.

Fora isso, tudo estava bem em casa, exceto por duas coisas. Uma delas foi que Ma faltou mais alguns dias no trabalho por conta de fadiga. Pressionei ela para que fosse ao médico, mas ela disse que já tinha feito isso e que falaram que ia passar, que era tudo parte do processo de envelhecimento. Ela me disse a mesma frase várias vezes: "Só foque no trabalho, Dar".

A segunda coisa foi que a imobiliária que havia enviado uma carta para Ma em maio, a Next Chance Management, tentou ligar quase toda semana até que atendi e disse que, se eles não parassem, eu teria que "dar um jeito neles". Uma ameaça vazia, mas funcionou.

O que nos leva ao primeiro dia de setembro. Uma época em que o clima de savana de Nova York começa a refrescar, quando patricinhas basiquinhas de calça de ginástica, tomando um Pumpkin Spice Latte, saem da casa de veraneio em Southampton, parecendo baratas enfeitadas. Uma época em que toda a cidade lembra do verão como um longo sonho induzido por substâncias alucinógenas que possivelmente não poderia e absolutamente não deveria ter acontecido. Uma época em que a Igreja de Sumwun, e todos os seus fiéis, ficavam sob grave ameaça. Em pouco tempo, estaríamos recebendo críticas da mídia, dos investidores e até mesmo de apresentadores de *talk shows* ultrapassados, aferrados à sua audiência cada vez mais minguada, como os sulistas, e suas bandeiras confederadas e a justificativa "não é racismo, é tradição!". Em suma, estávamos prestes a entrar numa guerra.

...

Era a primeira segunda-feira de setembro, e a guerra foi deflagrada depois do almoço. Frodo e eu discutíamos os méritos de nascer no verão versus nascer no inverno e se isso tinha um efeito verdadeiro na sua personalidade.

— Com certeza tem — declarou Frodo, bebendo uma lata inteira de Sprite num gole só, soltando um arroto fedorento e cheio de hambúrguer. Ele usava uma camiseta que dizia: *todo dia é dia de jogar*.

— Merda, Frodo. Isso fede — falei, empurrando ele para dentro do elevador.

— Foi mal. Mas, como eu tava dizendo, se você nasce no verão, é ardente, como o sol. E se nasce no inverno, fresco, como a neve. Talvez até mais brando.

— Você sabe que o Kim Jong-il nasceu no meio de fevereiro, né?

— Não sei quem é esse. Mas a maioria das pessoas que eu conheço chamadas Kim são muito legais, como minha babá, a esposa do meu tio e a Kim Possible.

Quando o elevador abriu, a barulheira no andar estava mais alta do que deveria estar em uma segunda-feira às 12h30. As pessoas gritavam ao telefone até ficarem com o rosto vermelho, algumas choravam e outras andavam em círculos, apertando bolas antiestresse roxas.

— O que está acontecendo? — perguntei a Charlie, que estava sentado com a cabeça apoiada nas mãos.

Sem se mexer, ele murmurou:

— O começo do fim, Buck. O verdadeiro começo do fim. Está em todos os noticiários.

Abri meu Mac e pesquisei “Sumwun”. A primeira página estava cheia de artigos dos maiores canais de notícias: “A Sumwun agora não é para ninguém; Presidente Rhett Daniels se recusa a comentar o assassinato; Assistentes ou assassinos?; Queridinha da tecnologia de NYC afundando neste instante; Psicólogos ou loucos assassinos?”.

— Sim, é a Sumwun, mas te garanto que não é nada sério — dizia Eddie ao telefone. — Essas coisas acontecem. Não, eu sei. Sim, deveria. Garanto que estamos fazendo tudo o que podemos, Jack, então me deixa marcar algumas... porra! Ele desligou. Ninguém está nos dando uma chance de falar. Todo mundo sabe.

— Sabe o quê? — perguntei, ainda confuso, encarando as manchetes na minha tela.

Leitor: todo ótimo vendedor tem que passar por maus momentos para descobrir do que é feito. A melhor saída é tentar escapar o mais ileso possível, mas nunca esquecer a experiência. A dor é uma professora poderosa.

— Ah, Buck — disse ele, me agarrando. — Um dos nossos assistentes na China. Ele convenceu um usuário não corporativo, uma adolescente de dezesseis anos do Arkansas, a ir à China e encontrá-lo para uma sessão cara a cara. Os pais e os amigos dela não sabiam que ela tinha ido até que nos forçaram a violar nosso acordo de confidencialidade e liberar as transcrições das sessões dela. Eles ligaram para as autoridades chinesas e os policiais encontraram o apartamento do assistente. Mas, quando chegaram lá, a garota estava amarrada e morta no chão. Estão atrás dele.

Puta merda, caralho.

— E agora?

— Todo mundo está cancelando. E todas as nossas estimativas para setembro estão indo por água abaixo. Ninguém quer contratar para seus funcionários um serviço que pode matá-los.

Rhett saiu do escritório e a sala ficou em silêncio. A pele dele estava mais branca do que nunca, como se ele tivesse vomitado o café da manhã, o almoço e o jantar do dia anterior.

Porschia entregou a ele um microfone e ele ficou em frente ao todo-poderoso quadro branco com Clyde à sua direita. A Santíssima Trindade.

Ele agarrou o microfone e fechou os olhos.

— Escutem. — Ele inspirou fundo. — Não temos escolha. E, sinceramente, não vou suavizar. A imprensa está dizendo que é verdade. Um dos nossos veteranos coagiu uma usuária. E a assassinou.

Ele baixou a cabeça. Clyde colocou a mão nas costas dele. Todos tinham lágrimas nos olhos, inclusive eu. E o que é pior é que não creio que a maioria das lágrimas era pela pobre menina; era por Rhett, pela Sumwun, por nós.

— A culpa é minha — disse Rhett, pegando um lenço de papel de Porschia e secando os olhos. — Assumo total responsabilidade. Deveríamos ter instituído check-ins melhores, um processo de verificação mais rígido e não ter sido tão negligentes, principalmente com pessoas mais jovens que têm sérios problemas mentais. Me desculpem.

Eu nunca tinha visto Rhett tão derrotado, nem mesmo quando quase não batemos a meta durante minha primeira Semana dos Negócios.

O medo se espalhou pelo rosto de todos e de fato, como disse Charlie, parecia o começo do fim.

— O que faremos agora? — perguntou Marissa, alisando as costas de Clifford. Não era mais um porquinho fofo, era agora um porco crescido, fedorento e com peso de mercado.

Rhett, com as bochechas brilhando de lágrimas, olhou para o mar de solenes vendedores que, embora tivessem vinte e poucos anos, eram como seus filhos. Depois de um segundo, como o médico se transformando no monstro, ele endireitou a postura, rangeu os dentes e fechou as mãos em punhos poderosos.

— Vamos lutar — anunciou. Todos ergueram a cabeça, limpando as lágrimas. — Porque isso é guerra. E o único objetivo da guerra é vencer. Todos que estiveram do nosso lado antes, incluindo o conselho, não querem nos tocar nem com uma vara. Dizem que sabíamos que ia acontecer, que estávamos crescendo rápido demais, ganhando demais, e acreditando que estávamos fazendo demais.

— BALELA! — gritei.

— É, que se foda! — gritou outra pessoa.

— Isso aí! — rugiu Rhett no microfone. — *É* balela. Todo mundo te quer quando você está em alta, e te larga quando não está. Mas quer saber?

— O QUÊ? — gritamos, como se tivéssemos tomado uma dose de esteroides.

— Eles que se fodam! Não precisamos deles! Nunca precisamos. Nem do conselho. Eles querem que fiquemos quietos, que não falemos com a imprensa nem demos entrevistas, mas esquece isso. Isso não é algo que vou apenas esquecer, e com certeza não é algo que vou deixar nos derrubar. E vocês?

— NÃO!

— Isso mesmo, porra. Porque somos os melhores vendedores da cidade, e provamos isso várias vezes. Vamos vender pra caralho. Os clientes potenciais que querem dar no pé. Os clientes tentando cancelar. A imprensa, e até o conselho! — gritou ele, com uma expressão enlouquecida no rosto, como se *ele* estivesse pensando em assassinato. — O verdadeiro vendedor — prosseguiu ele, apontando para nós — é um deus! E Deus, não o homem, faz as regras! E todos sabemos o que acontece quando o homem tenta derrotar Deus, não sabemos?

— Diga, Rhett! Diga o que acontece! — gritou alguém, incentivando ele.

O cara riu.

Riu tanto e por tanto tempo que pensei que ele tivesse perdido o juízo, que sua empresa desmoronando bem diante de seus olhos tinha sido a gota d'água. Mas não, ele parou de rir, ficou muito quieto e aproximou o microfone da boca.

— Ele se afoga, queima e é transformado em pedra com menos energia do que é necessário para respirar. E é isso que faremos com nossos inimigos. Porque, como diz o Livro de Naum, "O Senhor demora a se zangar, mas é grande em poder; o Senhor não deixará o culpado impune".

Os aplausos duraram tanto que parecia que seria mais fácil continuar batendo palmas para sempre do que parar. E embora eu não pudesse admitir na época — porque não queria admitir —, quando olhei para Rhett arfando diante da multidão, algo em seu rosto fez meu coração disparar. Algo que denunciou tudo o que ele acabara de dizer. Algo mais homem do que Deus.

Desespero.

13

Acordei antes de o meu alarme tocar. Eu tinha vinte e dois anos e nunca havia servido numa guerra. Eu não conhecia nenhum treinamento, tática ou estratégia militar. Eu nunca tinha lido *A arte da guerra*, jogado Batalha Naval ou sequer segurado uma arma de brinquedo — minha mãe não permitia isso. Mas eu estava pronto para lutar pela Sumwun, para fazer o que fosse preciso para vencer.

Leitor: vendedores por vezes são separados em dois grupos; aqueles que amam vencer e aqueles que odeiam perder. Antes de entrar na Sumwun, eu era esse último. Mas, quando você sente o gostinho de como é ganhar, ganhar mesmo, algo significativo – como sua vaga na melhor equipe –, você fará de tudo para proteger essa sensação. Cuidado com vencer, é uma das coisas mais poderosas que você pode fazer.

Ma não estava na cozinha. Ela insistiu no que os médicos tinham dito — que tudo estava bem —, mas continuava faltando ao trabalho e não parecia ela mesma. Bati na porta. Uma voz rouca disse:

— Entre, Dar.

— Você tá bem, Ma?

Ela estava encolhida na cama, assistindo a reprises de *Judge Hatchett.*

— Melhor que aquele ali. — Ela apontou para um adolescente magrelo com trancinhas, sendo ridicularizado.

— O que ele fez?

— O mesmo que todos esses jovens. Pensou que era adulto até perceber que não era. Os jovens hoje em dia fazem todo o tipo de coisa que eu jamais pensaria em fazer na minha época. Eles precisam da ajuda de Deus e de uns bons tapas.

— Verdade, Ma. Não vai trabalhar hoje?

Ela tomou um gole de água e se sentou, de olhos fixos na televisão. As mãos dela tremiam tanto que tive que pegar o copo.

— Ma. — Agarrei a mão dela. Fraca, ela tentou segurar a minha, mas não conseguiu.

— Meu supervisor me disse para tirar alguns dias de folga, Dar. Me viu tossindo muito, e eu tinha um pouco de sangue na boca, então...

Meu rosto ficou quente.

— Sangue, Ma? Isso não é nada bom. — Ou os médicos estavam mentindo para ela, ou ela estava mentindo para mim. — Você está faltando mais dias que antes, está tossindo sangue, e perdendo a voz dia sim, dia não. Além disso, mal consegue segurar um copo d'água. Vamos, Ma. O que está acontecendo?

— Nada, Dar. Não se preocupe comigo. É só a idade. Os médicos disseram que logo ficarei bem. Mas, se piorar, vou para o hospital. Combinado?

— Tá — falei, ainda duvidando, mas sem querer forçar e me sentir pior. — Combinado.

Um comercial apareceu na tela, e então eu vi: uma matéria com a foto de uma jovem sorridente com aparelho ortodôntico. Paralisei. A tela cortou para outra de um chinês mais velho, de rosto sério e óculos enormes, igualzinho aos que os pedófilos estão usando na foto da ficha policial deles.

— Donesha Clark, dezesseis anos, de Little Rock, Arkansas, sofria de depressão. Seus pais ouviram falar de uma startup de tecnologia de Nova York chamada Sumwun, que eles esperavam que a ajudasse, pois a terapia tradicional não estava funcionando. Seus pais dizem que, depois de um ano de terapia com um chinês chamado Jiao-long Lee, Donny, como a chamavam, começou a voltar a ser a garota sorridente que você vê aqui. Mas tudo acabou quando Donesha voou para a China sem que os pais soubessem. As autoridades dizem que a jovem foi atraída pelo sr. Lee, seu terapeuta ou, como Sumwun o chamava, seu "assistente".

"Donesha pensou que se encontraria com ele para sessões presenciais, mas o sr. Lee tinha outros planos. Depois que o FBI contatou as autoridades chinesas, eles invadiram a casa do sr. Lee e encontraram a jovem Donny Clark amarrada e morta, com vários ferimentos de faca, hemorragia interna e golpes na cabeça causados pelo que pode ter sido um cano de chumbo ou um martelo. As autoridades chinesas dizem que Lee ainda está foragido. Ainda hoje, falaremos com representantes da empresa no centro desta controvérsia, incluindo o presidente, Rhett Daniels."

Ma desligou a TV e me encarou por um longo tempo antes de dizer qualquer coisa.

— Dar, você sabe dessa bagunça?

— Sim, Ma. Mas vamos cuidar disso. Eles estão tentando fazer de nós os vilões, mas não somos.

— Sei disso, querido, mas não quero que você fique no meio dessa confusão. Pode acabar sobrando para você.

Beijei a testa dela.

— Não se preocupa, Ma. Não estou envolvido. Sou só um funcionário fazendo o próprio trabalho, nada mais. Te amo.

— Te amo, Dar.

Peguei minha bolsa e saí. Desci as escadas. Virei a esquina. Acenei para o sr. Aziz. Mas, quando passei pela bodega, ele me chamou.

— *Sabah al-kheir,* sr. Aziz. Como vai?

— *Kullu tamam*, Darren. Tudo bem. Mas Soraya está lá dentro e ela acabou de ver algo na televisão sobre a sua empresa. Vai lá um segundinho?

Entrei e o sino soou.

— Darren! — gritou Soraya, usando jeans azul justo, sapatilhas vermelhas e uma camiseta preta escrito *Nina Simone para Presidente*. Eu sei que isso vai me fazer parecer molenga, mas toda vez que eu a via, parecia que a estava vendo pela primeira vez, como se a Terra apenas orbitasse o Sol para poder vê-la de todos os ângulos.

Atrás da vitrine de acrílico transparente, cercada por doces coloridos, carne seca e bilhetes de loteria, ela se virou e apontou para a minúscula TV de tela plana no canto da loja.

— Acabei de ver no Canal Sete, D. Eles estão dizendo algumas coisas malucas sobre a Sumwun e aquela garotinha que foi assassinada. O que você sabe dessa história?

— Não muito, na verdade — falei, voltando à realidade. — Tá tudo uma loucura lá, e todos os nossos clientes cancelaram. Rhett diz que é guerra.

— Você está bem?

— Sim — respondi. Garanti que o sr. Aziz ainda estava varrendo antes de puxá-la para um beijo. — Estou bem. E você, senhorita enfermeira?

Ela sorriu e apontou para um livro grosso sobre o balcão.

— Estou começando agora, mas estou meio nervosa com...

Soou o sino, e uma mulher alta e branca vestida de couro preto da cabeça aos pés, com Doc Martens de couro envernizado, entrou. Parecia que ela estava prestes a participar de uma sessão de BDSM matinal ou de um comício neonazista.

— Tem tabaco American Spirit?

Soraya ficou na ponta dos pés, examinando as fileiras superiores com a mão.

— Tem. — Ela colocou um pacote azul-claro no balcão.

A dominatrix olhou para baixo e franziu a testa.

— Do tipo *orgânico* — disse ela.

— Não temos esse — respondeu Soraya. — Mas este também é bom.

A hippie do *heavy metal* pegou o pacote e jogou dinheiro no balcão.

— Jesus. Vocês não têm nada nessa porra de bairro — disse ela, antes de sair e bater no ombro do sr. Aziz.

— Caralho, qual é o problema dela? — perguntei.

Sorrindo, Soraya abriu a caixa registradora e colocou o dinheiro, dando de ombros.

— Vai saber. Muitos deles são assim. Mas muitos também são legais e gostam de conversar um pouco. Está tudo bem. Você quer fazer alguma coisa mais tarde?

— Quero — falei, conferindo a hora. Seis e quarenta e cinco da manhã. — Vamos ver. Preciso ir, *habibti.*

Me inclinei para um beijo, mas ela se virou e começou a organizar os doces na vitrine.

O sr. Aziz entrou, minha deixa para sair.

Assim que cheguei à esquina, Jason assentiu para mim e eu fiz o mesmo. *Isso, uma oferta de paz.* Nós não tínhamos nos falado desde que discutimos, meses antes. Em certos dias, ele chegava à esquina com o rosto machucado; em outros, sorria como se tivesse ganhado um milhão de dólares. Hoje era a primeira opção. Vários tons de vermelho floresciam por todo o seu rosto como ameixas maduras.

— Você tá bem? — perguntei.

— O que você acha?

— Parece que você se fodeu.

— Tudo bem então, por que você tá perguntando? Devia só cuidar da sua vida, como anda fazendo. Idiota.

Na minha opinião, as pessoas, não importa o quanto já foram próximas, podem se afastar. E talvez fosse isso que estava acontecendo com a gente.

— Ei, esse é o seu problema — cuspi, apontando para o rosto dele. — Sempre culpando as pessoas em vez de cuidar da sua vida. Achando que é esperto demais para um trabalho de verdade. Você é um fracassado, mano.

Ele ergueu as mãos, balançando a cabeça para mim. Me encolhi. Ele riu.

— É, foi o que pensei. Se um fracassado consegue te fazer tremer, isso te torna o quê?

— Ei, Darren! — chamou o Gato Malandro. — Cadê sua mãe, garoto? Faz tempos que não a vejo.

Encarei Jason, cuspi no chão e me afastei. *Ele só tá com inveja porque estou progredindo e ele está andando pra trás.*

— Ela tá meio doente — falei para o Gato Malandro, sentando na caixa. — Mas vai ficar bem.

— Uhum, isso aí. Fé, nego. Sempre tem que ter. O que tá pegando na WMB?

Gargalhei. WMB era como o Gato Malandro tinha começado a chamar a Sumwun uns meses antes.

— A Web Mundial Branca está bem, cara. Quer dizer, não, não muito.

Ele arrastou a caixa para mais perto.

— O que tá rolando? Você não comeu nenhuma branquela, né? Lembra do que eu falei. Elas são chave de cadeia. Vão roubar a porra da sua alma se você deixar.

— Nem, cara. Não é isso. É pior. Uma garota... espera.

Meu celular estava tocando. Rhett. Ele nunca ligava cedo assim.

— Ei, preciso atender. Já volto.

— Tá, não esquece.

Atendi.

— Alô?

— Oi, Buck. Como você tá? — Ele parecia ansioso.

— Tô bem, Rhett. E você? Vi as notícias, cara. Você vai estar no *Rise and Shine, America,* né?

— É, é — disse ele. — Falando nisso. Você já falou com um ou dois assistentes antes, não é?

— Sim — respondi, meu coração acelerado pra porra. *Alguém estava tentando me relacionar com isso?* Pensando que ia desmaiar, fui até o parque e me sentei em um balanço pequeno demais para o meu traseiro.

— Ótimo, isso é bom. Escuta, Buck. Vai parecer estranho, mas você sabe que estamos em guerra, né?

— Claro, Rhett. Eu sei.

— E sabe que temos que fazer o que for preciso, certo?

— Sim — falei, incerto.

— Exatamente. E eles dispararam o primeiro tiro essa manhã. ABC, NBC, Fox, MSNBC, CNN, todos eles. Eles estão vindo com tudo e tentando nos fazer de exemplo.

— Mas por que fariam isso? O que a gente fez?

— É como eu disse ontem. Estávamos ganhando demais. Nós representamos o futuro, e as pessoas têm medo do futuro, então fazem tudo o que podem para manter o *status quo*. E agora é hora de revidarmos. Começando com ir ao *Rise and Shine, America* e deixar o mundo saber quem somos em vez de deixar que terceiros contem a eles.

— Isso aí — falei, me balançando para a frente e para trás, fazendo tremer o balanço fraquinho.

— E é aí que você entra. Preciso que vá para casa, vista algo bonito e pegue um Uber para o Times Square Studios. Vou pagar.

Caí do balanço de cara no chão, derrubando o celular no chão de borracha do parquinho antes de me apressar para pegá-lo.

— Você tá aí? — perguntou ele.

— Sim. Mas do que se trata isso, Rhett?

— É hora de contra-atacarmos, Buck. Você e eu. Vamos ao *Rise and Shine, America*. Juntos. Te digo o porquê quando chegar aqui. Agora se apresse.

...

O tráfego matinal em Manhattan era mais lento do que assistir um filme pornô com conexão discada nos anos noventa. O motorista do Uber, com pele da cor da meia-noite e olhos amarelos como gema de ovo, ficava me olhando pelo retrovisor.

— Com licença, senhor.

— Sim?

— Você é alguém?

Boa pergunta.

— Nem.

Olhei para minha camisa social branca de manga curta com duas canetas no bolso da frente, calça preta com cinto preto e sapatos de couro preto, para combinar.

— Ah — disse ele, decepcionado. — É que parece que você é alguém, sabe? Você tem essa aparência.

— Desculpa te decepcionar, cara — falei, me mexendo no assento.

Meu celular vibrou. Rhett.

Cadê você, Buck? Começa em quinze minutos. Rápido!

Havia uma tela enorme no prédio com as palavras *Rise and Shine, America* nela, com manchetes gritando no rodapé: "Presidente da Sumwun vai se pronunciar". "Sumwun tem que se explicar." "Tensões aumentam na Líbia."

O motorista virou a esquina antes que eu pudesse descer.

— Ei — disse ele, expondo dentes que tinham a mesma cor de seus olhos. — Você vai ser alguém, eu sei.

— Obrigado, cara — falei, mostrando a ele a avaliação cinco estrelas no meu celular. — Valeu.

Depois de chegar no segundo andar, vi uma plateia cheia de mulheres brancas e Sandra Stork, a linda âncora negra que Ma adorava. Um grupo de luzes e câmeras estava voltado para as janelas que davam para a Times Square.

— Graças a Deus — disse Rhett, me abraçando. — Você, hã... — ele me olhou de cima a baixo — ... meio que parece um mórmon, Buck. Não sei se é isso o que queremos. Mas talvez seja. Amigável e inofensivo.

Rhett usava um terno bege com uma camisa social branca e sapatos marrom-claros.

— Obrigado, acho. O que está acontecendo?

— Você e eu estamos prestes a ir ao ar em rede nacional para contra-atacar, é isso. — Ele apontou para a câmera. — Seja você mesmo, responda às perguntas conforme vierem e não, repito, não fique na defensiva. Não temos nada a esconder.

— *Tá*, mas por que *eu* estou aqui com *você*? Por que não Chris, Clyde ou outra pessoa?

Ele balançou a cabeça.

— Não, já falamos disso. Todo mundo acha que é melhor você ir comigo. Pela óptica, sabe?

— Ótica?

— É, ótica, sabe? — disse ele, sorrindo enquanto socava meu ombro de brincadeira.

— Não, não sei, Rhett. O que você quer dizer?

— Escuta, Buck. Você sabe que eu te amo como irmão. Todo mundo achou que seria bom ter um membro jovem da equipe de vendas comigo que não se parecesse um cara branco de fraternidade com cara de sou-melhor-do-que-você, sabe?

Levei um segundo, mas entendi. Donesha era jovem e negra. Eu era jovem e negro. Rhett, Clyde, Chris e todo o resto da equipe eram brancos, o que, acho, significava que não eram ideais para a *ótica*.

Leitor: existe diferença entre dizer que você fará o que for necessário para vencer e fazer o que for necessário para vencer. Um verdadeiro vendedor é aquele que faz.

— Ah — respondi. — Entendi.

Rhett expirou.

— Eu sabia que você entenderia. É guerra, Buck. Todos temos que executar nossos papéis.

Sandra se aproximou usando um vestido azul justo e sem mangas, e fiquei surpreso ao ver que ela era ainda mais radiante pessoalmente. Ela também tinha uma presença imponente; era obviamente a NCNL ali, o que era impressionante, já que todos os outros, incluindo o público, eram mais brancos do que a proverbial luz no fim do túnel.

— Todo mundo pronto? — perguntou ela.

Olhei para Rhett. Ele assentiu para mim. Um cara gordinho que cheirava a vestiário de escola colocou o microfone em mim, e Sandra nos acompanhou até três cadeiras altas atrás de uma mesa curva.

— Apenas relaxem e ajam naturalmente — disse ela, sorrindo para as câmeras. — Não vou fazer perguntas difíceis. Apenas algumas leves para que o mundo saiba que tudo está sob controle, ok?

Rhett e eu assentimos. O gordinho fedorento agarrou a câmera principal à nossa frente, fazendo contagem regressiva com os dedos sujos.

Um.

Olhei para Rhett. Pouco antes, ele estava com cara de que ia vomitar, e agora tinha um sorriso falso estampado no rosto e parecia tão frio quanto um picolé.

Dois.

Minhas mãos suavam, e eu queria muito não parecer um mórmon. *Sequer existem mórmons negros?*

Três.

— Hoje temos uma entrevista exclusiva no *Rise and Shine, America* com o presidente da Sumwun, Rhett Daniels, e o representante de vendas Darren Vender, que nos contarão seu lado dessa trágica história. Como vocês provavelmente sabem, a Sumwun, uma startup de tecnologia na cidade de Nova York, com mais de trezentos empregados e vinte e oito milhões de dólares investidos de alguns dos maiores executivos de tecnologia, incluindo Lucien Quartz, está no centro de uma controvérsia desde que a história explodiu ontem.

"Para recapitular, foi a plataforma da Sumwun que conectou a jovem Donesha Clark, também conhecida como Donny, com seu terapeuta, Jiao-long Lee, que atraiu a deprimida e desavisada

Donesha para a China para assassiná-la brutalmente. Os pais da jovem dizem que a filha tinha planos de ir para a faculdade e fazer odontologia para iluminar o mundo com mais sorrisos, mas agora ela nunca mais sorrirá."

Caramba. É assim que ela começa essa merda?

— Senhores, muitas pessoas estão dizendo que todos vocês deveriam ser presos, assim como o sr. Lee, por permitirem que essa morte horrível acontecesse. O que têm a dizer sobre isso?

Isso porque não ia ter perguntas difíceis, né? Me virei para Rhett, que ainda exibia aquele sorriso superficial.

— Bem, Sandra, primeiro quero dizer que toda a empresa está arrasada com o que aconteceu. Cada um de nós é irmão, filho ou pai de alguém, então entendemos o quanto essa história é perturbadora. Em segundo lugar, esta é a primeira vez que algo assim acontece, e mais de noventa por cento dos nossos assistentes, que é como chamamos as pessoas com quem os usuários conversam, têm classificações de cinco estrelas.

— E a respeito dessas pessoas, Rhett — disse Sandra. — A maioria delas não é licenciada, não é? Quer dizer, na verdade não são terapeutas certificadas que foram treinadas e passaram nos exames para serem qualificadas para ajudar alguém, correto?

Era uma emboscada.

— Bem, não posso falar por todos os nossos assistentes, Sandra. Eles vêm de diferentes países, com diferentes interpretações sobre o que significa ser certificado. Mas, para ser sincero, eu diria que muitos dos terapeutas licenciados aqui nos Estados Unidos não são qualificados. A única coisa que eles estão qualificados para fazer é cobrar preços astronômicos de pessoas vulneráveis, com a intenção de atraí-las para terapias inúteis, em vez de ajudá-las de verdade.

Boom. O público observava com entusiasmo, e uma mulher até abriu uma caixa de Milk Duds. A pipoca, sem dúvida, seria a próxima.

— E — continuou Rhett — temos um processo de verificação e um sistema de revisão rigorosos. Isso significa que, se um usuário se sentir desconfortável com um assistente, ele poderá nos notificar de imediato, e nós analisaremos a reclamação.

— Entendi — disse Sandra. — Então você está culpando a vítima.

— O quê? Não.

Sandra abriu um sorriso ameaçador: sentiu o cheirinho de sangue.

— Vamos mudar de assunto. Tenho uma pergunta para você, Darren. Sendo um jovem negro, como você consegue trabalhar vendendo um produto que sabe que tem o potencial de matar mulheres jovens, principalmente jovens mulheres negras, como Donesha Clark?

— Hã — falei, tossindo tanto e por tanto tempo que Sandra me entregou uma garrafa de água.

Cacete, como eles deixaram um jovem de vinte e dois anos improvisar em rede nacional?

Continuei tossindo, tentando ganhar tempo, mas então me ocorreu como se Muhammad Ali nocauteasse George Foreman no Zaire: aquilo era uma encenação. Sandra estava desempenhando o papel de uma difícil cliente potencial, e eu, o de um vendedor; vendendo a ela, ao público ao vivo e a todos que assistiam de casa o nosso lado da história.

Leitor: o que você está prestes a testemunhar é meu treinamento colocado em prática no mundo além da Sumwun. Se você já precisou de prova de que o que estou ensinando é mais sobre a vida que sobre vendas, aqui está. Fica vendo.

— Plataformas como a Sumwun não matam pessoas, Sandra — falei. — Pessoas matam. E foi o que aconteceu aqui. Sim, um homem matou alguém, mas as pessoas fazem isso desde o começo dos tempos e vão continuar assim depois que estivermos mortos.

O sorriso de Sandra desapareceu. Uma leve raiva brilhou em seus olhos.

— É bem parecido com o que pessoas de direita dizem sobre armas, Darren. Qualquer ferramenta pode ser transformada em arma, não?

— Claro, mas qualquer pessoa razoável entenderá que se trata de intenção. A intenção de puxar um gatilho é sempre causar dano, mesmo às custas de proteger a si mesmo e a outras pessoas. Em todos os casos, exceto por esse, o resultado de usar a Sumwun é felicidade e bem-estar.

— Mas sua plataforma permitiu o assassinato de uma jovem inocente e deprimida — respondeu Sandra. — Se a Sumwun não existisse, Donesha Clark estaria viva hoje. O que você está dizendo é completamente irresponsável.

— Como você vem trabalhar, Sandra?

Ela se remexeu em seu assento alto, confusa.

— Como é?

— Como chega ao trabalho de manhã? Tipo hoje, como chegou ao estúdio?

— Peguei um táxi, mas às vezes pego o metrô.

— Por que pegou o táxi, e por que pega o metrô às vezes?

Ela riu, bebeu de sua caneca *Rise and Shine, America*, e então disse:

— Porque é melhor que caminhar! Tente caminhar por Manhattan usando Manolos.

A plateia riu.

— Exatamente, Sandra. Só este ano, mais de mil pessoas morreram em acidentes de carro e acidentes relacionados ao metrô. Então, pela sua lógica, devemos tirar os carros da rua e parar os metrôs porque essas mil pessoas não teriam morrido se carros e metrôs não existissem, certo?

Ela abriu e fechou a boca.

— É diferente, Darren. Você pode ser jovem demais para saber a diferença, mas coisas que são mais úteis que perigosas são boas para a sociedade.

Acabou pra ela. Isso não era nada comparado à Semana do Inferno.

— Uma pessoa morreu, Sandra, o que, concordo, é uma tragédia. Mas temos centenas de milhares de usuários que acessam a Sumwun todos os dias e decidem viver mais um por causa da ajuda que disponibilizamos. E, se isso não conta para nada, então sinto pena de verdade de uma sociedade que prefere focar mais em um ato de violência aleatório e sem sentido do que as vidas que salvamos.

A plateia assentiu, e eu sabia que, se tinha convencido um grupo de mulheres brancas de meia-idade de que não tínhamos feito nada de errado, o resto dos EUA que nos assistia do conforto dos seus sofás também concordaria.

Depois disso, Sandra perdeu o brilho. As outras perguntas que ela nos fez — "Para onde vai a Sumwun a partir de agora?", "Como vão evitar que isso se repita daqui em diante?", "Algo que queiram dizer para a família?" — eram as suaves que estávamos esperando.

No final, ela cerrou a mandíbula e olhou para a câmera, exibindo seu sorriso de um milhão de dólares.

— Pronto, senhoras e senhores. Dois representantes da Sumwun. Vocês têm os fatos, então cabe a vocês decidirem o que fazer com eles. Obrigada pelo seu tempo, senhores.

O fedorento veio e tirou o microfone. Sandra se levantou, impressionada.

— Jogo limpo — disse ela, apertando a mão de Rhett e depois a minha. — Principalmente você, jovem. Se você se cansar de vendas um dia, me ligue.

— Obrigado.

Rhett e eu fomos para os elevadores. Lá dentro, ele secou gotas gordas de suor da testa e segurou meu rosto entre as mãos.

— Você arrasou, Buck! — exclamou e beijou minha testa. Nenhum homem jamais fez isso comigo antes. — Assim como sabíamos que ia arrasar. Era exatamente o tipo de ataque de que precisávamos. É hora de voltar ao escritório e ver se as coisas estão se acalmando.

Pegamos um Uber. Parando em um sinal vermelho, o motorista olhou pelo retrovisor e sorriu. Era um rapaz pálido, talvez da minha idade, com óculos escuros baratos e com uma bandeira que não consegui lembrar qual era presa no painel.

— Eu vi vocês dois saindo daquele prédio grande onde às vezes vejo celebridades. Vocês são alguém? — perguntou ele, a voz tomada de animação.

Rhett riu e me deu uma cotovelada na costela.

— Eu não sei quanto a mim, mas este cara sentado ao meu lado? Ele com certeza é.

14

Dois dias depois, as coisas enfim estavam voltando ao normal. Clientes em potencial não desligavam depois de ouvir: "Olá! Aqui é fulano de tal da Sumwun, como você está?". Os clientes não estavam cancelando sem parar. E a tensão que todos sentíamos, embora ainda muito real, foi passando aos poucos. Até Lucien, nosso principal investidor, relaxou, e a mídia se agarrou a uma história sobre um culto de adoração a Justin Bieber em Oklahoma, sequestrando "quem não era Belieber" e devorando-os. Parecia que tínhamos nos livrado daquela.

— Ainda não consigo acreditar que você acabou com a Sandra Stork — disse Eddie, sentado à minha frente no espaço dos eventos.

— É, Buck — acrescentou Frodo, enquanto colocava um pedaço de bife cru na boca. — Era tipo, não sei, como se ela não soubesse o que fazer.

— Pode não comer isso na frente de Clifford? — perguntou Marissa, dando tapinhas no porco com uma das mãos e oferecendo a ele uma palma cheia de batatas fritas com a outra.

— O que foi? O que tem de errado?

Eddie apertou o nariz.

— É carne crua, Frodo. Por que diabos você está comendo um bife cru no almoço?

— Ah, estou fazendo dieta paleolítica. Então, se um homem das cavernas não comia um certo tipo de comida que existe hoje, como aquelas batatas fritas que a Marissa dá para o Clifford, eu não como. Dizem que é saudável.

— Mas por que carne *crua*?

Frodo sorriu, agarrando o ombro ossudo de Eddie com sua mãozona.

— Porque os homens das cavernas não tinham fogão, Eddie. Qual é.

— Buck, é você? — perguntou Marissa, apontando para a TV de tela plana do outro lado da sala. — Ei! — gritou. — aumente o volume da TV, é o Buck!

Olhei para cima e paralisei na mesma hora. Era uma foto minha no Starbucks sorrindo e atendendo um cliente enquanto Carlos, Brian e Nicole assistiam maravilhados: uma foto profissional que a empresa tirou para material promocional. Mas eu não sabia por que isso estava sendo divulgado no PSST *News*.

— Aumenta o som! — gritei.

Uma voz masculina padrão falou na TV.

— Mas quem é ele de verdade? Há alguns dias, o presidente da Sumwun, Rhett Daniels, apareceu com esse jovem de vendas sem nome em um óbvio golpe de relações públicas. Ele agiu todo fofo para a câmera, deu algumas respostas inteligentes para Sandra Stork, mas será que ele é confiável? Aqui no PSST *News* decidimos procurar respostas e o que encontramos foi surpreendente. Antes de trabalhar na Sumwun, onde está há apenas três meses, ele era supervisor de turno no Starbucks. E antes disso, bem, ele era apenas alguém que nunca fez faculdade. Bonnie Sauren está em Bed-Stuy, que fontes dizem ser de onde o jovem é. É com você, Bonnie.

Minha foto com um ponto de interrogação sobreposto foi substituída por uma jovem loira atraente em um vestido branco e salto alto saindo da parada Myrtle-Willoughby do trem G: minha estação de metrô. A mesma estação de metrô em que eu entrava todas as manhãs e de que saía todas as noites. A estação de metrô em frente à esquina do Gato Malandro e bem em frente ao... *espera. Não, não, não.*

— Obrigada, Chet — disse Bonnie, sorrindo com dentes tão brancos quanto seu vestido. — Esta tarde estou em Bed-Stuy, lar do jovem aleatório que a Sumwun exibiu em rede nacional, há alguns dias. O que sabemos é que ele trabalha lá há poucos meses e, antes disso, foi barista do Starbucks depois de se formar na Bronx School of Science como orador da turma.

— Uau, Buck — disse Frodo, enquanto todos no espaço de eventos olhavam para mim. — Você foi o orador da turma? Por que você não disse?

— Hã — resmunguei, e me concentrei outra vez na TV.

— Mas o público quer mais respostas. Então estamos aqui para consegui-las hoje. Estou aqui com Jason Morris, amigo de Darren Vender que diz conhecê-lo há mais tempo do que qualquer outra pessoa.

Merda. Ah, merda.

A câmera focou Jason, que usava uma balaclava preta, moletom com capuz preto e calça preta larga com a cueca aparecendo.

— Então, Jason — disse Bonnie. — Se não se importa, poderia tirar a máscara de esqui para que possamos ver seu rosto?

— Não — respondeu ele. — Não quero que nenhum tira consiga me identificar.

— Mas, Jason, já dissemos seu nome completo em rede nacional. — Bonnie parecia nervosa.

— Tanto faz, cara. Não vou piorar as coisas mostrando meu rosto.

— *Está bem*. Então, Jason, o que você pode nos contar sobre seu amigo Darren Vender?

— Amigo? Não, aí não, *PIII*. Darren Vender não é meu amigo. Ele é um *PIII* idiota que se acha melhor do que todos por aqui. Ele acha que vem de seja lá de onde você é.

— Bismarck, Dakota do Norte? — perguntou Bonnie, confusa.

— Sim. — Jason assentiu. — Ele acha que é da Dakota do Norte, de Beverly Hills ou alguma *PIII*. O cara está em Hollywood desde que conseguiu um emprego com aqueles brancos de Manhattan. Andando por aqui como se não tivesse crescido na base da mão grande.

— Mão grande? — Bonnie empurrou o microfone para mais perto dele. — O que é isso?

— Você sabe — disse Jason, puxando ainda mais a balaclava, olhando por cima do ombro. — Fazendo essa *PIII* por grana, bufunfa, um trocado.

— Desculpe, Jason. Só para deixar claro, está dizendo que Darren Vender costumava meter a mão grande com você.

— Eu não estou dizendo *PIII* nenhuma — disse ele. — Não tem ninguém dando com a língua nos dentes. Só tô dizendo que o cara se acha, fazendo política e *PIII* na TV. Aquele *PIII* não é *PIII* nenhuma.

Eu não conseguia acreditar. Achei que meu corpo ia entrar em combustão espontânea ali onde eu estava sentado. Eu sabia que tínhamos nossos problemas, mas não achei que ele faria isso comigo na televisão. Fiquei magoado, mas, além disso, fiquei furioso. Eu nunca teria traído o Jason daquele jeito, não importa o que acontecesse.

— Obrigada, Jason — disse Bonnie, apertando a mão dele e depois limpando a dela no vestido. — Pronto. Darren Vender. Vendedor. Barista do Starbucks. Bandido. Nossas fontes também dizem que Jason Morris foi preso há alguns anos por roubo de carros e cumpriu pena de doze meses. Parece que a Sumwun ainda tem mais explicações a dar. Com você, Chet.

Eddie agarrou meu ombro.

— Buck.

— Não — falei, cravando as unhas mais fundo nas coxas. Com dezenas de olhares em mim, me levantei, peguei minhas coisas e fui para o elevador.

Eu me sentia exposto. Como se todo mundo — seguranças, pessoas entrando em elevadores, funcionários dos correios — estivessem todas olhando para mim e se perguntando: *É ele?* Corri pelo saguão e passei pelas portas giratórias.

— Ei. — Alguém correndo atrás de mim bateu em meu braço.

— O quê? — gritei.

Era Brian, com seu avental verde do Starbucks por cima da camisa preta de mangas curtas.

— Desculpe, Darren... *MERDA*! Acabei de ver a reportagem. Todo mundo está falando disso. Você está bem?

— Vou ficar — falei, descendo as escadas.

Ele correu atrás de mim.

— Ei, Darren. Posso te perguntar uma coisa?

— O quê?

— Hum, é só que, hã, você disse que tentaria me conseguir um emprego na Sumwun, certo? Fazendo o que você faz. E eu sei que não funcionou da última vez, mas, hum... *CACETE!* Desculpe, hã, talvez você pudesse falar com Clyde e pedir para ele reavaliar?

— Não tenho tempo pra isso, Brian — gritei, minha voz tomada de fúria. — Te arranjei uma entrevista faz um mês, como falei que faria. Indiquei você, como falei que faria. E você estragou tudo, como você disse que não faria.

— Mas...

— Mas o quê, Brian? Acha que eu sou um poço infinito de oportunidades? Acha que eu posso só, como você diz, "falar com Clyde e pedir para ele reavaliar?". A vida não funciona assim. Às vezes, você só tem uma chance — falei, apontando um dedo na cara dele. — E se ferrar tudo, já era. Não significa que é o certo, mas o jogo é assim. Mas que bom que você não conseguiu o emprego. Porque, sinceramente, você não tem o que é preciso. Você teria sido comido vivo, e teria sido um desperdício maior do seu tempo do que o tempo que você está me fazendo desperdiçar agora. Então fica lá no Starbucks, tá?

Lágrimas se acumularam em seus olhos e percorreram devagar as superfícies cheias de espinhas e marcas de seu rosto. Ele assentiu, subiu as escadas, abriu caminho pelas portas giratórias e desapareceu.

...

Quando me viu saindo da estação, Gato Malandro se levantou de sua caixa, os olhos arregalados de medo. Hoje, sua camisa havaiana tinha papagaios vermelhos, azuis e amarelos sobre várias folhas tropicais.

— Ei, não faz nada, Darren! Não vale a pena!

Jason estava no lugar de sempre: na esquina, usando o mesmo moletom preto com a calça preta larga e a balaclava preta da TV. Ele estava ao telefone, agitando o punho cheio de dinheiro no ar. Antes que ele pudesse se virar, meti a mão na cara dele, derrubando-o no chão. O celular ricocheteou no concreto e o maço de notas de cem dólares explodiu como confete.

— Ei, que porra é essa? — gritou ele, com a cara amassada.

— E agora, mano? — falei, atingindo o rosto dele com soco atrás de soco. Olho esquerdo, olho direito, bochecha esquerda, bochecha direita, nariz, queixo, lábio superior, lábio inferior. Minhas mãos não conheciam fronteiras, viajando livremente de um lugar para outro como aves migratórias.

Ele arranhou meu rosto, fazendo qualquer coisa para me fazer parar, mas eu já estava em cima dele, o peso do meu corpo plantado em seu peito, meus pés firmes no concreto.

— Que homem você é agora, hein? — gritei, socando seu rosto como se fosse um pedaço de carne crua, incapaz de sentir as lágrimas saindo dos meus próprios olhos. — Eu não sou nada, né? Disse que esqueci de onde venho, né?

Bati na boca dele tantas vezes que senti dentes saindo de suas gengivas, ouvi seu nariz estalar para a esquerda, depois se endireitar para a direita, vi sangue se acumulando em sua boca tão escuro e vermelho que parecia óleo.

— Você vai matar o nego! — gritou alguém.

— ESTRELA MUNDIAL! — disse outro, as câmeras dos celulares piscando como se eu estivesse cercado por paparazzi.

Eu não me importei. Nada dói mais do que a traição de alguém que você ama.

— D! Para! — gritou alguém.

Olhei para cima e, no meio da multidão que se acumulava na esquina, vi Soraya, uma mão cobrindo a boca e o rosto molhado de lágrimas. Sem conseguir continuar, me levantei, sequei os olhos e fui até ela.

Quando olhei para Jason, ele estava engasgado com o sangue. Gato Malandro o virou e bateu em suas costas. O sangue espirrou por todo o canto, preenchendo as rachaduras no concreto.

As sirenes da polícia ficaram mais altas e a multidão se dispersou em todas as direções. Fiquei parado. O vento soprava em minha direção um cheiro forte de canela e manteiga de cacau; deixei que enchesse meu nariz e se espalhasse por todo o meu corpo.

— Vamos! — Soraya me puxou para longe.

Olhei para trás e vi Gato Malandro segurando Jason nos braços, acariciando a cabeça dele.

Quando passamos pela bodega, acenei para o sr. Aziz, mas ele apenas ficou olhando. Viramos a esquina e subimos as escadas.

...

— Não entendo — disse Ma, cutucando meu rosto e mãos com álcool.

— Ai! — gritei. — Isso dói, Ma!

— Bem, talvez devesse doer mais. Não entendo como você e Jason foram de ser Batman e Super-Homem para brigar na esquina como animais.

— Você viu a entrevista, Ma. Viu o que ele fez comigo, não viu?

Ela pressionou o álcool com mais força nos meus cortes, fazendo doer mais.

— O que ele *fez* com você? — Ela arfou. — O que te deu, Darren Vender? Você parece um daqueles arruaceiros pré-adolescentes em *Judge Hatchett*, falando de justiça e outras besteiras das quais eu te criei para ficar longe.

Soraya entrou na sala de estar, mostrando meu celular.

— Está tocando, D.

Afastei a mão de Ma e me sentei no sofá. Rhett. *Porra.*

— Oi, Rhett — falei, tentando soar normal.

— Jesus, Buck. O que você fez?

— Como assim?

— Buck — disse ele, cuspindo meu nome. — O vídeo está em todos os canais de TV. Por que fez isso? Pensei que você tinha mais juízo. Pensei que você sabia o que está em jogo.

Merda.

— Não sei, Rhett. Eu não estava pensando. Só vi o que ele falou de mim e enlouqueci. Sinto muito, cara. Sinto muito mesmo.

Ele inspirou fundo.

— Não temos espaço para desculpas aqui, Buck. Não mesmo. Estávamos contando com você. Você nunca deixa a emoção vencer na guerra, Buck. Jamais. Escuta — ele pausou —, não venha trabalhar amanhã.

Meu coração parou. E quando digo isso, estou falando sério. Por um momento, não consegui senti-lo. Embora a ideia de morrer no sofá da nossa sala já fosse ruim o suficiente, a ideia de minha carreira na Sumwun terminar era infinitamente pior.

— Está... está dizendo que estou demitido? — perguntei, com medo da resposta.

Silêncio. Silêncio que provavelmente durou apenas alguns segundos, mas brotou pernas e correu para longe, e rápido.

— Eu deveria demitir você, Buck. É o que o conselho quer.

Lágrimas salgadas jorraram dos meus olhos, ardendo em meus cortes. O que eu tinha comido de manhã começou a fazer o caminho contrário, e, ao meu redor, a sala girou.

— Mas não, Buck. O que aconteceu hoje não vai se repetir. Eu prometi a você que, contanto que seja sincero comigo, sempre estarei ao seu lado, lembra? Mas você precisa ficar quieto nos próximos dias até que isso passe, ok?

Tudo que pude fazer foi suspirar de alívio. Peguei o papel-toalha de Ma e enxuguei os olhos com ele, com álcool e tudo. Eu não me importei.

— Ok, Buck? — repetiu ele. — Me promete que não vai dar à imprensa nada mais para noticiar. Nada.

— Prometo — falei, ainda chorando, mas de alegria agora.

— Obrigado, Rhett. Desculpe. Não vai se repetir.

— Eu sei, Buck. Vai ficar tudo bem. Sabe que eu te considero um irmão, né?

— Eu sei, Rhett. Também te considero um irmão. De verdade.

— Ótimo. Então eis o que eu quero que você faça. Tire folga amanhã e vá ao Shangri-La Palace. Fica na Trinta e Dois com a Sexta.

— Tá, mas pra quê?

— Para relaxar, Buck. O que mais? Tenho certeza de que você está péssimo agora. Vou marcar pra você uma massagem corporal e facial, com tudo a que você tem direito. Quer levar Soraya?

— Claro — falei, incerto. Eu só queria que o dia acabasse.

— Ótimo. Vou marcar para dois. Por minha conta.

— Está bem. Obrigado, Rhett. Por tudo.

— Claro. Te amo, Buck. Descanse e eu te vejo às sete em ponto na segunda. Continuaremos a lutar, mas precisamos que você esteja em forma.

— Te amo também, Rhett. Te vejo na segunda-feira.

15

— Tá feliz? — perguntou Soraya, entrando no meu quarto com tudo e jogando uma pilha de jornais em mim.

— O quê? — Me sentei de uma vez.

— Os jornais. — Ela apontou para a bagunça aos meus pés.

— Do que você tá falando? Estou vendo a seção de arte falando de uma peça nova na Broadway, alguma merda sobre basquete e política.

— Isso aqui! — gritou ela, enfiando uma das folhas na minha cara.

Era eu, bem, um close de uma foto minha do Starbucks, com as palavras *Jovem bandido contra-ataca* em letras brancas garrafais. *Merda.*

Ela cruzou os braços, juntando os peitos como se fossem melões maduros.

— E aí?

— E aí o quê? — Joguei o jornal no chão e me deitei.

— Tá feliz? Com toda essa atenção que tá recebendo?

— *Habibti*, para. Você sabe que não. Eu errei. Podemos esquecer isso?

— Esquecer, D? Isso não é algo que se esquece e pronto. É melhor você se desculpar com Jason.

Me sentei de supetão.

— Desculpar? O filho da puta tava falando mal de mim na TV. Estamos quites agora e eu não quero me desculpar por nada.

— Tá, D. Se você diz.

Ela rapidamente juntou os jornais e os jogou no lixo antes de ir para a porta.

— Espera. — Saí da cama e peguei a mão dela. — Aonde você vai? Vamos ao spa, relaxar e ter um bom dia. Não preciso ir trabalhar, lembra?

Ela afastou a mão e abriu a porta.

— Bom pra você. Agora tem tempo de sobra pra pensar no quanto está errado. Tchau.

— Qual é, Soraya, não faz assim. Eu sou a vítima aqui. Estou sendo atacado por toda a parte e você tá do lado deles? O que é isso? Pensei que era sempre você e eu.

Ela parou na porta, respirando fundo antes de me encarar.

— É, D. E se acha que estou ficando do lado de outra pessoa, então você está mais confuso do que eu pensava. Eu só vou dizer isto: ou você cresce e pede desculpas ao Jason, ou não vou te ver por muito, muito tempo. *Hal tafham*?

Fechei os olhos e vi Jason com Bonnie Sauren, usando aquela balaclava preta com aquele moletom preto e aquela calça preta larga. Falando merda de mim. Meu coração batia no meu peito como um estranho no meio da noite. Mais forte. Mais rápido. Mais alto. E minha mandíbula ficou tão tensa que jurei que ia partir meus dentes ao meio. Mas, quando abri os olhos, Soraya havia sumido. A porta do andar de baixo se fechou. De cueca, desci as escadas correndo atrás dela.

— Tá, tá, tá — falei, agarrando sua mão. — Desculpa. Eu vou pedir desculpas. Vou me vestir e pedir desculpas a ele no caminho para o spa. Combinado?

Satisfeita, ela abriu um sorriso malicioso e apontou para a casa.

— Vai.

— Caramba, garoto. Você tá mais pelado que filhote de pássaro — disse o sr. Rawlings de sua janela. — Vista alguma coisa antes que a polícia te prenda por prostituição. Caramba!

— Tá, tá — falei. — Bom dia para você também, sr. Rawlings.

— E sua mãe tá melhor?

— Acho que sim — falei, subindo as escadas correndo antes que a polícia realmente parasse e perguntasse o que eu estava fazendo. — Ela foi trabalhar, então deve estar.

— Uhum. É melhor você ficar longe de problemas agora — disse ele, fechando a janela.

Minutos depois, eu estava vestido e pulando escada abaixo. Fomos em direção à esquina. Nada de Jason. Apenas Gato Malandro sentado em sua caixa.

— Ei, vem cá! — gritou ele.

— Fica aqui — falei para Soraya. — Deixa eu ver o que ele quer.

— O que tá pegando, Gato Malandro?

— *O que tá pegando?* Nego, você quase matou alguém ontem, é isso que *tá pegando*. Se não fosse por mim, ele teria sangrado até a morte no meio da rua. Já vi isso demais nessa esquina pra deixar acontecer de novo. O que te deu?

— Não sei. Foi mal, cara. Tivemos um problema, e eu enlouqueci. Sabe que eu não sou assim.

— Sei, e é por isso que não estou te dando uma surra agora. Te aplicando a justiça da rua como fazíamos antigamente. Todos aqueles repórteres correndo por aqui ontem. Ouvi o que ele disse, mas vocês não podem sair brigando assim. É o que eles querem — disse ele. — Tá me escutando?

— É, cara, tô ouvindo.

— Não perguntei se você tá *ouvindo*, nego, perguntei se tá me *escutando*. A mídia se alimenta de sangue negro como se fossem vampiros. Eles querem mais e vão nos colocar uns contra os outros só para ver a coisa explodir como fogos de artifício no Quatro de Julho. E sabe de uma coisa? Você deu isso a eles. Você fez o jogo deles. E agora aquele menino tá no hospital, todo ferrado.

— Qual hospital?

— Woodhull, o que você acha?

— Ah — falei. — Te vejo mais tarde, Gato Malandro.

— Mente vazia é oficina do diabo, Darren! — gritou ele. — Não se esqueça disso!

...

— Você pode entrar agora — disse uma enfermeira, examinando sua prancheta.

— Vou esperar aqui. — Soraya me deu um beijo e pegou uma revista na sala de espera.

Segui a enfermeira por uma série de corredores labirínticos e cheguei a uma porta fechada.

— Na cama mais próxima da janela — informou ela. — Mas fale baixo. Ele não é o único lá e acabou de acordar.

Coloquei a mão na maçaneta, tremendo. *Droga, Jason. É claro que algo assim aconteceria.*

Virei a maçaneta e passei por camas com cortinas ao redor delas, várias máquinas apitando e zumbindo como insetos na noite. Cheguei na cama dele, segurei as grades laterais e fiquei ali, vendo ele descansar. Seus lábios estavam partidos e inchados como a metade de um tomate, e os olhos estavam iguaizinhos aos de um guaxinim: grossos círculos pretos que quase pareciam pintados em seu rosto. Havia um pedaço grosso de esparadrapo branco esticado em seu nariz.

— Ei — falei.

Ele abriu os olhos devagar. Quando me viu, desviou o olhar.

— Ei, Jason — repeti, mais alto. — Tá me ouvindo?

— Sim, nego — disse ele entredentes. — Não sou surdo.

Finas tiras de metal cruzavam seus dentes, como fios telefônicos.

— Caramba, irmão. Eles tacaram ferro na sua boca pra te calar, como se você fosse a porra do Kanye. Vai fazer rima?

— Vai se foder, nego — disse ele, exausto. — O que você quer?

Tamborilei os dedos na lateral da cama, pensando. Eu sabia o que Soraya queria e por que me sentia forçado a ir para lá, mas o que *eu* queria? Observei as linhas verdes subirem e descerem como o índice Dow Jones em um monitor próximo à cabeça dele.

— Não sei.

— Então tá fazendo o quê aqui?

— Não sei.

— Então cai fora antes que eu acabe com você — disse ele, se encolhendo.

— Escuta, cara. Você não devia ter falado merda de mim na televisão.

— Mas é verdade, não é? — disse ele, me olhando. Além de mim, na verdade. — Que você tá andando por aí como se fosse dono do mundo, olhando feio para mim como se eu não fosse o mesmo nego que costumava te proteger de caras mais velhos que tentavam roubar sua bicicleta ou zombavam da sua pele clara, daquela escola chique ou de ter um pai espanhol. Nego, fui eu que te apresentei para a Soraya.

Ele fechou os olhos com força enquanto se sentava, então pôs na boca um canudo saído de um copo de isopor.

— Mas você não se lembra de nada disso, né? Então fica irritado quando falo a verdade. Acha que é grandão por ter ido me socar? Você nem teve respeito suficiente para agir como homem. Tá com sorte que eu não vou acabar com você agora, com todos esses fios e tal.

Peguei uma cadeira e olhei pela janela, para os carros passando em todas as direções; médicos em pausas para fumar, rindo, baforando e sorrindo; trens passando pelos trilhos elevados do Brooklyn e do Queens. A gente costumava andar naquela merda como se fosse montanha-russa, correndo de uma ponta a outra, empurrando as pessoas para fora do caminho, pulando como se fosse um trepa-trepa para tentar ganhar algum dinheiro.

— Não esqueci — falei, ainda olhando pela janela. — Eu não esqueci nada disso.

Ele afundou de volta na cama.

— Ótimo.

— Sinto muito, Batman. Por tudo.

— Desculpas não consertam meu queixo, nego. Ou o fato de que vou estar fora da esquina por enquanto. Minha mãe não pode comer desculpas.

— Eu sei, mas...

— Mas nada, fi. — Ele se virou para a janela. — Quando você me ver na rua, não tenta me cumprimentar, falar comigo nem olhar para mim. Eu falei sério com aquela branca na TV. Você ainda tá aí pensando que é um deles. Mas você vai ver. Você não é nada, e agora é menos que merda. Você morreu pra mim. Agora cai fora daqui antes que eu diga à minha enfermeira para mandar o segurança te jogar na rua.

...

— Acho que a gente tem que interfonar — disse Soraya, enquanto olhava para o diretório do Shangri-La Palace. A porta se abriu e entramos em um elevador claustrofóbico.

— Tá bem? — perguntou ela.

— Tô.

— Não temos que fazer isso se você não quiser. Podemos só relaxar.

— Eu falei que tô bem, Soraya.

O elevador estremeceu antes de parar e abrir em uma recepção. Sons de água corrente, pássaros e harpa preenchiam o ar úmido.

— Como podemos ajudar? — perguntou uma coreana sorridente.

— Hã, temos reserva. Darren Vender?

A mulher mexeu no computador e franziu a testa.

— Desculpe, não temos reserva sob esse nome. Mas temos uma para Buck Vender, feita por um sr. Daniels?

— Ah, sim. Sou eu. Esse é o meu, hã, outro nome.

— Está bem, perfeito. O sr. Daniels agendou uma esfoliação corporal e facial, massagem e jacuzzi para dois. É isso?

Ergui a sobrancelha para Soraya. Ela arregalou os olhos castanhos. Ela sussurrou: *Sério?*

— É, acho que sim.

— Está bem, venham comigo, por favor.

A mulher nos conduziu por uma escada até um vestiário com armários, pias e o que parecia ser uma maca.

— Por favor, coloquem seus pertences nos armários e vistam isto — disse ela, entregando a cada um de nós um roupão branco e chinelos. — Também podem usar uma toalha quente, se quiserem.

— Obrigada — disse Soraya.

Nós nos trocamos em silêncio e, apesar de usarmos robes, me senti nu sob o olhar de Soraya.

Alguém bateu na porta.

— O que vocês gostariam de fazer primeiro? — perguntou a mulher sorridente. — Jacuzzi para dois, esfoliação corporal, facial ou massagem?

— Massagem — declarou Soraya, passando pela mulher e indo para o corredor.

Levar uma surra de uma mulher coreana mais velha *não* era relaxante. Só consegui pensar na primeira página do *Daily News*, em como Jason estava ferrado e no fato de que quase fui demitido: quase perdi tudo pelo que havia trabalhado tanto.

— Está bem — sussurrou ela, depois do que pareceu uma hora. — Hora da esfoliação corporal. Por favor, venham conosco.

Em silêncio, Soraya se levantou da mesa, tomou um gole de água gelada com fatias de laranja e maçã e saiu.

A "esfoliação corporal" era mais um "arranca-couro". As mulheres jogaram baldes de água quente em nós, aplicaram grandes quantidades de gel frio e depois começaram a trabalhar com luvas grossas, arrancando grossos pedaços de pele que pareciam dobras de queijo ralado.

Depois que a tortura terminou, elas hidrataram nosso corpo com loção de iogurte. Com cuidado, olhei para Soraya, que estava admirando sua pele. Não tô brincando, brilhava como camurça marrom: tão lisa que refletia os azulejos azuis. Com o cabelo enrolado em uma toalha, o rosto massageado e lustroso, ela parecia uma escultura.

Uma mulher nos conduziu até uma porta e disse, dando uma piscadela, para não termos pressa. Sem dizer nada, Soraya abriu a porta. No centro havia uma jacuzzi enorme. Em cada parede havia velas acesas nas prateleiras embutidas. Ao lado da jacuzzi, uma mesa com abacaxis cobertos de chocolate, morangos, damascos, uma garrafa de champanhe em um balde de gelo e duas taças de vidro. Na parte da frente da sala havia uma TV de tela plana.

Soraya deixou cair o roupão enquanto ia para a mesa. Delicada, ela levou um morango com cobertura de chocolate à boca e ligou a TV. Seu corpo, voluptuoso, macio e firme, era irresistível, mas eu não conseguia sequer aproveitar o momento.

— Sério, vai ligar a TV? — perguntei, pegando um pedaço de abacaxi.

— Você obviamente não tem nada a dizer, então por que não? — Ela se serviu de champanhe e se acomodou na banheira de hidromassagem.

Tomei um gole direto da garrafa.

— Tanto faz, mano.

— Tanto faz *mesmo*. Olha só você. Desde quando começou a beber champanhe?

Apontei para a mão dela segurando a taça acima da água.

— Muito engraçado. E daí? Você pode beber e eu não?

— Você sabe que não tô falando disso. — Ela apoiou a taça na beirada da jacuzzi. — Você costumava ser tão contra beber, dizendo que não era para você e nunca seria para você, mas quando começou a trabalhar nessa empresa, de repente começou a beber. Se quer saber a minha opinião, *isso* que é engraçado.

— Ei, qual é o seu problema, *porra*? Ganhamos um dia de spa caro, que, aliás, é presente do presidente da empresa, e você fica emburrada o tempo todo. Essa merda não faz sentido.

— Você tá certo, D. Não faz sentido. Você é quem está todo emburrado. Você não disse nada sobre Jason nem se desculpou. É como se você estivesse trancado por dentro.

— Eu *pedi* desculpas para ele, assim como você mandou. E agora você tá aí, arruinando a porra do meu dia de descanso.

— Foi mal, D — disse ela, dando um tapinha na testa. — Esqueci que só você tem problemas. Como se eu não tivesse minhas próprias preocupações, tentando me formar na faculdade, gerenciando a loja do meu pai ou tendo que te impedir de matar alguém. Você tá certo, D. Foi mal.

Fiquei ali tomando grandes goles de champanhe e olhando para ela. *O que aconteceu com a garota?* Ela costumava ser minha companheira, estava do meu lado em tudo, e nos últimos tempos ela estava apenas me irritando, como se ignorasse toda a merda por que eu estava passando. Entrei em silêncio na jacuzzi e fechei os olhos. O champanhe me animou e enfim relaxei.

Ficamos assim por um tempo até que senti respingos de água no rosto. Abri os olhos e ela estava comendo um figo, sorrindo.

— Ah, então agora você quer brincar?

Joguei água de volta nela.

Ela pulou pela jacuzzi e caiu em cima de mim, fazendo a água transbordar e sua taça se espatifar no chão. Agarrei ela e a segurei em cima de mim. Suas mãos agarraram meu rosto e nossas línguas deslizaram uma na outra em um ritmo que só nós conhecíamos. Ela gemeu, e eu estava mais duro que um diamante. Beijei seu pescoço. Ela mordeu meu lábio. Eu entrei nela. Ela quicou, e quicou, e quicou em cima de mim como se estivesse possuída.

Alguém bateu na porta, mas não paramos.

— Está tudo bem? — perguntaram. — Ouvimos vidro quebrando.

— Sim! — gritou Soraya enquanto a água espirrava e transbordava da banheira.

Agarrei ela com mais força, indo mais fundo. Ela jogou a cabeça para trás, gritando alto o suficiente para a recepcionista do andar de cima e os homens que vendiam cachorros-quentes salgados e nozes assadas do lado de fora ouvirem. Fechei os olhos com força, o prazer tomando conta do meu corpo como um exorcismo.

— Mais rápido — disse ela, empurrando meu peito. — Mais rápido.

Abri os olhos e a empurrei para longe de mim.

— O que foi, D?

Saí da banheira, corri para a TV e aumentei o volume. Nela, havia um homem branco com cabelos brancos, olhos azul-claros por trás de óculos sem aro e pele translúcida expondo rios de veias azuis. Ele saiu de uma limusine preta e os repórteres o cercaram. Palavras rolavam no rodapé da tela: "Lucien Quartz, principal investidor da Sumwun, dá entrevista".

— Darren, você está falando sé...

— Shh! — falei, grudado na TV.

— Bem, é tudo muito preocupante, de fato — disse Lucien em um sotaque britânico metido. — Acreditem ou não, aconselhei Rhett Daniels a fechar, só por um tempo, para respeitar a dignidade e a dor do público. Mas ele se recusou. Eu era o principal investidor da Sumwun porque eu vi quanto potencial tinha, mas agora não apenas duvido da direção e da estratégia geral da organização, mas também de Rhett Daniels. Não tenho mais nada a declarar, obrigado.

Enquanto ele subia os degraus de mármore em algum lugar em São Francisco, os repórteres o seguiram, gritando:

— Mas, espere, mais uma pergunta, sr. Quartz!

— Por favor, sr. Quartz, nos fale de...

— Sr. Quartz! Sr. Quartz!

Sem mais uma palavra, ele desapareceu pelas portas giratórias.

— Merda — falei, deslizando pela parede até o chão encharcado.

— Você tá de brincadeira, Darren — disse Soraya, sentada na jacuzzi.

— Eu sei. — Balancei a cabeça. — Não consigo acreditar em nada disso. Não sei o que vamos fazer. É como se...

— Não. *Você* tá de brincadeira comigo. Não consegue pensar em nada além dessa empresa. Nem quando estamos transando.

Como você acha que isso me faz sentir? Acha que me faz sentir especial?

— Do que você tá falando? Não viu a TV? Não viu o que tá acontecendo? Não se trata de você, Soraya, e sinceramente não sei por que tá tentando virar o jogo.

Ela jogou as mãos para o alto, rindo.

— *Francamente.* Desde quando você começou a dizer essas coisas? Eu *sinceramente* não sei quem você é, Darren. Você e Rhett dizendo que se amam? Você conheceu o cara três meses atrás e não diz isso nem pra mim, que sou sua *namorada*! Se me perguntar, acho que você precisa se afastar da Sumwun.

— Ainda bem que ninguém te perguntou — murmurei.

Ela saiu da jacuzzi e pegou o robe.

— Você tá certo, Darren. Ninguém me perguntou. Mas, se alguém me perguntasse, eu diria que talvez Jason não estava tão errado sobre o que falou.

Pulei na frente dela, a água escorreu pelo meu corpo, meu rosto tão perto que eu sentia a respiração dela.

— O quê? — perguntou ela, me olhando de cima a baixo, rindo. — Vai me bater? Me espancar como fez com Jason?

Eu só a encarei, rangendo os dentes, meus nós dos dedos engasgados contra a pele repuxada.

— É — disse ela, abrindo a porta. — Foi o que eu pensei. Se você encontrar o velho Darren, me liga. Estou com saudade dele.

A porta bateu atrás dela. Peguei a garrafa de champanhe e afundei na jacuzzi, tomando tudo.

— Foda-se o velho Darren — anunciei para a sala vazia. — Eu sou o Buck.

16

Uma semana depois, Rhett mandou a gente oferecer grandes descontos para fechar mais negócios, mas não funcionou. A *PSST News* transmitiu uma entrevista que Bonnie Sauren fez com o chefe de polícia de Little Rock, de onde era Donesha Clark. Nela, o chefe revelou que antes de trabalhar para a Sumwun, Jiao-long Lee passou cinco anos em Qincheng, uma prisão de segurança máxima em Pequim, por agressão doméstica, assalto à mão armada e homicídio culposo, o que expôs a negligência da Sumwun. Se a gente já tava na merda antes, agora estávamos afundando nela.

Uma nuvem de chocolate, amendoim e caramelo flutuou até mim quando entrei na cozinha na manhã de sexta-feira. *Brasileiro*. Provavelmente um robusto do Espírito Santo. Ma estava à mesa com uma xícara numa das mãos e um jornal na outra.

— Cheiro bom, Ma — falei, e me sentei diante dela. Era cedo, mas ela já estava vestida para o trabalho, o que me deixou feliz.

— Uhumm — disse ela, lendo seu jornal. Tomou um gole de café, lutando para engolir, como se estivesse bebendo concreto líquido.

— Você tá bem, Ma? Parece que vai engasgar.

— Estou bem, Dar. É só uma dor de garganta.

— Eu não sabia que dores de garganta te faziam engasgar com café.

Ela largou o jornal e enfim olhou para mim.

— Parece que você não sabe muita coisa hoje em dia, querido.

— Como assim?

Ela foi até a pia.

— Eu criei você para ter mais bom senso, Dar. Para não se meter em encrenca. Mas só fico ouvindo sobre sua empresa e os problemas que ela está causando. Talvez seja hora de tirar uma folga.

— Folga? Ma, não dá pra tirar uma folga do que está acontecendo. Você andou conversando com Soraya?

— Não, não conversei, mas você precisa ligar para aquela garota. Faz muito tempo que não a vejo por aqui, e o Gato Malandro me disse que você e Jason não conversam mais.

Arfei.

— Esse cara fica falando, mano. O Gato Malandro precisa cuidar da própria vida, porra.

O prato caiu das mãos de Ma e ricocheteou na pia.

— Não quero ouvir esse tipo de desrespeito aqui. Gato Malandro é mais velho que você, e eu te dei educação — disse ela, as mãos molhadas na pia. — Eu sei como essas pessoas nos usam. Um dia te colocam na TV defendendo elas, depois você sai tarde da noite, voltando com cheiro de uísque.

— Não tem ninguém usando ninguém, Ma. Confia em mim, tô no controle. Além disso, foi você quem quis que eu fizesse isso, para começo de conversa. Ficou dizendo para eu ir mostrar ao mundo quem sou. Para eu não deixar essas pessoas me pegarem. Para ser mais do que eu era.

— Eu não falei *ser mais*, Dar. Eu falei para você se dar a oportunidade de ser *você mesmo*. Só isso. Quem você é sempre foi suficiente.

— Nem, não foi isso o que você disse, e você sabe. Então, se acha que não sou quem eu costumava ser, é porque não sou. Assim como você queria.

Ela se virou para mim.

— Dar.

— Nem, Ma. Tenho que ir. Tenha um bom dia no trabalho.

— Eu te a...

Desci a escada. Virei a esquina. Soraya estava saindo da bodega do sr. Aziz, mas segui em frente.

— D — chamou ela.

Parei.

— E aí.

— Escuta, sei que as coisas não estão boas entre nós, mas temos que nos resolver.

— Por que *temos* que nos resolver? Parece que você resolveu muito bem quando saiu do spa.

Ela fechou os olhos, esfregando o ombro.

— Meu pai te convidou para jantar hoje à noite. Ele viu o que aconteceu com Jason e sabe que você tá passando por um momento difícil, então quer cozinhar para você.

Eu estive na casa de Soraya várias vezes, mas nunca quando o sr. Aziz estava lá. Ele sempre foi legal comigo, e obviamente sabia que Soraya e eu éramos mais que amigos, mas sempre me tratou apenas como um de seus clientes.

— Então eu acho — continuou ela, reparando na minha surpresa — que seria um bom recomeço para nós, sabe? Você pode conhecer meu pai melhor, e ele pode conhecer você mais que como apenas um cara da vizinhança. Podemos resolver as coisas.

Respirei o ar de Bed-Stuy e o prendi. Não vou mentir, ainda estava chateado com as coisas que disse e como ela estava agindo, mas já tínhamos passado por coisas ruins antes e sempre superamos.

— Tá.

— Tá? — perguntou ela, sorrindo.

— É. — Assenti. — Tá.

— Vejo você às sete, então.

Passei pela esquina vazia de Jason enquanto o Gato Malandro gritava:

— Ei, Darren! Ei!

Mas abaixei a cabeça e desci para a estação, me preparando para o que quer que o dia me reservasse, embora nenhuma preparação pudesse ter me ajudado com o que aconteceu a seguir.

...

— Alô?

— Olá, Dawn! Aqui é o Darren ligando da Sumwun, como você está?

— Ah, olá, Darren. Desculpe, mas, hã, essa não é uma boa hora.

— Sem problemas, mas pensei que você tinha dito que eu podia ligar na sexta-feira, às duas horas? Devemos remarcar?

— Hã, não, Darren. A gente só, eu, hã, não acho que vamos precisar dos seus serviços.

Esfreguei meus olhos, suspirando.

— Dawn, eu não quero bancar o vendedor insistente, então por favor perdoe a persistência, mas você me disse há dois meses que a Sumwun era *exatamente* o que você precisava para reter os talentos na empresa. Não está mais passando por isso?

— Darren, eu *falei* isso, e nós ainda *estamos* nessa, mas eu prefiro que as pessoas peçam demissão da Chuck E. Cheese do que pagar para que elas sejam assassinadas.

— Mas, Dawn...

— Tchau, Darren. Por favor, não ligue de novo.

Clique.

— Porra!

Charlie me olhou.

— Sinto muito, cara. Tá acontecendo com geral. Aqueles vídeos de marketing que publicamos ontem de garotas jovens contando como salvamos as vidas delas e tal eram para ajudar, mas acho que prejudicaram.

Frodo se intrometeu.

— Acho que precisamos do Magic Johnson.

— O quê? — perguntou Marissa.

Clifford estava batendo a cabeça gorda nas costas da cadeira dela, balançando-a para cima e para baixo.

— Magic Johnson — repetiu Frodo, se levantando. — Sempre que alguém está com problemas, eles chamam, tipo, um porta-voz famoso, sabe? Alguém famoso para ser o rosto da marca. E Magic Johnson pode ser isso pra gente.

A Duquesa passou pelas portas foscas, bebendo uma vitamina, e deixou a bolsa na mesa. Mesmo durante a terrível crise econômica da Sumwun, ela conseguia gerar várias reuniões, indo e vindo quando queria. Ela não falava mais com a gente, nem para nos rebaixar.

Frodo indicou Eddie com a cabeça.

— O que você acha, Eddie?

Eddie estava agarrado ao telefone, deslizando furiosamente para a esquerda e para a direita nas fotos de caras musculosos.

— Sim, boa ideia, Frodo.

— Hã, obrigado — disse Frodo, coçando a cabeça. — Ei, que aplicativo é esse? Parece divertido.

— Bem...

Devagar, Charlie se levantou da cadeira e apontou para as portas foscas.

— Que porra é essa?

Eu me virei e pensei que estava alucinando. Dezenas de homens e mulheres com jaquetas azul-marinho saíram dos elevadores em todas as direções.

— FBI! Todos parem o que estão fazendo e coloquem as mãos onde eu possa vê-las — gritou um homem pálido, de gravata cor de sangue e camisa social branca, enquanto abria as portas foscas. — Agora!

Eles inundaram o andar inteiro, seguindo em fila por toda a parte, olhando pelas janelas do chão ao teto enquanto helicópteros se moviam pelo céu.

Clyde avançou em direção ao homem pálido, mas congelou quando o agente agarrou o coldre.

— Mais um movimento e você vai preso!

— Espero que vocês tenham um mandado, filhos da puta — disse Clyde. — Se não, caiam fora daqui! Conhecemos nossos direitos.

O homem pálido mexeu na jaqueta, pescou um papel dobrado e o entregou para Clyde.

— Autorização do juiz — disse ele, sorrindo. — Acham que podem matar uma menor de idade e não serem investigados? Isso se encaixa em crimes hediondos contra crianças, seus pedófilos virtuais, e talvez a gente descubra mais, quem sabe? Agora senta aí e cala a boca!

Clyde não se sentou. Ele ficou ali e leu, agarrando o papel com tanta força que parecia que ia rasgá-lo ao meio.

— Falei para sentar! — gritou o homem pálido na cara de Clyde, que murchou no assento. *Frangote.*

— Agora — disse o homem, enquanto se virava para a sala —, cadê seu destemido líder?

Rhett saiu do escritório com cara de quem tinha visto um fantasma.

— O que está acontecendo?

— O que está acontecendo — o homem pálido sorriu — é que a Sumwun está sob investigação. Nos dê tudo o que tem. E tô falando de *tudo.*

...

Saí do metrô. O sol havia se posto, mas o calor úmido do verão ainda se agarrava ao ar de setembro. Ainda havia árvores na calçada com folhas que se recusavam a ficar marrons, como se a mudança não vencesse sempre no final.

Passei correndo pela esquina vazia do Gato Malandro e Jason, olhando pela vitrine da bodega para garantir que o sr. Aziz e Soraya não estavam lá.

— Ei, Darren — disse Waleed, primo de Soraya, saindo detrás do balcão.

— E aí, Waleed.

Fui até os fundos e peguei uma garrafa de cidra.

— Para hoje à noite? — perguntou ele, no caixa.

— É, como você sabe?

Ele riu.

— Soraya estava com medo de você não aparecer, mas eu sabia que ia. Estou dez dólares mais rico agora. Muito bom.

Virei à esquerda na Myrtle Avenue, passando por Crown Fried, Kutz e pela lavanderia antes de ouvir rock tocando em um bar. Parei na vitrine e vi apenas pessoas brancas lá dentro, jogando sinuca, bebendo cerveja gelada e sacudindo os cotovelos e os joelhos descontroladamente — acho que eles consideravam isso uma dança. *As coisas estão mudando. Sem dúvida.*

Toquei a campainha e ouvi os chinelos de Soraya batendo na escada.

— Não achei que você viria — disse ela, sem conseguir esconder o sorriso. Ela usava um vestido preto modesto e estava linda.

— É por isso que fiz questão de vir — falei. — Foi um longo dia.

— Aposto que sim. É para mim?

— Sim.

Entreguei a garrafa e a segui escada acima, observando sua bunda chacoalhar a cada passo.

Assim como a gente, eles eram donos da própria casa. Alugavam o andar inferior para parentes e ocupavam os demais. Soraya tinha o último andar só para ela e o sr. Aziz morava no segundo, onde também ficavam a cozinha e a sala.

— Darren, *marhaban* — disse o sr. Aziz, apontando para uma mesinha de madeira posta para três pessoas.

Fazia tempo que eu não ia lá, mas estava exatamente como eu me lembrava: sofás de camurça marrom; TV de tela plana com TV a cabo estrangeira; cristaleira cheia de pratos, tigelas e utensílios coloridos; uma foto enorme da irmã mais nova de Soraya, fadada a ter cinco anos para sempre.

— Obrigado, sr. Aziz. O cheiro está ótimo.

Ele riu.

— Bem, eu não sabia do que você ia gostar, mas Soraya disse que você come de tudo, então tem *maraq*, que é uma sopa deliciosa feita com caldo de carne de cabra; *mandi*, que é arroz apimentado e cordeiro cozido lentamente feito em um *tandoor* tradicional; *shafoot*, que é um iogurte apimentado; e, claro, salada e diferentes tipos de pão sírio. Por favor, fique à vontade. Espero que goste.

Uma hora depois, eu estava cheio. O cuidado que o sr. Aziz colocou na refeição era nítido; cada mordida era diferente da anterior. Depois de falarmos das mudanças no bairro, os planos de expansão do sr. Aziz e o aumento do custo de vida em Bed-Stuy, o homem largou sua bebida e disse:

— Então, Soraya e eu vimos as notícias sobre o FBI e a Sumwun. O que está acontecendo?

— Nada com que se preocupar, sr. Aziz. Temos tudo sob controle.

— Não é o que parece. As pessoas estão dizendo que sua empresa deveria ser fechada e que aquele seu presidente pomposo deveria ser preso. O que você acha?

Rangi os dentes, começando a me arrepender de ter vindo para o jantar.

— Prefiro não falar disso, sr. Aziz. Se estiver tudo bem por você.

Ele lançou um olhar para Soraya e depois para mim.

— Darren, você é um cara inteligente. Eu sei disso desde que te vi pela primeira vez. Então, por que você quer se envolver nisso? Talvez seja hora de seguir em frente.

Me voltei para Soraya, que estava toda preocupada, como se eu fosse um drogado precisando de uma intervenção. Então encarei o sr. Aziz e forcei um sorriso.

— Agradeço a preocupação, mas acredite em mim, tudo ficará bem.

— Será? — perguntou ele, partindo um pedaço farinhento de pão sírio ao meio. — Você precisa reconhecer a derrota antes que seja tarde demais. Tenho certeza de que há muitos outros lugares onde você pode trabalhar, e com pessoas mais pé no chão do que aquele seu suposto presidente. Ele me lembra do...

— Sr. Aziz — interrompi, já sem paciência. — Com todo o respeito, você não sabe do que está falando.

Soraya tossiu, se levantando da mesa.

— Chá? Acho que precisamos de chá.

— Vim para este país sem nada e me tornei algo, Darren. Então acredito que sei do que estou falando. É óbvio que a empresa para a qual você trabalha fez mais mal do que bem, então por que não levar seus talentos para outro lugar? Alguém como você pode...

— Levar meus talentos para outro lugar? Sr. Aziz, a Sumwun é o meu lugar, e Rhett me deu oportunidade quando eu mais precisava. Ajudamos pessoas a querer viver mais um dia. E se você chama isso de "mal", então é tão louco quanto as pessoas que acreditam em tudo o que a TV diz.

— Darren! — gritou Soraya, largando os pires na mesa. — Peça desculpas para o meu pai agora. Ele está tentando te ajudar. Todos nós estamos.

O sr. Aziz ergueu a mão na direção de Soraya.

— Está tudo bem, Soraya. Seu namorado é quem nós, pessoas malucas e sem instrução, diríamos que sofreu lavagem cerebral. Geralmente acontece com aqueles que pensam que são espertos demais para serem enganados.

Soraya, horrorizada, olhou do sr. Aziz para mim e de volta para ele, sem dúvida tentando descobrir como consertar a situação. Mas era tarde demais.

Nessas circunstâncias, o antigo eu não teria dito nada — ele teria se desculpado e tentado acalmar as coisas, mas o antigo eu havia partido e eu estava feliz, porque ele era um menino e eu era, enfim, um homem. Um homem que não engolia sapo de ninguém.

— Quer saber, sr. Aziz? Você é quem sofreu lavagem cerebral. Você veio para esse país pensando que comprar uma casa e abrir uma rede de bodegas baratas significava que seria bem-sucedido, quando vender um pacotinho de batatas fritas por noventa e nove centavos nunca mudou o mundo. Você não saberia o que é inovação nem se ela batesse na sua cara.

Soraya contornou a mesa e se ajoelhou ao meu lado.

— Esse cara aqui não é você, D. Você tá irreconhecível. Não é você de jeito nenhum. Por favor, peça desculpas ao meu pai e vamos tomar chá. Vai ficar tudo bem, não é, *baba*? — perguntou ela, virando-se para o sr. Aziz.

— Não, Soraya — disse ele, olhando para mim. — Sinto muito, mas não acho que vai ficar.

— Engraçado — falei, me levantando e indo para a porta. — Finalmente concordamos em algo.

17

— Darren! — Alguém estava batendo na minha porta. — Darren Vender, acorda! Você tá vivo aí?

Parecia que uma carreta carregando elefantes e cimento tinha passado por cima da minha cabeça. Abri os olhos, minha visão embaçada aos poucos foi ganhando foco, e tentei responder, mas minha garganta estava mais seca que a vagina de uma freira.

— Darren! Tá me ouvindo? Se não sair da cama e abrir essa porta em cinco segundos, Deus me ajude, mas vou arrombar ela e te acordar na base do tapa.

Depois que saí da casa de Soraya, fui beber com Eddie e Frodo, afogando a raiva em vodca, rum, gim e cerveja. Mas, com ressaca ou não, saí da cama e abri a porta antes que ela chegasse ao zero.

— Já levantei, Ma — falei, cego pela luz do sol que entrava no quarto. — O que foi, a casa tá pegando fogo?

Ela estava vestida com sapatos baixos de couro preto, meias pretas, uma blusa preta sob uma jaqueta de veludo preto e um chapéu preto de abas largas para completar: roupa fúnebre.

Ela olhou para mim: cabelos longos e cacheados embolados em um lado do rosto e usando nada além de cueca, e arfou.

— Se a casa estivesse pegando fogo, você ia se queimar inteiro, filho. Está fedendo a bar e parece algo que o gato arrastou pra dentro de casa. Vá se vestir.

— Vestir? Para quê? Alguém morreu?

— Para a igreja. E se você não vier, você é quem vai morrer.

Tossi algumas vezes, me curvando. Eu estava prestes a vomitar.

— Nem, Ma. Nada de igreja pra mim. Tô me sentindo mal hoje.

— É exatamente por isso que você precisa se levantar e ir à igreja, garoto — disse alguém do corredor.

— Sr. Rawlings?

— Tá achando que é quem? Vá se vestir, a gente vai se atrasar.

— Eu não consigo mesmo — resmunguei.

— Vamos, querido. Por favor, venha com a gente. Vai ser um culto legal, todo mundo lá não te vê há anos, e eu só... só preciso de você lá comigo.

Havia um desespero na voz dela, mas eu o ignorei. Minha cabeça latejava e tudo que eu queria era voltar para a cama.

— Por que hoje, Ma? Você vai à igreja há anos sem mim. Então por que precisa de mim agora?

Ela olhou para mim como se não me visse há algum tempo.

— Querido, é só...

— Foi mal, Ma. Eu não posso. Você sabe o que tá acontecendo no trabalho, e eu preciso do máximo de descanso que conseguir.

— Tá, Dar. Tudo bem. Descanse — disse ela, fechando a porta com cuidado, derrotada.

Voltei para a cama e fiquei deitado com meu telefone. Havia uma mensagem de Soraya.

Se você não pedir desculpas ao meu pai, nunca mais fale comigo. A gente só tá tentando te ajudar!

Eu não tinha tempo para nada disso nem para ninguém que pensasse que lutar por aquilo em que a gente acreditava significava sofrer lavagem cerebral.

O quarto girava e cobri o rosto com um travesseiro, tentando fazer com que tudo parasse. Mais batidas na minha porta. Era uma manhã de sábado dos infernos.

— Eu não consigo me mexer, Ma. Vou vomitar.

— Isso é o que acontece quando você não consegue parar de beber, garoto — disse o sr. Rawlings. — Mas, se você não abrir a porta, vou dar na sua cara até você ficar sóbrio.

Rastejei até a porta e a abri.

— E aí, sr. Rawlings?

— Desde quando você começou a beber? Não faz muito tempo que eu não consegui te fazer beber nem um golinho de champanhe.

— Não sei, sr. Rawlings.

— Caramba. Vista alguma coisa e venha à igreja comigo e sua mãe. Vai fazer o dia dela.

— Sr. Rawlings, eu sei, mas o senhor não entende, não estou em condições de ir à igreja.

Fechei a porta até onde a mão dele deixou.

— Eu não sei o que tá acontecendo com você, garoto. Não sei se é com quem você tá andando, se tá se perdendo na bebida ou coisa assim, mas o que sei é que você só tem uma mãe. E você só a tem por um curto tempo nessa vida, então deveria fazer o que qualquer homem que se preze faria e deixá-la feliz enquanto pode.

Ele me convenceu. Me vesti e fui para a igreja. Nos sentamos no frágil banco de madeira, um por um, e depois de beijar e abraçar uma centena de pessoas, expliquei onde estive e respondi perguntas com sim, era eu na TV, e não, não trabalho para o diabo, até que o sermão do ministro começasse.

Não vou mentir; adormeci quinze minutos depois. Ninguém me incomodou, pois, de cabeça baixa, parecia que eu estava orando. Foi perfeito até meu telefone vibrar. Rhett.

Me encontra na minha casa agora. Vou te chamar um Uber.

— Jesus — falei.

Uma mulher atrás de mim agarrou meu ombro e sussurrou:

— Ele virá logo, querido. Logo virá mesmo.

Olhei para a esquerda e vi Ma com lágrimas nos olhos, segurando a mão do sr. Rawlings.

— Glória a Deus! — gritou ela em resposta a algo que o ministro disse.

Não tive coragem de interromper, então me levantei em silêncio e saí sem nem olhar para trás.

...

Rhett morava em uma daquelas ruas cheias de árvores pitorescas no West Village, com paralelepípedos, celebridades passeando com seus cachorros e butiques que precisam vender apenas duas peças por mês para não falir. Ele tinha o andar inteiro de um predinho de tijolos só para ele, mas sempre tinha pessoas — modelos, garçonetes e outras socialites glamorosas — o visitando.

— Ei — disse ele ao abrir a porta, vestido com um pijama xadrez. Seus olhos estavam vermelhos.

— E aí, cara? — Larguei minha bolsa e afundei em seu sofá de couro macio.

— Estou enlouquecendo e não sabia mais para quem ligar — respondeu, de braços cruzados enquanto andava pela sala. — Estamos sendo devorados vivos. Por todos. A mídia. O conselho. Celebridades. Você viu o que Mark Zuckerberg falou da gente? Logo a porra do Mark Zuckerberg. Que somos o motivo de startups de tecnologia terem má reputação. Você acredita nisso? *A gente?* Sendo que o Facebook rouba informações dos usuários desde sempre. Eu deveria ir atrás do cara e dar uma surra nele.

— Uau, calma, cara. Isso é guerra, lembra? Essas paradas acontecem, e não podemos deixar que isso nos afete, como você disse esse tempo todo.

Ele se sentou no chão de madeira polida, com a cabeça entre as mãos.

Fui até a cozinha, peguei um café gourmet caro e o coloquei na máquina.

— Vai ficar tudo bem — falei, vendo os ombros dele tremerem. Ele chorava. Alto. — Levanta. — Eu o peguei e o coloquei no sofá. — Bebe isso aqui.

Entreguei para ele um copo de lama bem torrada.

— Valeu — disse ele, enxugando os olhos. — Lucien e o resto do conselho disseram que se não fecharmos uma quantia significativa esse mês, estou fora.

— Como assim, *fora*?

— Demitido, Buck. Disseram que estou demitido no fim do mês se não dermos um jeito. Toda essa merda é só a desculpa que estavam esperando para me pôr para fora. Eles sempre nos odiaram, e eu desconfiava, mas agora sei de verdade.

— Mas como eles podem demitir você, Rhett? Você e Chris não são donos da maior parte da Sumwun?

Rhett tentou sorrir.

— Às vezes esqueço que você ainda é muito jovem. É claro que não somos donos da maior parte da empresa. Todos esses milhões que arrecadamos tiveram um custo. Quanto mais dinheiro precisávamos, maior era o pedaço do bolo que distribuíamos até ficarmos com menos do que eles. Além do mais — disse ele, afundando ainda mais no sofá —, Chris está do lado deles.

Por reflexo, tomei um gole do café, mas o cuspi em seguida.

— Espera aí, Rhett. Então por que não mandamos todos eles irem se foder? Depois de todos os negócios que fechamos nos últimos meses, não podemos viver disso?

— Não, Buck. — Ele balançou a cabeça. — Não é assim que funciona. Além disso, não temos dinheiro. Passamos o último trimestre com a corda no pescoço.

— Com a corda no pescoço? Fechamos mais de um milhão de dólares por mês desde que comecei. Estamos atingindo as metas.

Rhett jogou a cabeça para trás, deixando escapar algo entre um suspiro e um rosnado. Seu teto era uma versão grafitada do da Capela Sistina, coincidentemente pintado com spray por um artista que também atendia pelo nome de Michelangelo. Ele disse que tinha sido barato, mas eu acho que não.

— Rhett.

Ele só ficou ali encarando homens e mulheres multicoloridos, vestindo saia justa, jeans largo, camiseta de basquete, Timberlands e outras roupas "estilo urbano" que você veria em um clipe de rap dos anos noventa.

— Rhett — repeti, de pé agora, bloqueando sua visão.

— O quê, Buck? O que você quer saber, porra? Que nunca ganhamos tanto quanto eu disse? Que sempre que conseguimos *por um triz* no último minuto, no último maldito segundo do mês, na verdade não conseguimos? Que gastei boa parte do dinheiro que arrecadamos com tudo isso aqui? — disse ele, gesticulando para a sala. — Me fala, Buck, o que você quer saber? Só fala.

Ele rolou do sofá para o chão, soluçando outra vez.

— Rhett — sussurrei. — Você não pode estar falando sério.

— Tão sério quanto um câncer de pulmão, Buck.

Me sentei no chão ao lado dele e fechei os olhos. A sala estava girando, e eu só conseguia balançar para a frente e para trás, inspirando e expirando. Tentando processar o que Rhett tinha acabado de dizer. Porque parecia que ele disse que estávamos vivendo uma mentira. Que tudo em que eu acreditava não passava de um mito.

— Você tem alguma ideia?

— Não, Rhett — falei, incrédulo. — Como eu poderia ter alguma ideia?

— Não sei, Buck. — Ele suspirou, mais baixo agora. — Foi para isso que contratei você. Quando você me ofereceu aquela bebida, jurei que vi uma versão mais pura, mais inteligente e mais corajosa de mim mesmo.

— E o que você vê agora, Rhett? — perguntei, com medo da resposta.

— Bem, Buck — disse ele, se levantando e indo para o quarto. — Sinceramente, não sei. Está tudo borrado.

18

Na quarta-feira, pouca coisa havia mudado. A imprensa ainda reproduzia imagens da operação do FBI; todos na Sumwun estavam bem tensos, ligando para o nada para manter o chão tremendo; e Rhett parecia pior a cada dia que passava.

Ainda era cedo, mas decidi ir para casa ver Ma. Ela ficou chateada quando percebeu que eu tinha saído da igreja no meio do sermão, então eu estava fazendo tudo que podia para compensar. Achei que seria uma boa ideia ir para casa e pedir pizza antes que ela chegasse.

Mas, quando abri a porta, algo parecia estranho, como se a casa estivesse mais pesada. Vozes masculinas abafadas vinham da cozinha. E a cada passo que eu dava, ficavam mais altas. Havia risadas, um cheiro forte de café javanês e o *clique-claque* de saltos de borracha dura. *Que porra tá acontecendo?*

Abri a porta e encontrei Ma sentada à mesa da cozinha, pedaços de papel espalhados diante dela, e dois homens vestidos com o mesmo terno marrom cor de merda inclinados sobre seus ombros como minianjos de desenhos animados. Só que ambos eram demônios.

— Ah, olá — disse o mais loiro com rosto enrugado e bronzeado, olhando para cima. Ele sorriu enquanto se aproximava com a mão estendida. — Você deve ser o Darren.

Eu o encarei, notando o relógio de ouro pendurado em seu pulso antes de ver o choque no rosto de Ma. Ela usava uma camiseta branca enfiada em uma saia jeans azul, o que a fazia parecer vinte anos mais jovem.

— Dar — disse ela, juntando rapidamente os papéis. — Eu não sabia que você chegaria em casa tão cedo, querido. Por que não avisou?

Olhei da mão do homem para Ma, depois para o outro loiro que estava se servindo de uma xícara de café fresco, como se fosse dono do lugar.

— Quem são essas pessoas? — perguntei, ignorando os homens.

Ma olhou por cima do ombro e disse:

— Eles são...

— Richard Lawson — disse o homem mais loiro, tirando os papéis das mãos de Ma e folheando-os. — E este é Harry Richards. — Ele indicou o colega.

— Caralho — falei, ainda paralisado.

— Darren! — gritou Ma.

Foi então que me dei conta. Eu havia conversado com Richard Lawson meses antes; era o corretor de imóveis da Next Chance Management que enviou aquela carta para Ma e continuou ligando para falar sobre a compra da casa.

— Ma. — Fui lentamente em direção a ela, empurrando Richard Lawson e Harry Richards para longe da mesa. — O que eles estão fazendo aqui?

— Calma, Darren.

Peguei os papéis das mãos de um deles e folheei. Uma era a escritura da casa. Os outros eram cópias das plantas baixas. Outro era um contrato de venda.

Bati o contrato na mesa, fazendo uma caneca de café cair no chão, encharcando os sapatos de couro dos babacas.

— Responde, Ma!

— Precisamos colocar as coisas em ordem, Dar. Nada está finalizado. Mas só para colocar as coisas em ordem, sabe?

— Não. Eu *não* sei.

Meu coração batia forte, e eu conseguia sentir minhas veias saltando, ameaçando rasgar e me deixar sangrando no chão. A cozinha girava mais que durante uma forte ressaca, e tudo aquilo: Ma, os babacas, o cheiro de café, o sol desaparecendo lentamente no horizonte, se transformou em uma pintura não identificável como as de Picasso.

— Precisamos de dinheiro, Ma? Você está doente? É por isso que tem tossido e faltado tanto no emprego?

— Não. — Ela tocou minha mão em punho. — Só quero saber quanto tudo vale. Nada mais.

— Você prometeu — falei, puxando o punho de seu aperto fraco. — Você prometeu que não ia responder esses parasitas de merda.

— Darren, por favor.

Fraca, ela se levantou e estendeu a mão para o meu braço.

Corri para o meu quarto, enfiei roupas na bolsa e fui para a porta.

— Querido, não me deixe — implorou ela, bloqueando o caminho. — Agora não, querido. Por favor, agora não. Você não entende.

Rios finos de lágrimas escorriam pelas bochechas dela, preenchendo as rugas de sua boca.

— Eu entendo, Ma — falei, tirando-a do caminho. — Entendo que fizemos um acordo, e você deu para trás. Entendo que você é uma mentirosa.

Descer a escada. Gritar até os pulmões doerem. Virar a esquina. Estraçalhar meu celular. Pegar o metrô. Secar minhas lágrimas.

...

Na sexta-feira, acordei sufocado. Não metaforicamente. Quer dizer, eu dormi no sofá de Rhett do jeito errado, e as dobras do couro macio cobriram meu rosto, então eu literalmente não conseguia respirar.

— Ahh! — gritei, libertando meu rosto.

Rolei no chão, com falta de ar, pensando que Rhett sairia correndo para me ajudar. Mas era só eu, um bule de café fresco e ondas de luz solar entrando na sala de estar. Sem telefone, fiquei desconectado de tudo que queria evitar: Ma, Soraya, as notícias. Foi bom.

Me vesti sem pressa, peguei uma das camisas sociais caras de Rhett, uma calça jeans e até mesmo um par de tênis de couro de novilho da Maison Margiela. Devorei o prato de panquecas de mirtilo, ovos e salsicha que Rhett havia deixado para mim, joguei fora seu café horrível e fui atrás de um táxi.

Quando cheguei à Sumwun, o andar de vendas não estava no seu clima habitual caótico que precisava de doses cavalares de tranquilizante.

Em vez disso, todos digitavam sem fazer barulho, reorganizavam a mesa e vez ou outra olhavam ao redor antes de voltar a encarar os monitores. Até mesmo Clifford, o porco, estava com cara de velório.

— Ei — sussurrei para Charlie, e coloquei a bolsa no chão, sem fazer barulho. — O que está acontecendo?

Ele se inclinou mais perto, sua voz quase inaudível.

— Você não viu o vídeo? Merda, onde você esteve?

— Estou sem celular, cara. O que está acontecendo?

Charlie pegou o celular, me entregou fones de ouvido e deu play em um vídeo. Era Rhett, sem camisa em uma boate, provavelmente um mês antes, de pé em alguns sofás. Ele estava cantando Ja Rule e espalhando garrafas de Dom Pérignon por toda parte, como um louco.

— Merda — sussurrei.

Charlie balançou a cabeça.

— É, ele poderia pelo menos ter escolhido uma música melhor que "Mesmerize".

Apertei play de novo. Duas mulheres gatas chupavam os mamilos de Rhett enquanto ele jogava champanhe nelas, expondo os mamilos duros delas através da blusa branca justa. Rhett mal abria os olhos e as luzes de néon expunham o contorno de uma grande ereção.

— Quem gravou isso?

— Uma garçonete, cara. Ao que parece, ela tentou chantagear o cara, mas quando ele não cedeu, ela vendeu o vídeo para a porra da Bonnie Sauren, e o *PSST News* postou no YouTube.

— Então por que está tão quieto aqui? Não deveriam todos estar ao telefone?

Charlie deu de ombros.

— Rhett está no Alcorão com o conselho. As janelas estão todas cobertas.

Me virei em direção às portas foscas.

— Lucien e todos eles chegaram com sangue nos olhos. Estão lá agora, acabando com ele.

O sino do elevador tocou. Duas figuras com silhuetas volumosas saíram e pararam diante do elevador antes de passarem pelas portas transparentes.

— De novo não — disse Charlie, se levantando e indo até Clyde.

Porschia e os dois homens, definitivamente policiais, emergiram do canto mais afastado da sala e vieram na nossa direção. Estavam olhando para nós. Então percebi que não era para nós que estavam olhando, mas para *mim*.

— Hã, Buck — sussurrou Porschia.

— Sim? — Meu coração batia tão forte que eu mal conseguia ouvir; parecia que eu estava debaixo d'água.

O que é isso? Jason contou alguma coisa a eles? Eles acham que fui, de alguma forma, o responsável pelo assassinato de Donesha Clark?

— Estes dois homens querem falar com você — disse ela, evitando contato visual.

Segui os três até Bagavadeguitá, com o estômago embrulhado.

— Vou deixar vocês a sós. — Porschia fechou a porta.

— Senta, filho — disse o cara alto com cara de italiano e mandíbula esculpida.

— Não fiz nada. — Devagar, me sentei enquanto mantinha contato visual.

— Por que não atendeu o celular? — perguntou o outro, ruivo de olhos azuis.

Merda. Vão acabar comigo igual ao Rodney King. É assim que acontece.

— Eu quebrei ele — falei, me remexendo no assento. Quando se trata de policiais, Ma sempre disse para "cooperar, mas não se incriminar".

— Te ligamos a manhã inteira, filho — disse o italiano. — Até seu vizinho, sr. Rawlings, disse que não estava conseguindo entrar em contato com você.

— Pra quê? Como eu disse, não fiz nada. E, a não ser que estejam aqui para me indiciar — me levantei —, vou embora.

— Filho — disse o italiano. — Sua mãe morreu esta manhã.

De repente, eu estava do lado de fora do Bagavadeguitá, olhando para a cena através da parede de vidro: eu rindo, descrente. O policial ruivo encostado na janela, mordiscando as unhas. O italiano me encarando com empatia.

— Sinto muito, filho. Sinto muito mesmo. — Ouvi o italiano dizer enquanto passava a mão peluda pelo queixo.

Me vi balançar a cabeça e falar:

— Não, cara. Minha mãe não tá morta. Não pode ser. Vi ela dia desses. Para de mentir pra mim.

Vi o ruivo vindo na minha direção e colocando a mão em meu ombro, dizendo:

— Todo mundo tentou entrar em contato com você a manhã toda, Darren. Ela tinha câncer de pulmão, você não sabia?

Câncer de pulmão?

— Não. — Pelo vidro, me ouvi dizer. — Minha mãe não tinha câncer de pulmão. Ela só tossia um pouco, ficava um pouco cansada, mas não tinha câncer de pulmão.

— Eu sei que é difícil de acreditar, filho. — Ouvi o italiano dizer. — Eu também passei por isso. Pode ser difícil agora, mas...

Eu me vi empurrando os policiais.

— Sai de cima de mim, porra! — Eu me ouvi gritar. — Vocês vêm aqui só para mentir, seus desgraçados. Vocês são o inimigo, tentando ferrar com a nossa cabeça e fazer a gente perder a guerra!

E então eu me vi com as costas apoiadas na parede branca, deslizando para baixo, levando comigo para o chão quaisquer grandes planos que estivessem escritos nela. Vi minha cabeça cair em minhas mãos; vi lágrimas, ranho e saliva cobrirem meu rosto; ouvi um som profundo, gutural e desesperado emergir da minha garganta.

— Ma não está morta. — Eu me ouvi sussurrar. — Ma não pode estar morta.

...

Os policiais me levaram para Woodhull, onde o corpo de Ma estava. Depois que confirmei a identidade dela, me deixaram sozinho para processar o acontecido. Mas, quando olhei para ela, já fria e dura, senti que estava enlouquecendo.

Não podia ser real.

— Oi, Ma — falei, acariciando o cabelo dela. — E-eu vim o mais rápido que pude, mas acho que não foi rápido o bastante.

Tracei as rugas dela, que estiveram pegajosas de lágrimas da última vez que eu a vi.

— Ma, me desculpe por...

Apoiei minha cabeça na barriga fria dela, desejando que pudesse haver alguma forma de ela me abraçar e dizer que tudo ficaria bem, que ainda teríamos o amanhã.

Pigarreei e encarei o rosto cinza dela, sem ver luz. Os olhos que jamais se abririam outra vez. Seus lábios jamais sorririam outra vez. Aquelas mãos, as mãos que cuidaram de mim toda a minha vida, jamais segurariam as minhas outra vez.

— Você mentiu para mim, Ma — falei, minhas lágrimas deixando manchas escuras nas roupas dela. — Por que foi tão fácil para você mentir para mim, Ma?

Vi os sinais: a perda de peso, como as mãos dela não conseguiam segurar a caneca, os guardanapos manchados de sangue no lixo, como ela inspirou fundo antes de mentir dizendo que estava bem.

Mas ela me disse que não era nada.

— Como você pôde me deixar, Ma? — Minha voz tremia incontrolavelmente. — Você disse que estaria aqui, que celebraria por mim quando eu conseguisse, Ma. Você não viu que eu fiz tudo isso só por você? Você mentiu!

Percebi que estava gritando quando um funcionário entrou e pôs a mão no meu ombro.

— Acalme-se, por favor. Sei que é difícil, mas temos uma sala onde você pode se sentar e se acalmar.

— Tira a mão de mim, porra! — gritei, empurrando ele.

Fiz tudo o que ela pediu. *O futuro de que você falava sempre tinha nós dois nele, Ma. Por que você me deixou?*

Enquanto as perguntas se multiplicavam, minha raiva fez igual. Dela. Do mundo. E, acima de tudo, de mim mesmo, porque eu estava impotente. Nunca me senti tão sozinho na vida.

Quando fui lá para fora, vi o sr. Rawlings sentado em um banco, usando calça verde e suspensório.

— Onde você esteve, garoto? — perguntou ele, protegendo os olhos do sol. — Faz dias que tô te procurando. Sua mãe foi para o hospital na quarta-feira à noite, mas ninguém conseguiu entrar em contato com você. Tentei ligar, mas seu celular estava desligado.

Não me sentei. Só encarei ele sentado ali, com a mão enrugada cobrindo os olhos.

— Você sabia?

Ele abaixou a mão, esfregando-a na calça antes de pegar a bengala.

— Você sabia? — repeti.

O sr. Rawlings agarrou a bengala com mais força, balançando-se para a frente e para trás. Ele suspirou e assentiu.

— Sua mãe me disse pra não contar nada. Falei que você precisava saber, mas ela me fez prometer.

Tentei engolir, mas senti a garganta apertada, como se eu estivesse sendo estrangulado. Quando o ar conseguiu passar, olhei para ele, mas ele não conseguia olhar para mim.

— Depois do funeral — falei —, no domingo, quero que pegue suas coisas e vá embora.

Ele me encarou por um longo tempo, arfou e então gesticulou.

— Garoto, sei que é um momento difícil, mas pare de brincar.

— Quem tá brincar aqui?

— O quê, tá com raiva porque não falei nada? Talvez se você não estivesse correndo dia e noite, se enfiando em problemas com aquele povo branco em Manhattan, teria visto que ela estava perdendo peso, com dificuldade para respirar e se esquecendo das coisas. Não ponha a culpa disso em mim. Seja homem e aceite a responsabilidade.

Rangi os dentes, enfiando meu punho no bolso em vez de enfiar na cara dele.

— Sou homem — cuspi.

— Então aja como um. — Ele se levantou e se apoiou na bengala, ficando cara a cara comigo. — Eu moro naquela casa desde antes de você nascer, garoto. Bem antes dos olhos do seu pai brilharem. Não vou a lugar nenhum.

— Você vai — falei, a raiva tomando conta de mim.

Ele estendeu a mão para a minha, mas eu me afastei, como se ele estivesse doente.

— Por favor, garoto. Não tenho ninguém, nem pra onde ir. Fui bom para você sua vida toda, fui amigo da sua mãe e do seu pai e da família da sua mãe antes que eles falecessem.

Não falei nada, não me mexi. Só encarei seus lábios trêmulos.

— Sou velho — implorou ele, se inclinando para mim. — Não posso simplesmente pegar minhas coisas e mudar a minha vida do local onde ela sempre esteve. Fui como um avô para você. Por favor, não faça isso comigo.

— Não estou fazendo isso com você — falei. — Você fez isso consigo mesmo. E eu espero que você e suas coisas desapareçam na segunda.

— Mas pra onde eu vou? — Ele levou um lenço amassado para o olho. — Não tenho para onde ir, garoto.

— Dá seu jeito — falei, me afastando dele, do hospital onde o corpo congelado de Ma estava, de todos que já haviam me machucado.

...

Marquei com a igreja no sábado, depois passei o resto do dia na cama, com as persianas fechadas, repassando os últimos meses na minha cabeça, mas dessa vez a verdade estava em cada cena. Ma me dizendo que estava bem quando sabia que não estava. O sr. Rawlings me perguntando sobre Ma quando sabia que ela estava morrendo. Soraya me dizendo que sempre estaria ao meu lado, apenas para se transformar em outra pessoa quando eu tentei melhorar de vida. Jason alegando que estava cuidando de mim, quando na verdade tentou me derrubar assim que comecei a ter sucesso.

Quando percebi que era domingo, me vesti e fui até a igreja. Dezenas de homens e mulheres estavam sentados nos bancos. O sr. Rawlings estava na primeira fila, do outro lado do corredor, diante de mim. Como Ma e eu não tínhamos parentes vivos, fiquei sozinho. Então senti uma mão em meu ombro.

Rhett, Frodo, Marissa e Eddie estavam ali. Pedi que se sentassem ao meu lado, e Rhett segurou minha mão, sem soltá-la.

Antes de o sermão começar, Soraya, sr. Aziz, Jason e Gato Malandro sentaram-se ao lado do sr. Rawlings. Jason olhou para mim e se virou depois que nossos olhares se encontraram. Soraya apoiou a cabeça no ombro do sr. Aziz, chorando enquanto olhava para o caixão.

Depois de enterrarmos Ma, algumas mulheres tentaram me entregar comida e disseram que gostariam de vir conversar. Recusei. Eu não conhecia essas pessoas e com certeza não queria recebê-las em casa. Em vez disso, entrei em um Uber SUV com Rhett e os outros e fui para casa.

— Meus pêsames, amigo — disse Rhett, segurando meu joelho enquanto estávamos sentados na sala.

— Sim, meus pêsames — disse Frodo, enchendo a cara com alguma coisa.

Marissa olhou para ele.

— Onde você conseguiu isso?

— Ouvi algumas mulheres falando de toda a comida que fizeram, então me ofereci para pegar algumas bandejas, sabe, para que não desperdiçassem.

Fui até o meu quarto e me joguei na cama. Eu estava grato por eles estarem ali, mas me sentia exausto.

Alguém bateu na porta. *Deve ser Frodo com um prato de comida.* Pedi que ele entrasse.

Mas, quando a porta se abriu, era Soraya, em um vestido preto de mangas longas, me encarando.

— Por que você não atendeu às ligações? — perguntou ela, sentada na cama perto das minhas pernas.

— Meu celular quebrou — falei, sem conseguir olhar para ela. Eu queria que ela fosse embora.

— Então por que não passou na loja? Por que tive que ficar sabendo de tudo isso pelo Jason, e ele ficou sabendo pelo Gato Malandro?

— Vai mesmo me pressionar agora, porra? Agora?

Ela encarou o colo.

— Você tem razão. Sinto muito, D, por tudo isso. Mas o que essas pessoas estão fazendo aqui? — perguntou ela, apontando para a porta. — Você nem convidou a mim, meu pai, Jason ou o Gato Malandro. E o sr. Rawlings estava lá fora com caixas vazias dizendo que você tá expulsando ele. Depois de todos esses anos, vai tratar ele assim?

— Isso não é problema seu — falei, sem me intimidar.

Ela se aproximou mais.

— Olha nos meus olhos.

— Pra quê?

— Porque eu quero ver para quem estou olhando. Quero ver quem você é hoje.

— Não começa com essa merda de novo.

Me levantei, fui até o banheiro e bati a porta.

Ela a abriu de uma vez.

— Me olha nos olhos — repetiu ela, limpando as manchas pretas e aquosas de suas bochechas.

— O quê? — Eu a encarei. — O que você quer comigo, porra?

— Quero você de volta! — gritou ela. — O você de verdade! O você que me prometeu que não ia mudar, não importando o que acontecesse. Mas aí está você, parecendo alguém que eu não reconheço, alguém que a sra. V não reconheceria.

Agarrei a pia com tanta força que jurei que a porcelana ia rachar. Tantos pensamentos passavam pela minha cabeça: a primeira vez que Soraya e eu nos beijamos; Ma e eu no parque quando eu era mais novo; Jason colocando gelo picado nas minhas costas em um verão; Nicole, Brian e Carlos do Starbucks; tudo o que existia antes da Sumwun. Mas eu não poderia voltar a ser quem eu era. Não naquele momento.

— Vá se foder — falei, olhando-a nos olhos. — Vá se foder, Soraya.

— Não diga isso, D. Por favor, não diga isso.

Eu a empurrei, repetindo. De novo. E de novo. Mais alto. E mais alto. Ela não conseguiu enxugar os olhos rápido o suficiente enquanto saía correndo do banheiro em direção à porta do quarto.

— Se você me abandonar de novo, Soraya — falei, quando ela parou na soleira do meu quarto —, acabou.

Ela agarrou a maçaneta com mais força, expondo a parte branca dos nós dos dedos, e respirou fundo.

— Eu sei disso, D — disse ela, e fechou a porta ao passar.

19

— Darren, querido, aqui é a sua mãe — disse Ma na secretária eletrônica. A voz dela estava trêmula. Dava para ver que era difícil para ela falar. A cada poucas palavras, os pulmões dela sibilavam como um carrinho de mão mal lubrificado. — Sinto muito, Dar. Sinto tanto por tudo. E sei que está com raiva, mas, por favor, me ligue quando puder. Não estou me sentindo muito bem, então chamei uma ambulância, como prometi. Te amo.

Reproduzi a mensagem várias vezes durante a noite. Depois que todos foram embora, saí para comprar um celular novo e transferi ansiosamente meu antigo chip, imaginando o que encontraria. Cada vez que ouvia, parecia que alguém estava torcendo uma faca em uma ferida que nunca ia sarar. E posso dizer que, mesmo agora, escrevendo sobre isso, anos depois, a ferida ainda está tão aberta quanto quando ela morreu.

Sem conseguir dormir, saí da cama na segunda-feira, me vesti e desci as escadas até a cozinha, esperando que, de alguma forma, ela estivesse lá. Mas eu já sabia o que ia encontrar. Não havia cheiro de café, nenhum cantarolar, nenhum som dos chinelos de Ma batendo no chão. Nenhuma Ma.

Sem querer desistir, desci as escadas, respirei fundo e bati na porta do quarto dela, rezando para que ela estivesse lá dentro, encolhida na cama e tossindo, mas ainda lá. Nenhuma resposta.

— Ma — falei, abrindo a porta devagar, meus dedos repetindo o movimento que haviam feito milhares de vezes, minha mente sequer imaginando que ela não estaria lá. Mas, quando abri a porta, tudo que vi foram lençóis emaranhados e sangue no travesseiro que ela sempre usava; um copo d'água pela metade na mesinha de cabeceira, com a leve marca de seus lábios ainda lá; o controle remoto da TV do outro lado da cama; todos os seus livros favoritos nas prateleiras, exatamente onde ela os deixara, esperando para serem lidos.

— Ma — repeti, me deitando no lado dela da cama, agarrando punhados de seus lençóis e trazendo-os para perto do rosto. Eles absorviam as lágrimas que eu não tinha percebido que chorava. — Por favor, volte, Ma. Serei melhor, prometo.

Deitado em sua cama, toquei outra vez a mensagem e ouvi suas palavras, tentando viajar no tempo para descobrir como tudo isso tinha acontecido tão rápido, mas eu já sabia. *Darren, querido, aqui é a sua mãe.*

Quando voltei para o andar de cima e entrei mais uma vez na cozinha, vi dois envelopes sobre a mesa com meu nome escrito com a letra dela. Eu os tinha visto quando voltei na sexta-feira, mas ainda não os tinha aberto. Respirei fundo, me sentei e peguei um. Suspirei de alívio quando percebi que era o contrato de venda não assinado. Ma não tinha feito nada. A casa ainda era nossa.

No segundo envelope encontrei uma carta escrita por ela. As letras se arrastavam para cima e para baixo como um gráfico de linhas irregulares. Segurei-o com força.

Meu querido Darren,

Querido, eu sei que você está magoado. Magoado porque nunca te contei. Magoado porque tivemos que nos perder dessa maneira. E magoado porque a vida tem sido difícil para você nos últimos tempos, e o mundo facilitou as coisas. O amor de uma mãe por seu filho é infinito, e eu decidi que a melhor maneira de demonstrar meu amor por você era escondendo minha própria dor, mesmo que isso te machuque agora. Eu não queria que minha doença se tornasse um fardo para você.

Desde o dia em que te trouxe do hospital para casa, você tem sido minha luz guia, Dar. Depois que seu pai morreu, não tive ninguém a quem recorrer, exceto você e Deus, e ver seu rosto feliz me cumprimentando toda manhã foi o que me manteve viva. Da mesma forma que eu te dei a vida, filho, você também me deu.

Darren, quero que saiba que estou orgulhosa de você, que sempre estive. Não importa se você estava trabalhando no Starbucks ou na Sumwun, você sempre foi minha maior realização e sempre será. Você nasceu para liderar, filho, não para seguir. E quero que se lembre de permanecer fiel a si mesmo e ajudar outras pessoas como você a viver a melhor vida possível. É dever de todos que alcançaram algum sucesso na vida transmiti-lo, porque, quando partimos, o que mais importa não é o que conseguimos alcançar, mas quem conseguimos ajudar.

Estarei sempre com você, querido. Nunca se esqueça disso. E, quando o mundo te derrubar, quando você sentir que todos estão contra você, pense em mim, porque estarei sempre pensando em você até o dia em que nos encontrarmos outra vez, meu lindo menino.

Seja bom com quem mais precisa de amor. Não seja muito duro com o mundo, principalmente com você mesmo. E lembre-se de que o tempo que todos temos nesta terra é apenas um breve vislumbre de beleza, como uma estrela cadente, e que temos que fazer tudo o que pudermos para viver nossos sonhos. Você foi o melhor sonho que já tive, Darren.

Que Deus o abençoe até que eu possa segurá-lo em meus braços novamente.

Com amor sempre,

Ma

A carta, parecendo mais pesada que antes, caiu das minhas mãos. Agarrei as laterais da mesa, tentando me equilibrar. Eu não conseguia parar de tremer. A tristeza estava se transformando em outra coisa, algo fervente como lava, e eu não conseguia impedir que me engolisse.

Virei a mesa, fazendo as cartas voarem como pássaros de papel. Joguei a cafeteira do outro lado do cômodo, o vidro se estilhaçou em todas as direções. Bati uma cadeira no chão, uma, duas, três vezes, até que ela se quebrou em lascas. Canecas pesadas bateram nas paredes. Panelas e frigideiras retiniam como uma banda de música quando eu as joguei em direção às janelas. Bati os punhos, um por vez, na parede, e os nós dos meus dedos ficaram cobertos de sangue e gesso. Quando vi a foto de meus pais e eu na parede da sala observando tudo, fui até lá e cuspi na cara de Pa.

— Se você *não* tivesse morrido, porra, Ma não teria que trabalhar naquela fábrica inalando todos aqueles produtos químicos, seu filho da puta idiota!

Eu nunca o conheci, mas isso não importava. Eu o odiei por sua ausência.

Quando enfim caí no chão, meus pulmões trabalhando em dobro, não conseguia parar de pensar: *E agora? E agora? E agora?* O que eu poderia quebrar agora? O que eu faria agora? O que aconteceria agora com a minha vida que já estava tão abalada? Enquanto as perguntas se acumulavam como um engavetamento, decidi fazer a única coisa que fazia sentido: levantar e ir para a Sumwun.

...

Desci as escadas. Quando cheguei no último degrau, a porta do sr. Rawlings estava aberta. Entrei. O apartamento inteiro estava vazio, exceto por pacotes de sementes largados lá, um móvel ou outro, cartas e joaninhas flutuando no ar. Entrei no quintal e encontrei fileiras de tomates, alfaces, cenouras e flores amarelas, vermelhas e roxas por toda parte. Ele havia partido, exatamente como eu tinha mandado. A sensação de que eu havia cometido um erro começou a surgir na boca do estômago, mas acabei com ela num instante. *Que tipo de homem permite que uma mãe esconda a doença do filho?*

Virei a esquina. Quando passei pela bodega do sr. Aziz, ele estava varrendo a calçada. O homem olhou para mim, balançou a cabeça e me deu as costas antes de voltar para dentro. As gárgulas estavam onde sempre estiveram. Foi a primeira vez que vi Jason na esquina desde o hospital. Tudo parecia estar se movendo em câmera lenta. Nossos olhares se encontraram e ele cuspiu no chão. Do outro lado da rua, Gato Malandro se abanava com seu chapéu de feltro, olhando para mim. Não havia mais uma caixa vazia ao lado dele. Entrei no metrô.

Quando cheguei ao número 3 da Park Avenue, fui ao Starbucks. Carlos passava pano no chão, Nicole arrumava novos anúncios de papelão, e Brian empilhava xícaras. Mas, quando tentei abrir a porta, estava trancada. Brian olhou para cima, me viu e voltou ao que fazia. Nicole se virou, franziu a testa e voltou aos anúncios. E Carlos hesitou e disse:

— Não abrimos ainda. — E voltou a olhar para o chão de azulejos molhados.

Brian deve ter dito alguma coisa.

Eram 7h05, e toda a equipe de vendas estava no Alcorão. Quando entrei no elevador, senti todos os duzentos e poucos olhos em mim. Mas, em vez de virar à esquerda, fui para a direita. Era oficialmente a Semana dos Negócios, e o andar estava vazio.

Larguei a bolsa, liguei o computador e procurei um *post-it* em meu arquivo, aquele da Semana do Inferno. Então encontrei, um *post-it* roxo amassado com três nomes.

Bernie Aiven, diretor, Hinterscope Records

Stefan Rusk, CEO, SpaceXXX

Barry Dee, dono, DaynerMedia

— Ei — disse Charlie, abrindo as portas foscas, vindo na minha direção. — Hã, você sabe que é a Semana dos Negócios, Buck. Estão todos no Alcorão te esperando.

Digitei Bernie Aiven no nosso sistema e encontrei o nome dele.

— O que é isso? — perguntou Charlie, ao pegar o *post-it*. — Sua lista de desejos? Pode ligar para eles depois da reunião, cara. Vamos — disse ele, agarrando meu braço. Puxei até me soltar, olhando feio para ele. O cara se encolheu e saiu.

Disquei o número e peguei o telefone. Depois de alguns toques, uma mulher atendeu.

— Bom dia. Escritório de Bernie Aiven, como posso ajudar?

— Olá — falei, pigarreando. — Aqui é Buck Vender ligando da Sumwun. Bernie está?

— Desculpe, está ligando da onde?

— Sumwun. Estive trocando e-mails com Bernie e gostaria de falar com ele antes que o dia comece.

Depois de uma pausa, ela disse:

— Está bem, um segundo.

Eddie passou pelas portas, confuso.

— Buck, ei — disse ele, colocando a mão no meu ombro. Me sacudi. — Sinto muito por tudo o que aconteceu com a sua mãe, mas você precisa vir para a reunião. Rhett está prestes a surtar e Clyde vai entrar aqui e a coisa vai ficar feia. Sabe que estão todos estressados.

Não olhei para ele. Só agarrei o celular com mais força.

— Desculpe, querido, mas Bernie disse que nunca trocou e-mails com você e que é um homem ocupado. Mande mais um, e ele vai responder se estiver interessado.

— Espere.

— Obrigada.

Click.

Encontrei o número de Stefan Rusk. Caiu direto na secretária eletrônica.

Eddie suspirou.

— Tá, Buck — disse ele, e saiu.

Clyde e Rhett abriram de uma vez as portas foscas e vieram pisando duro na minha direção.

— Que porra você tá fazendo? — gritou Clyde, narinas inflando, parecendo um animal prestes a atacar.

— Vamos — disse Rhett, desligando. — Todos estão esperando, Buck. Sei que você passou por muita coisa, mas, se vai ficar aqui, precisa estar aqui.

Sem olhar para eles, liguei outra vez para o escritório de Barry Dee. Quando Clyde foi para desligar, dei um tapa na mão dele, e disse:

— Se um de vocês tocar nesse telefone, vai parar no hospital.

— Vou ligar para a polícia, Rhett. Ele está tendo um colapso nervoso e é perigoso — disse Clyde, correndo para as portas.

O telefone ficou tocando. Rhett se inclinou para mais perto.

— Não faz isso, Buck. Não posso te salvar se você não entrar no Alcorão agora. O conselho se cansou de nós, e eu vou ser demitido no fim da semana. Não faça isso. Não agora.

Alguém atendeu.

— Alô, escritório de Barry Dee, aqui é Tracy.

— Olá, Tracy, aqui é Buck Vender ligando da Sumwun. Barry está?

Rhett se remexeu ao meu lado, encarando meu monitor.

— Por que está ligando para Barry Dee? — perguntou Rhett.

— Sim, ele está, Buck, mas está muito ocupado. Quer deixar recado? — disse a secretária.

Pessoas passaram pelas portas, cercando minha mesa. Clyde sorriu, gritando:

— Isso é o que acontece quando você acha que é a maior que a empresa! A polícia está vindo e chegará a qualquer momento.

— Não — falei para o telefone. — Não quero deixar recado. Mas pode, por favor, chamá-lo e dizer que Buck Vender da Sumwun está na linha? Tenho uma informação incrivelmente importante que ele vai querer ouvir, Tracy. Confie em mim. Se ele não tirar cinco minutos para conversar comigo *agora*, vai se arrepender.

— Hã — disse ela, soando assustada. — Barry... está encrencado?

— Não, mas precisamos conversar. *Agora.*

— Está bem, espere.

A música clássica encheu meus ouvidos e me virei para ver a multidão de vendedores me encarando com expressões distintas: alguns olhavam ao redor, confusos; outros, temerosos, roíam as unhas; alguns discaram para minha linha para ouvir, sinalizando para que outros fizessem o mesmo.

— Só desligue, Buck. Por favor — disse Frodo diante de mim. — Seja lá o que você está fazendo, não vale a pena.

Mas valia. A essa altura, eu não tinha mais nada a perder. A empresa estava falindo. Ma estava morta. Todos que eu conhecia em Bed-Stuy me odiavam. Nem meus soldados no Starbucks conseguiam olhar para mim.

— O que você quer, sr. Vender? — disse do outro lado uma voz enérgica e rouca.

— Barry Dee?

Os vendedores arregalaram os olhos, e todos que ainda não estavam ouvindo minha linha pularam para seus telefones. Até Rhett pegou um.

— Não, é Willy Wonka, porra — disse ele. — Então você tem cinco segundos para me dizer por que *preciso* falar com você agora.

— Bem, Barry, como eu disse, aqui é Buck Vender ligando da Sumwun e...

— Pera aí — disse ele, rindo. — Vender? O rapaz que estava em *Rise and Shine, America*? E a empresa com, hã, como é? A terapia que mata pessoas? Sim, é isso. Por que diabos você tá me ligando?

— Sim — respondi —, sou eu. E estou ligando para fazer um acordo com você, Barry.

— E por que eu iria querer fazer um acordo com você, Buck? Tenho centenas de pessoas tentando me vender porcarias todos os dias. Então, por que eu ia querer trabalhar com você e uma empresa que ninguém daqui até São Francisco quer tocar com uma vara de três metros? Todos vocês têm sífilis de startup. E ninguém, por mais gostosa que uma garota seja, quer pegar sífilis.

Inspirei fundo. Não havia volta agora.

— O que você pensou quando me viu no *Rise and Shine, America*, Barry?

— Pensei que seu presidente foi esperto o bastante para usar alguém como você como escudo humano, e que você se saiu bem.

— E por que acha que estou ligando?

— Porque não tem outras opções e precisa de alguém que recupere sua imagem. Mas estou ficando cansado de responder suas perguntas, Buck. É melhor você começar a dizer algo que me mantenha na linha, ou vou dar o fora.

— Não tenho nada a perder, Barry. Nada. Minha mãe morreu semana passada. Como você disse, a Sumwun tem sífilis de startup, e todos que conheço me odeiam. Por isso estou ligando. Para pedir que você assuma um pequeno risco e compre alguns milhares de dólares em licenças para seus funcionários e para as empresas de seu portfólio.

Eu podia ouvi-lo respirando do outro lado da linha. Todos na Sumwun se aproximaram, enxugando o suor da testa, hiperventilando. Os elevadores abriram. Dois policiais empurraram as portas.

— Ele — disse Clyde, apontando para mim.

— Como sua mãe morreu? — perguntou Barry.

— Câncer de pulmão. Eu nem sabia que ela tinha.

— Caralho — disse ele, suspirando. — Minha mãe morreu há alguns anos. Câncer também. Eu sabia que ela tinha, então pudemos aproveitar ao máximo o tempo com ela, mas ainda assim foi uma merda.

Rhett foi falar com a polícia, me dando tempo.

— Fica mais fácil?

Ele riu.

— Na verdade, não, garoto. Desculpe. Mas se distrair com o trabalho ajuda.

— Sim. Foi o que eu pensei. Enfim, cara, agradeço por ter atendido a ligação. Achei que valia a pena tentar, mas também entendo por que você não quer se associar a nós.

Os policiais voltaram para os elevadores e Rhett se aproximou, levando um telefone ao ouvido. Todos pareciam desanimados. Alguns, percebendo a derrota, pararam de ouvir e saíram do andar.

— Espere — disse Barry. — Quinhentos mil dá para quê?

Rhett cravou as unhas no meu ombro.

— Duas mil e quinhentas licenças — respondi, meu coração batendo mais rápido que o de Uma Thurman depois de sua injeção de adrenalina em *Pulp fiction.*

— Não me atende — disse ele.

Olhei para Rhett. Ele escreveu algo em um *post-it* e o jogou na minha cara: *qualquer coisa.*

— O que mais você quer?

Ele riu outra vez. Dessa vez um som mais profundo, mais longo e mais lento.

— Eu quero você, meu rapaz. Quero você.

— Como assim?

— Significa que cada segundo em que você não estiver na Sumwun, você trabalha para mim.

Minhas mãos tremiam. Eu não conseguia acreditar no que estava acontecendo. Eu estava pronto para ele gritar "TE PEGUEI" e desligar. Mas eu tinha que continuar, só por precaução.

— E o que significa trabalhar para você?

— Ah, muitas coisas. Me ajudar com investimentos. Fazer tarefas. Colocar parte do seu potencial bruto para ser usado direito. Se você ganhar dinheiro para mim, eu vou ganhar dinheiro para você, mas isso terá um preço. E não estou falando de míseros quinhentos mil. Fazer esse acordo, Buck, o acordo que estou oferecendo, significa que eu sou seu dono.

Eu não conhecia Barry, exceto por sua reputação de empresário enérgico, implacável e pomposo, o que tornava a perspectiva de "pertencer" a ele tão atraente quanto roer unhas. Mas, quando olhei para Rhett, já sabia o que teria que fazer. Ele me deu a oportunidade que eu sempre quis, mas não sabia que precisava; apesar de gerenciar centenas de funcionários, ele me fazia sentir como se eu fosse a única pessoa no mundo quando olhava para mim, e eu não poderia deixar isso passar, principalmente agora, depois que perdi todos que significavam alguma coisa para mim.

— Está bem, Barry — falei. — Temos um acordo.

— E o que significa ter um acordo, Buck? Eu quero ouvir você dizer.

Respirei fundo e olhei ao redor. Todos me encaravam, balançando a cabeça. Durante a Semana do Inferno, eles me defenderam quando eu mais precisei, e eu precisava fazer o mesmo por eles. Eu realmente acreditava na empresa, então tinha que me entregar a ela, fazer o que fosse necessário para salvá-la.

Leitor: da mesma forma que não existe meio ladrão, não existe meio sucesso. Nas vendas e na vida, ou você está totalmente dentro, ou não. E, se não estiver, então saia da frente antes que seja atropelado por alguém que está.

Fechei os olhos e segurei o telefone com ainda mais força.

— Significa que você é meu dono, Barry. Sou seu.

IV

DEMONSTRAÇÃO

O que adianta alguém ganhar o mundo inteiro,
mas perder a alma?

— JESUS CRISTO

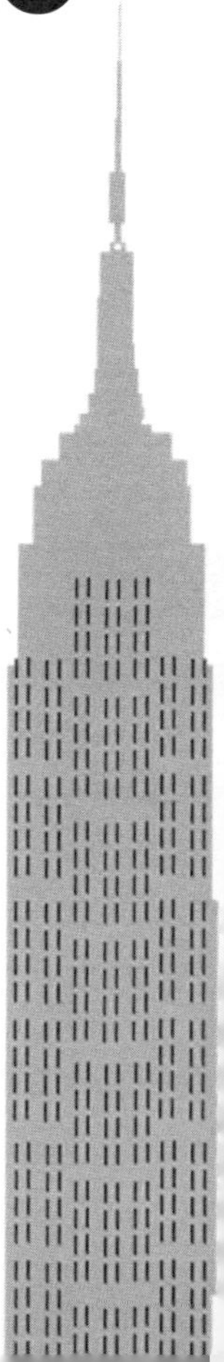

20

Seis meses depois

— *Rise and shine, America!* Na manhã de hoje, nosso convidado é alguém que talvez vocês reconheçam de seis meses atrás. Quando esteve conosco da última vez, Darren "Buck" Vender estava defendendo sua empresa, Sumwun, depois de um incidente com uma jovem e um dos assistentes da empresa. Mas, hoje, Buck está aqui para falar de como passou de um jovem vendedor sem nome para ser chamado por todos os principais meios de comunicação, blogs e revistas, de o melhor vendedor da cidade de Nova York. Buck, obrigado por se juntar a nós.

— O prazer é meu, Sandra. Obrigado pelo convite, principalmente depois do quanto nos divertimos ano passado — falei, olhando nos olhos dela, sorrindo na deixa.

— Então — disse ela, cruzando as pernas e se inclinando para mim. — Como fez isso?

— Fiz o quê? — perguntei, sorrindo.

— Bem — ela gesticulou na minha frente —, tudo isso aqui. O terno caro. O cabelo penteado para trás. Todo mundo em Nova York sabe como você, sozinho, salvou a Sumwun da morte certa. Você falou para multidões de centenas de pessoas; escreveu artigos para o *New York Times, Forbes, Wall Street Journal* e inúmeros outros; e você é basicamente o garoto-propaganda das vendas de tecnologia em Nova York. Além disso, todos sabem que você é o protegido de Barry Dee. Nos fale disso.

Eu ri, conscientemente puxando a manga do punho em que estava meu Rolex.

— Eu não diria que salvei a Sumwun sozinho, Sandra. Isso é um pouco exagerado.

— Não foi isso que a revista *Wired* disse há alguns meses. Dizem que você ligou para Barry Dee e fechou com ele por meio milhão de dólares.

A plateia de mulheres brancas de meia-idade estava toda concentrada, esperando um espetáculo.

— Não posso dizer que é mentira, Sandra. Mas, francamente, não leio revistas, blogs nem notícias. Eu nem assisto o *Rise and Shine, America* — falei, cobrindo o rosto de brincadeira.

— Que absurdo! — disse ela, batendo em minhas mãos com as fichas. — Vamos esquecer que você disse isso. Então, depois que você fechou com Barry Dee, parecia que todo mundo, de Nova York a São Francisco, queria trabalhar com a Sumwun, como se tivessem esquecido todo o acontecido. Como foi que você se sentiu?

— Foi ótimo, o que mais posso dizer? É difícil de acreditar, mas foi assim — falei, endireitando o punho da camisa. — Logo que Barry ficou do nosso lado, principalmente depois que ele se juntou ao nosso conselho, as pessoas perceberam que o que aconteceu foi um caso isolado. Desde então, instituímos processos rigorosos de verificação para todos os nossos assistentes, avaliações trimestrais e muito mais.

— Sim, eu li a respeito disso. É tudo impressionante, mas nos conte o que está acontecendo em sua vida, Buck. Você conquistou tanto em menos de um ano e só tem quantos anos?

— Acabei de fazer vinte e três — respondi, endireitando a postura. — Mas, sim, tudo ainda é surreal. Trabalhar com Barry é como fazer mestrado.

— O que deve ser muito, já que você nunca fez faculdade.

— Exatamente. É a melhor educação que eu poderia receber. Eu o ajudo com o braço de capital de risco do negócio, encontrando e financiando as próximas startups que terão um grande impacto no mundo. E tudo está indo muito bem na Sumwun.

— Está? — perguntou Sandra, semicerrando os olhos. — Rhett Daniels não demitiu o cofundador Chris Davids e vários outros funcionários que apoiaram o conselho que queria demiti-lo?

— Você está certa, sim. É incrivelmente difícil trabalhar em um ambiente onde você sabe que as pessoas não estão te protegendo. Então, como você disse, Chris e alguns outros tiveram que ir embora, mas foi um acordo amigável.

— E o que você fará agora?

— Não tenho certeza, Sandra. Estou apenas aproveitando a jornada.

— Bem, todos nós estaremos observando, Buck. Agradeço pelo seu tempo. — Ela sorriu para a câmera até que o operador ensebado cortou para um comercial. — Sempre um prazer — disse ela, tirando o microfone e os saltos altos.

— O prazer foi meu. Obrigado por me convidar.

— Enquanto você seguir nas manchetes, continuaremos convidando você para o programa.

Abri caminho entre a multidão do lado de fora, entrei no banco de trás de um Tesla Model S preto e acenei para algumas câmeras. Como ainda era inverno em Nova York, fazia muito frio, mas acho que não o suficiente para afastar os turistas da Times Square.

— Para onde, senhor? — perguntou Chauncey, com seu forte sotaque africano.

— Para a DaynerMedia — respondi, abrindo a janela outra vez. Tirei um pequeno frasco do bolso do meu terno.

— Você deve estar muito ocupado hoje, senhor — disse Chauncey, dirigindo pela West Forty-Third.

— Estou. — Derramei o conteúdo do frasco no meu celular e enrolei uma nota de cem dólares. — Mas, por favor, Chauncey. — Coloquei a nota no nariz, inspirei rápida e violentamente o conteúdo do frasco, e joguei a cabeça para trás. — Para com essa merda de "senhor". Você tem idade para ser meu pai.

Ele me entregou um lenço, e eu limpei meu nariz antes de recostar a cabeça no assento e ver a cidade passar.

— No meu país, é dever do chofer se referir ao seu empregador como "senhor", senhor, então faço por respeito.

— Então chame Barry de "senhor", Chauncey. Ele é o seu empregador, não eu.

O olhar dele encontrou o meu no retrovisor, e ele franziu as sobrancelhas, movendo os lábios grossos e escuros em uma carranca.

— Mesmo assim, você é um homem negro, como eu, que conseguiu sucesso nos Estados Unidos, apesar da forma como nos tratam. Eu respeito você.

Respeito é para idiotas, Chauncey. O poder é o que interessa, querido.

Fechei os olhos e suspirei, senti minhas veias se expandindo, meu coração batendo mais rápido e toda a confiança do programa voltando.

— Como quiser. Mas vamos para o escritório o mais rápido possível, por favor. Barry está esperando.

— Sim, senhor.

Ele buzinou como se estivesse realizando uma ressuscitação cardiopulmonar.

...

Hudson Yards, pensei, esticando o pescoço para ver o topo do prédio no qual ficava a DaynerMedia. *Bem quando você pensa que não tem mais espaço em Nova York.*

Quando cheguei ao vigésimo nono andar, passei pela recepcionista principal e me vi cara a cara com Tracy, a assistente executiva de Barry, sentada em seu escritório privado. Ela permitia que apenas alguns escolhidos tivessem acesso irrestrito ao chefe.

— A câmera pegou mesmo seu lado bom, Buck.

Ela me deu uma piscadela.

— Obrigado, Tracey. Ele está esperando há muito tempo?

— Não, ele estava assistindo à entrevista também. Acho que gostou, mas teria sido bacana se você tivesse mencionado como a radiante, inteligente e visionária assistente de Barry foi quem deixou você falar com ele naquele fatídico dia de setembro. Você sabe que não estaria aqui sem mim — disse ela, meio sorrindo, meio olhando para mim com olhos de cachorrinho.

— Quando você tá certa, tá certa, Tracy. E você? Você tá sempre certa — falei, parafraseando *S.O.S: Tem um louco solto no espaço.*

— A coisa mais verdadeira que você disse hoje.

O escritório de Barry tinha o dobro do tamanho do de Rhett, mas metade das coisas. Janelas do chão ao teto revelavam o rio Hudson e uma visão clara da Estátua da Liberdade, para a qual Barry rezava e se masturbava todas as manhãs. Havia uma mesa oval simples cercada por cadeiras acolchoadas; uma parede adornada com seis longas estantes com troféus, livros e camisetas esportivas, que serviam de cenário para os vídeos diários que ele gravava; e algumas outras porcarias aleatórias que ele disse acrescentar ao ambiente o tom irônico, pós-moderno e pré-histórico que queria.

— Meu garoto — disse ele, se levantando e me dando um tapinha que reverberou nas janelas. *Os brancos sempre adoram dar tapinhas com zelo demais.*

— O que você achou?

— Acho que Sandra Stork estava molhando a calcinha. Impressão minha ou ela ficou cruzando e descruzando as pernas para evitar que seu doce mel pingasse no chão?

Me sentei diante do santuário dele. Uma bola de futebol autografada envolta em vidro da última vitória dos Giants no Super Bowl me encarava. Ainda que fosse difícil saber por suas roupas — uma camiseta de cor sólida, jeans desbotados e tênis —, Barry Dee era podre de rico, mas não rico o suficiente para comprar os Giants, que era a aspiração de sua vida.

— Sim, eu reparei. Também consegui o número dela depois.

Ele pulou sobre a mesa e me deu um soco no peito, levantando a frente da minha cadeira a centímetros do chão.

— Buck, seu danadinho! Mas o que aconteceu com Katrina?

— Quem? — perguntei, passando os nós dos dedos na testa. — Não me lembro de nenhuma Katrina.

— Aquela gostosa que você trouxe para a Beauty & Essex naquela noite.

— Ah — falei, balançando a cabeça. — Essa era Natalia, a garçonete da Avenue.

Ele abriu as palmas das mãos sobre a mesa.

— Tá, bem, o que aconteceu com Natalia, a garçonete? Ou Veronica, a modelo brasileira? Ou Naomi, a advogada japonesa? Ou...

— Tá. — Ergui as mãos. — Já entendi. Você sabe que não consigo dormir sozinho.

— Ambien, Xanax e um pouco de xarope para tosse misturado com Sprite — disse ele. — Essa merda nocauteia um gorila de duzentos quilos. Mas, tá, chega de bobagens. Você examinou esses portfólios?

Minha cabeça latejava e minhas mãos começaram a tremer. Escondi elas debaixo da mesa.

— Sim — falei, passando as empresas no meu celular. — Todas péssimas, cara. Péssimas.

— Você precisa parar de pensar que toda startup tem que ganhar dinheiro para ser valiosa. Isso é coisa antiga, garoto. Deve pensar nos Instagrams do mundo. As empresas que valem bilhões de dólares não por causa de qualquer valor real, mas por causa do fator legal. Como aquele vencedor que você escolheu quando eu te trouxe. Você viu o fator legal da carne de porco, sem carne de porco para a geração millennial muçulmana que quer comer sanduíches sem ser, hã, como é a palavra?

— *Haram*.

— Sim, sem ser *haram*. Ganhamos uns cinco milhões com isso, e você levou para casa algumas centenas de milhares. Então, continue pensando fora da caixa e mantenha a mente aberta.

— Tudo bem. Algo mais? Preciso ir um pouco para a Sumwun e estou exausto.

— Sim, mais uma coisa. Essa empresa que acabamos de adquirir tem algo a ver com o financiamento de vídeos de hip-hop com uma lista de patrocinadores comprovados, sabe, tipo a Hennessy, Beats e qualquer empresa que faça aquelas coleiras de metal resistentes para cães. Eles precisam de um SDV. Você conhece alguém?

Repassei meu Rolodex mental.

— Não, no momento. Mas tenho certeza que posso encontrar alguém.

— Sim, faça isso — disse ele. Então baixou as persianas e se sentou numa cadeira cinza acolchoada que ficava de frente para a Estátua da Liberdade. — Mas pense fora da caixa. Essa empresa será o futuro da parceria com rappers, e precisamos de alguém forte na posição.

— Claro — falei, me levantando e me endireitando. — Vou encontrar alguém.

...

— Para onde, senhor? — perguntou Chauncey, descendo e abrindo a porta de trás.

— Chauncey — falei, esfregando a testa enquanto entrava no carro. — Por favor, cara. Não se levante e abra a porta como se eu fosse um dos seus milionários brancos. O único motivo de eu ter concordado com você dirigindo para mim é que eu gosto de você.

— Está bem, senhor — disse ele, me olhando pelo retrovisor. — Também gosto de você, senhor.

— Ótimo. — Peguei meu frasquinho e fiquei louco com algumas carreiras do remédio. — Tá, agora preciso que você me chame de Buck em vez de senhor.

Ele riu.

— Um passo de cada vez, senhor. Para onde?

Me recostei e pinguei Visine nos olhos.

— Sumwun, por favor.

Subimos a Décima Avenida e viramos à direita na Rua Trinta e Quatro. A Sumwun para onde eu estava indo era diferente da

Sumwun de seis meses antes. Eddie era EC; Charlie havia se tornado gerente de vendas; Marissa havia substituído Charlie como gerente de SDV; a Duquesa havia pedido demissão para trabalhar para o pai; Frodo ainda era SDV; e eu, é claro, havia sido promovido a EC. Mas, como fechei um negócio tão grande, pulei a hierarquia normal de vendas e me tornei EC corporativo, o que significava que Clyde, agora vice-presidente de vendas, era meu gerente direto.

Se você está se perguntando, ganhei cem mil com o acordo com Barry. E embora a gente não tenha conseguido bater a meta em setembro, o apoio dele trouxe clientes cautelosos de volta para o nosso lado. O estrago estava feito, mas nós os perdoamos assim que o dinheiro voltou. E com o dinheiro, dessa vez começamos a atingir nossas metas mensais, de verdade, o que melhorou a situação de Rhett com Lucien, que não apenas, convenientemente, se esqueceu que queria demiti-lo, mas também usou suas conexões para impedir a investigação do FBI. Então, entre o aumento salarial resultante da ressurreição da Sumwun, os cem mil do acordo com Barry e os duzentos mil que fiz com a startup de carne de porco sem carne de porco que gerou um lucro rápido para a empresa de Barry, fiquei rico da noite para o dia. Foi muito estranho, mas posso dizer que me acostumei.

Quando saí do elevador, Porschia passou correndo pelas portas e me agarrou.

— Eles estão esperando há mais de uma hora — disse ela, angustiada.

— Quem?

— Aqueles executivos de Londres. O negócio da Tesco.

— *Ah* — falei, semicerrando os olhos para impedi-los de tremer como um alto-falante.

Ela me empurrou pelas portas em direção ao Alcorão.

— Você está bem?

— Sim, só um pouco cansado. Você pode me trazer um café? Talvez algo do Starbucks, como um Pike Place Roast.

— Tá, já volto.

Todos no Alcorão se levantaram para me cumprimentar. Três homens brancos de cabelos castanhos e ternos baratos sorriam; Rhett, vestindo camisa social branca e jeans de grife, suava muito; e Clyde, em seu típico traje ridículo de colete de startup, calça cáqui e camisa xadrez, me olhou feio.

— Olá — falei, apertando a mão dos homens.

— É um prazer conhecê-lo, Buck — disse um homem, cujo nome não me lembro, com um elegante sotaque inglês, segurando minha mão por mais tempo do que o necessário. — Eu só tinha te visto na TV, mas alguém já lhe disse que você se parece com Morgan Freeman? Você deve encantar todas as mulheres, hein?

— Algo assim — falei, sentindo uma forte energia de corno vindo dele. Desabotoei o paletó e peguei a pasta de papel pardo que estava na mesa.

— Então — começou Rhett. Ele olhou dos três homens para mim e de volta para eles, como se estivesse prestes a se mijar. — Estávamos conversando sobre o piloto, Buck. E o que podemos fazer para garantir que seja ainda mais especial, para que os cinco mil funcionários da Tesco com os quais estamos começando aproveitem ao máximo a Sumwun.

— Ótimo — falei, me recostando na cadeira e fechando os olhos. Em segundos, me ouvi roncando. Rhett cutucou minhas costelas.

— Buck.

— Hã, oi? — falei, assustado.

Rhett, Clyde e os três homens me encararam em suspense.

— Então — comecei, pigarreando e alisando o paletó. — O que vocês estavam pensando?

— Bem — disse o corno enrustido. — Estamos pensando em criar alguns cartazes para despertar a tropa, certo? E talvez um pequeno vídeo seu, alguém sobre quem eles leram nos jornais, ajudaria a garantir que eles aproveitassem a Sumwun. Se conseguirmos...

— Não entendi — falei, pegando minha xícara de café fumegante das mãos de Porschia e colocando sobre a mesa.

O corno inclinou a cabeça, semicerrando os olhos.

— Desculpe, mas o que você não entendeu?

— Por que um vídeo meu aumentará a probabilidade de seus funcionários usarem o serviço? As pessoas usam porque vai ajudá-las, não porque alguém que elas nem conhecem lhes diz para fazer isso.

— Certo — disse ele, torcendo as mãos cheias de manchas. — Mas tudo ajuda.

Balancei a cabeça e me endireitei, olhando o corno diretamente nos olhos, perfurando sua alma fraca.

— Nesse caso, não. Você não quer que seus funcionários confiem em mim para ficarem, não sei como você diz, animados...

— *Satisfeitos* funciona — um dos outros Três Patetas entrou na conversa.

Pisquei para ele.

— Obrigado. Você não quer que seus funcionários confiem em mim para ficarem *satisfeitos* ao utilizar a Sumwun. Isso é preguiça e, francamente, não é meu trabalho.

— Bem — disse o corno, ficando vermelho, olhando para Rhett e Clyde em busca de ajuda. — Apenas achamos que isso os ajudará a apoiar o acordo. Um milhão de dólares não é um investimento fácil para nós.

— *Bobagem* — eu disse, sorrindo para ele. — Vocês são uma das maiores cadeias de supermercados do mundo e geraram mais de dois bilhões e meio de lucros só no ano passado. Em *libras.* Então não me diga que um milhão de verdinhas vai colocar você e seus amigos em... — me virei para o pateta que me ajudou antes — ...como vocês chamam a habitação popular lá?

— Conjuntos habitacionais — disse ele, sorrindo com a atenção que eu estava lhe dando.

— Sim. Então não me diga que um milhão de dólares vai colocar você e seus amigos em conjuntos habitacionais. Temos um acordo ou não?

Depois que Clyde os acompanhou até a saída, ele invadiu o Alcorão e bateu a pesada porta de madeira.

— Que porra foi essa? — Ele se aproximou tanto que gotículas de saliva espumosa caíram no meu nariz.

— Jesus — falei, me sentando na cadeira e esfregando os olhos. — Já te disseram para não falar cuspindo, Clyde?

Ele deu a volta na mesa e agarrou o ombro de Rhett.

— Rhett, chega dessa merda. Esse cara tem agido como se fosse o dono do lugar desde que fechou aquele acordo de sorte com aquele maníaco e...

Tossi alto, e teatralmente ergui meu dedo indicador, pigarreando.

— Acordo de sorte que produziu outros pequenos acordos — falei. — Muitos dos quais eu te passei porque você não conseguiu fechar nada quando estávamos afundando. Não se esqueça disso.

— Tá ouvindo essa merda? — Clyde virou-se para Rhett. — Ele aparece quando quer, assume todos os tipos de riscos com clientes em potencial de alto perfil e tenho a mais absoluta certeza de que tá completamente chapado de cocaína agora. Ele parece a porra do Tony Montana caído na cadeira depois de cheirar aquela montanha de pó na última cena de *Scarface.*

— Eu? — perguntei, me levantando e batendo no peito. — Eu quero o que está vindo para mim... o mundo, Chico, e tudo que há nele.

Clyde se ajoelhou ao lado de Rhett, olhando-o nos olhos. Mas Rhett estava com os olhos fechados e sussurrava consigo mesmo. Clyde o cutucou, e ele devagar acordou e olhou ao redor.

— Rhett — ele implorou. — Diga alguma coisa. Isso não pode continuar.

Rhett respirou fundo e deu de ombros.

— Mas pelo menos eles assinaram o acordo, Clyde. É um milhão de dólares. É enorme.

Clyde se levantou e foi até as janelas.

— Não acredito que estou ouvindo essa merda. — Ele balançou a cabeça. — Não posso acreditar que estamos confiando o destino da empresa a um...

Vá em frente. Diga! Diga a palavra que você queria dizer desde o primeiro dia, daí terei um motivo para estourar seu lindo nariz branco como se fosse um coco.

— ... *bandido* e vagabundo. Essa porra de bandido. Um charlatão que vai nos derrubar, Rhett. Eu sei. Você sabe. Quer dizer, olha como ele está vestido.

Clyde apontou meu terno de lã Armani Sablé Soho e encarou meu Rolex Oyster Perpetual.

— É de segunda mão e custou menos de cinco mil — falei, enfiando meu pulso em seu rosto.

— Vá se foder.

— Vamos falar disso mais tarde — disse Rhett. Ele começou a reunir os contratos assinados. — Fechamos o negócio e é o que mais importa.

Clyde bateu a porta antes que Rhett pudesse sair.

— Não, isso não é o que mais importa. Essa coisa toda é exaustiva — disse ele, com as mãos na cintura. — Então é ele ou eu.

Rhett gemeu e agarrou a cadeira mais próxima.

— Qual é, Clyde. O dia já foi bem longo. Buck — disse ele, olhando para mim do outro lado da sala —, você vai parar de chegar atrasado às reuniões e se esforçar mais para moderar a atitude, certo?

— Claro — respondi, piscando para Clyde.

— Estou falando sério, Rhett. — Clyde estava ao redor dele como uma nuvem carregada pronta para disparar raios de sua barriga magra. — Quem você escolhe? O cara que ajudou você a construir tudo isso aqui ou esse palhaço mesquinho?

Rhett fechou os olhos e agarrou a mesa.

— "Não faleis mal uns dos outros, meus irmãos. Aquele que fala mal de seu irmão, e julga a seu irmão, fala mal da lei, e julga a lei; e, se tu julgas a lei, já não és um cumpridor da lei, mas juiz" Tiago 4:11.

— Amém — falei, batendo palmas. — Pare de me caluniar, mano.

— Eu não quero fazer isso. — Clyde colocou a mão na porta, abaixando a cabeça. — Mas é necessário. Você tem cinco segundos para tomar uma decisão, Rhett. Um.

Mentira.

— Dois.

— Pare com isso, Clyde — ordenou Rhett. — Sério.

— Três.

Rhett se levantou e agarrou o ombro de Clyde, ficando cara a cara com ele.

— Calma, Rhett — falei, meus pés sobre a mesa. — Não tem como ele ir embora. Ele não tem para onde ir.

— Quatro — contou Clyde, tremendo visivelmente enquanto lágrimas caíam de seus olhos, mais azuis do que nunca.

— *Clyde* — implorou Rhett, segurando os ombros dele. — Pare, por favor. Apenas pare.

— Cinco. — Clyde olhou nos olhos de Rhett.

Ele se virou e abriu a porta. Mas, antes de sair, Clyde sorriu para mim.

— A gente vai se ver de novo, Buck. Pode contar com isso.

21

— Ma! — gritei, me sentando de uma vez na cama, uma mistura de suor salgado e lágrimas escorrendo pelo meu rosto, meu peito vibrava como um animal que sabe que está prestes a ser morto.

— O que foi, Buck? O que aconteceu?

Preso no espaço entre o mundo dos sonhos e o mundo real, levei um segundo para perceber que dia era, onde eu estava e quem estava deitado ao meu lado. Era segunda-feira. Eu estava no meu loft, no último andar de um prédio na Dezessete, entre a Segunda e a Terceira avenida. Mas a mulher branca, que parecia uma modelo da Nike, era um borrão.

— Desculpa. — Desci da cama e fui para a cozinha. — Mas quem é você?

Cacete, cacete, cacete. Eu esperava não ter feito sexo com ela. Eu tinha uma política rígida de proibição de mulheres brancas, uma política que nunca havia violado antes por causa do que Gato Malandro dissera meses antes. Eu não era supersticioso, mas preferia prevenir que remediar.

Ela se sentou e passou a mão pálida pelos cabelos, rindo.

— Vocês são todos iguais, eu juro. Nos conhecemos ontem à noite? No Up & Down? Você disse que eu parecia familiar e de alguma forma sabia que eu era modelo?

Bebi um copo d'água fria e rezei para ter adormecido antes que algo acontecesse.

— Melanie, certo?

Ela revirou os olhos.

— Lexi, na verdade.

— Foi mal. Acabei de ter um pesadelo. Estou um pouco confuso agora.

— É — disse ela, se contorcendo em meus lençóis de seda como uma cobra ao sol. — Você passou a noite toda falando enquanto dormia. Você disse "Ma" algumas vezes, mas quem é Soraya?

Merda. Então foi Soraya. Em algumas noites, era Jason. Em outras, o sr. Rawlings. Todas as noites era Ma, o que era um dos motivos de eu nunca manter nenhuma mulher por perto por muito tempo. Eu odiava as perguntas.

— Ninguém. Mas escuta, foi divertido. Preciso tomar um banho e ir para o escritório. Então...

— Então é isso? Já está me dando um pé na bunda?

— Sim, só que com um mocassim caro de couro de crocodilo. — Eu sorri.

— Babaca. Você pode pelo menos me emprestar seu motorista?

— Te emprestar meu motorista? Quem você acha que eu sou? Aqui — falei, mexendo no celular —, seu Uber chega em cinco minutos.

Ela pulou da cama, enfiou os braços em seu vestido maxi longo branco e atravessou a cozinha.

— Então, como entro em contato com você? — perguntou, uma mão perfeita apoiada na porta do banheiro.

— Você não entra — respondi, fechando a porta.

— Espero que você não trate assim todas as garotas com quem transa! — gritou ela a caminho do elevador.

...

— Bom dia, senhor. Para onde?

— Sumwun, Chauncey. Obrigado. E não vá muito rápido — falei, distraído pelo meu celular.

— Sim, senhor. Tudo certo? Você parece tenso.

— Está tudo bem, Chauncey. Por favor, vamos chegar inteiros na Sumwun.

Estremeci quando meu celular vibrou. Era Barry.

Já encontrou o sdv? Já faz uma semana, meu garoto.

Trabalhando nisso.

Quando chegamos ao número 3 da Park Avenue, subi as escadas na ponta dos pés. Eu estava viciado em cafeína, mas não queria perder tempo subindo, fazendo o pedido para Porschia e tendo que esperar, então entrei direto no Starbucks.

Brian estava atrás da caixa registradora. A correria matinal havia acabado. Mas, em vez do mesmo avental verde que usava há anos, agora usava um preto.

— Caramba, Brian, quando você se tornou um mestre do café? — Esperei que o tom alegre disfarçasse a ansiedade. Fazia meses que eu não ia lá.

— Mês passado. — Ele evitou olhar para mim. — Jared foi demitido por cuspir nas bebidas das pessoas, e eles não tinham mais ninguém.

— Parabéns. O que aconteceu com Nicole e Carlos?

— Faz dois meses que Carlos desapareceu. Acho que foi preso ou algo assim. E Nicole teve um filho há algumas semanas e se mudou para Iowa com a esposa.

Havia algo diferente em Brian. Mas eu não tinha certeza do que era.

— Você vai pedir alguma coisa? — Ele segurava o avental preto com uma mão e batia no balcão com a outra, como um telegrafista de guerra.

— Pike Place Roast.

Ele assentiu para um garoto asiático, que imediatamente começou a trabalhar. Peguei meu cartão, mas ele o dispensou.

— Por conta da casa — disse ele, ainda olhando para o chão.

— Valeu, cara. Deve ser bom ser o chefe agora, certo? Ninguém para te dizer o que fazer, e parece que você tem alguns bons soldados aqui.

— Acho que sim. Apenas segui seu conselho e decidi ficar no Starbucks pelo resto da vida. Poderia ser pior, acho.

— Isso aí — falei, me sentindo mal. Me abaixei, agarrando a barriga, tentando não vomitar em tudo.

— Você está bem? — Ele se inclinou sobre o balcão.

Ergui a mão.

— Estou.

Enquanto me ajoelhava no chão, percebi o que Brian tinha de diferente. Ele não estava gritando obscenidades aleatórias a cada cinco segundos.

Levantei e arrumei o terno.

— O que aconteceu com a Tourette?

— Não tenho certeza. Mas comecei a fazer terapia comportamental e a meditar há alguns meses e não tenho mais tiques com tanta frequência. Obrigado, Leah — disse ele, pegando meu café de uma garota branca e entregando-o para mim. — Aqui.

— Escute, Brian — comecei. — Sinto muito por ter sido tão duro com você ano passado. Eu estava estressado, sabe?

— Não se preocupe, Darren. Você estava certo. Fui burro em pensar que poderia fazer o que você faz. Estou ganhando mais dinheiro do que antes, e isso provavelmente não teria acontecido se eu não tivesse ouvido você e me concentrado em ser o melhor barista que poderia ser. Então acho que deveria te agradecer.

Merda, devo ser o melhor vendedor do mundo se convenci mesmo alguém de que trabalhar como escravo no Starbucks deveria ser a ambição de sua vida. Mas e se eu pudesse ajudar Brian e encontrar o SDV *de Barry ao mesmo tempo?*

Leitor: sempre fique de olhos abertos. Sua próxima oportunidade pode estar te encarando.

— Que se foda — falei.

Ele enfim me olhou.

— Hã? — disse ele, a confusão contorcendo as marcas de espinhas ao redor de seus olhos.

Eu o puxei por cima do balcão.

— Esqueça tudo o que falei antes, Brian. Eu estava errado, cara. Você ainda quer aprender a fazer o que eu faço?

Ele olhou para minhas mãos, segurando seu avental, camisa e provavelmente alguns pelos no peito, e então para mim, olhos arregalados e cheios de medo.

Senti seu coração bater forte.

— Não posso fazer o que você faz, Darren — disse ele, engolindo em seco. — Desisti de tudo isso. Você estava certo. Além disso, aqui não é tão ruim. É como a edição 181 *do Lanterna Verde,* quando Hal Jordan se aposenta de vez.

— Não tô falando de super-herói, Brian. Então vou perguntar mais uma vez — falei, concentrando cada centímetro quadrado do meu poder diretamente no branco dos olhos dele. — Você. Quer. Aprender. A. Fazer. O. Que. Eu. Faço? Vender?

Ele coçou a nuca.

— Mas como?

Eu o soltei e peguei o celular.

— Seu número ainda é o mesmo?

Ele assentiu.

— Tá, acabei de te mandar uma mensagem com meu novo endereço. Esteja lá às seis e meia. Hoje à noite.

— Para quê?

— Para a aula — respondi, e saí cambaleando pelas portas.

...

Depois de um longo dia de reuniões, enfim cheguei ao meu apartamento.

— Obrigado, Chauncey — falei, saindo do Tesla.

— Tenha uma boa noite, senhor. Até amanhã.

Subi as escadas, coloquei a chave na porta e estava entrando quando alguém agarrou meu braço.

É isso. I*sso é o que ganho por transar com uma mulher branca. Estou prestes a morrer.* Tremendo, me virei e fiquei cara a cara com Brian, vestindo um sobretudo de couro preto.

— Porra, cara. Nunca mais me assusta assim. Tá louco? E por que você tá vestido como o Shaft?

— Foi mal. — Ele recuou nos degraus. — Fiquei esperando do outro lado da rua até você chegar. Você pega Uber todas as noites?

— Algo assim. Venha. Você deve ter assustado todas as pessoas brancas do quarteirão só por estar aqui.

— *Caramba* — disse ele, saindo do elevador e entrando no meu apartamento, a cabeça virando como um adolescente excitado no Museu do Sexo. — Isso tudo é seu?

— Todos os móveis, arte e essas merdas? Sim. Mas o apartamento é alugado. Quer beber alguma coisa?

— Não, obrigado. — Ele se sentou com cuidado em uma cadeira alta e branca na ilha de mármore.

— Coca-Cola. — Joguei uma lata gelada em sua direção. Caiu no chão atrás dele.

Ele rapidamente se levantou e pegou a lata.

— Desculpe.

— Não, não abre!

O sibilo alto da lata espalhou água com açúcar mascavo por todas as paredes brancas, cadeiras brancas e pisos brancos. Brian parecia um cachorro que tinha acabado de cagar no chão.

— Tá, tá — falei, esfregando a testa. — Eu vou me trocar e você vai limpar isso. Depois — entreguei a ele um rolo de papel-toalha — você vai se sentar ali. — Apontei para o sofá branco da sala em frente à TV de plasma. — E por favor, Brian, não toque em mais nada.

Dez minutos depois, eu o encontrei de pernas cruzadas no sofá, olhos fechados, respirando fundo.

— Vamos, Buda. Hora da aula.

Ele abriu os olhos lentamente.

— Por onde começamos?

Puxei o quadro branco que Rhett e eu usamos para sessões de estratégia de fim de semana e passei pelo básico: o papel de um SDV, a anatomia de uma chamada não solicitada, como lidar com objeções e muito mais.

— Alguma pergunta?

Enxuguei o suor da testa e me virei para Brian. Ele ainda estava de pernas cruzadas, fazendo anotações como um personagem de desenho animado que, na verdade, não está fazendo anotações.

Ele balançou a cabeça.

— Duas horas dessa merda e nenhuma pergunta, Brian? Isso me deixa nervoso, cara.

Ele apenas me olhou, inexpressivo, a mão ainda rabiscando em seu caderno. Fui até lá e arranquei-o das mãos dele. O idiota não tinha feito nenhuma anotação. Eram apenas parágrafos de linhas onduladas, círculos aleatórios e outras formas ridículas.

— Brian. — Joguei o caderno para ele, tentando estabilizar minha respiração. — Que porra é essa?

— Não consigo fazer isso, Darren — disse ele, derrotado. — Nada disso... PIROCA! Com licença, me desculpe. Nada disso faz sentido para mim. É perda de tempo, e eu sinto muito mesmo.

Não vou mentir: eu queria acertar o filho da puta bem na cara.

— Por que você não disse, cara? Estou aqui há horas depois de um longo dia de trabalho, e você está aí só rabiscando bobagens para dar a entender que está acompanhando? Que porra é essa, Brian?

Ele olhou para o caderno.

— Eu sei, me desculpe.

— Pare de dizer isso e fale direito. Sabe quanta merda eu tenho que fazer? Estou aqui, com você, agora mesmo, investindo meu tempo em você.

— Eu sei — respondeu, segurando as lágrimas. — Eu só queria que você pensasse que eu conseguiria. Eu sou...

— Não diga isso, caralho — falei, apontando um dedo para ele. — Eu não quero ouvir você pedir desculpas novamente. É uma perda de tempo seu e meu.

Me sentei ao lado dele, respirando fundo. Era a primeira noite, e essa merda não estava funcionando. O medo não funcionaria com Brian; ele acabaria como aquele cara que saiu correndo do Alcorão no primeiro dia e nunca mais foi visto, então eu teria que encontrar outro jeito.

— Vou embora. — Ele descruzou as pernas e se levantou do sofá.

— Senta aí — ordenei, de olhos fechados, examinando uma lista de possibilidades.

O que eu sabia sobre Brian? Ele era alguns anos mais velho que eu. Era de Connecticut. Adorava D&D e quadrinhos. Nunca teve namorada, mas queria uma. Trabalhava no Starbucks e era muito bom com as pessoas cara a cara, principalmente quando fazia algo que amava.

— Entendi. — Me levantei, peguei o casaco dele e o joguei nele. A solução que encontrei foi tão boa que não consegui conter o sorriso. — Vista isso.

— Tá. Obrigado por tentar, Darren. Agradeço. Eu te vejo por aí. — Ele vestiu o casaco e pegou a bolsa.

— O quê? Não. Tenho uma ideia, uma maneira de tudo isso entrar nessa sua cabeça dura. Mas será desconfortável. Tá disposto?

— Farei qualquer coisa.

— Ótimo. Então quero que você vá a todas as delicatéssens daqui até a First Street. E vai tentar vender a eles uma assinatura de revista.

— Você é dono de revista? Eu não sabia.

— Não, seu idiota. Essa é a questão. Você vai vender a eles a assinatura de uma revista que não existe. O objetivo é conseguir que o maior número possível deles te pague por um ano de assinatura da revista.

O sorriso torto dele desapareceu rapidamente.

— Não sei não, Darren. Parece ilegal. É, tipo, fraude.

— Deixa que eu me preocupo com isso — falei, empurrando ele para o elevador. — Podemos devolver o dinheiro amanhã, se você quiser. O objetivo aqui é que você se sinta confortável vendendo algo, e não há maneira melhor de fazer isso do que tentar convencer um estranho a comprar algo do qual ele nunca ouviu falar, principalmente cara a cara, altas horas de uma noite fria.

— Qual é o nome da revista?

— Humm, boa pergunta. Vamos chamar de — fiz uma pausa — vamos chamar de *Cara Preta.*

— Do que ela fala?

— Ah, você sabe — falei, massageando os ombros dele. — É igual à maioria das revistas. Cozinheiros brancos se apropriando de receitas negras, músicos brancos se apropriando da música negra, designers brancos se apropriando da moda negra etc. Use sua imaginação. E não aceite não como resposta. Essa é uma ordem do Sensei Buck.

— Sensei Buck, não sei se...

— VAI! — gritei, apertando o botão do elevador e sorrindo enquanto ele descia para as profundezas geladas da cidade de Nova York.

Uma hora se passou, e imaginei que ele devia estar se saindo muito bem, provavelmente batendo papo com os donos de delicatéssens e pegando o dinheiro deles, fazendo-os passar pelos idiotas que eram. Então, mais uma hora se passou e mandei mensagem para ele.

E aí?

Nenhuma resposta. Comecei a me preocupar, o que me lembrou de todas as vezes em que Ma me mandava mensagem depois que meu celular descarregava, e eu a encontrava na cozinha, acordada até tarde, esperando para ter certeza de que eu chegaria bem em casa.

— Darren Vender — dizia ela. — Já ouviu falar de carregador?

Engoli em seco e afastei a lembrança.

Mais trinta minutos se passaram até que ouvi a campainha.

— Quem é?

— Eu. — Ele parecia exausto.

Quando o elevador abriu, Brian saiu cambaleando, com o lábio sangrando e pálpebras que pareciam um balão da Macy's da Parada do Dia de Ação de Graças.

— O que aconteceu com você, porra? — perguntei, ajudando ele a ir para a sala. — É melhor você não sujar meu sofá de sangue.

Ele tirou os sapatos e apoiou a cabeça na almofada.

— Tem um bife?

— Um bife? Eu pareço o quê?

Fui até a geladeira e encontrei um freezer cheio de carne de porco sem carne de porco.

— Obrigado — disse ele, apoiando um pedaço no olho inchado.

— Agora me conte o que aconteceu.

— Bem, eu fiz o que você falou. Comecei em uma delicatéssen, na Fourteenth, e o dono não falava inglês direito. Ele pensou que eu estava pedindo uma capa preta para iPhone, então fui embora. Aí, no próximo, esse cara hispânico pareceu curioso, mas começou uma briga com dois clientes e ele sacou uma faca, então fugi. Pensei em voltar, mas ele parecia nervoso. No terceiro, tinha uma indígena que ficava dizendo: "*Cara Preta?* O que é essa cara preta? Meu rosto é marrom! Quando tiver revista chamada *Cara Marrom,* eu compro. Sai".

"Continuei andando, comprei uma fatia de pizza porque estava com fome, depois parei em uma delicatéssen na Quinta. Tinha um cara negro na registradora, então imaginei que ele ia comprar. Quando contei a ele sobre a revista e o que havia dentro, ele olhou para mim como se eu fosse louco e me disse para ir embora. Mas, como você me disse, eu não aceitaria um não como resposta, então continuei dizendo a ele que não iria embora até que ele comprasse uma assinatura anual. Depois disso, ele se inclinou sobre o balcão e me deu um soco no olho. Então, quando eu estava caído no chão, ele me deu outro soco na boca e disse que, se eu não tirasse meu traseiro preto da delicatéssen o quanto antes, ia me espancar."

A carne de porco falsa congelada descongelou em sua mão, pingando água.

— Então — falei devagar, cobrindo meu rosto. — Você tá me dizendo que não vendeu uma maldita assinatura a noite toda? E tudo que você tem para mostrar é um olho roxo? Meu Deus, Brian. Você aprendeu alguma coisa do que eu disse? Qualquer coisa, porra?

Ele se sentou, sorrindo, o sangue seco formando uma crosta marrom ao redor de sua boca inchada, como um preenchimento labial que deu errado.

— Eu acho... Acho que aprendi que ninguém vai conseguir me dar um soco pelo telefone, então vender dessa forma será muito mais fácil.

Levantei a cabeça e olhei para ele. Ele estava certo e, no fim das contas, tinha conseguido aprender uma lição de vendas. Coloquei os pés em cima da mesa de centro de carvalho branco e balancei a cabeça.

— Exatamente, Gafanhoto. Eu não tinha certeza se você entenderia, mas entendeu. Agora cai fora e esteja aqui amanhã às seis e meia da tarde em ponto.

22

Na segunda noite, quando chegamos ao meu apartamento, vi Brian sentado nos degraus, tremendo e olhando por cima do ombro como se fosse se encrencar só por estar ali. Com toda a sinceridade, eu não teria ficado surpreso se um dos vizinhos tivesse chamado a polícia por causa de um "indivíduo suspeito".

— Errr! — gritei do Tesla.

O baixo de "Swimming Pools" de Kendrick Lamar sacudia o carro. Brian semicerrou os olhos, confuso. Deixei o refrão continuar, decidindo se meu plano para aquela noite era bom.

— Abaixa o volume, Chauncey! — gritei por cima da música.
— Ei, Brian. Entra, cara. Não tá vendo que sou eu?

Ele olhou para cima e desceu os degraus em direção ao carro.

— Não, sim, eu sabia que era você. Parecia que você estava se divertindo, só isso.

— Eu estava, e estamos prestes a nos divertir ainda mais. Entre antes que Chauncey saia e tente abrir a porta para você. Você deve estar mais frio do que o freezer do Jeffrey Dahmer.

Relutante, ele entrou e se sentou ao meu lado.

— Olá — Chauncey cumprimentou Brian com seu grande sorriso marfim. — Prazer em conhecê-lo.

— Prazer em te conhecer também. Eu tenho que dizer — ele riu —, esse aqui é o Uber mais legal que eu já vi.

— É porque não é um Uber — falei, dando um tapinha no ombro de Chauncey.

Fomos em direção à Terceira Avenida.

— Então... — Chauncey olhou pelo retrovisor. — Para onde, senhor?

— The Belfry, por favor. Fica na Catorze, entre a Segunda e a Terceira Avenida.

— Sim, senhor.

Agarrei a coxa de Brian, e ele se encolheu.

— Relaxa, cara. Como foi o seu dia? Alguma maluquice no Starbucks?

— O de sempre — disse ele. Seu olho roxo de alguma forma tinha ficado mais preto e brilhava como uma bola de boliche recém-polida. — O que é The Belfry? Achei que íamos continuar com o treinamento de vendas.

— E vamos. Mas não na minha casa. O lance de ontem não estava funcionando, e mesmo que você tenha conseguido um belo olho roxo — cutuquei a bolsa protuberante debaixo seu olho —, a experiência prática foi eficaz.

Ele olhou para a frente, segurando os joelhos, e seu pomo-de-adão subiu e desceu.

Quando chegamos, saí e segurei a porta para Brian, que ainda estava grudado em seu assento.

— Você primeiro.

— Isso parece um bar — observou ele.

— Uma observação astuta, Brian. Se continuar assim, em pouco tempo você se tornará um excelente vendedor.

— Por que... por que estamos em um bar, Darren?

— Venha e vai descobrir. E pare de me chamar de Darren, cara. Agora é Buck.

Ele me observou como um animal encurralado, os olhos arregalados cheios de medo. Como qualquer bom vilão em um daqueles vídeos da Peta, estendi a mão e o puxei com força para fora, fazendo-o tropeçar e cair na calçada.

Enquanto Chauncey ia embora, os olhos de Brian seguiram o Tesla com óbvia tristeza.

— Levanta — falei, e estendi a mão.

O bar tinha uma *vibe* de salão das antigas. Era mal iluminado, com mesas baixas circulares de madeira, velas bruxuleantes, tijolos expostos e lanternas que se estendiam pelo teto até os fundos, onde os *neo-yuppies* se empanturravam de picles, cerveja artesanal e a possibilidade de transar.

— Por que estamos aqui? — Brian olhou ao redor, como se nunca tivesse pisado em um bar.

— Relaxa, cara. Nós só vamos pegar uma bebida e dar no pé. Quanto mais sério você estiver, pior. Duas Delirium Tremens — falei para a bartender asiática cheia de curvas.

Ela olhou para Brian, que parecia prestes a vomitar, depois para mim, e perguntou:

— Tem certeza?

— Muita.

— Darren, quer dizer, Buck, por favor, me diga por que estamos aqui. Parece que vou levar outro soco na cara.

— Primeiro — respondi, sorrindo para ele e erguendo minha cerveja. — Saúde.

Tocamos os copos, e eu bebi metade do meu em um só gole. Brian tomou um golinho e o devolveu ao porta-copos de cortiça, com a mão tremendo, como se precisasse de uma dose.

— Estamos aqui — falei, examinando a sala com o dedo — porrrrrrr... ela.

Escolhi uma garota racialmente ambígua, com maçãs do rosto salientes, um belo sorriso, cabelos crespos e pele negra que brilhava à luz das velas. Ela era, sem dúvida, uma sólida nota dez. E estava sentada sozinha.

Brian se virou para mim e tomou um grande gole de cerveja.

— Hã, ela é sua amiga?

Eu ri e balancei a cabeça, negando.

— Alguém com quem você deseja fazer negócios?

Balancei minha cabeça outra vez.

— Não é o que eu acho que é, né, Buck?

Parei de olhar para ela e me virei para ele, colocando a mão em seu ombro.

— É sim, Brian. Você vai dar em cima dela.

O cara só olhou para mim como se eu tivesse dito algo em uma língua estrangeira, e ele não sabia se eu estava elogiando sua aparência ou xingando a mãe dele. Depois de um segundo, ele decidiu que era a última opção.

— Não. De jeito nenhum. Não vou passar vergonha, Buck.

— Você está certo, não vai mesmo. Desde que siga o plano.

Ele deixou os braços caírem.

— Plano? Olha para mim. Olha bem pra mim. Estou de moletom velho, jeans desbotados, camiseta rasgada e All Star sujo.

— Então você está em casa, cara. Olhe em volta. Todo mundo aqui está vestido igual a você.

Ele examinou o ambiente, pegou um guardanapo e enxugou o suor da testa.

— Não importa. Isso é demais. Qual sentido disso? Achei que você fosse me ensinar sobre vendas.

Leitor: observe atentamente e faça anotações. Vender não tem a ver com talento, e sim com superar desafios, começando por você mesmo.

— *Isso é vendas,* Brian. Você acha que vai ligar para estranhos aleatórios e eles vão te dar uma hora do dia assim do nada? Você precisa aprender a construir relacionamentos, fazer a pessoa se abrir e manter o interesse dela.

— E como faço isso? — Ele esvaziou o copo em um gole e acenou para a bartender.

— Desarmando-as e estabelecendo algo em comum o mais rápido possível. A maneira mais segura de fazer isso é colocando a pessoa para falar, fazendo perguntas abertas. Tipo "O que te traz aqui?", "De onde você é?", "Ah, bela tatuagem. O que significa?". Qualquer coisa, cara. Seja criativo. Só não seja chato.

Ele pegou sua segunda cerveja e engoliu metade, tremendo como se estivesse no meio de um terremoto que ninguém mais sentia.

— Olhe para mim — disse ele, buscando meus olhos.

— Já falamos disso, cara. Suas roupas estão ótimas.

— Não, Buck. Quer dizer, minha aparência. Meu rosto. É nojento.

Respirei fundo.

— Nunca diga isso, Brian. Porra, nunca diga que você é nojento. Entendeu?

Ele levou o copo aos lábios e eu agarrei seu pulso antes que ele pudesse colocá-lo na mesa.

— Sabe quantas pessoas ao redor do mundo, ou mesmo nessa droga de país, matariam para ter a sua vida? Para ser saudável e livre? Quantas pessoas, negras, apenas cinquenta anos atrás, não acreditariam que estaríamos aqui nesse bar, bebendo em um balcão com brancos sentados ao nosso redor?

Pensei no sr. Rawlings. Era algo que ele diria.

— Eu sei, mas...

— Mas porra nenhuma, Brian. Nada do que possa dizer vai justificar você pensar que é inferior. Que você não é digno de uma vida feliz só porque tem espinhas. Que você deveria ter medo de falar com uma garota como ela. Então nunca mais me venha com isso. Porque, se fizer isso, não apenas vou parar de investir meu tempo em você, mas juro por Deus que também vou te dar outro olho roxo. Agora vai até lá e pega a porra do número daquela garota.

Sem dizer nada, com as mãos ainda trêmulas, ele se levantou e foi lentamente em direção a ela.

— Caramba — disse a bartender atrás de mim. — Você é tipo o Tony Robbins preto ou algo assim. Acha que ele vai conseguir?

— Aposto um shot que vai — respondi.

— E se ele não conseguir?

— Então vou levar você para jantar.

— Combinado.

Brian deu um tapinha no ombro da garota. E, quando ela se virou e sorriu para ele, os ombros dele relaxaram um pouco e ele se sentou com cuidado. Seu rosto começou a perder a aparência de criogenicamente congelado, derretendo em um sorriso, depois em risadas, seguido por sobrancelhas levantadas, sorrisos maliciosos e, não estou brincando, uma piscadela e tudo.

— Parece que seu irmão está arrasando — disse a bartender. — Posso acabar te devendo aquele shot.

— Ele não é meu irmão — respondi. Mas não posso mentir; me senti como um professor orgulhoso.

A garota passou uma unha polida pelo pulso dele, então eu vi: *a venda*. Ele pegou o celular, entregou a ela, e o rosto dela brilhou à luz das velas enquanto ela digitava seu nome e número. Um segundo depois, ele se inclinou e eles trocaram um beijo em cada bochecha. Então ele se levantou e voltou para o bar, com um sorriso bobo estampado em seu rosto que o fazia parecer um tigre drogado em um zoológico tailandês.

— Então?

— Caaaaara — sussurrou ele, com os olhos saltando das órbitas como bolas de algodão molhadas.

— Aja com tranquilidade, cara, com tranquilidade. O que aconteceu?

Rindo, ele coçou a nuca.

— Não sei mesmo, Buck. Sério. Fui até lá e ela disse que eu poderia sentar porque as amigas dela a abandonaram. Percebi um sotaque francês e estudei um pouco de francês na escola, então começamos a conversar. Ela é *au pair*. E disse que eu parecia um jovem no cio, o que foi estranho, mas deixei passar e continuamos conversando até que... — ele tomou um gole de água que a bartender lhe deu — ... até que peguei meu celular e trocamos números!

— Isso aí, porra. Viu? Falei que você ia conseguir. — Batemos os punhos fechados embaixo da mesa. — Mas escute, não acho que ela estava dizendo que você estava no cio. Acho que ela estava dizendo que você parece uma versão mais jovem do Seal.

— Quem é esse?

— Um cantor.

— Bem, ele é bonito?

— Ele já foi casado com a Heidi Klum. Mas lembre-se, vender não se trata da sua aparência, cara. Tem tudo a ver com a confiança que você exala.

Ele se recostou, suspirando de alívio.

— Tá, mas ainda assim é legal. Então ela está a fim de mim. Isso é loucura. Podemos fazer isso todas as noites?

Eu ri e dei um tapinha nas costas dele.

— Fica chato depois de um tempo, cara. Mas claro, podemos fazer de novo. *Depois* que seu treinamento terminar.

Ele saiu para ir ao banheiro, e a bartender me entregou meu bem-merecido shot.

— Pena que você não vai me levar para sair — disse ela, fazendo biquinho.

Ergui meu copo.

— Acho que posso dar um jeito.

— Pelo seu irmão pegando a primeira garota. — Ela bateu o copo no meu.

— Escuta, ele não é meu...

Me virei para o outro lado do bar e o vi esfregar as mãos molhadas na calça jeans e caminhar em nossa direção como um novo homem; como se tivesse acabado de perceber que era alguém que merecia ser feliz.

— Foda-se — falei, engolindo o shot. — Saúde para o meu mano.

23

A vibração me acordou. Sem abrir os olhos, peguei o celular e o desbloqueei.

— Alô?

Era Rhett. Às seis da manhã. Ele me disse para encontrá-lo na Cafeteria da Dezessete com a Sétima em uma hora. Só isso e nenhuma explicação.

Depois que expulsei a bartender do Belfry e bebi meio litro de Pedialyte de chiclete, Chauncey me levou até o outro lado da cidade.

Quando abri a porta do vestíbulo marrom da Cafeteria, havia uma fila de drag queens reluzentes de salto alto, casaco de pele e peruca. Uma se virou e lentamente me olhou de cima a baixo.

— Nossa, que delícia.

— Não tô no clima.

Passei por elas e pelo anfitrião de pele de porcelana, indo em direção aos fundos, onde avistei Rhett sentado, usando um suéter bege de gola alta e mexendo no celular.

— Por que aqui?

Ele desligou o celular e olhou para mim.

— Como assim?

— Olha ao redor. Parece que todo mundo acabou de sair da boate.

— Porque fizeram mesmo isso — disse ele, sério. — Esse lugar fica aberto vinte e quatro horas e atrai um certo tipo de público. Ostentoso, lindo, fabuloso. Você sabe.

— Entendi. — Pedi panquecas de ricota com limão e um suco verde, esperando conseguir manter os dois no estômago. Rhett pediu ovos trufados.

Depois que a garçonete, que parecia uma modelo, saiu, ficamos sentados em silêncio. Minhas mãos suavam, minhas pernas tremiam e nenhuma quantidade de água que eu pudesse beber curaria minha boca seca. Dava para ouvir as veias do meu crânio pulsando com o coquetel de devassidão da noite anterior, e tive a sensação de que eu, aos vinte e três anos, morreria de ataque cardíaco ali mesmo. Rhett só ficou me olhando.

— Tá. — Trêmulo, coloquei o copo de volta na mesa. — Por favor, seja lá o que for, só fala. Eu não aguento essa merda, cara. Sinto que você está prestes a jogar uma bomba em mim. Joga de uma vez.

— Bomba? — disse ele, abrindo um guardanapo de pano no colo. — Não sei do que você está falando.

— Anda logo — falei, como um viciado implorando pela misericórdia de um traficante. — Por favor, pare de joguinhos.

— Joguinhos? De novo, não sei do que você está falando, Buck. Você está bem?

Levei o copo frio aos lábios, mas ele escorregou e caiu no chão, quebrando-se como gelo.

— Porra, foi mal.

Comecei a me abaixar quando um garçom apareceu do nada com um esfregão e uma pá de lixo antes de me pegar um copo novo.

Fechei os olhos e tentei acalmar o latejar na minha cabeça.

Rhett riu.

— Relaxa, Buck. Escuta, estive pensando na equipe de vendas. Desde que Clyde saiu, as coisas não têm sido as mesmas. Charlie está sobrecarregado, e as pessoas não o respeitam como líder. A empresa está indo bem, melhor do que nunca, mas não estamos crescendo tão rápido quanto eu gostaria.

— Tudo bem — falei, enquanto nossa garçonete colocava pratos de comida fumegante na nossa frente. Inspirei os vapores quentes, esperando que eles me prendessem ali. — E?

Ele colocou uma garfada de ovos na boca.

— Você está preocupado com alguma coisa? — perguntei.

— Estou preocupado com muitas coisas. Como o que Clyde vai fazer. Ele é bem relacionado e está com raiva. Ele nem responde minhas mensagens ou ligações. E todos nós sabemos que ele é vingativo.

— Não entendi — falei, engolindo minha vitamina. — O que Charlie tem a ver com tudo isso? Ou com a equipe de vendas?

— Há uma lacuna óbvia. E quero cuidar disso o mais rápido possível.

— Então por que você não rebaixa Charlie e coloca um dos outros ECs no comando?

— *Vou* rebaixar Charlie e *colocar* um dos outros ECs responsáveis.

— Perfeito. Quem?

— Você — disse ele, enfim sorrindo. — Quero que você seja nosso novo diretor de vendas.

Engasguei com a mistura grossa de panquecas e vitamina. Quando finalmente consegui respirar, falei:

— Isso não faz sentido, Rhett. Não faz nem um ano que estou na empresa. Ninguém vai me respeitar.

— Você fez mais em menos de um ano do que a maioria das pessoas faz em toda a carreira, Buck. E todos os ECs não apenas *respeitam* você, mas são *inspirados* por você. Além disso, todos estão ansiosos para conseguir algumas de suas conexões por meio de Barry.

— Como você sabe?

— Porque eu já falei com todos eles. Quando entrar no escritório hoje, você será o mais jovem diretor de vendas da cidade de Nova York, talvez de todo o país. Pelo menos é o que o *BuzzFeed* e o *The Huffington Post* estão dizendo.

Minha dor de cabeça e a sensação de morte iminente retornaram aos poucos. Bebi mais vitamina.

— P-por que eles estariam dizendo isso, ou qualquer coisa a esse respeito, Rhett?

Ele piscou, sorrindo como um bandido.

— Porque enviamos a eles a informação ontem à noite. A notícia acabou de ser divulgada! — disse ele, estendendo as mãos na minha direção.

— Rhett. Não sei, cara. É só que...

— Só que o quê? Qualquer um mataria para estar no seu lugar, Buck. Achei que você ficaria mais grato.

Engoli em seco.

— Estou, Rhett. Estou mesmo, mas...

— Mas o quê, porra? Não acredito no que estou ouvindo agora. Por que sempre tenho que te pressionar a aceitar uma oportunidade de ouro? Você acha que é bom demais para a função? Para nós? Está tentando começar seu próprio negócio, é isso?

— O quê? Não. Do que você tá falando?

— Você sabe, Buck. Talvez Clyde estivesse certo. Talvez eu tenha apostado no cavalo errado e você não esteja mais preparado para isso. Talvez eu estivesse errado em pensar que você ainda se importava com a empresa, comigo.

A garçonete se aproximou e encheu nossos copos.

— Gostariam de mais alguma coisa? Café? Chá? Já passa das oito, então talvez uma mimosa?

— Não, obrigado — falei, forçando um sorriso.

— Só a conta, por favor — disse Rhett.

Ficamos sentados em silêncio enquanto um ajudante tirava a mesa. Rhett pagou a conta e silenciosamente vestimos nossas jaquetas e luvas. Quando saímos, Chauncey esperava do outro lado da Dezessete.

Me virei para Rhett, que soprou uma lufada no ar frio.

— Quer carona? — perguntei.

— Vou caminhar.

— Tá. Te vejo no escritório.

Dei um passo na faixa de pedestres e senti uma mão firme em meu pulso. Quando me virei, Rhett tremia como se fosse chorar.

— Eu falei sério, Buck. Quer goste ou não, ao entrar no escritório você *será* o diretor de vendas da Sumwun e *dedicará* mais tempo e atenção à empresa. É o mínimo que pode fazer para compensar tudo que fiz por você. Por escolher você em vez de Clyde. Entendido?

Olhei para os nós dos dedos brancos dele apertando meu pulso com mais força, queimando no frio do final do inverno.

— Sim, foi mal. Obrigado por sempre cuidar de mim, Rhett.

...

A campainha tocou. Levantei do sofá e fui até ela. Então tocou outra vez, um som longo e irritante. Eram por volta das seis e meia, então imaginei que fosse Brian e o deixei subir sem conferir.

Barry também estava explodindo meu celular de mensagens.

Já tem o SDV?;)

Quase. E por que isso é tão importante?

Não se preocupe com isso. Só não estrague tudo. Se estragar, já era.

Quando o elevador abriu, enfiei a cabeça lá dentro e disse:

— O que tem de errado com você, porra?

Vi Brian, mas também vi o rosto de uma garota negra élfica. Ela usava uma jaqueta de couro preta e tinha um cabelo curtinho, alargadores de orelha pretos e um daqueles piercings no septo que parecem de vaca.

— Você é mais baixo do que na TV — disse ela, com as mãos nos quadris e uma expressão decepcionada.

Me virei para Brian.

— Quem diabos é essa?

— Estou bem aqui — disse ela, passando por mim e entrando no apartamento. Ela tirou a jaqueta e vi tatuagens percorrendo seus braços. — Se você quer saber quem eu sou, por que perguntou a ele? Você não deve estar acostumado com mulheres falando por si mesmas, mas garanto que sou capaz de fazer isso.

— Brian — sussurrei, olhando por cima do ombro para ter certeza de que ela não estava roubando nada. — Quem. É. Essa?

— Hã, essa é Rose Butler.

— Tá — falei, semicerrando os olhos. — E?

— E jogamos pôquer juntos. Geralmente às quartas-feiras. Quando eu disse a ela que não poderia ir, ela perguntou por quê, então contei.

— E?

— E ela disse que parecia divertido. Que viu você na TV e queria te conhecer... e ver o que você poderia ensinar a ela.

Agarrei o colarinho dele e o puxei para fora do elevador.

— Você enlouqueceu, porra? Acha que pode trazer qualquer um aqui? Que isso é algum jogo? E eu não sabia que você jogava pôquer nem que tinha dinheiro para isso.

— Ele não tem — disse ela, pegando uma Perrier da geladeira e abrindo. — Tenho que emprestar pra ele, já que deixei o cara liso no mês passado. Parece chique, é francês?

— Larga isso — ordenei.

Ela bebeu metade e deixou a garrafa aberta no balcão antes de se sentar no sofá e colocar as botas de couro sujas na minha mesa de centro de carvalho branco.

— Foi mal — disse Brian, com sua cara de cachorrinho sofrido. — Ela não vai atrapalhar, prometo. Falei para ela que isso é sério.

— Nunca mais convide ninguém para vir aqui. Entendeu?

Ainda olhando para o chão, ele assentiu.

Olhei para o outro lado da sala. Ela estava colocando os calcanhares na mesa de centro, fazendo manchas que eu provavelmente nunca conseguiria remover. Fui correndo até lá e empurrei seus pés.

— Sai. Eu não te conheço, nem quero conhecer. Além disso, você tá estragando as minhas coisas.

— Ah, assim? — perguntou ela, balançando os pés pelo sofá, mantendo-os ali.

— Não se atreva. Eu juro por Deus. Se uma poeirinha cair nesse sofá, vou mandar prender você.

— Você tem duas opções, Buckaroo. Ou me deixa ficar, e seu sofá fica como você provavelmente gosta de suas mulheres, branco e bonito, ou você me expulsa e eu enfio minhas botas cheias de lama nas almofadas antes que você tenha a chance de me tirar à força. Vai escolher o quê?

Olhei para Brian, incrédulo. Ele só deu de ombros. *Quem diabos é essa garota? E por que as bolas dela são maiores que as minhas?*

— Tá. Vou deixar você ficar, com uma condição.

Ela colocou os pés no chão e o alívio tomou conta de mim.

— Qual?

— Nós encenamos. Se você durar mais de um minuto, você fica. Se não, vai embora. Parece justo?

— Claro, mas de que tipo de encenação você está falando? Médico e paciente? Policial e ladrão? Alguma fantasia estranha de operadora de telessexo que você com certeza tem?

Senti o rosto ficar quente.

— O quê? Não, isso é uma aula básica de vendas. Você precisa tentar me vender alguma coisa ou pelo menos me manter na linha.

— E o que vou vender?

Tentei pensar em algo impossível, algo que me permitisse me livrar dela o mais rápido possível.

— Tá, já sei. Você está me vendendo um consolo.

Ela jogou a cabeça para trás, soltando uma risada alta.

— Um consolo? Sério? Eu não sabia que você jogava nesse time. Parece que somos mais parecidos do que achei.

— Eu *não* jogo em time nenhum, sua idiota. Essa é a questão. Agora diga "trim-trim" e me ligue.

— Como quiser, Buckaroo. *Trim-trim.*

— Alô, aqui é Buck.

— Boa noite, Buck! Aqui é Rose ligando da Diamond Dildos, como você está?

— Diamond Dildos? Acho que você ligou para o número errado.

— Sem problemas! — Ela sorriu com os olhos fechados. — Acontece. Mas já que estou com você na linha nesta linda noite invernal de Nova York, vamos conversar. Tenho certeza de que você tem alguns segundos para uma nova amiga. Como está sua noite?

— Ruim. Tenho uma hóspede inesperada da qual estou tentando me livrar.

— Ah, que merda. — Ela imitou um palhaço triste. — Isso nunca é divertido. De qualquer forma, serei rápida. Você tem namorada?

— Não.

— Você faz sexo?

— Claro, que tipo de pergunta é essa?

— Uma boa, confie em mim. Você prefere homens, mulheres ou, como eu, ambos?

— Mulheres — falei com firmeza, sem saber aonde ela ia com aquilo.

— Você diria que faz elas terem um orgasmo todas as vezes? Que você é um profissional?

— Sim, eu diria que sou melhor que a média.

— A maioria dos homens diz isso, Buck, mas você sabe quantas mulheres fingem um orgasmo? Só para acabar logo?

— Não — respondi, genuinamente interessado e um pouco nervoso. — Quantas?

— Adivinhe.

— Não sei, três em cada dez?

— *Mais* — disse ela, olhando do sofá e apontando aquele sorriso travesso para mim.

— Cinco em dez?

— *Mais.*

— Sete em cada dez?

— Quase lá. Tão perto que posso sentir. Quase.

— Oito em dez?

— *Ding, ding, ding!* Isso mesmo, Buckaroo. Oitenta por cento das mulheres fingem orgasmos, e é por isso que nós da Diamond Dildos estamos no mercado. Nossos consolos garantem aumentar o número de orgasmos reais que você proporciona às mulheres e eliminar todas as suposições.

Fui até a cozinha pegar uma bebida. De repente, eu estava morrendo de sede, e essa maldita garotinha estava me fazendo suar, mas não podia deixá-la ver isso.

— Sou homem — falei da cozinha. — Por que eu ia querer a ajuda de um consolo?

— Por que você *não* ia querer? — perguntou ela, agora de pé.

— Porque sou capaz de fazer as mulheres terem orgasmo sozinho, obrigado.

— Você pode mentir para si mesmo — disse ela, rindo. — Mas os números, não. Você é tão acanhado que tem medo de um consolinho de nada?

— Claro que não.

— Então do que tem medo? Por que não pensar em alguém além de você? O prazer de outra pessoa em vez do seu?

— Tá! — gritei, batendo a porta da geladeira. — Eu compro um se isso tirar você da porra do telefone.

Ela sorriu para mim, expondo uma série de dentes retos e brancos.

— Só vou precisar do seu cartão de crédito e um endereço para onde enviar o produto. Você fez uma escolha sábia e empática, senhor.

Me sentei no sofá e ela fez uma leve reverência, esfregando minha cabeça antes de se sentar ao meu lado.

— Então, posso ficar?

— Tanto faz.

Brian estava sentado no canto, com a boca aberta, como se tivesse acabado de ver o Super-Homem ser espancado por algum cara comum de meia-idade.

— Hã, e agora? — perguntou ele.

Fechei os olhos e pensei em uma dúzia de coisas sádicas que poderia obrigá-los a fazer e, ao mesmo tempo, é claro, ensinar sobre vendas. Eu poderia fazer os dois tentarem vender a revista *Cara Preta* novamente, mas desta vez no Harlem. Mas eu queria algo mais divertido, algo que me fizesse rir, principalmente depois que essa garota, quem quer que fosse, passou em uma encenação na primeira tentativa.

— Dançar — falei, rindo sozinho como um vilão maníaco. — Vamos dançar.

...

— Então, para qual boate vamos? — gritou Rose, a animação banhando seu rosto como uma máscara de pepino. — Espero que eles me deixem entrar com minhas botas sujas.

Enquanto estávamos na estação de metrô Union Square, tudo que pude fazer foi sorrir. Trens lotados passavam por nós indo para as partes alta e baixa da cidade, os passageiros forçando a entrada e a saída como esperma desesperado.

— Estamos aqui há uns trinta minutos, Buck — gritou Brian acima do barulho mecânico. — Não deveríamos entrar em um?

Deixei passar mais alguns até ficarem mais vazios. Então, quando um Uptown 6 parou e as extensões da plataforma se esticaram para alcançá-lo, empurrei-os para dentro.

— Uptown? — perguntou Rose, confusa. — Achei que todos os lugares chiques fossem em Chelsea ou no Meatpacking District. Não deveríamos pegar o L?

— Sabe, você estaria certa se estivéssemos indo para um desses. Mas a boate para onde estou levando vocês dois é muito mais perto do que vocês imaginam.

— Táááá — disse ela, lançando um olhar de soslaio para Brian. — Por que você está sendo tão estranho e misterioso, Buckaroo? Onde vamos?

— Um segundo. — Examinei o trem, que estava estranhamente lotado às sete e meia da noite. Homens exaustos, com botinas manchadas e jaquetas Carhartt rígidas, dormiam; adolescentes com moletons de basquete e bolsas de ginástica da Nike balançavam a cabeça ao som de batidas hipnóticas; enfermeiras indo para o turno da noite no Mount Sinai, Lenox Hill ou Henry J. Carter comiam barras de proteína; idosos brancos, ricos de berço, usando casacos de pele, mas pão duros demais para pegar um táxi, apoiavam as mãos enluvadas em bengalas de marfim.

— Senhoras e senhores — gritei. — Por favor, desculpem a interrupção, mas hoje à noite tenho um presente especial para todos vocês.

Rose agarrou meu braço.

— O que é isso?

— É a boate — respondi, dando uma piscadela. — Tenho dois jovens e promissores dançarinos de Juilliard, Monte Negro e a Duquesa de Filadélfia, aqui comigo para fazer uma nova coreografia na qual estão trabalhando, chamada "Fica na sua, Branquelo", que é uma interpretação de vanguarda e modernista da Reconstrução dos EUA, na qual duas pessoas escravizadas recentemente alforriadas lidam com a dificuldade óbvia da libertação negra. Por favor, uma salva de palmas para eles!

Os operários da construção olharam para cima, perplexos; os adolescentes atléticos removeram os fones de ouvido enormes; as enfermeiras interromperam o jantar; mas foram os idosos brancos que ergueram os olhos cheios de alegria e bateram palmas ruidosamente.

— Buck — sussurrou Brian, o suor fazendo sua pele brilhar como a de um escravizado em fuga. — Por que você está fazendo isso?

— Eu não estou fazendo isso — falei. — Você está. E você — cutuquei o braço de Rose —, é melhor fazer esse show de marionetes dar certo. Preciso de notas altas, nada de moedas de dez, de vinte e cinco, nem de cinco centavos.

Ela fez careta.

— O que diabos isso tem a ver com vendas? Eu me recuso.

— Se você se recusar — me inclinei mais perto —, então não volte amanhã. Sua viagem na montanha-russa de vendas do Sensei Buck termina agora, o que, para mim, está bom. Além disso, vender significa permanecer solto, suportar humilhações e ser flexível.

Leitor: eu sei, foi um pouco exagerado, mas quando se trata de vendas, ou você nada ou afunda.

Tirei um alto-falante portátil da mochila e coloquei "Say It Loud — I'm Black and I'm Proud".

— Vamos, pessoal — gritei, correndo pelo corredor. — Acompanhem a batida com palmas.

Assim que James Brown atingiu seu *Uh!*, as pessoas naquele vagão do Uptown 6 de Nova York naquela noite de quarta-feira em específico relaxaram e viraram rostos cheios de expectativa na direção de Brian e Rose. Empurrei eles para a frente, mas os dois estavam rígidos como esculturas.

— O caminho para a grandeza termina para vocês dois aqui e agora se não começarem a dançar. Sem vendas. Sem vida melhor. Sem dinheiro nem liberdade. Não há como escapar do jogo. Vocês têm uma escolha. Morrer como escravizado ou viver como homem e mulher livre. Vão.

James Brown soou no metrô. Brian deslizou para a frente como um nerd desajeitado do Ensino Médio e se virou, estendendo a mão para Rose. Ela murmurou um xingamento para mim, colocou a mão na de Brian e girou até chegar nele.

Enquanto o homem mais trabalhador do show business cantava sobre os negros, enfim, estarem trabalhando por eles mesmos, Rose se afastou de Brian. Ele tropeçou nos calcanhares, agarrando-se a um poste de metal para se equilibrar. E ela fez uma série de movimentos de dança: *running man, tootsie roll, sprinkler*, o robô e até mesmo o YMCA, arrancando aplausos estridentes de todo o vagão. Quando a música terminou, e o metrô chegou à

Grand Central, os passageiros atordoados entraram e se depararam com cinquenta pessoas brancas aplaudindo, gritando e cantando, conforme a música, que "eram negros e orgulhosos".

— Tá — disse Rose depois que descemos, com as mãos nos joelhos, recuperando o fôlego. — Isso foi muito divertido.

— Foi — concordou Brian, enxugando o suor do rosto com a manga. — Eu nem sabia que eu conseguia dançar.

— Você não consegue — falei, rindo. — Mas pelo menos não fez papel de bobo. E vocês dois conseguiram não apenas convencer um vagão cheio de brancos de que eles eram negros, mas também de que tinham orgulho disso. Se isso não é venda, não sei o que é.

— *Pfff* — balbuciou Rose. — Isso não é difícil. Os rappers que deixam os brancos cantarem "nego" em seus shows fazem isso todas as noites.

— Ela tem razão — disse Brian.

Acenei um chapéu pesado na frente deles.

— De qualquer forma, enquanto isso, ganhamos quase cinquenta dólares.

— Ah, me dá aqui! — Rose enfiou seus dedinhos no chapéu, tirando as notas grandes. — Vou considerar isso como pagamento pelo dinheiro que você me devia do pôquer, Brian.

— Perfeito — disse ele, aliviado.

— E agora? — perguntou Rose, com a voz mais suave do que horas antes.

— Agora a gente pega um Uber e cama. Vou deixar cada um de vocês no caminho. Aonde você vai, Brian?

— East Village, obrigado.

— E você? — perguntei, olhando além do meu celular para Rose, que se encolheu de volta em sua concha endurecida.

— Ah, não precisa.

— Vamos, você mereceu — insisti. — É por minha conta.

— Valeu, mas não. A Uber é uma empresa predatória que tira vantagem dos imigrantes; ignora as precauções de segurança para seus passageiros, especialmente as mulheres; e é tudo o que há de errado em um mundo governado por homens brancos quadrados e que só pensam em lucro.

Brian e eu a encaramos, piscando.

— *Bem* — falei. — Quando você diz assim...

— Mas hoje foi divertido — disse ela, estendendo a mão e envolvendo os braços em volta do meu pescoço. — Mesma hora amanhã?

— Sim, na minha casa às seis e meia. Tem certeza de que...

Antes que eu pudesse terminar, ela subiu as escadas e desapareceu de vista.

24

Quinta-feira na Sumwun era o dia de reuniões individuais, o que significava caos total. Tomei cerca de seis cafés, não comi quase nada e passei o dia inteiro, das oito da manhã às seis da tarde, em reunião com o maior número possível de ECs.

Ao escapar, entrei no Tesla e tranquei as portas antes que alguma alma corajosa decidisse me atormentar com “uma última pergunta”.

— Você parece exausto, senhor — disse Chauncey, preocupado. — Como está?

Esta pergunta. Eu não conseguia me lembrar da última vez que alguém realmente me perguntou como eu estava. Ma costumava perguntar. Gato Malandro costumava perguntar. Soraya costumava perguntar. Jason costumava perguntar.

— Estou bem, Chauncey — respondi, afundando no banco de trás, engolindo memórias de uma vida passada. — Obrigado por perguntar. E você?

Ele sorriu pelo retrovisor.

— Eu? Estou bem, senhor. Sempre estou bem se você estiver bem. Sabe, quando eu olho para você...

Tive que ignorá-lo. Eu gostava de Chauncey, mas de repente ele me lembrou de Bed-Stuy e de todas as pessoas que me magoaram. Todos eles se importavam, e olha no que tinha dado.

— Tenho uma reunião na minha casa, Chauncey — falei, assim que ele terminou. — Vamos para lá. E aumente a temperatura do carro, meus mamilos estão mais pontudos que o nariz de Michael Jackson.

— Como desejar, senhor.

Quando chegamos ao meu prédio, vi um grupo de pessoas aglomeradas na calçada. Estava escuro, então não consegui dizer quem eram, mas vi vagamente a silhueta minúscula de Rose sob o brilho laranja da luz da rua.

Que isso, caralho?

— Chauncey.

— Sim, senhor?

— Você pode trabalhar hoje à noite? Vou precisar de uma carona para algum lugar em alguns minutos.

— Claro, senhor. O que precisar.

Saí do carro e, ao me aproximar, vi Rose, Brian e duas, sim, duas, outras pessoas.

— Por favor, me digam que vocês acabaram de se encontrar e que não conhecem essas pessoas — falei a Rose e Brian, acenando para os recém-chegados.

— Odeio dizer isso, Buckaroo — respondeu Rose. — Mas eu conheço "essas pessoas", como você disse com tanta falta de educação. Elas são...

— Tô nem aí para quem são — retruquei, olhando para Brian, que tremia visivelmente. — Eu te falei ontem à noite para não convidar mais ninguém, Brian. Tá tudo errado. — Minha voz foi aumentando. — Eu não tenho tempo para essa merda!

Rose se colocou entre nós.

— Ei — disse ela, com calma. — Não foi ideia dele; foi minha. Nós nos divertimos muito ontem à noite e aprendemos a relaxar e ser flexíveis, então pensei que seria bom se outros se juntassem e aprendessem com o Sensei Buck.

— Bem, você tava completamente errada, porra. — Passei por eles e subi as escadas.

— Cada um ensina um, sr. Buck — disse alguém com um suave sotaque sulista.

Eu me virei e vi um sujeito magro e de pele clara, com longos dreadlocks amarrados nas costas e uma jaqueta aviador de couro marrom com acabamento, ele me olhava.

— Como é?

— Os escravizados diziam isso. Sabe, os senhores e as outras pessoas no poder sabiam que, para escravizar o corpo, precisavam manter a mente ignorante. E já que as pessoas escravizadas não tinham permissão para aprender a ler e escrever, quando um deles de alguma forma conseguia se educar, era seu dever ensinar quantas pudesse.

Do topo da escada, bati palmas devagar.

— Bravo, Jed Clampett, ou seja lá qual for o seu nome. O que isso tem a ver comigo?

— Tudo, Buckaroo — disse Rose. — Brian contou a eles como você prometeu ensinar a ele a fazer o que você faz, a vender, para que ele possa largar o emprego e ter uma vida melhor.

— Eu não prometi merda nenhuma — falei, abrindo a porta da frente. — E eu não devo nada a nenhum de vocês.

Brian subiu correndo os degraus e agarrou meu braço.

— O que foi tudo aquilo que você me disse no Belfry? Aquilo de não podermos nem estar nos mesmos lugares que os brancos cinquenta anos atrás e como precisamos fazer o que pudermos para progredir, para sermos felizes?

Olhei para a mão de Brian no meu braço. *Ele estava mesmo tentando vender para mim?* Apesar de estar chateado, fiquei orgulhoso de sua nova persuasão. Me livrei do toque dele.

— Eu só falei essa merda para te animar, Brian. Para te dar coragem para se arriscar.

— Mas é verdade — disse o outro intruso, um cara alto e andrógino, branco, com um rosto longo e sério, óculos de armação metálica e vestindo o que parecia ser uma parca feminina verde, com um sotaque que parecia sulista e britânico. — Em cinquenta anos, muita coisa mudou para nós, mas ainda temos um longo caminho a percorrer. E pelo que Rose e Brian disseram, você pode ajudar.

Olhei em volta para ver se mais alguém achava estranho que esse filho da puta branco estava tentando me contar sobre a situação dos negros nos EUA, mas ninguém se mexeu. Desci as escadas, parei bem na frente dele e disse:

— Nós? *Nós*? Do que diabos esse cara branco tá falando? E por que vocês dois parecem ter atravessado descalços a linha Mason-Dixon?

Rose se curvou. E depois Brian, em seguida o cara magrelo com cabelos cacheados, os três encostados um no outro, segurando a barriga enquanto nuvens de ar frio saíam de suas bocas como uma névoa densa.

— O que tem de engraçado, porra?

Rose enfim se recompôs e apontou para o cara branco e sério na minha frente.

— Primeiro, *ele* é *ela*. Em segundo lugar, ela parece branca, mas é negra. Posso garantir isso.

— Ellen Craft, da Geórgia, Pensilvânia, Massachusetts, Inglaterra e uma série de outros lugares — disse a garota alta, fazendo uma reverência, uma longa cabeleira castanha caindo de seu gorro. — Prazer em conhecê-lo.

Eu olhei para ela sob a luz. Ela agarrou minha mão e seu aperto foi tão firme quanto o de qualquer homem adulto que já conheci.

Não vou mentir: foi intimidante.

— E esse aqui é Jacob D. Green, do Kentucky — disse Rose, apontando para o cara magrelo.

Relutante, apertei a mão dele. Chauncey abaixou a janela.

— Podemos ir, senhor?

Os quatro olharam para mim, cheios de expectativa.

— O que você tem a perder? — perguntou Rose, segurando meu ombro. — Somos apenas nós. Só nós quatro aprendendo a fazer o que você faz. Vender. Eu prometo, Buckaroo, não vou convidar mais ninguém.

Meu celular tocou. Barry.

É melhor você ter alguém pronto para uma entrevista na segunda de manhã. Nove da manhã. Em ponto!

— Tá — falei, abrindo a porta do Tesla e acenando para eles entrarem. — Mas só se cada um de vocês prometer fazer tudo o que eu mandar. Não importa quão doido, pouco ortodoxo ou potencialmente ilegal seja.

Todos assentiram, e nós cinco entramos.

— Para onde, senhor?

— Apenas dirija, Chauncey. Eu vou te dizer quando parar.

...

— Aqui — falei, na frente de um mercadinho na Vinte com a Terceira.

— Tem certeza? — perguntou Jake, uma ruga se formando entre suas sobrancelhas. — Tem muitos policiais por aqui. Nada bom pra cinco negros.

— Não estamos em 1920 — disse Rose. — Relaxa.

— Achei que fosse — disse Ellen.

— Concordo com Jake — acrescentou Brian.

— Todo mundo pra fora — mandei.

Soou um sininho quando as portas do mercado se abriram, e o indiano atrás da caixa registradora nos encarou um por um.

Fui até os fundos, abri uma geladeira de cerveja e peguei uma loira gelada diferente para cada um deles.

— PBR para você, porque você está vestido como um negro hipster e fala como um caipira — falei, jogando para Jake. — Coors Original para você, porque — entreguei a Ellen — você é tão branca quanto as Montanhas Rochosas na lata, mas provavelmente muda de cor quando toma sol.

— Verdade — disse ela, virando a lata creme que tinha na mão.

— Bud Light para você — falei, jogando uma para Brian. — Porque você é peso leve.

Ele franziu a testa, decepcionado.

— E o melhor para o final — falei, sorrindo para Rose. — Você, pequenina, fica com uma Busch Light.

— Busch Light! — gritou ela. — Essa porcaria é o fundo do barril e tem gosto de mijo.

— Ora, ora, Rose, cavalo dado não se olha os dentes. Você concordou em fazer tudo o que eu pedi. Sem reclamar.

Paguei pelas cervejas e saímos.

— Espere aqui — falei para Chauncey, que estava estacionado em frente à loja.

— Sim, senhor.

— Agora — falei, diante do grupo. — Me sigam.

— Não deveríamos pelo menos colocar isso em sacolas de papel? — perguntou Brian, com a voz embargada de medo.

— Não.

— Vamos ser presos — disse Jake.

— Não vamos.

— Mas estamos indo em direção à delegacia — acrescentou Brian.

— Exatamente. A lição de hoje à noite é sobre tom, confiança e entrega. O que vocês vão fazer é virar à direita ali — falei, apontando para a 21ª Street — Abram a cerveja, caminhem em direção ao grupo de policiais do lado de fora da delegacia, e então cada um de vocês passará casualmente por eles. Um por um.

— Caramba, sr. Buck — disse Jake, piscando várias vezes. — Estou em liberdade condicional. Não posso fazer isso.

— Ouça. Você disse que queria aprender a fazer o que eu faço: vender. E que faria tudo o que eu mandasse. Ninguém vai ser preso. Uma das primeiras regras de vendas é que não importa o que você diz, mas *como* você diz. Então, quando os policiais te pararem e perguntarem que diabos você está fazendo, beba sua cerveja devagar bem na frente deles e diga, com o peito estufado, força na voz e cabeça erguida: "Só bebendo uma cerveja, senhor".

— Você enlouqueceu? — perguntou Rose. — Deve estar louco se acha que eles não vão prender um bando de negros desfilando em frente à delegacia com cervejas abertas. Estamos dando a eles um motivo para fazer algo quando eles atiram nas pessoas por menos.

— Abram suas cervejas — ordenei.

Eles se viraram um para o outro, hesitando. As mãos de Brian tremiam, mas então soaram dois silvos rápidos ao lado dele: Rose e Ellen.

— Foda-se — disse Rose, tomando um gole de sua cerveja com gosto de mijo.

Ellen ergueu sua lata para Rose, inexpressiva.

— Prenda-me se for capaz.

Brian e Jake fizeram o mesmo, puxando com nervosismo os lacres de alumínio, espalhando jatos de espuma no ar e depois tomando goles apressados.

— Fila única — mandei.

As pessoas na calçada olharam antes de apertar o passo.

— Agora marchem.

O grupo, liderado por Rose, subiu a Terceira Avenida e virou à direita na 21ª Street. Uma multidão de policiais estava em frente à delegacia, fumando e rindo.

— Avante — ordenei, observando o corpo deles tremer de medo na noite gelada de inverno.

— Tem certeza disso? — perguntou Brian, se virando para me olhar uma última vez.

— Não.

Assim que chegaram aos policiais, cada um tomou um gole. Me aproximei para assistir de camarote.

— Ei — chamou um policial negro, baixo e de bigode, se afastando de seus colegas e indo em direção a Rose e os outros. — Isso aí não é cerveja, é?

Os quatro paralisaram, pelo menos vinte policiais os encarando. Então Brian, como um idiota, disse:

— Só, só... BUCETA! Bebendo uma cerveja, senhor.

O policial se virou para seus amigos, rindo, depois se virou segurando uma arma de choque.

— Corram! — gritei, invertendo a direção e disparando pela 21ª Street.

Jake, com suas pernas longas, me ultrapassou; Brian, asmático, ofegava atrás de mim; Ellen alcançou Jake; Rose ziguezagueou no meio da rua como se estivesse se esquivando de balas.

Chauncey nos viu correndo em direção ao Tesla, deu partida e quatro de nós pulamos para dentro antes que ele acelerasse.

— Brian! — gritou Rose, apontando para uma sombra na esquina, com as mãos nos joelhos.

— Abra a porta! — gritei.

Nós o agarramos antes que os policiais o alcançassem, batendo a porta. Chauncey fez uma conversão proibida e dirigiu pela Terceira Avenida em direção à Union Square. Nós suspiramos juntos em alívio quando vimos que os policiais não estavam nos perseguindo. Latas tilintaram. Rimos.

— *Uhuuuuu!* — gritou Rose, pendurando a cabeça para fora da janela como um cachorro ao vento.

— Caramba, isso foi bom pra caralho — disse Jake, mordendo o punho.

— Achei que estivesse ferrado — disse Brian, traumatizado.

Ellen olhava pela janela, tranquila.

Voltamos para minha casa e abordamos a teoria básica de vendas no quadro por algumas horas. Acredite ou não, Jake e Ellen eram talentosos como Rose. Eles ainda tinham coisas em que trabalhar: Jake precisava enunciar melhor, Ellen precisava ser menos rígida, mas eram bons. Até Brian estava pegando o que aprendia e aplicando com sutileza.

Por fim, todos arrasaram, então eu os conduzi para fora da minha casa e para dentro do Tesla. Fui junto para ter certeza de que eles não se aproveitariam da gentileza de Chauncey, pedindo que ele fizesse paradas aleatórias em lanchonetes ou qualquer outra coisa assim.

Depois de deixar Brian e Ellen no East Village e Jake em Williamsburg, só sobrou uma.

— Para onde você vai, senhorita? — Chauncey perguntou a Rose. Ela estava desmaiada no meu ombro no banco de trás.

Eu a cutuquei e ela se endireitou, erguendo as mãos.

— Relaxa — falei. — Chauncey acabou de perguntar onde deixar você.

Esfregando os olhos, ela olhou ao redor do carro escuro enquanto cruzávamos a ponte Williamsburg de volta a Manhattan.

— Ah, pode me deixar no fim da ponte, obrigada.

— Mas onde você mora? — perguntei.

— Não muito longe de lá. No — ela fez uma pausa — Financial District.

— FiDi? Por que te deixaríamos no Lower East Side então? Relaxa, a gente te leva.

— Não! — gritou ela, se lançando à frente. — Quero dizer... não, obrigada. Eu posso andar. Sério. Você já fez demais, gastando todo esse tempo com a gente.

Olhei para ela, tentando descobrir qual era o problema, por que ela estava tão cautelosa, mas desisti.

— Tá, faça o que quiser.

Ela desceu no final da ponte e então viramos na Primeira Avenida.

— Longa noite, hein, Chauncey? — perguntei, me espreguiçando no banco de trás.

— Sim, senhor — disse ele, mantendo os olhos fechados por alguns segundos e depois abrindo-os. — Mas não acabou, pelo menos para mim. Quando eu for para casa, vou acordar minha filha para cantar parabéns para ela.

— Ah, quando é o aniversário dela? — Olhei para o meu celular; já passava da meia-noite.

— Ontem, senhor.

— Ontem, alguns minutos antes da meia-noite ou no dia anterior?

Ele riu, mostrando aqueles dentes de marfim no retrovisor.

— Alguns minutos.

Tudo o que comi antes virou concreto na boca do meu estômago. Eu o segurei e empurrei minha cabeça para a frente do carro, na direção de Chauncey.

— Por que você não me contou? Eu não teria pedido para você dirigir a noite toda se soubesse que era aniversário da sua filha.

Sem tirar os olhos da pista, ele agarrou o volante, sorrindo.

— Está tudo bem, senhor. Meu trabalho é com você; ela entende.

— Qual a idade dela?

— Ela acabou de fazer sete anos, senhor.

— Como se chama?

— Amina. Significa "confiável". Minha esposa e eu esperamos que isso signifique que ela será uma advogada ou uma grande executiva como o senhor — disse ele, virando-se para mim, rindo.

— Esposa? Você é casado, Chauncey?

— Sim, senhor. Há dez anos. Trouxe ela e Amina há mais de quatro anos.

— De onde?

— Senegal, senhor. É de onde eu venho.

Me recostei e apoiei a cabeça no assento, sem fôlego com o fato de que Chauncey dirigia para mim havia seis meses, mas eu não sabia nada sobre ele. Eu nunca me dei ao trabalho de perguntar.

— Encosta.

— Senhor? Estamos quase em casa.

— Encosta — repeti. — Por favor.

Ele atravessou a Catorze e parou ao lado da avenida vazia.

— Agora saia.

— Senhor?

— Saia — mandei.

Devagar, ele abriu a porta e ficou ao lado do carro. Saí, peguei seu chapéu de motorista e tomei seu lugar.

— Senta lá — falei, apontando para trás.

Os olhos dele ficaram brancos na fria luz laranja da noite, como se ele tivesse visto um fantasma.

— Não, senhor. Eu não posso fazer isso. Não é adequado. Por favor, senhor, por favor, saia.

Sem dizer uma palavra, fechei a porta, estendi a mão para trás, empurrei a outra e ajustei o assento. Chauncey era alguns centímetros mais alto que eu.

Relutante, ele agarrou a maçaneta da porta, olhou ao redor da rua e rapidamente entrou, fechando a porta.

— Para onde, Chauncey? — perguntei, olhando para seu rosto tenso no retrovisor.

— Por favor, senhor, você não pode...

— Para onde?

Ele se inclinou para a frente, agarrando a gola da camisa e segurando-a ali por um tempo; mas enfim afrouxou a gravata e se recostou.

— Harlem, senhor. Rua 134 com a Malcolm X Boulevard.

Dirigi o carro devagarzinho até o Harlem. Chauncey me contou sobre a vida no Senegal, sobre pessoas famosas de sua terra, como o pai do cinema africano, Ousmane Sembène, e sobre *ceebu jën,* também conhecido como *thieboudienne,* que é basicamente a versão deles da paelha. Antes de se mudar para os EUA, Chauncey havia concluído seu doutorado em energias renováveis, mas quando chegou aqui, nenhuma universidade lhe ofereceu um cargo de professor, então ele conseguiu emprego como motorista por meio de seu primo.

Trinta minutos depois, chegamos. Entreguei as chaves. Ele beijou a mão e a ergueu para o céu. *Caramba, sou tão roda-dura assim?*

— Diga a Amina que eu desejei feliz aniversário para ela e que sinto muito por manter você longe dela.

— Direi, senhor, mas não precisa pedir desculpas.

Comecei a andar pela rua, esperando poder pegar um táxi de lá.

— Senhor? — chamou ele, segurando a porta aberta do Tesla.

— Sim?

— Não sei o que você está fazendo com todas essas pessoas novas, mas seja lá o que for, sei que é bom. Você é uma boa pessoa, senhor.

Eu o saudei em silêncio, voltando a descer a rua. Eu já sabia o que estava fazendo com "todas essas pessoas novas". Um deles seria a passagem para tirar Barry do meu pé. Depois disso, o Sensei Buck se livraria do resto.

25

— Cadê a Rose? — perguntei, olhando ao redor no saguão do Time Warner Center. Eram sete horas. — Falei dezoito e quarenta e cinco, não foi?

Cedinho, me encontrei com Barry, que enfim explicou por que conseguir esse SDV era tão importante. Ele disse que o presidente da empresa de patrocínio de hip-hop, X- Ploit, era filho de um árabe rico que poderia usar suas conexões para ajudar Barry a se aproximar de uma participação minoritária nos Giants. Era uma idiotice da porra, mas Barry não era o tipo de pessoa que eu gostaria de ter como inimigo, então falei para as tropas me encontrarem no Time Warner Center naquela noite.

— Foi — disse Brian.

Jake apontou para as portas de vidro quando Rose entrou.

— Por que você está atrasada? — perguntei, enquanto ela entrava vestindo couro preto da cabeça aos pés.

Ela deu um tapinha no meu ombro, tranquila.

— Porque estou atrasada. Tem algo que eu possa dizer que fará você se sentir melhor?

— Não.

— Pois é. Então, qual é o plano?

Examinei meu grupo misto.

— Hoje à noite é uma celebração de todo o trabalho duro dos últimos dias. Quero agradecer a vocês por tornarem essa semana emocionante e por confiarem em mim para liderar o caminho.

— Isso é apenas o começo, sr. Buck — disse Jake, batendo em meu ombro com suas mãos enormes.

— Sim, então vamos subir até o quarto andar para saborear uma refeição deliciosa e cara no Per Se — falei. — Mas, antes de fazermos isso, me deem suas carteiras.

— Para quê? — perguntou Rose, hesitantemente enfiando a mão no bolso de trás.

— Porque o Sensei Buck mandou, é por isso.

Eles colocaram as carteiras finas na minha bolsa e entramos no elevador. Quatro andares depois, chegamos a um par de portas de madeira azul-royal. Os quatro, vestindo nada que nem ao menos lembrasse trajes de jantar fino, ficaram sem palavras antes que eu os empurrasse para dentro.

Mesas cheias de gente se alinhavam nas janelas com vista para o Columbus Circle, o Central Park e o horizonte. Uma lareira pretensiosa e provavelmente perigosa crepitava atrás do vidro. Havia seis ou sete mesas com toalhas brancas e à luz de velas num nível mais alto que as outras. Depois de um pouco de dificuldade, fomos levados a uma delas.

— Cadê os preços individuais? — perguntou Brian, coçando a bochecha enquanto examinava o cardápio.

— Não tem, é um cardápio fixo — falei.

— Embaixo. — Ellen apontou para o final do menu de Brian. — Tá vendo? Diz trezentos e quarenta por pessoa. Serviço incluído.

— Caramba — disse Jake, olhando para mim. — Tem certeza de que vai pagar por tudo isso?

— Claro, o prazer é meu.

Depois que pedi uma garrafa de champanhe dos mais caros, expliquei o que significava preço fixo, mostrei a Brian como colocar o guardanapo no colo em vez de enfiá-lo no colarinho e falei para ignorarem as pessoas brancas ricas olhando para nós, todos sorriram.

— Então, o que vamos fazer com esses novos superpoderes de vendas? — perguntou Jake, cheirando o champanhe antes de tomar um gole.

— O que você quer fazer com eles?

— Ganhar muito dinheiro, óbvio — respondeu Rose, assentindo para todos em busca de apoio.

— Isso é que é um plano — disse Jake.

Brian assentiu em silêncio. Ellen limpou a boca e disse:

— Claro, dinheiro. Mas também usar para progredir e ajudar outros a fazer o mesmo.

O resto concordou, e eu juntei as mãos.

— Perfeito, era exatamente o que eu queria ouvir. Porque tenho uma oportunidade. Mas apenas para um de vocês.

— Para quem? — perguntou Rose.

— É justo que seja Brian, já que ele estava aqui desde o início.

— Haverá outras oportunidades? — perguntou Ellen, seu olhar vazio vendo minhas segundas intenções.

— Talvez — falei. — Veremos. Mas, de qualquer forma, pelo menos todos vocês aprenderam algo útil, certo?

Claro, Barry precisava apenas de *um* SDV, mas não era culpa minha. Na minha opinião, se o resto deles quisesse melhorar a própria vida, agora estavam mais equipados para isso. Eu não devia nada a ninguém.

Leitor: isso se chama assimetria de informação. Basicamente, significa que quando uma pessoa tem mais informações que outra, ela está em vantagem. Isso costumava prevalecer mais nas vendas antes que os compradores em potencial pudessem pesquisar tudo no Google, mas ainda existe, e os vendedores mais desprezíveis a exploram sempre que possível.

Não seja esse vendedor.

Todos assentiram, o ar pesado de decepção.

O olhar de Brian percorreu a mesa, envergonhado.

— Qual é a oportunidade?

— Uma entrevista. Segunda-feira, às nove da manhã. Tá dentro?

Ele tomou um gole de água e assentiu. Todos se revezaram esfregando a cabeça, puxando as orelhas e balançando os ombros dele.

— Você consegue, garoto! — disse Jake. — Também quero agradecer ao senhor, sr. Buck, por nos acolher como família.

— Claro. Sem problemas.

— Não quero ficar emocionado, mas nunca foi tão fácil para mim fazer amigos e mantê-los, pois passei a maior parte da adolescência entrando e saindo do reformatório, fazendo várias bobagens, então estou grato por você. — Jake olhou para mim antes de falar com a mesa. — Por todos vocês.

— Digo o mesmo — disse Ellen. — Eu me mudei durante a maior parte da minha vida, vi coisas terríveis e, às vezes, ainda esqueço quem sou de verdade, mas me sinto ligada a todos vocês. Um brinde ao Buck. — Ela ergueu uma taça de champanhe.

— Ao Buck! — todos repetiram.

Depois de devorarmos e bebermos tudo o que estava à vista, o garçom apareceu.

— Mais alguma coisa? — perguntou ele, servindo água para todos.

— Só a conta — respondi.

Ele se curvou e foi embora.

— A conta vai ser enoooorme! — gritou Jake, obviamente bêbado, mamado, ou seja lá como falam no Kentucky.

Eu me curvei, rindo.

— Isso mesmo. — Apertei minha barriga, com dor.

— O que é tão engraçado? — perguntou Rose.

— Vocês não acharam que seria tão fácil, né? Uma refeição grátis e um, dois, três — estalei os dedos três vezes —, passaram?

— Como assim? — perguntou Jake, agora sóbrio.

— Para o seu último teste — acenei para eles se aproximarem como se fôssemos um time —, vocês têm que convencer o garçom de que não vamos pagar.

Brian, escuro como asfalto, ficou alguns tons mais pálido.

— Você é sádico — disse Rose, bebendo o resto do champanhe direto da garrafa.

— Independentemente do que eu for, nenhum de vocês está com carteira, a conta vai ser maior que o seu aluguel, e tenho certeza de que eu não vou pagar, então...

— Então não temos escolha — disse Ellen. Seu rosto ficou vermelho e lágrimas começaram a se formar em seus olhos.

Jake passou um braço em volta dela.

— Caramba, Ellen. Está tudo bem.

— Não estou chorando de verdade — sussurrou ela. — É só drama.

— Uma das partes mais importantes das vendas é saber lidar com objeções. Vocês precisam fazer tudo ao seu alcance para superar os obstáculos que os outros colocam à sua frente.

O garçom voltou com a conta, ficou atrás de mim enquanto eu revisava todos os 2.830 dólares e 75 centavos dela, depois ficou onde estava, esperando o pagamento. Entreguei a conta para Ellen, que a entregou a Brian, que, com as mãos trêmulas, entregou-a a Jake, que, como uma criança brincando de batata-quente, jogou-a para Rose.

Ela olhou para a conta, depois para o garçom e disse, com uma cara séria:

— Não vamos pagar.

O garçom arfou teatralmente como todos fazem no final de um filme de mistério, quando descobrem que foi o mordomo quem assassinou a rainha.

— Algum problema? — perguntou ele.

— A comida não estava boa — disse Rose, sustentando o olhar dele.

— Mas a senhora já comeu a comida. Todinha. Além disso, o champanhe acabou. Como acha que não vai pagar?

— Isso... CARALHO! — gritou Brian, nem mesmo tentando cobrir a boca. — Não estava bom. Minha amiga ficou enjoada — disse ele, apontando para Ellen.

Ellen, que agora estava chorando muito, levou um guardanapo à boca e assentiu.

— E esse lugar aqui é racista — acrescentou Jake, recostando-se na cadeira, apontando para os retratos de vários homens e mulheres brancos nas paredes. — Onde está o povo negro?

O garçom, vendo que eu era o mais bem vestido do grupo, me lançou um olhar aterrorizado e suplicante de desespero. Dei de ombros.

— Entendi. — Ele ajeitou a camisa antes de pegar a conta. — Se vocês não vão pagar, terei que chamar o recepcionista.

O garçom caminhou determinado em direção ao recepcionista, que virou a cabeça para nós, expondo os dentes manchados de cigarro. Com o rosto vermelho, ele sussurrou em um fone de ouvido.

Três capangas enormes de terno começaram a se aproximar da mesa, mais perto a cada segundo.

— O que a gente faz, o que a gente faz, o que a gente faz? — perguntou Brian, com suor escorrendo de seu rosto.

— Os elevadores! — gritou Rose.

Cada um de nós correu em direções diferentes, fazendo os três seguranças se separarem. Jake derrubou um deles, e duas mulheres pálidas gritaram quando ele bateu na mesa delas, lançando suas trutas no ar como se estivessem pulando de alegria.

Rose, com suas botas sujas, saltava de mesa em mesa, como se atravessasse um rio rochoso. Ellen se misturou à multidão, agindo como se conversasse com vários clientes de pele igual à sua, saindo furtivamente pelas portas de vidro deslizantes, sem ser incomodada.

Eles estavam todos no elevador quando cheguei lá, e Rose bateu no botão de fechar a porta com o punho. Assim como em todo filme de ação, as portas se fecharam logo quando os três brutamontes apareceram.

— É isso aí! — gritou Jake, abraçando nós quatro com seus braços grandes. Mas, depois de sair do elevador, percebemos que alguém estava faltando. Brian.

— Achei que ele estava logo atrás de nós — falei, observando os elevadores seguintes chegarem sem Brian.

— Droga — disse Jake. — E agora?

Respirei fundo e soltei o ar.

Isso não deveria acontecer.

— Vão para casa. Vou esperar aqui por ele e falar com a polícia. Vai ficar tudo bem.

Devolvi todas as suas carteiras e todos, exceto Rose, foram embora.

— Você deveria ir — falei, olhando para os elevadores, esperando ansiosamente. — Posso te dar dinheiro para o táxi ou algo assim.

— Estou bem.

— Onde você mora, afinal?

— Aqui e ali — disse ela, evitando contato visual.

— Aqui e ali? Vamos, Rose. Você força sua entrada na minha vida, eu aceito, e você só me dá isso? "Aqui e ali"?

Ela se sentou no chão e começou a cutucar os cadarços.

— Por que você é tão intrometido?

— Porque eu nem te conheço e estou investindo meu tempo em você.

Ela riu e olhou para mim, seus olhos brilhando como bolhas à luz do sol.

— Seu *precioso* tempo — cuspiu ela. — Eu moro na rua, porra. É isso que você quer ouvir? Que passo noites em abrigos, outras com amigos, brincando de dança das cadeiras pela cidade, esperando sempre conseguir sentar?

Que porra é essa?, pensei, sem saber se era uma piada ou apenas outra maneira de me provocar. Mas seria uma piada cruel. Me ajoelhei ao lado dela.

— Eu não sabia.

— É claro que não. Ninguém sabe, e gosto que seja assim. Eu não quero que tenham pena de mim. Que pensem que sou só mais uma garota negra triste que precisa ser salva.

Foi uma loucura ver como ela estava naquele momento, no chão do Time Warner Center, com as mãos envoltas em cadarços sujos, os olhos pesados de dor. Aquela não era sua típica personalidade durona.

— Vamos. — Estendi a mão para ela. — Você vem para casa comigo.

— Como eu disse, não quero sua pena.

— Não é pena, é só um lugar para ficar. Depois que conseguir um emprego, você ganhará muito dinheiro em pouco tempo e poderá sair.

— E Brian?

— Ele vai ficar bem — falei, inseguro. — Ele deve ter saído por outro caminho. Vou ligar para ele amanhã e, se as coisas não derem certo, dou um jeito. Prometo.

— Não. Não vou deixar Brian.

Mantive minha mão estendida.

— Rose, ele vai ficar bem. Confie em mim. Brian é muito mais durão do que você pensa.

Ela olhou para minha mão por alguns segundos e enfim a aceitou.

— Tá. Talvez você esteja certo.

Saímos e pegamos um táxi. Enquanto ela encostava a cabeça na janela, as luzes da cidade de Nova York percorrendo seu rosto como holofotes desbotados, perguntei:

— O que você quer da vida, Rose? Além do dinheiro?

— Uma família — disse ela, respirando fundo. — E você? Quer dominar o mundo? Ser o melhor vendedor do mundo? Ter uma esposa-troféu que te chupa todas as noites?

Balancei a cabeça.

— Não. Eu só quero deixar minha mãe orgulhosa.

— Eu não esperava por isso. — Ela finalmente me encarou. — Ela é dura com você?

— Sim — sussurrei, olhando pela janela para todos os prédios ficando borrados. — Ela era.

...

Deixar Rose ficar na minha casa foi como eu imaginava que seria ter uma irmã mais nova bagunceira e desbocada: alguém que invadia sua geladeira, deixava roupas sujas por toda a parte e assistia a uma quantidade infinita de Netflix, HBO e, estranhamente, o History Channel até as cinco da manhã. Ela era muito irritante, mas não posso mentir, foi bom ter alguma energia feminina platônica por perto.

— Tá acabando o cereal — anunciou Rose na manhã de domingo, sentada de pernas cruzadas no sofá e olhando para a TV com uma fixação de zumbi.

— Você quer dizer que o *seu* cereal está acabando — falei, empurrando ela para que eu pudesse sentar no *meu* sofá, no *meu* apartamento, para assistir a *minha* televisão.

— Não foi você quem disse: "O que é meu é seu, Rose, fique à vontade"?

Olhei para ela, impressionado com sua inteligência implacável. Mas, antes que eu pudesse responder, meu celular tocou.

— Alô?

— Oi — disse uma voz robótica. — Esta ligação será gravada. Esta é uma ligação pré-paga a cobrar de — então ouvi "Brian Grimes", na voz trêmula e em pânico de Brian —, um presidiário do centro de detenção do condado de Nova York. Esta chamada está sujeita a gravação e monitoramento. Para aceitar a cobrança, aperte 1.

— Quem é? — perguntou Rose, ainda olhando para a TV.

— Ninguém. — Apertei 1 e levantei do sofá.

Pela forma como ela se virou e olhou para mim, semicerrando os olhos, franzindo a testa, percebi que ela sabia que eu estava mentindo.

— É o Brian? Ele está bem?

— Obrigado por usar o T-Netix — disse a voz robótica. — Você pode iniciar a conversa agora.

— Buck?

— Brian, onde você está? Estamos muito preocupados e Per Se não me deu nenhuma informação sobre o que aconteceu ou onde você está. Já se passaram quase dois dias, cara.

— Tô com medo, Buck.

— Medo? Não pagamos uma conta, Brian. Relaxa, não é como se tivéssemos matado alguém. Vou tirar você daí e pagar qualquer fiança.

Houve uma pausa e imaginei Brian vestido com um macacão laranja com presidiário em letras maiúsculas pretas acima do coração, tremendo com o telefone nas mãos.

— Não é tão simples, Buck. Estou no Complexo de Detenção de Manhattan, e eles *acham* que matei alguém.

— Para, porra — falei. — Para de brincadeira. Onde você está? Eu vou buscar você.

— Eu não estou brincando... VAGINA! Desculpe. Estou falando sério. Desci correndo algumas escadas nos fundos do Per Se e os policiais estavam lá. Eles me agarraram, leram meus direitos e disseram que eu estava preso pelo assassinato de um cara de quem nunca tinha ouvido falar. Eles me trouxeram e enfim me deixaram ligar, então estou ligando para você. Não sei o que fazer, Buck. Me diga o que fazer. Eu me sinto como o Wolverine quando ele estava preso em *Arma X*.

Dizer a ele o que fazer? Eu não fazia a mínima ideia. Quem era eu, Johnnie Cochran?

— Brian, só tenta ficar calmo. Tudo vai ficar bem. Você não fez nada, então eles não podem te manter aí. Vamos esperar mais um dia e, se você não sair, falarei com alguém, talvez Barry, e arranjarei um advogado para você. Pode fazer isso? Você pode aguentar mais um dia?

Eu o ouvi respirar fundo e expirar.

— Sim, Buck. Tá. Parece que temos um plano. Obrigado.

Clique.

— Que porra está acontecendo? — Rose estava atrás de mim no meu quarto, com as mãos nos quadris.

— Brian está preso em algum lugar de Manhattan — falei. — Acham que ele matou alguém, mas ele vai ficar bem. Se ele não sair amanhã, arranjarei um advogado. Eles não podem manter ele lá; Brian é inocente.

Rose balançou a cabeça.

— E você acha que vivemos em um mundo onde homens negros inocentes não passam cinco, vinte ou trinta anos na prisão apenas para serem libertados com um pedido de desculpas? Cai na real, Buckaroo.

— Tá, tá, tá — murmurei, andando pelo apartamento, repassando todos os cenários possíveis. Brian sendo solto. Brian sendo preso injustamente. Brian cometendo suicídio porque não ia aguentar a vida na cadeia. Brian sendo esfaqueado por causa de um pedaço de bolo de carne.

— E agora? — perguntou Rose. — Você é o cara dos planos, né?

Meu celular tocou. Barry.

> Amanhã às nove horas, meu garoto. É melhor que ele seja uma estrela. Estou falando de uma superestrela mundial. Não uma daquelas estrelas anãs. Acho bom ele ser foda, viu? Foda pra caralho!

Eu poderia pensar em Brian mais tarde. Ele não ia a lugar nenhum. Esse lance do Barry era a prioridade.

— O plano é que agora você tem uma entrevista — falei para Rose. — Amanhã. Às nove da manhã. E é melhor você não ferrar tudo.

Ela abriu um refrigerante, bebeu metade, soltou um arroto e sorriu.

— Demorou, hein?

26

Passamos o domingo inteiro revisando mensagens e perguntas de entrevistas, encenando e traçando estratégias sobre como garantir que ela recebesse uma oferta e garantisse um salário justo que qualquer homem, não, qualquer homem *branco*, receberia.

Na segunda-feira, ela estava pronta, mas não tinha nada para vestir além de botas sujas, jeans rasgados, moletons furados e camisetas com nomes de bandas de *heavy metal*. Nenhuma loja de roupas estaria aberta antes de eu estar na Sumwun para a reunião das sete horas, então liguei para a única pessoa que consegui pensar que era do tamanho de Rose e não faria muitas perguntas: Marissa.

— Algum conselho de última hora? — perguntou Rose, se apoiando na janela do Tesla momentos depois de Chauncey deixá-la na frente do Flatiron Building. Ela parecia mais um animal assustado do que eu esperava. Ainda bem que ela tinha mais de duas horas de espera para resolver o problema.

— Nunca olhe nos olhos de um babuíno — falou Marissa do outro lado do banco de trás. — Eles encaram isso como um desafio e atacam.

Rose e eu trocamos olhares confusos.

— Algo *mais*? — ela me perguntou.

Segurei a mão dela.

— Seja sempre melhor.

— Melhor do que quem?

— Você sabe.

Nos encaramos por um momento, então ela puxou a mão, endireitou a postura e entrou no prédio.

Ao meio-dia, recebi uma ligação. Era Rose.

— Como foi? — perguntei.

— Não tenho certeza — disse ela. — A vice-presidente de vendas, uma moça da Califórnia, fez muitas perguntas. O presidente apareceu e foi muito agressivo, mas eu só olhei nos olhos dele e não recuei. Conheci alguns de seus ECs, dois gêmeos que pareciam figurantes do *Entourage*.

— Mas eles te fizeram uma oferta? — perguntei, prestes a desmaiar. — Falaram de salário?

— Não — disse ela. — Quer dizer que não consegui?

MERDA! Barry ia me destruir. Tudo que eu tinha, o estilo de vida confortável, o poder, a liberdade, tudo estava acabado. Se ela não tinha recebido uma oferta na hora, não tinha arrasado, o que significava que havia falhado.

— Não sei — falei, tossindo, tentando disfarçar. — Pode significar qualquer coisa. Mas, hã, desde que você tenha feito o seu melhor, isso é tudo que posso pedir.

— Você parece o Mister Rogers negro — disse ela. — Teve notícias de Brian?

— Não, ainda não. — Eu ia vomitar. Com ela fracassando na entrevista e Brian ainda preso, eu não ia aguentar. — Preciso ir, Rose. Te vejo em casa.

Algumas horas e um vaso sanitário cheio de vômito depois, Barry ligou.

— Ei, Barry — sussurrei, com medo.

— Buck, meu garoto. O que tá pegando?

— Nada, tô na Sumwun. Você sabe.

— Porra, sim, é por isso que eu te amo. Sempre trabalhando. Escuta...

— Escuta, Barry — interrompi. — Antes de você dizer qualquer coisa. Houve uma confusão. Eu deveria mandar outra pessoa, mas ele foi preso, e eu sei que ela não estava pronta, mas ela era a única outra pessoa que eu poderia enviar. Achei que ela seria boa, mas...

— Do que você tá falando, porra? Eu não sabia que você ia mandar uma garota, mas ela surpreendeu!

— O quê? — perguntei, segurando meu celular com mais força com a mão suada. — Tá falando sério?

— Sério pra caralho, mano. O presidente ficou tão feliz que disse que precisava ligar para o conselho antes de fazer a oferta para ter certeza de que eles podem pagar por ela. Disse algo sobre os dois serem metaleiros e terem medo de olhar nos olhos dela. Como um babuíno. Você nunca deve olhar nos olhos de um babuíno, meu garoto, sabia disso? Eles acham que é um desafio e vão atacar.

— Sim — falei, aliviado. — Já ouvi isso. Então você tá dizendo que ela foi contratada?

— Tão contratada quanto uma daquelas acompanhantes caras que os políticos têm que pagar com dinheiro secreto. Tão contratada quanto um mexicano na beira da estrada que está procurando...

— Entendi, Barry. É incrível ouvir isso, cara. Vou ligar e dar a boa notícia para ela. Obrigado por me avisar.

— Não — disse ele, som de metal tilintando contra metal, como se tirasse um cinto. — Obrigado a *você*, Buck. O presidente já falou de mim para o pai, então estou um passo mais perto de comprar os Giants. Você tem mais SDVs? Sei que ele vai precisar de mais. Caralho, podemos colocar todos se forem tão bons quanto essa garota.

Eu ri.

— Acho que posso te ajudar com isso. Eu te retorno.

Quando cheguei em casa, Rose e eu abrimos uma garrafa de vinho e comemoramos com uma matéria no History Channel sobre todos os presidentes dos EUA que geraram bebês negros de pele clara com suas “meretrizes negras”. No meio disso, recebi uma ligação a cobrar. Brian.

— Ei — atendi, bêbado e cansado.

— Buck, graças a Deus — disse ele, falando rápido. — Vou sair amanhã. Eles convocaram alguém que supostamente testemunhou o assassinato, e fomos eu e cinco outros caras que não tinham nada a ver, exceto que éramos negros e tínhamos muita espinha. Disseram que sairei amanhã assim que terminarem a papelada.

Saí do sofá, derramando um saco inteiro de Doritos com queijo nacho no chão.

— ISSO! — gritei, erguendo o punho fechado no ar.

— O que foi? — perguntou Rose, o rosto coberto de queijo laranja, olhos tão vermelhos quanto as bolas de Lúcifer. — Ele está livre?

Balancei a cabeça e ela começou a fazer uma dança estranha de quem estava em uma festa duvidosa.

— Vou pedir para Chauncey buscar você amanhã e te trazer direto para a minha casa. Ele tem uma chave extra — falei, sorrindo tanto que meu rosto doeu.

— Obrigado, Buck. Por tudo — disse ele. — Não sei o que faria sem você, mano.

— Imagina, Brian. Até breve.

...

Depois do trabalho na terça-feira, cheguei em casa e encontrei Brian no sofá, balançando para a frente e para trás em posição fetal como se estivesse em transe.

— Ei — falei, agarrando seu ombro.

— PIROCA — gritou ele, olhando para mim com uma cara cheia de medo, como se tivesse acabado de perceber que eu estava ali.

Me ajoelhei ao seu lado.

— Brian, você tá bem? Acabou tudo, cara. Você não enlouqueceu em poucos dias, né?

Ele se afastou, abraçando uma almofada com mais força.

— Não, mas eu nunca senti... CACETE! Desculpe. Nunca senti tanto medo em toda a minha vida, Buck. As pessoas gritavam a noite toda, a comida era só sanduíches ruins de manteiga de amendoim e geleia, e parecia, não sei... CARALHO!, como se os responsáveis não se importassem com o que aconteceu.

— Esse é o sistema judicial americano, Brian. Mas você está bem, cara. Lamento que isso tenha acontecido.

— Está tudo bem — disse ele, fungando na almofada. — Não foi culpa sua.

Cocei a nuca e olhei ao redor da sala.

— Na verdade, meio que foi, mas não vou deixar nada assim acontecer com você nunca mais. Prometo.

— Eu sei, Buck. Eu sei.

Foi um pouco brega, mas eu não sabia mais o que fazer, então só sentei no sofá e o abracei por um tempo, percebendo que as consequências dos meus atos eram reais e que eu precisava ter mais cuidado.

Leitor: as coisas que fazemos e dizemos nessa vida, seja como vendedores ou apenas como pessoas, são importantes. Assim como o que não fazemos nem dizemos. Ser vendedor é acreditar que você é dono do seu próprio destino, algo que nunca deve ser menosprezado.

Rose deveria voltar depois de mim, já que tinha que assinar sua carta formal de oferta de emprego. Convidamos Ellen e Jake para comemorar o primeiro emprego do grupo e a saída de Brian da prisão, e para conversar sobre quem conseguiria a próxima entrevista e outras questões logísticas.

O interfone tocou.

— Oi?

— Buckaroo, é a Rose. Os papéis estão oficialmente assinados, selados e entregues.

— Rose? Por que você está interfonando?

— Venha aqui — disse ela. — Quero te mostrar uma coisa.

Brian e eu pegamos nossos casacos e entramos no elevador. Quando saímos, não havia ninguém lá.

— Por aqui! — alguém gritou do Stuyvesant Square Park. Vi um grupo de cerca de quinze pessoas reunidas em torno do jardim de flores no meio do parque.

Me virei para Brian.

— Você sabe alguma coisa sobre isso?

— Não, como eu poderia saber?

Atravessamos a rua e entramos no parque frio e mal iluminado. Enquanto nos aproximávamos do grupo, distingui as formas de Rose, Ellen e Jake parados perto de outras pessoas vestindo jaquetas volumosas, gorros e cachecóis.

— Tá — falei, tremendo. — O que está acontecendo?

Os três sorriram um para o outro.

Indiquei a pequena multidão atrás deles.

— Estão com eles?

Observei mais e percebi que todas as pessoas que usavam gorros e cachecóis tinham algo em comum: pele negra e marrom.

— Sim — disse Rose, dando um passo à frente. — E você também.

— De que porra você tá falando? Tá gelado aqui fora. Para com essa merda e vamos subir. É hora de comemorar.

— Cada um ensina um, mano — disse Jake, ficando ao lado de Rose.

— Por que sinto que estou sendo emboscado?

— O que você fez... — Rose estava com lágrimas nos olhos sob o brilho laranja das luzes do parque. — Você mudou minha vida.

— Você nos deu um presente — disse Ellen, juntando-se a Jake e Rose.

— Nenhum de vocês, exceto Rose, tem emprego. — Me virei e fui em direção ao apartamento. — Então parem já com isso e vamos.

— Todas essas pessoas — disse Rose, indicando o grupo atrás deles, que nos olhava. — Elas querem aprender com você, assim como nós. Elas querem aprender a vender.

— Você prometeu que não convidaria mais ninguém.

— Não convidei. Bem, na verdade, não. Depois de assinar minha carta, postei no Facebook dizendo: "Consegui um emprego! Esta soldada está feliz". Depois disso, amigos, principalmente pessoas como eu, que são inteligentes mas precisam de ajuda, começaram a fazer perguntas sobre qual era o trabalho e como o consegui. Não achei que faria mal algum, então contei a elas sobre meu "sensei" e posso ter dito sem querer que alguns de nós nos encontraríamos hoje à noite.

Olhei para o grupo de pessoas, que ainda nos olhava, e depois para os quatro.

— Vocês quatro. Meu apartamento. Agora.

Quando estávamos todos na sala, acabei com eles.

— Vocês estão se aproveitando de mim! — gritei. — Cada um de vocês. Não sou uma instituição de caridade. Aqui não é o acampamento de vendas do Buck para os oprimidos. Quem vocês acham que eu sou? Diga a eles, Brian; diga a eles como isso tudo é errado.

— Quer dizer — ele deu de ombros —, por que não, certo?

— Por que não? — Corri em direção a ele e o sacudi. — Por que não? Porque tenho outras responsabilidades. Eu tenho a Sumwun, todo o trabalho com Barry, minha vida social, meu...

— O quê? — perguntou Rose. — As mulheres, as drogas e a fama? Corta essa, Buckaroo, todos sabemos que essa merda te deixa vazio por dentro. A semana passada foi a mais divertida que você já teve em muito tempo, e você nem consegue admitir.

— Todos nós estamos aqui com você por um motivo, sr. Buck — disse Jake. — Isso, nós, você, não é coincidência.

— Concordo — acrescentou Ellen. — Você tem a oportunidade de mudar vidas.

— De deixar sua mãe orgulhosa. — Rose se levantou.

Meu coração apertou com as palavras dela.

— Venha aqui — disse ela, olhando pela janela.

Fui devagar.

— O que você vê? — perguntou ela.

Olhei para fora e vi mais de uma dúzia de pessoas amontoadas, olhando pela janela em nossa direção, em minha direção.

— Eu vejo pessoas.

— Elas são o *seu* povo. E você tem uma responsabilidade, Buckaroo. Quer você perceba ou não.

Naquele momento, pensei em algo que vinha tentando bloquear há meses: a carta de Ma.

Olhei pela janela, fechei os olhos e ouvi a voz dela. *É dever de todos que alcançaram algum sucesso na vida transmiti-lo, porque, quando partimos, o que mais importa não é o que conseguimos alcançar, mas quem conseguimos ajudar.*

Ela estava certa. E imaginei que Rose, Ellen, Brian e Jake também estivessem.

— Precisamos de regras — falei, encarando cada um deles. — Ninguém pode saber que estou envolvido.

— Feito — respondeu Jake. Os outros assentiram.

— Como vamos chamar isso? — perguntou Brian.

— Que tal Caras Unificados? — sugeriu Jake, esperando que apoiássemos.

Rose bateu a mão no rosto e balançou a cabeça.

— A sigla disso é cu, seu idiota.

— Tá, e que tal Vendedores Negros? — disse Ellen. — VN não significa nada.

— Isso é uma loucura — falei.

Brian bateu palmas. Todos nós olhamos para ele.

— Rose, o que você escreveu mesmo no seu status no Facebook? Você era o quê?

— Uma soldada feliz.

— Sim, isso — disse ele, olhando para nós. — Por que não nos chamamos de Soldados Felizes? É divertido, e se alguém acidentalmente deixar escapar o nome, ninguém terá a menor ideia de quem somos.

— Tudo bem — falei. — Podemos mudar se precisarmos.

— E é só para negros, certo? — perguntou Jake.

— Pessoas racializadas. — Pensei na Sumwun e em todas as outras equipes de vendas de startups de tecnologia por aí. Não faltavam apenas os negros, mas pessoas de *todas* as raças.

— Perfeito — disse Rose. — Agora que isso está resolvido, acho que é hora de convidar todos esses Soldados Felizes congelados para entrar.

Quando voltamos ao parque, o grupo me olhou como refugiados famintos.

— Regra número um — gritei, fazendo todos se endireitarem. — Só podem entrar amigos, e devem ser pessoas racializadas. Não somos contra os brancos, mas simplesmente os ignoramos. Eles tiveram uma vantagem de um quilômetro e estamos a apenas alguns metros da linha de partida.

“Regra número dois: vocês podem me conhecer pelas notícias ou de alguma outra forma, mas ninguém mais pode saber que estou envolvido nisso. Deixar que pessoas de fora saibam que estou liderando só atrairá atenção indesejada.

“Regra número três: vocês usarão o que eu ensino para o bem e para progredir. Não para manipulação nem dano mental, emocional, financeiro ou social de terceiros.

“E a regra número três vírgula cinco, porque, como Jeffrey Gitomer diz, sempre temos que dar um pouco mais: se hoje for sua primeira noite com os Soldados Felizes, você tem que encenar, que é a nossa versão de luta corpo a corpo. A principal diferença é que as feridas que tiverem não cicatrizarão tão facilmente.

“Se quebrarem qualquer uma dessas regras, não apenas deixarão de ser um Soldado Feliz, mas todo o grupo será dissolvido”, falei, limpando minhas mãos. — Entenderam?

Todos assentiram.

— Preciso ouvir vocês dizendo que entenderam.

— Sim — alguns deles disseram, e outros se juntaram.

— Alguma pergunta?

— Não — responderam eles, tremendo mais do que antes, a fome em seus olhos e ossos era óbvia.

— Ótimo — falei, esticando as mãos. — Quem está pronto para aprender a vender?

27

No sábado, vinte Soldados Felizes foram até Bed-Stuy para montar nossa sede, localizada nada mais nada menos que na Vernon Avenue, número 84, a casa onde cresci. Eu não ia lá desde o dia em que fechei negócio com Barry Dee, e me mudei de imediato para a casa de Rhett antes de encontrar o apartamento na rua Dezessete.

— Caramba, o que aconteceu aqui? — perguntou Jake. Havia vidros quebrados por todo o chão da cozinha e da sala, pedaços de papel amarelados sobre a mesa caída, cadeiras quebradas, buracos do tamanho de punhos nas paredes e uma espessa camada de poeira cobrindo todas as superfícies.

— Vamos abrir essas janelas — disse Rose. Os novos recrutas entraram em ação.

Fui até a cozinha e peguei as duas cartas que havia jogado lá seis meses antes — a que Ma enviou para mim e o contrato de venda não assinado. Como Ma nunca o assinou, e eu com certeza não assinei, o lugar ainda era nosso; tudo que eu precisava fazer era pagar os impostos cada vez maiores que pareciam embranquecer a vizinhança dia após dia. Até que os impostos nos separem.

— Coloquem os quadros brancos ali — ordenou Rose, apontando para a parede em frente ao sofá velho. — Alguém pegue aquele copo e jogue fora tudo o que estiver quebrado: canecas, pratos, essas mesas e cadeiras.

Dobrei as cartas e as guardei nos envelopes. Senti uma mão em meu ombro.

— Hã? — perguntei, vendo Rose olhando para mim, confusa.

— Perguntei se tudo bem jogarmos fora um monte de coisas. Vamos começar a descarregar o caminhão. Você está bem?

— Ah, sim. É que não voltei aqui desde que minha mãe morreu, então...

— Não deve ser fácil. Mas deixa que eu cuido de tudo isso. Vá fazer o que você tem que fazer. Temos tudo sob controle.

— Obrigado — falei. Lembrei que tinha exatamente duas coisas que precisava fazer.

Desci as escadas. Virei a esquina. Olhei para a bodega do sr. Aziz e vi um fluxo constante de clientes de sábado de manhã, entrando de mãos vazias e saindo com sanduíches de ovo, chás gelados Arizona e cigarros.

Apenas uma gárgula estava do lado de fora: Gato Malandro.

— E aí, Gato Malandro? — perguntei, nervoso pra caramba.

— É você, Darren? Eu não te vejo faz quanto tempo, meio ano, nego? Como você tá?

— Tô bem. — Queria que tivesse uma caixa extra para mim. Como antes. — E você, cara? O que há de bom aqui?

Ele atirou uma torrente de cuspe na rua e olhou por cima dos ombros.

— Merda nenhuma, você sabe. O mesmo de sempre. Mais brancos chegando, negos indo embora. É o maldito ciclo da vida aqui.

Eu tinha que fazer alguma coisa, dizer alguma coisa, para que ele soubesse que eu sentia muito. Por tudo. Sentei minha bunda no meio-fio e olhei para cima para encontrar o olhar dele.

— Ei, Gato Malandro, eu...

— Não se atreva a pedir desculpas, nego. Todo mundo faz escolhas, você sabe disso. E você tem que conviver com as suas, principalmente o que fez com Percy. Você sabe que estava errado nisso, né?

O sr. Rawlings. Eu o via apenas em meus pesadelos.

Tentei juntar um pouco de saliva e pigarrear, mas minha boca estava seca.

— Sim — sussurrei, desviando o olhar de Gato Malandro. — Eu sei.

— Bom, porque toda ação tem uma reação igual e oposta, nego. E é melhor torcer para que ele esteja bem para que você não receba o troco. Mas — ele colocou uma mão dura no meu ombro — eu tenho assistido você na TV, visto você aparecer no jornal. Parece que você construiu uma nova vida. Então estou orgulhoso de você. Sua mãe também ficaria.

Não posso mentir; ouvir isso me fez sentir um pouco melhor, mas a sensação não durou. Gato Malandro era experiente, e ter seu respeito significava muito, mas eu ainda tinha pontes para reconstruir. E ele não poderia fazer isso por mim.

— Obrigado, Gato Malandro. Agradeço mais do que você imagina. — Levantei e bati a poeira da bunda. — Cadê Jason? Ele ainda tá na esquina?

Ele acenou com a cabeça para a esquina de Jason.

— O que você acha?

— Onde ele está?

— McDonald's — disse ele, enfim abrindo seu sorriso de boca grande. — O garoto parou de tentar ser gangster e se tornou um homem.

— E Soraya? — perguntei, tentando ser casual. — Você a viu por aqui ultimamente?

Gato Malandro arfou e se recostou na caixa, apontando para a bodega do sr. Aziz.

— Ela tá lá, seu idiota.

— Obrigado, Gato Malandro. — Eu o cumprimentei e ele me puxou para um abraço, segurando por mais tempo do que nunca.

— Você não fodeu nenhuma branquela, né? — Seu aperto era forte, a preocupação grave em sua voz.

— Não — sussurrei rápido.

Ele riu.

— Bom. Sete anos de azar, não esqueça. Você vai ficar por aqui um pouco?

— Acho que sim — respondi enquanto atravessava a rua, optando por começar com a mais fácil das minhas duas tarefas.

...

Havia dois McDonald's mais ou menos na mesma distância de nós: um na Broadway e outro em Fulton, e eu sabia que Jason nunca trabalharia no de Fulton porque, uma vez, ele me disse que encontrou uma cabeça de frango totalmente frita em seus McNuggets. Mas, também, eu jamais teria imaginado que ele trabalharia no McDonald's, então eu lá sabia de alguma coisa?

Corri até o da Broadway, olhei pela janela e o encontrei atrás do balcão, vestido com uma camisa azul de mangas curtas, um boné preto com um grande M do McDonald's na frente e uma cara de "Alguém me mate *por favor*" enquanto examinava a fila interminável de famílias negras e marrons esperando por seus Big Macs e café queimado.

— Ei — falei. Ele ergueu o olhar da caixa registradora, a surpresa em seu rosto, depois raiva.

— O que é que você tá fazendo aqui, nego? Tentando comprar um McFlurry?

— O que *você* tá fazendo aqui?

— O que você acha? Ganhando uma vida honesta. Provavelmente mais do que posso dizer de você.

Ele parecia o mesmo, mas um pouco mais velho. Ele se endireitou e moveu seu corpo com mais controle.

— Tanto faz, cara. Escuta, estou aqui com uma oportunidade. Para ajudar.

Ele esticou o pescoço sobre a caixa registradora, examinando a fila que serpenteava porta afora.

— Eu não preciso da sua ajuda. Se você não vai comprar alguma coisa, saia da fila. Você está atrapalhando.

— Verdade! — disse um homem mais velho e corpulento atrás de mim. — Isso aqui não é barbearia. Para de falar e começa a andar! Estou com muita fome e tenho diabetes.

— Então tá fazendo o que no McDonald's? — perguntei, calando a boca dele. — Enfim, o que tenho será melhor do que oito e sei lá quanto por hora que você ganha aqui e ajudará você a tirar sua mãe do conjunto habitacional mais rápido. Se tiver a fim, me encontre na minha casa na Vernon em duas horas. Soraya estará lá.

— Cai fora — gritou o homem corpulento, resmungando sobre os jovens de hoje em dia, sem respeito e com açúcar no sangue.

Corri de volta para a esquina e me apoiei em Gato Malandro, recuperando o fôlego.

— Um a menos — falei, coberto de suor. — Falta um.

— Caramba, nego! — gritou Gato Malandro. — Você tá mais suado que traficante na frente da polícia. Se limpa e vai logo fazer essa coisa antes que você congele.

Limpei o rosto, endireitei as roupas e fui para a bodega.

O sino soou quando abri a porta. Soraya estava atrás da vitrine de balas e cigarros, mas não me viu. Estava inclinada sobre o balcão, sorrindo enquanto enrolava a barba de um cara alto, de pele clara, quase-branco-mas-não exatamente. Sem saber de que outra forma interromper fosse lá o que estava acontecendo, saí e entrei outra vez, abrindo a porta com mais força para que o sino tocasse mais alto.

— D? — disse Soraya, com os olhos arregalados enquanto tirava o dedo da barba do cara. — Você está bem?

— Sim, e aí? — falei, me aproximando.

Ela usava um suéter cor de mostarda com as iniciais ZNH escritas em letra cursiva branca.

— E aí? — perguntou o cara, olhando para mim antes de se virar para Soraya.

— Jalal — ela tirou os olhos de mim —, esse é o Darren, quer dizer, Buck. Um velho amigo. Buck, este é o Jalal, meu...

— Namorado — disse ele, e estendeu a mão bege.

Segurei-a e olhei para Soraya.

— O que aconteceu com a faculdade de enfermagem?

— Não sei. — Ela esfregou a nuca. — Acho que não era para mim. Eu provavelmente não poderia ser uma enfermeira de verdade.

— Por que não?

— Porque tenho responsabilidades, como as lojas e... outras coisas. Também vi em primeira mão o que a realização de um sonho pode fazer com uma pessoa.

Um arrepio percorreu minha espinha, e precisei de toda a minha força de vontade para continuar olhando para ela, para aquele olhar penetrante que me transformou de carne e osso, em vidro.

— Ela está sempre ocupada — interrompeu Jalal. — Ocupada, ocupada, ocupada. É por isso que eu a amo, mas ainda não sei por que ela me ama.

As palavras dele soaram como uma ameaça.

— Você pode vir até minha casa? Daqui a duas horas? Jason estará lá e quero te mostrar uma coisa. Só como amigos — falei, um pouco mais alto para que Jalal recuasse.

— Quem disse que somos amigos? — perguntou ela, e seu rosto se transformou em pedra.

Engoli em seco.

— Não, só estou dizendo...

— Só dizendo o quê? Por que você está aqui?

— É — disse Jalal, colocando-se entre mim e o balcão. — Acho que você precisa cair fora.

Olhei para ele de cima a baixo e ri.

— Acho que você não sabe com quem está falando, *halal*. Agora, pra trás, antes que eu te mostre.

Ele olhou para mim antes de se virar para Soraya.

— Só vá lá para fora por um segundo, querido — disse ela, acariciando o braço dele. — Ele é inofensivo, prometo.

— Tanto faz. — Ele esbarrou no meu ombro ao passar por mim, fazendo soar o sino ao sair.

Ela contornou a vitrine e ficou na minha frente, na altura dos meus ombros, mas me olhando feio, como se tivesse mais de dois metros de altura.

— Que porra foi essa, hein? Você acha que pode vir aqui, do nada, e agir como se fosse dono de tudo?

— Não, eu...

— Não, né? Então tá, Darren, Buck, ou quem diabos você quer ser hoje. Você tem dez segundos antes que eu pegue minha vassoura e limpe o chão com você aí. Desembucha.

Respirei fundo, percebendo que aquilo seria mais difícil do que eu pensava.

— Escuta, só estou tentando consertar as coisas, Soraya. Sei que fiz um monte de merda e não estou aqui tentando causar nenhum problema, mas passa lá em casa para que eu possa te mostrar o que estou fazendo. Se não estiver a fim e ainda me odiar, nunca mais falarei com você. Mas sou a mesma pessoa que você conhecia.

Ela se afastou de mim e voltou ao balcão.

— Não, acho que não.

— Por favor, Soraya. Só me dê dez minutos. Prometo que valerá a pena.

Ela rangeu os dentes e fixou os olhos nos meus, como se estivesse tentando encontrar algo do meu antigo eu. Então fechou os olhos e balançou a cabeça.

— Não acho que seja uma boa ideia, mas você disse que Jason vai?

— Sim, ele estará lá — respondi, sem saber se ele ia mesmo aparecer.

— Tá. Se ele vai, talvez eu me junte a ele. Mas, se você tentar fazer alguma merda, vou embora e nunca mais falo com você. Entendeu?

Suspirei de alívio.

— Entendi.

...

Duas horas depois, a casa não estava impecável, mas tinha mesas novas, cadeiras, quadros brancos, alguns telefones e até um sofá.

— Então — disse Rose, parada na antiga sala de estar do sr. Rawlings. — O andar térreo será para teoria básica, o primeiro andar terá uma sala onde as pessoas poderão praticar chamadas e outra onde poderão dormir se estiverem cansadas. O segundo andar é principalmente para encenação, a cozinha, para alimentação, e a sala de estar pode servir como um espaço de reuniões. No andar de cima, basicamente mantivemos seu quarto do jeito que estava, mas o transformamos em mais um escritório para você.

Olhei ao redor da sala, agora vazia, exceto por algumas pilhas de lixo.

— Quem era esse aqui? — perguntou Rose, colocando uma foto meio rasgada em minha mão. — Você, sua mãe e seu avô?

Rapidamente, joguei a foto na pilha de lixo.

— Não, deve ter sido alguém que o inquilino anterior conhecia — falei. — Mas, uau, o QG está começando a ficar bom. Tem certeza de que tudo isso vai funcionar?

— Vai sim, se você quiser.

— E o jardim nos fundos? O que faremos lá?

— Vamos deixar como está. Podemos usá-lo como um daqueles jardins caseiros que são o sonho de todo hipster.

Quando subimos, as pessoas já estavam fazendo encenações. Houve meia dúzia de "trim-trims" tocando, e Brian, Jake e Ellen gritavam: "*Clique*! Não! Tente outra vez!", com alegria.

— O que é tudo isso? — alguém perguntou da porta.

Soraya e Jason estavam ali, esticando o pescoço para olhar ao redor.

— Alguma besteira de Pantera Negra? — perguntou Jason, entrando, examinando a sala. Ele ainda estava de uniforme e cheirava a batatas fritas.

— Algo assim — respondeu Rose, dando um passo à frente. — E quem diabos é você, o Ronald McDonald negro?

— Calma — falei. — Eles são velhos amigos.

— Na verdade, não — disse Jason.

— Então cai fora daqui, porra — Rose retrucou, impressionando Jason.

— Deixa eu falar com eles um momento, Rose. — Ela olhou para mim, preocupada. — Por favor.

Ela se virou, batendo palmas para os recrutas.

— Vamos, vamos, vamos. Você quer ficar sem dinheiro para sempre? Coloca um pouco de energia nessas dramatizações. Anda!

— Nova namorada? — perguntou Soraya, acenando com a cabeça na direção de Rose.

— Não. Ela é como uma irmã mais nova.

— Tá, nego. Não sei por que você nos convidou para vir aqui, ou o que é tudo isso. — Jason gesticulou ao redor. — Mas, se você não conseguir explicar bem rápido, a gente vai dar o fora.

Respirei fundo e soltei o ar lentamente.

— Tá. Primeiro, chamei vocês aqui para me desculpar.

— Por? — perguntou Soraya.

— Por ser babaca. Por agir como se eu fosse melhor que vocês. Por me esquecer de onde eu vim. Por...

— Por ter me socado como uma vadiazinha — acrescentou Jason.

— Por ter socado você — sussurrei — como uma vadiazinha.

Soraya bateu palmas devagar. Todos na sala pararam o que estavam fazendo e olharam para nós.

— Quem diria que esse dia chegaria? O poderoso Darren, quer dizer, Buck Vender admitindo que estava errado. Ele deve estar com problemas — disse ela, virando-se para Jason.

Ele sorriu.

— Deve estar.

— Não estou. A segunda razão pela qual chamei vocês aqui foi para ver se querem se juntar a nós.

— Nós quem? — perguntou Jason.

— Os Soldados Felizes — falei, gesticulando para a sala.

— Feliz o quê? Nego, eu vendo McLanche Feliz o dia todo. Não preciso de mais nada feliz na minha vida.

— É só um nome. Pode ser que mude.

— E o que os *Soldados Felizes* fazem? — perguntou Soraya, curiosa.

— Vendemos. Estou ensinando a todos eles como fazer o que eu faço para que possam conseguir empregos melhores, ganhar dinheiro e progredir. Para consertar o jogo.

Jason balançou a cabeça e riu.

— E qual é a pegadinha, hein? A gente vira escravizados do século XXI, ralando pra algum homem branco da Wall Street?

— Não tem pegadinha. Tudo o que farei — olhei para Rose, Jake, Ellen e Brian —, quer dizer, tudo o que *faremos* é ensinar e criar oportunidades para vocês. Se uma der certo, você aceita e com sorte ajuda outros.

— O que faz você pensar que quero aprender a fazer o que você faz? — perguntou Soraya, parecendo prestes a me bater. — Que algum de nós quer fazer parte do mundo que transformou você em um babaca?

— Porque sei que nenhum de vocês quer ficar aqui para sempre. Jason — virei para ele —, você quer vender Chicken McNuggets pelo resto da vida? Ou voltar a vender droga?

Ele cerrou a mandíbula e disse:

— Claro que não, nego. Estou tentando tirar minha mãe do conjunto habitacional o mais rápido possível. Não tentando ficar preso aqui como qualquer outro nego que nunca saiu.

— Isso mesmo. E você, Soraya, está me dizendo que quer *mesmo* administrar as lojas do sr. Aziz até os quarenta? Entendo se você não quiser ser enfermeira, mas o que vamos te ensinar permitirá que você seja livre para fazer o que quiser. É mais do que trabalhar para sempre em alguma startup de tecnologia em Manhattan. Depois que você aprende a vender, a vender de verdade, tudo é possível.

Leitor: marque esta última frase.

Olhei para baixo. Minha camisa estava encharcada de suor. Meu coração batia como um tambor.

— Não posso voltar no tempo — sussurrei. — Mas posso ajudar a tornar o futuro de vocês melhor.

Eles se entreolharam por um longo tempo. Jason cochichou algo para ela, então ela cochichou algo para ele. Eles se viraram e foram em direção à porta.

Me abaixei e sentei no chão, exausto. Eu tinha dado o meu melhor. Eu entendia por que eles não confiavam em mim, porque não queriam ter nada a ver comigo.

— Ei! — chamou Jason.

Quando ergui o olhar, os dois estavam parados na porta, sorrindo.

— A gente tá dentro — disse Soraya. — Mas só enquanto você for sincero com a gente. Do contrário, estamos fora. Entendeu?

— Sim — falei, finalmente sentindo que entendia de quem Ma falava quando disse que queria que eu fosse quem eu sempre deveria ser. — Entendi.

— E eu tenho um namorado agora. Então não pense que isso significa que há algo entre nós.

— Entendi isso também.

— Então, por onde começamos, porra? — perguntou Jason, tirando o boné do McDonald's e jogando-o no lixo. — Estou tentando fazer grana.

V

ENCERRAMENTO

O bom e o ótimo são separados apenas por quanto estamos dispostos a nos sacrificar.

— KAREEM ABDUL-JABBAR

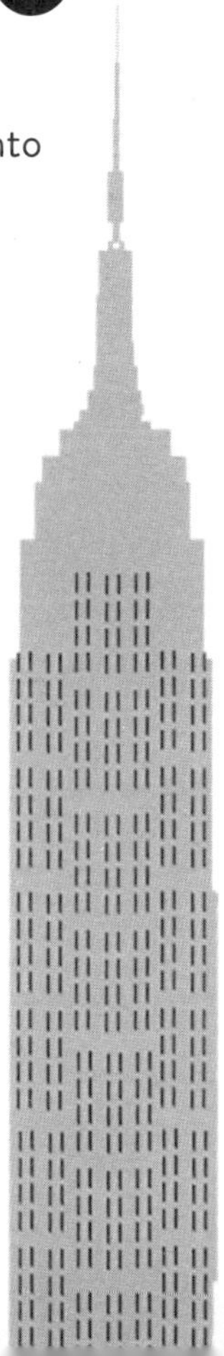

28

Seis meses depois

Eu sei. As reviravoltas nesta história são meio absurdas, meio de cair o queixo e totalmente doidas. Mas garanto a você que cada linha é verdadeira. Dediquei inúmeras horas para ensinar você a progredir, a se libertar das amarras do século XXI, e meu trabalho está quase concluído. Mas, antes de eu ir, você deve estar curioso para saber como acabei onde estou hoje — escrevendo para você da cobertura de um prédio de cento e um anos que vale milhões de dólares, com vista para o Central Park.

Suponho que todas as coisas boas têm um fim, incluindo a história que contei para você quando nos conhecemos. Porque, enquanto escrevo este livro de memórias preventivo, aqui do andar mais alto do meu prédio, a sala em que estou sentado tem um metro e oitenta por dois metros e meio. E se precisar que eu explique, isso significa que estou na prisão, na Lincoln Correctional Facility. Detento nº 8.121.988, prazer em conhecê-lo. E, agora, tenho certeza de que você tem mais perguntas do que uma criança com TDAH assistindo pornô pela primeira vez, então me deixe explicar como me tornei mais um homem negro que se encontra preso — sim, mais um, porque um a cada três homens negros neste país está na cadeia. Tudo aconteceu em uma noite.

Assim que colocamos a Soldados Felizes em funcionamento, o que aconteceu rápido com a ajuda de Rose, Brian, Ellen e Jake, nosso número passou a crescer no ritmo de vinte novos recrutas por semana, mesmo com todos nós trabalhando apenas meio período. O trabalho de Rose era garantir que tudo corresse bem.

Ellen criou o "dever de casa", que consistia em tarefas perigosas e quase fatais para os recrutas executarem. Brian era o conselheiro, garantindo que todos encontrassem emprego. Jake cuidava do nosso financeiro e jurídico. E o que eu fazia? Bem, eu era o nosso destemido líder, o NCNL, e meu trabalho era reunir todos em torno da nossa missão, ser a palavra final nos conflitos e garantir que nos espalhássemos mais rapidamente do que a sífilis nos anos sessenta.

Veja bem, além de levar Soldados Felizes diretamente para a Sumwun, eu fazia assim: recomendava SDVs da Soldados Felizes para Barry e as empresas de seu portfólio. Depois de sobreviver ao nosso treinamento de vendas de alto nível, os SDVs, é claro, arrasavam na entrevista e eram contratados. Uma vez contratados, eles recomendariam um ou dois outros Soldados Felizes à empresa, que seriam, é claro, também os melhores SDVs em que a empresa já havia posto seus lindos olhos azuis ou verdes.

Nas startups de tecnologia, existe uma coisa, ridícula, chamada comissão de indicação. Então, se eu indicar um amigo para um emprego na minha empresa e ele for contratado, ganho alguns milhares de dólares, talvez mais. Os Soldados Felizes tinham a tradição de sempre doar metade do seu primeiro salário para a organização, bem como pelo menos vinte e cinco por cento de quaisquer comissões de indicação que ganhassem. E se o SDV médio recebesse um salário-base de quarenta mil dólares por ano, as comissões médias de indicação eram de cinco mil dólares cada, e tínhamos mais de duzentos e cinquenta Soldados Felizes, então...

Isso está ficando mais técnico do que deveria. Você precisa saber que, em seis meses, tínhamos perto de meio milhão de dólares em nossa conta bancária, uma dúzia de filiais em todos os principais centros tecnológicos dos Estados Unidos: Nova York, Boston, Austin, São Francisco, Raleigh, Seattle, e estávamos expandindo internacionalmente para lugares como Dublin, Londres e Tel Aviv, tudo isso enquanto permanecíamos anônimos. Quer saber? Deixa eu calar a boca e mostrar como era.

Imagine duas pessoas, Mary e Denmark. Mary é SDV sênior, talvez até gerente, em alguma startup de merda em São Francisco. E Denmark acabou de se mudar para lá vindo, digamos, do Harlem. Eles não se conhecem, mas, por meio da rede, Mary ficou sabendo que talvez chegue um irmão. Denmark entra na merda da startup, e como Mary é uma das poucas pessoas negras lá, senão a única, algum superior com deficiência de pigmento, é claro, sugere, de maneira microagressiva, que ela se encontre com Denmark para "você sabe, deixar ele confortável o suficiente para mostrar a você quem ele é *de verdade*".

Mary está sentada atrás de uma mesa. Denmark entra. Agora observe atentamente. Mary, sorridente, bem-vestida e confiante como uma chefe fodona (CF), dirá:

— Como você está hoje?

Denmark, dando um suspiro de alívio ao ouvir a deixa, responde algo como:

— *Feliz*, obrigado. Como vai você?

Mary, agora entendendo que está no meio da família, diz:

— Feliz como uma *soldada*. — Antes de oferecer o punho direito a Denmark.

Para selar o acordo e verificar quem é Denmark, Denmark bate no punho de Mary e cada um deles o leva ao peito, lado esquerdo, sobre o coração, duas vezes. Eles vão rir, conversar sobre conhecidos em comum, e Mary dirá a Denmark a baboseira toda da empresa: salários iniciais justos, o saco de quem ele precisa puxar na entrevista, com quem tomar cuidado e tudo mais que ele precisa saber para navegar naquela parte do Hundred Acre Peckerwood. *Whoosh! Bang! Poof!* Outro jovem negro está a caminho do sucesso profissional com muita grana no bolso. E assim o ciclo continua.

— Mas... mas isso é injusto! — alguém pode choramingar, com sangue azul correndo pelas veias salientes do pescoço branco.

— Isso é pior do que ações afirmativas! — gritam eles, se perguntando como aquilo aconteceu, como bons brancos como eles conseguiram deixar um grupo de vendedores de elite minoritários entrar pelas frestas. Bem, quanto a isso, digo: pense nisso como uma reparação há muito atrasada. Em vez de esperar que o governo fizesse algo por nós, nós demos um jeito. Mas não se preocupe, porque acabamos sendo atacados, e é aí que retomarei nossa história. Isso acontece seis meses depois da fundação da Soldados Felizes, em setembro, ainda nas garras de um verão úmido e pantanoso da cidade de Nova York.

...

Era uma manhã de sábado, o que significava que era hora do Refúgio Silencioso: a reunião semanal na qual todos os Soldados Felizes ao redor do mundo se reuniam para ouvir as últimas atualizações, fazer reclamações, dar as boas-vindas aos novos recrutas, comemorar vitórias e, claro, me interrogar durante sessões de perguntas e respostas de quinze minutos.

Eu estava no meu antigo quarto — que, graças a Rose, a Construtora, agora era meu escritório — revisando atualizações e problemas, e tentando memorizar o nome de cada membro, quando alguém bateu na porta.

— Entra — falei, sem fazer nenhum esforço para erguer o olhar.

— D — disse Soraya, se segurando enquanto entrava, com o rosto úmido de lágrimas.

Me levantei e corri em direção a ela, tomando cuidado para não tocá-la. Era uma regra que estabelecemos quando ela entrou.

— O que aconteceu, Soraya?

Uma semana depois de ingressar na Soldados Felizes, Soraya conseguiu um emprego em uma startup de saúde e estava ganhando mais dinheiro do que a maioria das outras pessoas que contratamos. Eu até tinha pedido desculpas ao sr. Aziz por ter sido babaca, e ele aceitou, então eu não fazia ideia do que poderia estar incomodando ela.

— Acabei de terminar com Jalal — disse ela, se sentando na minha cama, que Rose tinha deixado ali para o caso de eu querer dormir.

Não vou mentir; ver Soraya sentada na minha cama e ouvir que tinha acabado de largar aquele palhaço me fez sorrir, mas parei rapidinho.

— Por quê? Achei que vocês estavam firmes.

— Eu também. Mas ele não conseguia acompanhar. O novo emprego, os novos amigos, o dinheiro. Tudo foi demais para ele, e ele ficou inseguro e controlador.

— Parece familiar. — Dei risada.

— Cala a boca — disse ela, dando um soco em meu ombro. — Mas, sério, estou triste porque pensei que ele era o cara certo. Tento ser forte, mas sinto que vou acordar com cinquenta anos e sozinha num apartamento cheio de gatos.

Antes que eu pudesse pensar, agarrei o ombro dela.

— Você é uma das pessoas mais fortes que conheço, Soraya. Se o cara não conseguiu acompanhar, ele não era certo para você. As pessoas te elevam ou te jogam num buraco e, se for para o buraco, elas precisam ser cortadas da sua vida. Não importa o quanto seja difícil. Mas — ergui o queixo dela — não se preocupe. Você encontrará o cara certo. Você é jovem, bonita, inteligente pra caramba e só um pouco difícil.

— Idiota.

Ela deu um tapa no meu braço.

Outra batida na porta.

— Sim?

A porta se abriu devagar, e um cara baixo e de pele clara, com óculos de tamanhos grandes demais, enfiou a cabeça para dentro.

— Hã, S-sensei Buck, senhor, sinto muito por in-in-incomodar, mas...

— Entra, Trey. O que eu te falei sobre parecer abalado o tempo todo? Foi assim que você acabou como meu assistente em vez de conseguir um emprego de verdade.

— S-s-sim, senhor — disse ele, olhando para os pés. — Mas eu gosto de ser seu assistente. Gosto de ajudar o m-m-movi...

— Movimento — disse Soraya, sorrindo enquanto dava tapinhas em um espaço próximo a ela. — Está tudo bem, Trey. Você sabe que ele é inofensivo.

Treyborn Percival Evans, segurando um caderno contra o peito, sentou e sorriu para Soraya. Ele gaguejava mais que um CD arranhado, e sempre tinha boas intenções. Um dia, depois de nos ouvir ficar agitados, ele simplesmente bateu na porta e perguntou o que estava acontecendo. Rose, vendo o garotinho com roupas rasgadas e tênis sujos que a lembravam dela mesma, deixou que ele subisse, deu a ele um pouco de comida e depois o apresentou para mim.

— Como você se chama?

— Tr-tr-Treyborn Percival Evans, senhor — disse ele, evitando contato visual.

— Está bem, Trey. Prazer em te conhecer. Como posso ajudar?

Ele olhou para os pés.

— Eu não sei, senhor. Mas eu preciso de um tr-tr-tr...

— Trabalho? Precisa de um trabalho?

Ele assentiu.

— Talvez eu possa ajudá-lo, Trey. Mas preciso que você levante a cabeça. Ninguém com quem trabalhamos abaixa a cabeça, combinado?

Ele ergueu o olhar e enfim fez contato visual, embora fosse obviamente desconfortável para ele.

— Bom. Você aprende rápido.

Contei a ele sobre os Soldados Felizes e ele disse que adoraria participar. Mas, depois de um mês de treinamento, percebemos que ele era uma das poucas pessoas que encontramos que não gostava de vendas, então o convidei para ser meu assistente, e ele tem sido meu braço direito e amigo desde então.

— O que foi, Trey?

— É hora do Re-Re-Refúgio Silencioso, Sensei Buck. Todos estão esperando por você.

— Bem, não vamos fazer o pessoal esperar mais então. Diga que já vou.

— Sim, senhor. — Ele saiu do quarto.

— Buck Lobo Mal — disse Soraya, balançando os dedos para mim. — Um cara muito assustador. Quem diria?

Eu ri.

— Não é?

Ela se levantou e começou a caminhar em direção à porta, mas agarrei seu pulso.

— Você vai ficar bem?

— Sim. Vai ficar tudo bem. Obrigada por me ouvir.

Nós nos encaramos por um tempo, a eletricidade crepitando entre nós. Jurei que estávamos prestes a cruzar outro limite, mas ela logo se virou e saiu. Seu cheiro de canela e manteiga de cacau permanecia no ar: uma nuvem no formato de seu corpo.

...

A sala e a cozinha estavam lotadas. Soldados Felizes de quase todas as cores, religiões, orientações sexuais e gêneros estavam sentados em mesas, cadeiras, no balcão da cozinha, nos parapeitos das janelas e no chão, formando um círculo. Além dos rostos que vieram de nossas filiais ao redor do mundo, Soldados Felizes de outros andares também participavam via chamada de vídeo. Juro, quando você entrava e via um bando de ugandenses, mexicanos, jamaicanos, chineses, bolivianos, indianos, iranianos e outros rapazes e moças sentados em uma sala, pensaria que estava em uma reunião da ONU.

Coloquei meus óculos novos, fiquei atrás de um púlpito de mogno no meio do círculo e disse:

— Como vocês estão?

— Felizes! — gritaram eles, como se fosse Natal.

— Felizes como o quê? — perguntei, sorrindo de orelha a orelha enquanto girava em torno do púlpito como um pregador sulista que ganhava dinheiro demais, comia demais e transava demais.

— Um soldado! — responderam eles, batendo os punhos no peito duas vezes.

— É isso que gosto de ouvir — falei, olhando os papéis à minha frente. — Foi uma semana emocionante. Com a expansão da nossa divisão em Londres, temos agora quase trezentos Soldados Felizes em todo o mundo. Vamos aplaudir Joe Knight, Jimmy Somerset e Mary Prince por liderarem a equipe do outro lado do oceano.

Três cabeças flutuantes sorriam em cada uma das muitas telas nas paredes enquanto a sala explodia em aplausos.

— Muito bem — prossegui. — Estamos crescendo em um ritmo insano, o que é excelente. Quase todos os novos recrutas conseguem emprego um mês após ingressarem. E pela aparência de todos vocês, nossos esforços de diversidade, liderados por Rose, estão indo bem, então palmas para ela.

Rose beijou Dolores, uma mexicana transplantada da Califórnia, nos lábios, se levantou e se curvou sob aplausos antes de se sentar.

— Pergunta. — Uma garota chinesa alta estava de pé, tirando a franja preta do rosto.

— Wu Zhao?

— E o vídeo recente? — perguntou ela. — Tenho certeza de que todo o nosso crescimento também atraiu — ela fez uma pausa — hostilidade de terceiros.

— Está falando das pessoas brancas? — disse um ganês retinto e redondo chamado Kujoe, do balcão da cozinha atrás de mim.

Me virei para Trey.

— Do que eles estão falando?

— N-n-n-não é nada, Sensei B-B-uck. Sério — disse ele, arregalando os olhos para Wu Zhao.

— Com certeza é alguma coisa — disse alguém através de uma das telas.

— É por isso que deveríamos permitir a entrada dos brancos! — Diego, um afro-colombiano sentado no chão, gritou. — Estamos no século XXI. Entendo que sempre dissemos que eles tiveram uma vantagem inicial, que...

— Que eles criaram o jogo, como os Parker Brothers e o Monopoly, enquanto nós, minorias — saí de trás do púlpito e fui até ele —, fabricávamos as peças, mesmo que não pudéssemos jogar. Mas quando tivemos permissão, percebemos que o jogo estava cheio de todos os tipos de regras que foram criadas para nos prejudicar, para que nunca pudéssemos vencer.

"Mas havia um certo conhecimento transmitido às pessoas que trabalharam com as mãos e construíram o jogo desde o início, como os nossos pais, os pais deles e os pais dos pais deles, até o lugar de onde viemos. E agora cabe a nós consertar o jogo e ajudar outras pessoas, como você, Diego, a aprender a fazer o mesmo para progredir. Então, o que você estava dizendo?"

— Só que... Só que talvez aquele vídeo, você sabe, hã, aquele grupo talvez tenha sido formado porque nós não permitimos a entrada de brancos.

Voltei para o púlpito e acenei para Trey.

— Fala.

Nas telas apareceram uma dúzia de rapazes e moças brancos quase idênticos, sentados em tronos em miniatura, com uma perna cruzada sobre a outra, vestindo jaquetas de veludo vermelho e olhando diretamente para a câmera.

— Os Estados Unidos estão sob ataque — gritou um narrador sem corpo. — Mas, para ser mais específico, os Estados Unidos Branco estão sob ataque. Hoje — os irmãos de fraternidade com cara de Ivy League usando gravata e as irmãs da irmandade de saias olhavam para a frente — é crime ser branco. É crime ter dinheiro. É crime ser hétero. É crime ser cristão e tudo mais em que nossa bela terra foi fundada há duzentos e trinta e sete anos.

— Que porra é essa? — perguntei, olhando ao redor da sala. Os olhos de todos estavam fixos nas telas.

— C-C-Continue assistindo, Sensei Buck — disse Trey.

— Todos os dias, nós, que construímos este país com as próprias mãos, nós, que derrotamos os britânicos com nada mais do que perseverança e...

— Pessoas escravizadas! — alguém gritou.

— Sim, eles que se fodam! — alguém disse até que uma onda de *shhh* os calou.

— Uma das áreas em que estamos sendo mais atacados é o mundo das vendas. Sim, a mesma profissão que muitos de nós, americanos de sangue azul, ocupamos durante anos para ganhar uma vida honesta, sustentar nossa família e progredir no mundo. O principal proponente antibranco nesta batalha é um grupo anônimo chamado Soldados Felizes, que se esconde atrás de um logotipo grotesco que representa um punho do Black Power segurando um receptor de telefone. Bem, eu digo que basta. Se eles querem guerra, terão guerra. E não vamos nos esconder atrás de nenhum logotipo.

Como eles conhecem nosso logotipo? Nosso nome?

O som de passos ecoou pelos alto-falantes, e quando outro desses clones da *Skull and Bones* apareceu na tela, meu coração parou.

De jeito nenhum.

— Ei — Brian sussurrou em meu ouvido. — Esse não é o...

— Sou Clyde Moore Terceiro — disse o cara na tela, sorrindo como Patrick Bateman em *Psicopata americano*. — Presidente e fundador da Fraternidade Caucasiana, a FraCa. Começamos nossa organização em resposta aos racistas e, sejamos sinceros, terroristas dos Soldados Felizes, e estendo um convite a todos os vendedores e vendedoras brancos dos EUA para se juntarem a nós em nossa luta pelo direito de sermos brancos, felizes e bem-sucedidos.

"Estamos crescendo a cada dia, toda ajuda que conseguirmos conta, e temos uma extensa rede profissional conectada com todas as sociedades secretas da Ivy League, empresas da Fortune 500 e até mesmo com os Illuminati."

Ele riu, apontando para o grupo de pessoas agora sorridentes sentadas atrás dele.

— Brincadeira, os Illuminati são para amadores. Temos ligações com os maçons. De qualquer forma, fique à vontade para nos ligar, visitar nosso site ou nos seguir nas redes sociais.

Temos grandes planos e estamos apenas começando. Estamos esperando por vocês.

Silêncio. Em um movimento rápido, todos se viraram para mim. Mas eu estava paralisado.

— FraCa? — gritou Rose, se levantando e apontando os dois dedos do meio para as telas. — A gente deve ter medo de uma organização que é burra demais para sequer verificar sua sigla? Sério? Digo que devemos esquecer isso, mas o que você quer fazer, Buckaroo?

Engoli em seco, minhas duas mãos seguravam o púlpito com força.

Merda.

29

No fim das contas, não tivemos que esperar muito pelo primeiro movimento da FraCa. E se você estiver se perguntando como alguns Soldados Felizes, como Trey, sabiam sobre a FraCa, enquanto eu e os outros mandachuvas, não, é porque estávamos muito distraídos com nossos próprios problemas, e eles estavam com medo demais de nos contar.

Na terça-feira seguinte, todos os principais jornais, canais e blogs estavam falando sobre a FraCa, e foi por isso, imagino, que Rhett me chamou em seu escritório logo cedo naquela manhã.

— Senta aí. — Ele pegou um taco de sinuca e pensei que ele fosse enfiá-lo no meu olho ou bater na minha cabeça. — Você viu isso? — Ele indicou um vídeo do YouTube em sua tela. Tinha sido postado no dia anterior.

— Vi o quê?

Ele apertou o play. Há um grande grupo de pessoas, principalmente turistas, reunidos em torno de uma plataforma. Atrás deles, pessoas correndo e andando de bicicleta ao longo do East River; dá até para ver iates ancorados, a Ponte do Brooklyn e um dia quente e de céu claro em Nova York.

Se fosse em qualquer outro dia, nada disso seria preocupante. Mas não foi em qualquer outro dia, porque na plataforma havia um homem esbelto, com a pele negra tostada pelo sol, braços finos como palitos de dente e uma barba grisalha que ele não consegue parar de coçar. Uma dúzia de pessoas de vários tamanhos e tons de marrom estão à sua esquerda, esperando a vez. No palco com ele está ninguém menos que Clyde, vestido com um terno de três peças, monóculo, cartola, relógio de bolso e bengala de madeira brilhante.

— O que vocês estão vendo aqui — ele gritou, apontando a bengala para a multidão sorridente — é um dos melhores de Nova York. Este homem aqui — ele troca sussurros com o cara —, John Casor, nasceu nas selvas rurais do condado de Northampton, Virgínia. E em vez de se aproveitar dos turistas, John está disposto a trabalhar para seu sustento. Ele sabe limpar e fará o que for preciso por comida e teto. Vamos começar o leilão em vinte e cinco dólares. Temos vinte e cinco?

Os turistas se entreolham, perplexos, provavelmente se perguntando se era um daqueles shows malucos de Nova York de que ouviram falar. Alguns levantam as mãos.

— Trinta, vejo trinta? — diz Clyde. Um asiático com cara matreira fecha o lance em setenta e cinco dólares por um mês de serviços de John. Clyde bate palmas. — Vendido para o Bruce Lee lá atrás!

O espetáculo continua por mais vinte minutos, com homens e mulheres sem-teto, todos de minorias, leiloados por quase nada. Então o vídeo corta para Clyde e ninguém menos que Bonnie Sauren, que coloca um microfone na cara dele.

— Então, sr. Moore, você pode nos dizer do que se trata isso?

— Com certeza — diz ele, pegando o microfone. — Mas, por favor, me chame de Clyde. Então, a Fraternidade Caucasiana e eu andamos por Manhattan perguntando aos sem-teto se, em vez de serem preguiçosos, cracas presas no grande navio que é os EUA, eles estariam dispostos a trabalhar se tivessem a oportunidade. Surpreendentemente, a maioria deles disse que sim, por isso decidimos ajudá-los leiloando seus serviços. Em troca, eles receberão um lugar para ficar, comida quente e, o mais importante, não deixarão nossos metrôs e ruas fedendo. Assim, todos se beneficiam.

— Genial — diz Bonnie, olhando para os olhos azuis de Clyde como se nunca tivesse conhecido um homem tão inovador.

— Totalmente genial. E isso tem alguma coisa a ver com aquele grupo Soldados Felizes que você mencionou em seu vídeo na semana passada?

— Tem tudo a ver com eles — disse ele, olhando diretamente para a câmera. — Para ser franco, eles não são tão diferentes dos vagabundos que você acabou de ver no palco. Na verdade, são piores, porque não sabemos quem são e o perigo que eles representam. Mas, mesmo assim, dá para sentir o fedor deles, e minha organização e eu planejamos descobrir quem está por trás deles e expô-los pela organização terrorista, racista e que odeia os brancos que são.

— Ficaremos de olho, Clyde. Você pode contar conosco. Com você, Chet.

Leitor: não há nada pior que um homem branco desprezado. Principalmente no mundo dos negócios. Se você vai fazer algo para irritá-lo, esteja preparado para o contra-ataque cedo ou tarde.

Rhett se virou para mim.

— O que eu te falei?

O que ele me falou? Ele me falou muitas coisas, quase coisas demais para acompanhar. Dei de ombros.

— Eu te falei — disse ele, equilibrando o taco no pescoço como um camponês carregando baldes de água — que Clyde era bem relacionado e estava com raiva, que ele poderia fazer algo muito bom ou muito ruim. E agora ele é tipo o Hitler das vendas. Quem sabe do que ele é capaz?

— Você tem razão. Mas o que isso tem a ver comigo?

Ele fez uma pausa, colocou o taco de sinuca na mesa e olhou para mim.

— Boa pergunta, Buck. O que isso tem a ver com *você*?

Meu coração bateu mais forte do que o de um policial racista no Kentucky. Eu estava fazendo tudo o que podia para não engasgar, suar ou me remexer.

— Para de graça, Rhett — falei, firmando a voz. — O que você quer saber?

Ele contornou a mesa de centro diante do sofá e se inclinou para a frente, até nos encararmos.

— Quero saber se você está envolvido com esses Soldados Felizes. Quero que você me olhe nos olhos e diga que não está por trás disso. Porque, se estiver, você está comprometendo tudo o que fizemos aqui ao trazer a questão raça para o foco. Se você não percebeu, raça não é um tema tão popular atualmente, ainda mais nas startups.

Engraçado. Raça era popular quando ele me levou para o Rise and Shine, America, *para melhorar a "ótica"*. Agarrei o sofá de couro preto, sustentei seu olhar e disse:

— Não estou envolvido de maneira alguma com os Soldados Felizes. Já tenho coisas demais para resolver com você e Barry, cara. Acha que tenho tempo para bancar o Huey Newton? Deixa disso, Rhett.

Ele me encarou por mais um momento, em dúvida. Então sorriu e foi até as janelas.

— Que bom, isso é tudo que eu precisava ouvir. Principalmente porque vou precisar de você agora mais do que nunca.

— O que está acontecendo?

— O negócio está indo bem, estamos crescendo e fechando um número recorde de negócios, mas parece tudo parado por aqui — disse ele, olhando pela janela com vista para o East River. — Não estamos mais inovando, Buck. O conselho está satisfeito com o crescimento positivo, mas não é isso que nos levará ao próximo nível.

— Então, o que é?

Ele se virou, sorrindo.

— Uma conferência. Todas as principais empresas do mercado têm uma. HubSpot, Salesforce, você escolhe.

— Ótimo — falei, feliz por ele ter algo além de mim e da Soldados Felizes para se concentrar. — Quando será?

— Fim deste mês. Sexta-feira, vinte e sete de setembro. Traremos palestrantes de primeira linha, teremos um show e nos consolidaremos como os principais líderes quando o assunto é terapia via serviços de software.

— Isso tudo parece caro, não acha? E algumas semanas não é muito tempo para planejar.

Ele riu.

— Você está certo, e é por isso que o marketing esteve presente nos últimos três meses nos bastidores. E tudo que eu preciso de você é que apareça, faça uma apresentação sobre por que a diversidade é importante e faça com que todos se apaixonem por você.

Eu me remexi no sofá, sem conseguir ficar confortável.

— Não entendi. Você acabou de dizer que raça não é popular. Por que eu faria uma apresentação sobre diversidade?

Ele voltou e colocou a mão em meu ombro.

— Raça não é popular, Buck. É um palavrão. Mas *diversidade* não é. Todo mundo está falando disso. E quanto mais as pessoas falarem disso, mais atenção isso trará para quem está liderando. E já que você contratou mais do que um punhado de — ele fez uma pausa — pessoas racializadas, quem melhor para apresentar isso do que você, certo?

Comecei então a sentir pena de Rhett. Ele era tão inteligente e enxergava tanto, mas ainda era prisioneiro de sua visão de mundo limitada. Mas não era problema meu.

— Certo — respondi. — Entendi. Boa ideia. Mal posso esperar.

— Esse é o Buck que eu conheço.

...

Uma semana depois, o Quinteto Talentoso, que era como todos chamavam a liderança da SF — Rose, Brian, Ellen, Jake e eu — nos reunimos para discutir nossa estratégia contra a FraCa. As ideias variavam de muito moderadas, como escrever posts de blogs e enviá-los aos principais meios de comunicação, até muito extremas, como ir até a sede deles. Então decidimos que algo intermediário seria uma linha inicial de ataque apropriada.

Quando compartilhamos o plano com todos os Soldados Felizes na quarta-feira, eles ficaram tão divididos quanto adolescentes brancas depois de lerem *Crepúsculo*. Mas em vez de #TimeJacob e #TimeEdward, tínhamos #TimeBoboDemais e #TimeCertinho. Jason, a voz principal do #TimeBoboDemais, se levantou depois que explicamos nossos planos e disse:

— Vocês, negos, são frouxos demais, juro, mano.

— Não precisa disso, cara — disse Jake, dando um passo em direção a ele.

— Nem, vocês estão agindo como um bando de frouxos. A gente precisa agir igual Nat Turner com esses caras e explodir toda essa merda. Se não, só vai piorar. Vocês vão ver.

— Eu d-d-discordo — disse Trey, membro do #TimeCertinho, ficando entre Jake e Jason. — Esse é um bom ataque inicial para ver com o que estamos lidando. E para ver como o público r-r-reage.

Jason olhou para Trey e riu.

— Olha só, Buck, tire seu carinha da minha frente antes que eu o jogue na lata de lixo.

Trey, apesar de Jason ter trinta centímetros mais que ele, não recuou. Embora ele geralmente andasse por aí como uma criança que perdeu a mãe no supermercado, quando se tratava de defender a mim e as minhas ideias, ele sempre me apoiava. Eu não poderia ter um parceiro melhor.

— Tá bom, relaxem. O bom é que não importa o que qualquer um de vocês pensa — falei. — Está decidido. E faremos isso amanhã à noite. Se quiserem estar aqui, estejam. Se não, vão embora.

Encarei Jason e seus seguidores, parecendo contrariados pra caramba no canto. Apesar de ainda ser cabeça-quente, Jason estava se saindo bem. Ao contrário da maioria dos Soldados

Felizes, ele conseguiu um emprego em uma das poucas startups cujos donos eram negros na cidade de Nova York, uma empresa tipo a Ancestry.com, especializada em DNA negro.

Na noite seguinte, um grupo nosso se reuniu na sala de estar. Um de nossos Soldados Felizes veterano, Kujoe, digitava em seu notebook, o que era exibido em tempo real em todas as telas. O plano era hackear o site e as redes sociais da FraCa, substituir seu logotipo por suásticas, postar um monte de artigos racistas de meios de comunicação neonazistas de extrema direita e, esperávamos, encontrar alguns e-mails preconceituosos e incriminatórios de Clyde e do resto da liderança da FraCa.

Kujoe se formou com doutorado em ciência da computação em Gana e hackeava políticos corruptos desde os doze anos. Ele também era um SDV qualificado e trabalhava comigo na Sumwun.

— Tá — disse ele, flexionando os dedos. — Vamos começar.

As pessoas distribuíam baldes de pipoca, sacos de Twizzlers e caixas de Milk Duds.

Kujoe narrava alegremente enquanto digitava.

— Então, ontem à noite coloquei um Trojan nele.

— Caramba, nego — disse Jason. — Eu sabia que você era gay, mas você gosta de caras brancos? Me diz que não, por favor.

Kujoe manteve os olhos no notebook.

— Não tô falando da camisinha Trojan, seu americano idiota. Um *cavalo* de Troia. Enviei um e-mail para Clyde agindo como se fosse alguém interessado em ingressar na FraCa. O e-mail tinha um link para download, e o *obroni* foi burro o suficiente para baixá-lo, me dando acesso ao computador dele.

Os dedos voavam sobre o teclado como se dançassem.

— Então ele não faz ideia? — alguém perguntou.

Kujoe sorriu.

— Nenhuma. Nós vamos derrubar esses filhos da puta. Então agora estou procurando portas abertas no computador dele, que — ele dançou na cadeira da esquerda para a direita — acabei de encontrar. Entendi, *kwasia*. Tá, estamos dentro!

Todos bateram palmas e observaram as telas se abrirem no computador de Clyde. A foto da área de trabalho era um retrato de Ronald Reagan.

— Então — disse Kujoe, piscando para Jason. — Por onde devemos começar?

Trey ficou de pé, apontando para a tela.

— O que-que é essa pasta? D-d-derrubada dos Soldados A-a-arrogantes?

— Ah, foda-se esses filhos da puta! — gritou Rose. — Kujoe, abre essa merda e vamos explodi-los em pedaços.

— Seu desejo é uma ordem, Rainha. — Kujoe se virou, estalou o pescoço e abriu a pasta.

Dois segundos depois, uma foto grotesca preencheu a tela, acompanhada por um HA! HA! HA! vilanesco.

— Que porra é essa? — perguntou Jason. Ele agarrou uma das telas e quase a arrancou da parede.

Havia uma foto em preto e branco de seis homens negros pendurados em árvores com o pescoço quebrado enquanto uma multidão de homens, mulheres e crianças brancos olhavam com alegria, como se estivessem no circo. As risadas continuaram e as telas começaram a ficar pretas.

— Não! — gritou Kujoe. Segundos depois, toda a tela do notebook ficou escura. Ele continuou apertando o teclado, mas nada aconteceu.

— O que foi? — perguntei, olhando por cima do ombro dele.

— Uma armadilha — sussurrou ele, balançando a cabeça. — Essa pasta era uma armadilha. Eles acabaram de fritar meu notebook.

— Como assim? — pressionei. — Para que eles armassem uma armadilha, eles precisavam...

— Saber que íamos atacar — disse ele.

Rose se aproximou, com as mãos nos quadris e fogo no olhar.

— Então ele baixou aquela coisa, o Trojan, de propósito? E acabamos de cair em uma emboscada?

Kujoe assentiu e fechou o notebook.

— Mas como ele poderia saber? — perguntou Brian, rugas de confusão misturadas com suor na testa.

— Não importa — disse Jason, parado no meio da sala com os braços estendidos. — Era disso que eu estava falando. Esses negos estão brincando com essa merda de guerra cibernética. Precisamos ser violentos. Estou dizendo que precisamos arranjar nosso Malcolm X e parar esses branquelos de qualquer jeito.

— Não — falei. — É isso que eles querem que a gente faça. Se formos violentos, nos expomos. Uma vez expostos, eles podem atacar tudo o que conquistamos. E não vou deixar isso acontecer.

— Então o que vamos fazer? — perguntou Rose.

Parei por um segundo, tentando pensar em como atacar Clyde onde doeria mais, mas não consegui.

— Escuta — falei, me virando para Jason. — Eu sei que você quer atacar, mas, por mais bobo que pareça, a violência não é a resposta. Tenho certeza que vocês dois — olhei para ele e Rose — podem descobrir alguma merda sobre Clyde. Então sejam criativos e basearemos nosso próximo passo nisso.

— Tá. — Jason assentiu para Rose. — Nós vamos resolver essa parada.

30

— Tá — falei, encerrando a reunião de vendas de segunda-feira. — Mais alguma coisa antes de terminarmos?

Centenas de olhos me encararam, olhos demais para contar. Entre eles estavam Brian, Kujoe e quase quinze outros Soldados Felizes que eu tinha contratado nos últimos seis meses. E, apesar do que os segregacionistas possam fazer você achar, estava tudo tranquilo como um grilo. Ou pelo menos pensei que sim.

— Sim — Tiffany, a loira e sádica ex-SDV sênior, agora uma EC corporativa, disse nos fundos do Alcorão. Ela estava vestindo uma blusa branca social com calça marrom de cintura alta.

— Fique à vontade, senhora — falei da cabeceira da mesa. Rhett não participava mais dessas reuniões de segunda-feira, então eu era o Senhor e o NCNL da equipe de vendas.

— Sei que temos um monte de floquinhos de neve que vão ficar ofendidos — disse ela, se levantando. — Mas devo ressaltar o fato de que muitos dos SDVs mais recentes estão entregando coisas que nunca fecham.

— Sério? — perguntei, surpreso.

— Sim, com certeza. E como nenhum dos outros ECs quer dizer isso, eu digo. São todos os novos SDVs pertencentes a *minorias* que estão entregando merda.

Opa, opa, opa.

— Espera aí, Tiff...

— Engraçado — disse Kujoe, também se levantando. — Todos nós, SDVs *minoritários*, sentimos que os ECs *obroni* têm examinado nossas transferências bem mais que as dos outros SDVs *obroni*.

— *Obroni*? — disse Tim, um EC branco mais recente, encarando Kujoe. — Aqui são os EUA, não o Mali ou seja lá qual for o país de merda de onde você vem. Falamos *inglês* aqui.

— Eu sou de Gana! — gritou Kujoe, empurrando Tim para trás.

Mais ECs brancos se levantaram, ficando cara a cara com os SDVs minoritários, e outros SDVs brancos retrucaram os ECs, escolhendo suas lealdades com base na cor da pele. Brian olhou para mim, nervoso, e eu não fazia ideia do que estava acontecendo ou de onde vinha aquilo. Eu apenas sabia que tinha que interromper antes que um tumulto racial começasse.

— Espera aí, porra! — gritei. Todo mundo paralisou. — E sentem-se, caralho — ordenei, examinando a sala. — Agora!

Todos estavam sentados, mas agora a sala estava literalmente dividida por minorias de um lado, encostadas no vidro que dava para os corredores, e vendedores brancos do outro, encostados nas janelas do chão ao teto com vista para a Park Avenue.

— O que está acontecendo? — perguntei, olhando para Tiffany.

— O que está acontecendo é que enfim estamos defendendo nossos direitos, assim como Clyde teria feito se ainda estivesse aqui. Desde que você assumiu, vimos como você favorece os SDVs negros e quanto tempo passa com eles. Vidas brancas também importam.

— Tá — falei, levantando as mãos, me rendendo. — Sinto muito se alguns de vocês acham que tenho favoritos ou que — olhei para os SDVs minoritários — certas pessoas estão perseguindo vocês. Mas somos uma equipe, e a empresa está melhor do que nunca, por isso não podemos nos dividir agora. Por favor, vamos comer e começar bem a semana.

Me sentei com a cabeça apoiada nas mãos enquanto todos saíam pelas pesadas portas de madeira. Então senti uma mão grossa e pesada no meu ombro.

— Sim? — falei, tentando sorrir enquanto olhava para o rosto preocupado de Frodo. Ele ainda era um SDV, e estava estagnado há meses. No entanto, ele tinha atualizado seu guarda-roupa de camisetas de futebol para camisas polo em tons pastel com golas abertas. *Algumas pessoas não têm jeito.*

Ele pegou uma cadeira e sentou ao meu lado.

— Buck, vai ficar tudo bem?

— Sim — respondi, esfregando suas costas. — Só se concentre em ser promovido, cara. Não deixe essa merda te derrubar.

Ele assentiu.

— Eu vou, mas estive ouvindo coisas, Buck.

— Ouvindo coisas? Como vozes, Frodo?

— Sim, mas não como, hã, na minha cabeça. Só, hã — ele olhou para a janela — mais conversa sobre raça e outras coisas. Desde aquele vídeo com Clyde e seu grupo. Acho que ele tem seguidores aqui.

Clyde. O presente que continua dando frutos, como hemorroidas.

— Tudo bem, Frodo — falei, ajudando ele a se levantar. — O que preciso de você é que seja meus olhos e ouvidos. Se você ouvir alguma coisa, me diga. Eu não quero ser pego de calças arriadas, sabe?

— Como assim, Buck? Você, hã, precisa de um cinto?

Olhei para ele por um tempo, sabendo que ele tinha boas intenções, mas que ainda era burro como uma porta.

— Sim — falei, rindo. — Você será meu cinto, cara.

...

Bela porcaria de cinto. Na manhã de terça-feira, o inferno começou. Eu estava na Sumwun revisando os relatórios do terceiro trimestre dos ECs quando Rose me mandou uma mensagem.

Washington Square Park. O arco. AGORA!

— Desculpem — falei, me levantando da mesa no Alcorão. — Tenho uma emergência. Eddie, continue aqui.

Quando cheguei ao Washington Square Park, havia uma multidão em frente ao arco. Me sentei em um banco perto da fonte, perto o suficiente para poder ver o que estava acontecendo, mas longe o suficiente para ser difícil de ser reconhecido, principalmente com o moletom enorme e os óculos de sol que comprei.

De onde eu estava, vi balões, adolescentes sorridentes e turistas mastigando bolinhos, biscoitos e torta. Rose estava de lado, enfurecida. Um caminhão da *PSST News* estava estacionado além do arco, o que só poderia significar uma coisa. Mandei uma mensagem para Rose.

Cheguei. Moletom preto. À esquerda da fonte voltada para o arco.

Ela olhou e se aproximou.

— Senta — falei, tentando não chamar a atenção.

Ela agarrou os quadris, balançando a cabeça.

— Não, porra, não. Você sabe o que está acontecendo aqui?

— *Por favor*, Rose. Temos que nos esconder. Senta.

Ela olhou para a multidão e depois bateu com a bunda no chão.

— Coloca na *PSST News*. Tem transmissão ao vivo dessa merda. Aquela vadia com cara de Missy Anne, Bonnie Sauren, está lá no meio entrevistando Clyde.

Abri a transmissão no celular. Havia uma foto de uma mesa dobrável de plástico com diferentes produtos assados. Atrás dela estavam os membros da FraCa, sorrindo, pegando dinheiro e distribuindo biscoitos e donuts. Alguns deles, percebi, eram funcionários da Sumwun que estavam convenientemente doentes, mas que não se importavam o suficiente para esconder sua lealdade a Clyde ficando fora das câmeras.

— Merda. Vejo algumas pessoas da Sumwun, mas isso parece uma venda de bolos normal.

Rose franziu o rosto com nojo, como se tivesse pisado em um monte de merda.

— Continue assistindo.

— Então, Clyde — começou Bonnie, vestindo um blazer branco justo e uma saia branca para combinar com seu não posso-acreditar-que-não-foi-descolorido! cabelo loiro. — Para todos os espectadores que acabaram de se juntar a nós, explique o que está acontecendo aqui.

— Claro. — Ele sorria diretamente para a câmera. — É uma venda de bolos. Mas não qualquer venda de bolos. Não, o nosso tem um componente mais moderno. Para refletir verdadeiramente os tempos. Veja, os custos de nossos produtos assados dependem de quem os compra. Se você passar aqui, verá nossa lista de preços.

A câmera focou uma folha de papel apoiada na mesa.

Donuts: 50 centavos cada para negros, 75 centavos cada para hispânicos, US$ 1,50 cada para asiáticos, US$ 2,50 cada para brancos.

Biscoitos: 10 centavos cada para negros, 25 centavos cada para hispânicos, 75 centavos cada para asiáticos, US$ 1 cada para brancos.

Torta: US$ 1 a fatia para negros, US$ 1,50 a fatia para hispânicos, US$ 2 a fatia para asiáticos, US$ 3,50 a fatia para brancos.

Café: gratuito para negros, e somente para negros.

— Não acredito, porra — falei, segurando o celular com tanta força que doía.

— Percebemos que, sendo a ação afirmativa um tema tão em alta, já que é basicamente uma ferramenta para os racistas reversos encherem as principais instituições com crianças que não pertencem ali, resumimos a questão a algo mais tangível para que as pessoas pudessem entender o dano real que a discriminação reversa inflige àqueles que nada têm a ver com as ações de seus antepassados.

Bonnie assentiu, hipnotizada.

— E como tem sido a resposta? — perguntou ela, pegando um biscoito de baunilha.

— Extremamente positiva. As pessoas concordam com o que estamos fazendo e com o que defendemos, que é acabar com toda essa porcaria de cor. Somos todos americanos e precisamos fazer a nossa parte para progredir. Nada de tratamento especial para ninguém. E se há pessoas por aí como aqueles terroristas da Soldados Felizes que pensam que merecem tratamento especial, eles vão cair do cavalo.

Olhei para cima. Rose havia partido. Ela já estava a meio caminho da multidão. Eu gritei atrás dela.

Ela se virou e me cumprimentou, abrindo caminho no meio da multidão. Segundos depois, produtos assados e café voaram no ar como se estivessem quicando em um trampolim, seguidos de gritos e berros. Eu queria ir buscá-la, mas não podia. Se Clyde me visse, saberia que eu estava envolvido, o que destruiria tudo.

Um dos soldados de Clyde, um cara com peito largo e corte de cabelo curto, segurou Rose e a soltou assim que a polícia chegou. A *PSST* registrou tudo.

...

Naquela noite, Jake enviou Trey para tirá-la da cadeia e, quando ela voltou ao QG, todos a aplaudiram e assobiaram, o verdadeiro regresso à casa de um soldado.

Foda-se.

— Silêncio! — gritei. A festa fez uma pausa.

— Calma, D — disse Soraya, agarrando meu braço.

Eu o puxei.

— Não. Não há porra de razão nenhuma para comemorarmos. — Virei a cabeça pela sala e parei em Rose. — O que você fez hoje poderia ter acabado com tudo pelo que trabalhamos. Para quê? Para virar uma mesa?

— Para enfrentar aqueles branquelos — disse Jason, parando ao lado de Rose.

— O que é mais do que você fez — acrescentou ela.

A sala inteira ficou parada, como se estivesse presa no tempo.

— Só estou tentando garantir que sobreviveremos a isso — falei, suavizando a voz.

— Qual é o sentido de apenas sobreviver, Buckaroo? É o que temos feito desde que fomos trazidos para esse país. Eu? — disse

Rose, se virando para o grupo. — Estou cansada de sobreviver. Eu quero prosperar.

Atrás de Jason e Rose estavam cinquenta Soldados Felizes refletindo o mesmo desejo assassino de ação. Eu sabia o que estava acontecendo. Que porra de motim o quê, aquilo era um golpe.

— *Pense* — falei, apelando desesperadamente à razão. — Se fizermos algo que não possamos conter, tudo pegará fogo.

— Talvez sim — disse Jason. — Mas prefiro sair livre de um prédio em chamas do que vivo e algemado em um porão.

Cabeças cansadas e furiosas assentiram.

— Todo mundo para fora! — gritei e me virei para Jason e Rose. — Exceto vocês dois.

— Até nós? — perguntou Brian, acenando para Ellen, Jake e Soraya.

— Até vocês — falei, mantendo os olhos em Jason e Rose.

Assim que o andar ficou vazio, Jason se esticou no sofá e Rose pegou uma cerveja.

— Estão tentando nos arruinar? — perguntei, observando Rose se sentar ao lado de Jason.

— Estamos tentando nos salvar — disse Jason.

Rose sorriu para mim.

— Não tentando, Buckaroo. Nós *estamos* salvando — disse ela, estendendo um celular em minha direção.

— O que é isso? — Eu vi a foto de um cara branco suado beijando um cara negro no que parecia ser uma boate suja.

— Olhe com mais atenção — disse Rose, aumentando o brilho do celular.

Levei um segundo, mas vi. O branco suado era Clyde, mas não consegui identificar o negro.

— Que porra é essa?

Jason e Rose se entreolharam e riram.

— Você disse para ser criativo. Mas, sinceramente, foi sorte, porque isso caiu do céu. Eu estava no Cubbyhole com Dolores, você sabe, fazendo nosso encontro noturno, quando ouvimos um cara, o cara negro da foto, resmungando para o amigo sobre seu "amante" — disse Rose, fazendo as aspas no ar.

"Então me aproximei e consegui todas as informações. Clyde e esse cara namoram secretamente há anos, mas essa coisa da FraCa está acabando com eles. Então, peguei o celular dele, encontrei um punhado de fotos deles, mandei uma mensagem para mim, apaguei as mensagens e devolvi o telefone como se nada tivesse acontecido. Ele nem sabe. Agora podemos enviar isso para a mídia e explodir toda a posição racista, enrustida dele, que odeia a si mesmo."

— Essa é merda é genial — disse Jason, se sentando. — Temos sorte pra caralho. Estou prestes a mandar tudo logo pela manhã e ver a coisa explodir como o Vietnã.

Olhei para o celular, passando por algumas fotos de Clyde e seu namorado: em uma jacuzzi, sorrindo com taças de champanhe nas mãos; abraçados em um quarto de hotel com vista para o Hudson; com pedaços enormes de cheesecake na frente deles, garfos prontos para atacar. Era isso que estávamos esperando, o que precisávamos para obter vantagem, mas não era certo.

— Não — falei, excluindo as fotos, esvaziando a pasta de lixo e devolvendo o celular.

— O que você quer dizer com "Não!"? — gritou ela, mexendo furiosamente no celular em busca das fotos que faltavam. Ela se virou para Jason, o fogo ardendo em seus olhos e a boca entreaberta. — Ele acabou de deletar nossa vantagem!

Jason pulou do sofá e ficou cara a cara comigo, pronto para acabar com a minha raça.

— Que porra é essa? Pensei que você fosse aceitar essa merda. Você está do lado de quem?

— Não é certo. Tirar Clyde do armário para envergonhar o cara? É baixaria demais.

Rose respirou fundo e olhou para mim.

— Isso é guerra, Buckaroo. Qualquer coisa serve. O objetivo é vencer, e você acabou de nos deixar um passo mais perto da derrota. Por quê?

Me virei para ela, imaginando para onde tinha ido a garota que há seis meses não tinha um lugar para chamar de lar, a garota que me disse que o que mais queria no mundo era uma família. Acho que ela conseguiu o que queria e estava fazendo de tudo para proteger o que conquistou.

— Precisamos ter alguma integridade, Rose. Isso aqui não é um jogo; é a vida das pessoas.

Jason arfou.

— Não é um jogo? É só disso que você fala, nego. Que temos que "consertar o jogo", "o jogo está viciado e temos que equilibrar o campo", "temos que fazer o que for preciso para progredir". Agora você tá aí com essa besteira de consciência e integridade? Não conta comigo nessa, fi. Se você não fizer o que for preciso para conter essa merda — disse ele, olhando para Rose —, nós faremos.

Leitor: a vida, assim como as vendas, traz uma infinidade de oportunidades de fazer a coisa errada para vencer. Mas entenda que, quer você aproveite essas oportunidades quer não, as consequências ainda virão. E nem sempre estarão a seu favor.

31

Apesar de a semana ter começado caótica, a paz reinou durante toda a quarta e quinta-feira. Agora, eu conseguia respirar um pouco melhor.

Eu tinha prometido a Eddie, Marissa e Frodo que almoçaria com eles na sexta-feira, para colocar o papo em dia, mas, quando estava prestes a sair da Sumwun, para me juntar a eles, Rhett abriu as portas de vidro fosco, agarrou meu braço e me empurrou em direção ao seu escritório.

— Que porra é essa? — perguntei assim que entramos.

— É isso que estou me perguntando, Buck — disse ele, colocando um papel em minha mão.

Eram cerca de cinquenta assinaturas, com uma *Petição para Afastar Buck* em negrito na parte superior.

— Hã? — Examinei a lista de nomes, começando por Tiffany e incluindo pessoas de todos os níveis da equipe de vendas.

— Tem pelo menos cinquenta pessoas aí — disse Rhett, apontando para o papel — que querem que você saia. Dizem que você não está apto para liderar. Como pôde deixar chegar a esse ponto?

— Não fui eu, Rhett — falei, balançando a cabeça, desacreditado. — Foi Clyde! De alguma forma, ele se infiltrou aqui com toda aquela merda de supremacia branca.

— Merda de supremacia branca? Buck, preciso que você seja sincero comigo agora mais do que nunca. Você se lembra da nossa promessa, certo?

— Sim — respondi. — Claro.

— E você sabe que eu te amo como um irmão, certo?

— Sim, Rhett — falei, o papel tremendo em minhas mãos. — O que é? Fala logo.

— Você faz parte dos Soldados Felizes? Não consigo imaginar você envolvido em algo assim, mas preciso ter certeza.

Algo me disse para simplesmente confessar naquele momento, mas eu não sabia quais seriam as consequências. E ainda havia uma parte de mim, apesar de tudo, que não queria decepcioná-lo. De muitas formas, ele havia me dado uma vida totalmente nova.

— Eu já te falei, Rhett. Não faço parte dos Soldados Felizes e não estou afiliado. A última coisa que eu gostaria de fazer é envolver a Sumwun nessa confusão racial.

Ele suspirou de alívio e se sentou, sinalizando para que eu fizesse o mesmo.

— Ótimo. Eu sei que você é inteligente demais para isso, mas eu precisava ter certeza. Acho que é melhor você denunciar os Soldados Felizes na frente de toda a equipe de vendas, para que todos saibam de que lado você está.

Minha boca ficou seca.

— Como assim "lado", Rhett? Se eu denunciar os Soldados Felizes, não vai ficar parecendo que estamos apoiando Clyde?

Ele coçou a testa.

— Talvez sim, mas você tem cinquenta pessoas nessa lista que estão prontas para se demitir se você não as reconquistar. E não podemos estar na mira da mídia de novo não. É uma questão de sobrevivência, Buck.

— Sobrevivência de quem, Rhett? Muitos funcionários racializados da Sumwun me admiram, e denunciar os Soldados Felizes me faria parecer capitão do mato. Eu não posso fazer isso.

Ele arrancou a petição das minhas mãos e se levantou.

— Não se trata de raça, Buck! Pare de ser tão simples. Tudo se trata da empresa. Ninguém se importa com a cor da sua pele. Sinceramente, você está sendo narcisista.

Pensei no meu primeiro dia na Sumwun e me vi coberto em tinta branca, o balde pendurado acima de mim enquanto todos riam sem parar. Eu percorri um longo caminho desde então, ganhei o mundo, perdi também e estava corrigindo tudo outra vez — por Ma, por mim e para a geração futura —, então não havia como recuar.

— Tanto faz, cara — falei, indo para a porta. — Não vou fazer o que você pediu, mas vou descobrir uma forma de consertar isso.

— Bom mesmo.

...

— O que aconteceu? — perguntou Eddie quando me aproximei da mesa deles no Shake Shack no Madison Square Park.

— Aquela petição — falei, me sentando. — Vocês sabiam dela?

Eddie olhou para Marissa, que olhou para Frodo, que se virou para mim, com medo no rosto.

— Hã, sim, eu sabia, Buck, mas não achei que fosse algo importante, então não toquei no assunto. — Nervoso, ele enfiou metade de um ShackBurger na boca.

— Que belo cinto, hein?

Marissa esticou o braço por cima da mesa e colocou a mão no meu ombro.

— Não se preocupe com nada disso, Buck. Metade dessas pessoas está louca pelos negócios ou por qualquer outra coisa que não tem nada a ver com você.

— Tem tudo a ver comigo. Eles me querem fora.

Eddie riu, jogando uma batata frita em mim.

— Isso nunca vai acontecer, então não fique emburrado assim. Mas, ei, e o Clyde, hein? Ele está enlouquecendo.

— Sim — sussurrou Frodo. — Ele está, hã, levando tudo isso para outro patamar. Quem sabe o que ele fará agora?

— Mas aqueles Soldados Felizes meio que também surgiram do nada, certo? — disse Eddie.

— Sim — concordou Marissa. — Parece uma organização ultrassecreta. Me pergunto se eles fazem sacrifícios humanos.

Eddie colocou uma única batata frita na boca.

— São os Illuminati. Tenho certeza disso.

Eu ri, tentando me acalmar.

— Vocês já ouviram aquela frase do Kendrick sobre os homens negros e os Illuminati?

Silêncio e olhares.

— Deixa para lá. — Balancei a cabeça. — Mas sério, gente? Vocês acham que tem alguma conspiração acontecendo? É só um bando de vendedores negros que fundou um clube para se sentirem especiais.

Eddie semicerrou os olhos, decapitando uma batata frita.

— Humm, parece que você está por dentro. Tem algo para nos contar, Buck?

Me forcei a respirar e depois rir.

— Eu? Eles devem achar que faço parte do sistema, porque nunca recebi um convite.

— Igual com a minha carta de Hogwarts — murmurou Frodo.

— Bem, na verdade *conheço* um Soldado Feliz — anunciou Eddie.

— Pare de mentir — disse Frodo. — Como *você* conheceria um Soldado Feliz?

— Não vou dizer onde nos conhecemos, mas começamos a namorar recentemente — disse ele, se inclinando agora, sussurrando. — Depois que eu o abro com alguns drinks, ele fica *muito* falante. Ele jura que vai me dizer quem está por trás de tudo isso se eu deixar que ele macete.

Frodo olhou em volta.

— Macetar o quê, Eddie? Se alguém bater em você, eu estrangulo ele.

— Obrigado — disse Eddie, esfregando a mão de Frodo. — Mas, sim, esse cara diz que as coisas estão tensas lá, muito tensas.

Como se houvesse uma guerra civil em resposta a Clyde e seus comparsas. É tudo *muito* tenso.

Filho da puta! Torci minhas mãos debaixo da mesa. *Quem está falando com Eddie também deve ter avisado Clyde sobre nossos planos de hackeá-lo.* Examinei todos os caras gays, bi ou possivelmente em dúvida do grupo. Havia mais do que alguns.

— Quem é o sortudo? — perguntei, tomando um gole da minha vitamina, tentando parecer casual.

Eddie beliscou minha bochecha, sorrindo.

— Você sabe que eu não saio por aí falando, Buck. Mas direi que ele é incrivelmente inteligente, bom com computadores e — ele abriu as duas mãos como um mágico — é *africano.*

Kujoe. Aquele rato filho da puta. Bem na minha casa, na Sumwun, na minha frente. Como eu não vi? Ele deve ter avisado Clyde sobre o hackeamento e contado a ele sobre nós. Antes que eu tentasse conseguir mais informações, meu celular tocou. Era Jason.

— Um segundo, pessoal — falei, me levantando e abrindo minha mão. — Alô?

— Ei, venha para o QG.

— Para quê?

Ele riu.

— Tenho uma surpresa para você.

Uma surpresa? Eu não queria surpresas, especialmente dele.

— O que é?

— *Cara.* — Ele suspirou com tanta força que meu ouvido vibrou. — Se eu te *contasse*, não seria uma surpresa, né? Para de brincar e vem pra cá.

— Tá.

Voltei para a mesa e disse que precisava ir.

— Ah, não — implorou Frodo, os lábios tão brilhantes quanto um chão recém-encerado. — A gente nunca consegue mais sair juntos.

— Desculpa. Mas foi divertido. Vamos fazer isso de novo mês que vem.

— Até mais, Buck — disse Marissa, dando um beijo gorduroso na minha bochecha.

— Até mais, Eddie — falei, me inclinando para um abraço. — Boa sorte com o seu namorado. Qual é o nome dele mesmo? Príncipe Akeem?

Ele selou os lábios com os dedos, torceu-os e jogou a chave por cima do ombro.

— Boa tentativa.

...

Fiquei na base da escada e vi as luzes do segundo andar acesas antes de entrar.

— Ei — chamei, olhando para uma sala vazia cheia de telefones no primeiro andar. Geralmente havia gente lá, mas era sexta-feira. Imaginei que Rose os tivesse mandado para casa mais cedo.

Enquanto subia as escadas, vi uma figura escura parada no patamar do segundo andar.

— Quem é esse, porra?

— Senhor Buck? É Jake. Droga, Jason enlouqueceu, juro. Tem alguma coisa acontecendo lá dentro, mas ele não deixa ninguém entrar. Estão só ele e Rose, e eles mandaram todo mundo sair. Se tem alguma coisa acontecendo, eu preciso saber. É o meu trabalho.

Eu o afastei e bati na porta.

— Quem é? Eu falei pra vocês irem embora.

— Jason, sou eu.

— Finalmente.

Ele abriu a porta e olhou em volta.

— Só você — disse ele, de olho em Jake. — E não fale muito alto.

A cozinha e a sala estavam vazias, exceto por Rose e alguém amarrado a uma grossa tábua de madeira sustentada por dois cavaletes. Um saco de pano preto cobria a cabeça da pessoa e havia um grande balde vazio embaixo.

— O que você fez, porra? — Passei por Jason e fiquei diante do homem. — Quem é?

Rose riu.

— É o Justin Bieber — disse ela, batendo na cabeça do homem com tanta força que soava como muita água atingindo o chão.

O homem torceu o corpo e gritou, com a voz abafada, como se estivesse debaixo d'água.

— Nós o amordaçamos com uma meia que encontramos debaixo do sofá e colocamos protetores de ouvido para que ele não ouvisse merda nenhuma — completou Jason, com orgulho. — Mas fala baixo. Não sei a qualidade dos protetores de ouvido. Provavelmente devem ser uma porcaria falsa.

— Não, acho que são industriais — disse Rose.

— Que. Porra. Tá. Acontecendo. Aqui? — sussurrei, olhando de um para o outro.

— O que você acha, Buckaroo? Estamos reagindo. Aquela história de hackear foi um fracasso. E já que você vetou nosso plano de chantagear Clyde com o homem negro dele, é hora de agir de verdade.

Olhei para Jason, parado com os braços cruzados, sorrindo como alguém prestes a atirar um canhão em uma piscina e fazer uma bagunça.

— Não é quem eu acho que é, certo?

Rose deu de ombros.

— *Não,* é quem você não acha que é.

— Isso mesmo — disse Jason, com os olhos arregalados como os de Malcolm McDowell em *Laranja mecânica.* — E estamos prestes a fazer uma Guantánamo com ele.

— Inquisição Espanhola — corrigiu Rose. — Acho que eles fizeram isso primeiro.

— Vocês enlouqueceram?! — gritei. — Isso é sério pra caralho, cara. Se formos pegos, não apenas estaremos acabados, vamos para a cadeia.

— Desde quando você ficou tão frouxo, nego? Eu quero aquele cara que me deu um soco na cara no ano passado. Foi uma idiotice, mas pelo menos foi alguma coisa. *Caramba.* Além disso — Jason colocou a mão no meu ombro —, você não está mais comandando o show, mano.

Rose enfiou a mão embaixo da bolsa preta e tirou a meia suja da boca de Clyde e os protetores de ouvido. Ele respirou bem fundo.

— Vocês todos vão morrer por isso — tossiu ele. — Vocês acham que podem simplesmente sequestrar quem quiserem? Sou Clyde Reynolds Moore Terceiro! Terceiro, porra. Sabem o que isso significa?

— Na verdade, não. — Rose puxou o saco preto até a ponta do nariz dele e colocou um pano sobre sua boca. — Mas tenho certeza de que significa que o pai do seu pai provavelmente era dono de algumas pessoas escravizadas. E que a terra que o pai do seu pai possuía foi transmitida ao longo dos anos, acumulando riqueza geracional e enchendo seus bolsos com dinheiro feito com algodão colhido pelas pessoas escravizadas que eles possuíam.

Ela foi até a geladeira e pegou um galão de Poland Spring.

— Era isso que você ia dizer?

— O que você quer? — perguntou ele, virando a cabeça. — Dinheiro? Eu posso te dar.

— Não preciso disso — disse Jason.

— Tá, então o quê? Eu farei qualquer coisa.

Não vou mentir; vê-lo assim, desesperado e vulnerável, me fez sentir bem, apesar de toda a merda que ia resultar para nós.

— Para começar — disse Rose, destampando o galão —, você pode parar com todo esse papo de supremacia branca que tem vomitado nas últimas semanas.

Abri a boca, mas Jason colocou a palma da mão sobre ela. Ele balançou a cabeça. Eu entendi. Clyde conhecia minha voz. Se ele pudesse me identificar, estaríamos em apuros. Jason colocou jazz para tocar; o lamento de um saxofone encheu a sala.

Rose derramou água no pano que cobria a boca de Clyde, fazendo ele estremecer, como se estivesse passando por terapia de eletrochoque.

— Tenho certeza de que você está acostumado com Evian, mas espero que não se importe com a Poland Spring.

— Por favor! — gritou ele. — Por favor, pare!

— É isso que queremos que você faça — disse Rose. Ela inclinou o galão de plástico novamente e derramou água na cabeça dele por dez, talvez vinte segundos. — O que você está sentindo — gritou ela por cima da música, levantando o galão por um momento enquanto Clyde tossia e depois retomando — é a sensação de afogamento.

Ele balançou a cabeça em todas as direções, suas mãos e pés convulsionando como se estivesse possuído. Antes era divertido, até emocionante, mas agora era tortura de verdade. Meu coração batia cada vez mais rápido.

— Veja bem, a água encharca o pano — continuou Rose —, fazendo com que grude em seu rosto, dificultando a respiração. A água entra pela boca, escorre pela garganta e pelas narinas, fazendo você se sentir como se estivesse mesmo...

— Afogando! — gritou Clyde depois que ela esvaziou toda a água e removeu o pano. — Não consigo! Não consigo respirar — disse ele, cuspindo água no chão da cozinha.

— Você vai parar com essa merda nazista? — perguntou Jason, se ajoelhando ao lado do corpo encharcado de Clyde.

Clyde girou e empurrou a tábua úmida antes de concordar.

— Você vai se livrar da Fraternidade Caucasiana de Sádicos?

Um gemido escapou da boca dele, o som de um animal maltratado.

— Como é? — perguntou Rose. — Mais alto.

— Sim — sussurrou Clyde.

— Mais alto! — disse Jason, pegando o celular, gravando a cena. — Diga “Eu sou Clyde Reynolds Moore *Terceiro*, e estou errado pelo que fiz. A Fraternidade Caucasiana é racista, preconceituosa e maligna”.

— Eu — começou Clyde, engasgando com a saliva.

— Grite para os céus! — ordenou Rose. — Tão alto que seu precioso Deus branco e Jesus de olhos azuis e cabelos loiros ouçam você!

— Eu — disse ele, agora mais alto —, Clyde Reynolds Moore Terceiro, estou errado. A Fraternidade Caucasiana é racista, preconceituosa — ele fez uma pausa, e Jason apertou sua perna — e maligna.

Jason e Rose bateram os punhos fechados. Fiquei ali sem palavras. Fui até a geladeira, peguei uma cerveja e bebi tudo de um só gole, tentando sentir o gosto de alguma coisa, qualquer coisa.

— Se ouvirmos mais alguma coisa sua — disse Jason, cobrindo a boca de Clyde com o saco preto de novo —, nós pegaremos você, assim como fizemos hoje. Mas você não viverá mais um dia para contar a história.

— Entendi — disse ele, tomado de medo. — E-e agora?

— Você vai dormir um pouco e depois acordar como se nada tivesse acontecido — disse Rose.

— Hã?

Ela deu um chute rápido na cabeça dele, nocauteando-o.

— Ligue a van — Jason a instruiu. — Nós vamos levar ele lá para baixo.

Enquanto carregávamos o cara escada abaixo, eu segurei as pernas enquanto Jason segurava os braços, Jason assobiava como se tudo estivesse normal. Fechamos as portas da van que Ellen normalmente usava com os novos recrutas, e Jason sentou no banco do motorista. Rose se acomodou ao lado dele.

— Não se preocupe — disse ela. — A gente resolve.

Jason sorriu de sua janela.

— Sim, Super-Homem. Vá para casa e durma um pouco. Você pode finalmente ficar tranquilo agora que tudo acabou. Eu disse que esse era o único jeito.

Eles desceram a rua. Atravessei a umidade espessa de uma noite de verão, indo para o metrô, querendo que o subterrâneo me levasse o mais longe possível do que aconteceu. Tínhamos passado dos limites e não havia como voltar atrás, principalmente com alguém como Clyde.

Antes de dormir, liguei para Kujoe, que negou ser o dedo-duro, mas admitiu ter falado sobre os Soldados Felizes com Eddie. Eu acreditei mesmo que ele não era o dedo-duro? Não, de jeito nenhum. Qualquer um que quebrasse nossa regra básica de não falar dos Soldados Felizes não era confiável, então eu disse que ele estava banido do QG até segunda ordem e que deveria ficar quieto na Sumwun, ou eu o demitiria.

Feito isso, me preparei mentalmente para o que aconteceria a seguir, embora nunca pudesse ter previsto até onde Clyde iria para vencer. Mas o sono estava me puxando para o abismo e tive que me render, pelo menos durante aquela noite.

32

Noites depois, o QG estava movimentado. Tal como os sádicos de Gitmo e Abu Ghraib, Jason e Rose não fizeram qualquer esforço para esconder o que tinham feito. O vídeo da confissão de Clyde apareceu nas telas, e os Soldados Felizes comemoraram como se tivéssemos vencido pra valer.

— Ei, me ouçam — disse Jake, erguendo uma cerveja. — Sei que foram algumas semanas difíceis e que todos nós estivemos um pouco divididos, mas um brinde ao fim disso.

— E a Jason e Rose por fazerem o que tinha que ser feito para nos manter seguros — acrescentou Ellen.

— E p-p-p-para o Sensei Buck — Trey entrou na conversa, piscando para mim. — Por ser nosso líder d-d-d-d-destemido.

— Para Jason, Rose e Buck! — todos gritavam, batendo latas umas nas outras, bebendo taças de champanhe barato e distribuindo baseados como se estivessem no Burning Man, em Woodstock ou em um daqueles eventos em que os brancos suspendem todas as leis e se fodem até perderem os sentidos.

Eu não estava com vontade de comemorar — ainda não. Tudo parecia muito precipitado. Eu estava subindo as escadas quando alguém agarrou minha mão.

— Ei — disse Soraya, sem soltá-la. — Não está com vontade de comemorar?

— Não, na verdade não. Tô muito cansado. Vou apagar, mas divirta-se.

— Se é o que você quer. — Ela parecia decepcionada.

Algumas horas depois, quando eu enfim estava dormindo, meu celular tocou, me acordando. Atendi sem olhar, apostando que era Kujoe ligando para me implorar para deixá-lo voltar.

— Alô?

— Buck?

Era a voz de uma mulher. Parecia familiar, mas não consegui identificá-la.

— Quem é?

— Sandra Stork. Estou ligando porque você está encrencado.

— Encrencado? — perguntei, acendendo a luz. — Com o quê?

— Buck. — Ela fez uma pausa. — Todo mundo sabe. A mídia já está escrevendo artigos para serem publicados amanhã de manhã.

— Todo mundo sabe o quê?

— Escuta, podemos ficar de brincadeira ou você pode ser sincero comigo. Uma fonte anônima entrou em contato com todos os principais meios de comunicação há uma hora dizendo que você está por trás dos Soldados Felizes. Eles enviaram um vídeo seu falando para um grande grupo de pessoas, discutindo planos para combater aquele grupo de vendedores nazistas. Existem também outros vídeos.

Kujoe, aquele filho da puta. Ele devia estar gravando os Refúgios Silenciosos.

— Ainda que isso fosse verdade — falei, fechando os olhos —, por que você está me ligando?

Ela riu.

— Porque não suporto ver irmãos jovens e inteligentes usados para praticar tiro ao alvo. Então, quero dar a você uma chance de se antecipar. Venha ao *Rise and Shine, America* amanhã e conte seu lado antes que seja tarde demais. Eu não vou pegar leve com você... porque não posso, mas pelo menos você poderá controlar parte da narrativa.

Eu sabia que a guerra não havia acabado; não poderia terminar assim. Pessoas como Clyde — ricas, brancas e poderosas — não sucumbem a ameaças físicas e também não as cometem. A guerra delas é institucional, psicológica e estratégica. No xadrez, você não vence seu oponente dando um soco na mandíbula dele, você o encurrala até que ele não tenha mais para onde ir.

— Valeu, mas não — falei, agarrando um travesseiro para evitar quebrar alguma coisa.

— Tem certeza, Buck? Essa pode ser sua última chance antes que tudo saia do controle.

Respirei fundo e repassei mentalmente a última semana: os vídeos de Clyde, a venda de bolos, nossa tentativa fracassada de guerra cibernética, os tumultos raciais na Sumwun, o sequestro de Clyde; tudo já estava fora de controle, e a única coisa que eu podia fazer agora era dançar conforme a música em vez de tentar controlá-la, controlá-la e controlá-la.

— Sim — falei, suspirando. — Tenho certeza. Mas obrigado, Sandra. De verdade.

— Imagina, Buck. Boa sorte.

Depois disso, dormir foi impossível. Desci as escadas e as pessoas estavam desmaiadas por todo lado, parecendo corpos em um campo de batalha.

Exceto uma. Soraya estava na cozinha tomando uma taça de vinho.

— Ei — chamei. — Tem uma para mim?

Ela forçou um sorriso e me serviu um copo de vinho tinto. Nós brindamos. Mas havia dor suficiente no olhar dela para que eu soubesse que o sorriso era uma fachada.

— O que foi?

— Eu estava só pensando na sra. V. Faz um pouco mais de um ano que você, ela, Jason, o sr. Rawlings e eu estávamos aqui comendo pizza e rindo. Mas agora — ela balançou a taça — tudo, quer dizer, *tudo*, D, mudou. Esse cômodo, essa casa, você, eu, nós. Às vezes eu penso, *cara, isso tudo é tão bom, estou em um lugar que nunca pensei que estaria*, mas então me lembro do passado, da sua mãe, e sinto muita falta de tudo aquilo.

Coloquei a taça na mesa e segurei seu rosto, enxugando o máximo que pude de suas lágrimas.

— Eu conheço o sentimento, *habibti*. Pode ter certeza.

Ela levou minha mão aos lábios, segurando-a ali antes de olhar para mim.

— O que aconteceu com o sr. Rawlings, D? Você já foi procurá-lo? Você tentou ajudá-lo?

Tentei falar, mas havia um nó na minha garganta. Desde que o expulsei, não consegui parar de pensar nele.

Olhei para ela e balancei a cabeça; lágrimas turvaram minha visão.

— Ele não merecia isso — disse ela enquanto descansava a cabeça no meu peito. — Ele não merecia nada disso.

— Eu sei. — Passei meus braços em volta dela, tentando lutar para voltar ao passado. — Eu sei.

...

Foi exatamente como Sandra disse que seria. No dia seguinte, eu estava espalhado por toda a internet. Meu rosto apareceu em todos os principais jornais, e algumas pessoas até me chamaram de terrorista. Mensagens e e-mails fizeram meu celular ficar tão quente que simplesmente o desliguei.

— Bom dia, Chauncey — falei, sentando no banco de trás. — Vamos para a Sumwun.

Ele engoliu em seco e olhou para mim pelo retrovisor. Foi só depois de cruzarmos a ponte Williamsburg e subirmos a Primeira Avenida que ele falou.

— Eu li o jornal, Buck. Você está bem?

Olhei pela janela para babás negras empurrando crianças brancas em carrinhos, donos de carrinhos de comida empilhando copos de papel azuis, cachorros cagando na calçada sem nenhuma preocupação.

— Não estou — fechei os olhos —, mas ficarei. Nada dura para sempre, certo?

— Sim, isso é verdade. — Chauncey sorriu para mim. — Mas você é uma das pessoas mais fortes que conheço, Buck, e a força dura para sempre.

— Obrigado, Chauncey. Espero que sim.

Empurrei as portas giratórias e olhei para o Starbucks; tudo estava como há um ano, exceto que não reconheci ninguém trabalhando. As pessoas gritavam freneticamente umas com as outras e derramavam bebidas enquanto tentavam acompanhar a correria da manhã. *Porra, está tudo desmoronando.*

Saí do elevador, parei em frente às portas foscas e respirei fundo antes de abri-las. O andar estava borbulhando de caos: bolas voando em todas as direções, pessoas gritando, batendo seus telefones, cachorros correndo, vendedores andando de um lado a outro... uma cacofonia assustadora para quem não está acostumado.

Mas, quando entrei, tudo parou. Ficou tão silencioso que pude ouvir o tiquetaquear dos relógios de parede em uma dúzia de fusos horários diferentes. *Bem, a verdade está exposta. Pelo menos agora não terei que denunciar os Soldados Felizes.*

A porta de Rhett se abriu e ele saiu.

— Que merda está acontecendo... — Ao me ver, ele parou e disse: — Voltem todos ao trabalho.

Mas ninguém voltou. Os olhares me seguiram enquanto eu passava pelas mesas em direção a Rhett, alguns deles dizendo "traidor" baixinho enquanto eu atravessava a sala. O rugido ensurdecedor voltou só quando a porta se fechou atrás de mim.

Era uma tarde de quarta-feira, mas o escritório de Rhett tinha a sensação daquela primeira Semana de Negócios, quando ele estava com os nervos à flor da pele, com certeza da morte da Sumwun. Ele estava sentado no sofá de couro, com um copo cheio de gim na mão, o gelo tilintando como correntes.

— Ei — falei, parando na frente dele, sem saber se deveria sentar. A camisa dele estava amassada, o que só poderia significar o pior.

Ele assentiu sem dizer nada, encarando a sua bebida, como se estivesse tentando encontrar uma resposta nela. Vê-lo assim, desanimado, sugou toda a confiança de mim.

— Rhett — falei, enfim sentando ao lado dele. — Olhe para mim, cara. Por favor.

Ele não olhava. Ele tomou um gole e se virou para a janela, semicerrando os olhos sob a forte luz de setembro.

— Onde foi que eu errei? — perguntou por fim. Ele se levantou e caminhou até as janelas.

— Como assim?

— Quer dizer, o que eu fiz com você, Buck? Onde eu errei?

Me levantei e fiquei ao lado dele, observando os barcos deslizarem pelo East River e as pontas dos edifícios refletirem a luz do sol como diamantes.

— Não entendi, Rhett.

Ele balançou a cabeça e esvaziou o copo de uma só vez.

— Nem eu. Eu te dei tudo, Buck. Todas as oportunidades que nunca tive na sua idade. O sol, a lua e as estrelas. Mas agora olhe para você. — Ele enfim me encarou. — "Se um inimigo me insultasse, eu poderia suportar. Se um inimigo se levantasse contra mim, eu poderia me defender. Mas logo você, meu colega, meu companheiro, meu amigo íntimo." Salmo 55, Buck. Versículos doze e treze. — Ele pegou a garrafa de gim e tomou um longo gole direto do gargalo. — Você sabe o que isso significa?

— Rhett, eu...

— Vá embora — disse ele, se afastando de mim, a dor aumentando em sua voz. — Apenas vá, Buck. Não quero ver você de novo até a conferência. Depois disso, você está livre para ir embora, como eu sei que você quer. Então, por favor, vá de uma vez.

Eu me senti um merda. Rhett me deu a oportunidade da vida, mas isso custou minha liberdade. E foi então, ao sair de seu escritório, passando por centenas de vendedores rindo ao verem seu destemido líder cair, que percebi que foi a liberdade que me motivou desde o início. Não o dinheiro, o poder, a necessidade de me provar, ou mesmo a possibilidade de deixar Ma orgulhosa, mas a liberdade de respirar onde quisesse, quando quisesse, como quisesse e com quem quisesse em minha linda pele negra.

Leitor: a esta altura, você já deve saber que nada na vida é de graça, muito menos a liberdade.

33

— Buckaroo! Buck-a-roo-porra!

Abri meus olhos. Rose estava no meu quarto. A luz entrava pelas cortinas afastadas.

— Por que você não está atendendo às ligações de ninguém, porra? — perguntou ela, jogando uma camiseta e uma calça em mim. — Vista-se — gritou ela. — Agora!

— O quê? Que horas são?

— É tarde de quinta, e alguém tacou fogo no QG, caralho. Chauncey está lá fora. Levanta, agora!

Me vesti e entrei no elevador tão rápido que Rose teve que jogar um par de sapatos em mim.

— O que está acontecendo? — Meu coração batia forte nas costelas.

— Você é surdo, porra? Eu falei que o QG está pegando fogo. Devem ter sido aqueles filhos da puta da FraCa. Onde você esteve?

Entramos no Tesla, e Chauncey acelerou antes que as portas se fechassem.

— Não acredito nisso — gritou ele, enquanto descíamos a toda velocidade pela Segunda Avenida. — Esses são os verdadeiros bandidos!

— Onde você esteve? — repetiu Rose, mascando furiosamente um chiclete. — Estávamos todos esperando por você ontem à noite. Tínhamos balões, confete, a porra toda para comemorar que você finalmente se tornou nosso líder para o mundo, mas você não apareceu.

— Fui para casa. Para seu governo, muita coisa está acontecendo. Agora sou um terrorista, você não sabia?

— Você não pode simplesmente fazer isso, Buckaroo. Você não pode nos abandonar quando precisamos de você.

— Abandonar vocês? Parecia que você e Jason tinham tudo sob controle.

Ela abaixou a janela e cuspiu chiclete em um pedestre desavisado.

— Você enlouqueceu? Somos apenas o músculo. Você — disse ela, apontando — é o coração.

Vimos a fumaça preta subindo assim que saímos da ponte Williamsburg. Chauncey pisou no acelerador, avançando todos os sinais vermelhos que pôde sem machucar ninguém. Mas, quando passamos pelo Marcy Playground e chegamos às quatro esquinas — as antigas esquinas de Gato Malandro, do sr. Aziz e de Jason —, havia carros de polícia, caminhões de bombeiros e ambulâncias bloqueando a rua.

Saímos do Tesla e corremos para lá, mas dois policiais corpulentos bloquearam nosso caminho.

— Para trás! — um deles gritou e agarrou o coldre.

— É a minha casa! — gritei, passando por ele.

— Não, não é — disse o outro, me agarrando. — Temos um milhão de caras como você aqui dizendo que a casa é deles. De quem é essa porra de casa?

— É nossa! — Rose chutou o policial nas bolas, o que o forçou a me soltar. O outro segurou Rose. Corri para a casa e passei por baixo das barreiras policiais de madeira azul e da fita de advertência que se estendia pela rua como uma linha de chegada.

Uma multidão estava na calçada em frente ao QG: Soldados Felizes.

— Buck — disse Brian, correndo em minha direção. — Não sabemos como isso aconteceu... PIRANHA! Deve ter sido Clyde e eles. Isso é coisa do Magneto, eu sei.

Chamas laranja brilhantes saíam de todas as janelas. Paredes desmoronaram, vidro quebrou e a fumaça preta era tão intensa que parecia algodão doce queimado.

— Tem alguém lá? — perguntei, observando minha casa, a casa de minha mãe e de meu pai, desmoronar bem diante dos meus olhos.

Brian olhou para mim, com o peito subindo e descendo, e assentiu.

— Quem? — gritei, o pânico explodindo na minha barriga.

Havia uma mão nas minhas costas. Jason.

— Trey, Super-Homem. O neguinho entrou lá para salvar o que podia e nunca mais saiu.

Corri para a casa e pulei os degraus de dois em dois, gritando o nome dele. Corri escada acima, mas a fumaça era tão espessa que queimou meus olhos e me cegou.

Continuei chamando por ele, mas tudo o que consegui foi fumaça preta descendo pela minha garganta, me sufocando enquanto agarrava meus pulmões.

Caí no chão. Parecia que brasas queimavam todas as superfícies do meu corpo. O calor entrou em mim e não pude fazer nada para expulsá-lo.

Mas, antes de dar meu último suspiro, ouvi algo vindo da cozinha. Uma risada familiar, que eu não ouvia fazia tempos, mas nunca poderia esquecer.

— Ma?

...

— Caramba, ele está em coma?

— Engraçado, da última vez eu era o nego internado no hospital. Parece que a situação mudou. Mas o Super-Homem é forte. Ele vai ficar bem.

— Vamos, Buckaroo. Para de brincadeira e acorda. Precisamos de você. Juro por Deus, se você morrer, vou te ressuscitar só pra te matar.

— Ele vai ficar bem. Buck é como eu, nada pode detê-lo.

— Trim-trim, D. Estamos todos aqui para ajudá-lo, *habibi*. Abra os olhos se puder nos ouvir.

— PAU! Hã, desculpe. Fique forte, Buck. Acho que o fogo é a sua criptonita.

Senti tubos no nariz e tentei retirá-los. O bip, o arrastar dos pés e a sensação de queimação nos pulmões me fizeram pensar que eu estava no purgatório. Mas, quando abri os olhos, o Quinteto Talentoso, mais Soraya e Jason, me olhavam.

— Bom dia, D — disse Soraya, tirando minhas mãos dos tubos. Eu estava tão fraco que tudo o que ela precisou fazer foi pegá-las e colocá-las no meu colo, como se fossem feitas de papel. — Não faça isso. Está ajudando você a respirar.

— Aí está você, Buckaroo — disse Rose, colocando a mão fria em minha testa.

— Eu — comecei, tentando me sentar, tossindo como se tivesse acabado de fumar cocô velho. — Achei que ouvi você dizer algo sobre me matar se eu morresse. Eu não poderia deixar isso acontecer.

Todo mundo riu. Uma grande família disfuncional. Minha família.

— Que dia é hoje?

— Sexta-feira — disse Brian, enquanto inseria um canudo em minha boca. — Bebe isso aqui.

A água nunca teve um gosto tão bom.

— O que aconteceu? — Procurei respostas em seus rostos sorridentes.

— Você se tornou o superneguinho — disse Jason. — Correu pra lá como se fosse invencível, como se aquela merda não estivesse pegando fogo.

— Sim, sr. Buck — disse Jake, apoiando uma mão grande no meu pé. — Os bombeiros disseram que encontraram você no chão logo antes que a casa desabasse e você, hã — ele olhou para baixo — ficou gritando por sua mãe.

Ma. Lembrei de ouvi-la rir, bem na cozinha, como se ela estivesse sentada ali antes do trabalho, fazendo café e esperando para me cumprimentar.

— Cadê o Trey? — perguntei, acabando com seus sorrisos.

— Ele... — Rose inspirou fundo, apertando os olhos. — Ele não sobreviveu.

— Como assim "ele não sobreviveu"? Onde ele está?

Soraya agarrou minha mão e a acariciou.

— A casa desabou, D. E assim que os bombeiros o encontraram, o corpo estava... — Ela levou as costas da mão à boca. — Eles só conseguiram identificar Trey pelos pedaços dos tênis.

Não. De jeito nenhum. Meus pulmões queimavam de novo. Puxei os tubos do meu nariz, tirei a agulha intravenosa da minha mão e tentei sair da cama, mas Jason me conteve.

— *Não* faz isso — disse ele. — Não, nego. Não pode fazer nada agora, exceto seguir em frente.

— Seguir em frente? Como a gente pode "seguir em frente"? O que ele tava fazendo lá? Por que ninguém o impediu?

— Quando o incêndio começou — disse Brian, se abraçando —, ele estava lá fora, onde você nos viu. Mas então ele disse que precisava pegar alguma coisa e voltou correndo. Alguns segundos depois, o fogo ficou mais intenso e eles não nos deixaram entrar.

— O que ele foi pegar?

Os seis se entreolharam. O fogo dentro de mim se espalhou ainda mais.

— É melhor — falei, tossindo violentamente — alguém falar agora, ou vou expulsar todos vocês.

Jason assentiu para Rose. Ela tirou algo, um pedacinho de papel queimado de sua jaqueta e me entregou. As bordas estavam queimadas e lasquinhas caíram por toda a cama, mas parte dele ainda estava intacta. Quando virei, vi o que era.

Uma fotografia.

— Ele provavelmente estava procurando por outra coisa, mas os bombeiros encontraram isso aqui no quintal — disse Rose.

Era uma foto minha e de Trey, tirada um mês depois de ele aparecer, no dia em que o convidei para ser meu assistente. Ele estava com muito medo de que o expulsássemos da Soldados Felizes porque ele gaguejava demais para poder falar ao telefone. Quando eu disse que ainda tinha um lugar para ele, o garoto me abraçou com mais força do que qualquer pessoa jamais me abraçou na vida. Mais tarde, tiramos a foto que eu tinha nas mãos: ele sorria como quem está se formando no Ensino Médio, e eu, como um irmão mais velho orgulhoso, estava com o braço em volta dele.

Lágrimas salgadas chamuscaram as queimaduras em meu rosto. Toda a raiva que eu tinha, toda a destruição que eu queria infligir a Clyde, se dissipou como vapor saindo de uma xícara de café.

— O que você quer fazer? — perguntou Jason, a vingança já queimando em seus olhos.

— Só há uma coisa que podemos fazer — respondeu Rose. — Combater fogo com fogo.

— Não — falei, olhando para a foto em minhas mãos. — Não mais.

— Mas, Buck — disse Brian. — Eles não podem escapar impunes disso. É tipo quando...

Levantei a cabeça e olhei para eles.

— Chega de violência. Já tivemos violência o bastante. E nos preocupamos demais com as outras pessoas em vez de nos concentrarmos no motivo pelo qual começamos a Soldados Felizes.

Eles olharam para mim como se eu estivesse brincando, como se a morte de Trey só pudesse ser enfrentada com mais mortes. Mas não éramos uma gangue, e não éramos assassinos.

Leitor: um bom vendedor sabe quem ele é, mas isso é apenas metade da equação. Um grande vendedor sabe quem ele é e quem não é. Brega, mas é verdade.

— Jake, quanto dinheiro temos? — perguntei, minha força retornando aos poucos.

— Uns quatrocentos mil.

— Ótimo. — Eu me sentei. — Comece a procurar um novo prédio. E divulgar um comunicado à imprensa dizendo que a guerra acabou, que não temos planos de descobrir quem causou o incêndio nem retaliar de qualquer forma. Que estamos nos concentrando no crescimento de nossa organização e em ajudar o maior número de pessoas possível.

— Pode deixar — disse ele.

— Ellen. Chega de tarefas malucas e ilegais. Pense em outras maneiras de ensinar novos recrutas. Isso é perigoso e não podemos permitir que nenhum de nós vá para a cadeia.

— Claro, Buck. Entendido.

— Jason e Rose. Se vocês fizerem alguma coisa, ou se algum de vocês fizer alguma coisa — olhei ao redor —, estão fora. E pronto. Entenderam?

— Tá — disse Jason, olhando para Rose.

— Tudo bem, Buckaroo. Se é isso que você quer, é isso que faremos.

— Obrigado. Agora podem ir embora? Eu preciso descansar. — Deitei a cabeça no travesseiro e fechei os olhos, tentando entender o que aconteceu, o que Trey tinha tentado resgatar.

— Você não — falei, chamando Soraya. — Você pode ficar? Por favor?

— Claro.

Ela olhou para baixo.

— Tenho que chamar a enfermeira para colocar todos esses tubos de volta, D. Não posso permitir que você morra aqui.

— Tudo bem — falei. — Mas ainda não. Eu quero te contar uma coisa.

— O quê?

— Sabe o que Jake falou? Sobre eu estar chamando pela Ma? É porque eu a ouvi rindo na cozinha, como se ela estivesse sentada ali, de verdade, como se fosse um dia normal e ela estivesse se preparando para o trabalho. Você acha que é loucura?

Ela se sentou na cama e pegou minha mão.

— Não, D. Eu não acho. Talvez ela estivesse lá, protegendo você.

Olhei em seus olhos escuros, lembrando como ela estava ao meu lado sempre que eu pensava que não conseguiria, sempre que eu não acreditava em mim mesmo, sempre que eu precisava de alguém para me abraçar da maneira certa.

— Eu te amo, Soraya. E sinto muito por tudo o que aconteceu. Por ter achado que nunca te perderia. Por eu nunca estar por perto quando você mais precisava de mim. Por como me transformei em um...

— Grande babaca? — sugeriu ela, passando os dedos pelos cortes na minha bochecha. Inspirei e, mesmo com os pulmões queimados, pude sentir o gosto da canela e da manteiga de cacau em sua pele.

— Isso — respondi, rindo.

— Eu também te amo, D. E mesmo que você tenha se perdido um pouco, eu amo quem você é agora, quem você se tornou. A sra. V teria ficado orgulhosa.

— Então me beija — falei, a dor pulsando em meus lábios rachados e lascados.

Ela se inclinou. Me ergui para encontrá-la, toda a minha alma se curvando em desejo. Mas, antes que nossos lábios se tocassem, ela me cutucou no peito, rindo como uma hiena.

— Hã? — Abri os olhos.

Ela sorria para mim.

— Beijar você? Você enlouqueceu, D. Eu disse que te amo, mas isso não apaga tudo o que aconteceu entre nós. Se você me quer, vai precisar me ganhar, pouco a pouco. E mesmo que isso aconteça, não vou te beijar até que você faça um teste para todas as DSTS existentes, para que eu saiba que você não pegou alguma coisa de todas aquelas garotas. Combinado?

— Caramba, tá — falei, deitando, derrotado. Mas então sorri, lembrando que, depois de tudo o que aconteceu, ela ainda estava lá. — Mesmo time, mesmo sonho? — perguntei.

— Sempre.

34

Saí do hospital alguns dias depois e fizemos o funeral de Trey na mesma igreja de Ma; foi aberto apenas para Soldados Felizes. Procuramos em todos os lugares pela família de Trey, mas não encontramos ninguém. Entre o Facebook e as páginas amarelas, havia dezenas de milhares de pessoas com o sobrenome de Trey, Evans, por todo o país. Era como procurar uma concha no oceano. Anunciamos sua morte nas redes sociais e até colocamos um anúncio no *Daily News*, mas ninguém entrou em contato nem reivindicou o corpo — era como se ele não existisse até sair das ruas para o QG.

Rhett sabia o que havia acontecido, mas garanti a ele que eu estaria bem para a sexta-feira. O plano ainda era falar na conferência, depois sair da Sumwun e me tornar Soldado Feliz em tempo integral. Surpreendentemente, depois de os meios de comunicação social anunciarem ao mundo que eu era o líder, centenas de pessoas perguntaram se poderiam aderir ou criar divisões em lugares como África do Sul, Itália e Brasil. Depois que falei ao Quinteto Talentoso sobre trabalhar em tempo integral, todos acharam que faria sentido se juntar a mim, então planejaram deixar o emprego no final de setembro.

Além de tudo isso, prometi abaixar meu padrão de vida. Eu não tinha motivo para ter um apartamento chique, roupas caras e outras coisas chamativas. Seríamos modelos de como o vendedor do século XXI deveria viver — não como monges, rejeitando todas as posses materiais, mas também não como estrelas do rock sem responsabilidade nenhuma. Faríamos workshops e viajaríamos pelo mundo, construindo a base para nossas divisões. Cara, o plano era perfeito. Era mesmo. Tudo que eu precisava fazer era falar na conferência da Sumwun e então estaria livre. Até Barry me mandou mensagem depois que a notícia foi divulgada e disse que estava orgulhoso de mim ou, em suas próprias palavras:

Amando esse lance de Pantera Negra! Continue enviando os SDV*s e estamos de boa. Quem prova o negro não quer outra coisa!*

— Para onde, Buck? — perguntou Chauncey, vestindo um terno de linho verde-claro que eu havia comprado para ele como agradecimento por seu bom trabalho. — Eu sei que hoje é uma noite especial.

— Isso mesmo, Chauncey. Depois de hoje à noite, serei um homem livre. E você também, se quiser.

Chauncey olhou para mim pelo retrovisor, franzindo a testa.

— Como assim?

Eu ri.

— Quer dizer que, se quiser, você pode parar de me levar por aí e vir trabalhar para a Soldados Felizes.

Ele olhou para a estrada e assentiu.

— O que eu faria?

Abaixei a janela e respirei fundo o ar da cidade de Nova York: árvores soprando no final do verão, ar do início do outono; o cheiro de lixo e cigarro; os sons do metrô altos abaixo.

— O que você quiser. Podemos discutir a logística mais tarde. Você pode cuidar da segurança, preparar um pouco da sua deliciosa comida senegalesa, ou, caramba, eu poderia até te ensinar a vender.

Ele se balançou em seu assento antes de abrir seu sorriso característico.

— Ah! Buck. Você é bom demais para mim. Vou falar com Fatou hoje à noite. Talvez eu queira vender. Na minha infância, eu costumava pescar com meu pai no mar e vender no mercado, então talvez eu já tenha algumas habilidades?

— Sim, aposto que tem — falei, acalmando meus batimentos cardíacos, animado e com medo de ser mesmo livre para viver como quisesse, sem Rhett ou qualquer outra pessoa me dizendo o que fazer. — A primeira parada é a conferência, Madison Square Garden. Depois, voltamos ao QG para comemorar.

Quando chegamos, Chauncey olhou em volta e disse:

— Bem, não parece ser um evento badalado, Buck.

Ele estava certo. O Madison Square Garden não parecia diferente de qualquer outro dia. As pessoas entravam e saíam correndo da Penn Station; táxis alinhados para aqueles tradicionais o bastante para pegá-los; fumaça doce e salgada saía dos carrinhos de comida; e, claro, havia buzinas clássicas de Nova York misturadas com gritos de "vá se foder!".

Ao contrário do que eu esperava, não havia nenhuma gangue de repórteres do lado de fora, pronta para atacar, nem mesmo enormes cartazes com o logotipo da Sumwun. Apenas Frodo e alguns dos SDVs mais recentes indicando o caminho para as pessoas. Fui até eles que, ao me verem, começaram a sussurrar. Eles pararam quando eu estava ao alcance da voz.

— Ei, Frodo — falei, estendendo a mão, tenso.

Ele olhou para ela, depois para mim e me puxou para um abraço apertado.

— Ah, Buck. Ah, cara.

— Eu sei. Está tudo bem, Frodo. Tudo ficará bem. Eu prometo.

Frodo não me soltava, e senti meu ombro ficar molhado.

— Não importa o que aconteça, Buck. Eu quero que você...

Ele me apertou com mais força e chorou como o bebezão que era. Dei um tapinha em suas costas, esperando que ele não vomitasse em mim.

— Está tudo bem, cara, está tudo bem.

— As pessoas estão dizendo coisas horríveis sobre você, Buck. Que você é como o Osama Bin Laden negro. E que odeia os brancos. E, hã, que odeia os EUA. E muitas coisas piores que isso. Eu não aguento.

Eu me libertei de suas mãos e o segurei na minha frente. Seus olhos estavam vermelhos; o nariz, escorrendo, e mechas de cabelo recém-cortadas cobriam seu rosto; ele tinha feito um corte *fade*, do mesmo estilo que o meu. Não só isso — também percebi que Frodo, por mais burro e ridículo que pudesse ser, era um amigo de verdade.

— Quero agradecer a você, Frodo.

— Pelo quê? — perguntou ele, enxugando os olhos com as costas do braço peludo. — Foi você quem fez tanto por mim, por todos nós. A empresa não... não existiria sem você. Eu não estaria aqui sem você.

— Talvez sim, mas quero agradecer a você por ser um amigo leal. E por sempre me aceitar como sou, não por quem você queria que eu fosse.

— Eu, hã, agradeço por isso mais do que você jamais imaginará, Buck. Isso — ele fez uma pausa —, isso significa que posso me juntar aos Soldados Felizes?

— Não, Frodo, não.

Entrei. Não havia filas de pessoas esperando para entrar. O lugar estava vazio, e sério, me belisquei para ter certeza de que não estava em algum pesadelo estranho em que eu acordaria e teria que fazer tudo de novo.

— Buck — gritou Marissa, saltando pelo corredor em minha direção, como se estivesse em um festival hippie. — Todo mundo está esperando por você. Magic Johnson acabou de terminar o discurso principal e você é o próximo! Tá animado?

— Magic Johnson? — perguntei, atordoado.

— Sim! Não é uma loucura? — disse ela, parecendo mais animada do que Arnold Schwarzenegger usando esteroides. — Ele falou que a Sumwun é a personificação dele. Sabe, superar os obstáculos malucos e excêntricos da vida, chegar ao topo e ganhar dinheiro suficiente para que nem mesmo uma doença extremamente letal te mate.

— Hã, legal. Então, para onde devo ir?

— Vem comigo!

Caminhamos por um longo corredor vazio. Ela me indicou a sala verde atrás do palco.

— Dez minutos, Buck. Arrasa! — Ela estendeu a mão e beijou minha bochecha.

Abri a porta e entrei em uma sala nada impressionante que tinha algumas cadeiras, janelas padrão e uma televisão desligada pendurada no teto. Meu único choque foi que Rhett estava sentado ali, de frente para as janelas.

— Ei — falei, indo até ele.

Ele não se mexeu. Só ficou sentado ali com os olhos fechados. Um minuto depois, olhou para mim.

— Ei, você está pronto?

— Se está perguntando se eu preparei alguma coisa, não, não estou pronto.

— Me desculpe por não ter visitado você no hospital. E sinto muito pelo seu amigo.

Trey, cara. Porra. Só de ouvir as condolências de Rhett, tudo se tornou real outra vez. A vida que eu teria depois daquele dia não seria apenas para mim, Ma ou para as pessoas que ajudaríamos. Seria também para o cara que sempre me protegeu e olhou para mim como se eu não pudesse fazer mal nenhum. Para Trey.

— Obrigado — falei, sentando ao lado dele.

Mais silêncio. Então ele disse:

— Você está saindo da Sumwun?

Balancei a cabeça sem olhar para ele.

— Provavelmente, é melhor assim.

— Sinto muito, mas não posso ser quem você quer que eu seja, Rhett. Eu simplesmente não posso.

— A única coisa que eu sempre quis foi que você fosse tão bom quanto eu sabia que poderia ser. Mas agora — ele se levantou — você se tornou outra pessoa. Alguém que não reconheço mais.

— Então, o que isso significa para nós? — perguntei, a dor se espalhando pela boca do meu estômago. — Não sou mais seu irmão?

Ele se recusou a olhar para mim.

— Significa que você quebrou sua promessa, Buck. Você disse que nunca mentiria para mim, mas mentiu. Então não posso mais te proteger, não importa o que aconteça.

— O que está acontecendo? — perguntei, parando diante dele, sem conseguir mais conter o choro. Eu sabia que tudo o que estava fazendo estava certo, mas escolher os Soldados Felizes em vez de Rhett ainda doía.

Ele se importava mais com a Sumwun do que com qualquer outra coisa ou qualquer outra pessoa. Ele escolhia me ver como *homem* ou *negro* quando era conveniente para ele. Ele provavelmente me escolheu em vez de Clyde, porque foi uma decisão melhor para os negócios. Ainda assim, eu o amava com todo o meu ser. Ele me deu o maior presente do mundo, que agora eu podia dar aos outros: uma oportunidade. E nada, incluindo o que estava prestes a acontecer, poderia me tirar isso.

— Temos que nos distanciar de você, Buck. Você está envenenado. — Ele baixou a cabeça.

— Como assim? — pressionei, agarrando seus ombros.

— É o único jeito.

Um homem magro usando um fone de ouvido entrou.

— Pronto? Siga-me, por favor.

Ao sair da sala verde, olhei para trás, enfim encontrando os olhos de Rhett.

— Sinto muito, Buck. Mas você mesmo causou isso.

— Lá em cima — disse o homem, apontando para uma pequena escada que levava ao palco.

Subi as escadas antes que duas coisas me parassem. Uma delas foi a visão de um teatro lotado. Havia facilmente cinco mil pessoas sentadas ali, notebooks apoiados nos joelhos, celulares nas mãos e um silêncio completo enquanto olhavam para o palco, que continha a surpresa número dois: Bonnie Sauren.

Ela estava sentada em uma das duas cadeiras azuis, bebendo água mineral e sorrindo quando viu minha expressão chocada.

Na enorme tela atrás dela estava o título da nossa sessão: *A diversidade que deu errado: Buck Vender conversa com Bonnie Sauren.*

— Olha quem apareceu — disse Bonnie, mostrando seus dentes brancos para a multidão como diamantes de sangue. — É o homem do momento, Buck Vender. Vamos todos dar a Buck as boas-vindas que ele merece.

Começou com um sangramento nasal — um leve zumbido. Mas, conforme se aproximava de mim, como um enorme tsunami com espuma branca mortal no topo e tudo, a onda de vaias me atingiu com uma ferocidade impiedosa.

Merda. É uma emboscada.

...

As vaias se intensificavam conforme eu me aproximava de Bonnie, o ódio absoluto com o qual estavam misturadas era um órgão vivo, respirando e perigoso. Eu o senti nos ossos, como dá para sentir o baixo em seu coração durante um show. Fechei os olhos, esperando. Mas, quando as vaias cessaram, cinco mil pessoas começaram a gritar:

— RACISTA! RACISTA! RACISTA! TERRORISTA! TERRORISTA! TERRORISTA!

Bonnie, satisfeita, estava em sua cadeira, superconfortável.

Depois de alguns minutos, que pareceram alguns dias, ela pegou o microfone, sorriu e disse:

— Concordo com vocês. Mas estamos aqui para uma conversa, então, por favor, vamos continuar.

Conversa? É mais um linchamento moderno. Quando olhei para a multidão, tudo que vi foi um mar de homens e mulheres de rosto vermelho em busca de sangue negro — *meu* sangue negro.

— Sabe — disse Bonnie, virando-se para mim com aquele mesmo sorriso de plástico estampado em seu rosto de plástico —, na verdade, nunca nos encontramos antes. Mas conheci seu amigo Jason, certo? Aquele cara com máscara de esqui que disse que vocês dois costumavam fazer tudo na base da mão grande?

— BANDIDO! — alguém gritou não muito longe do palco.

— Mas — continuou Bonnie — nós dois nunca tivemos o prazer de nos conhecer. Alguém já te disse que você se parece com o Drake? Meu nome é Bonnie — disse ela, estendendo a mão para mim.

— Buck. — Apertei a mão dela. Ela a limpou na saia.

— *Buuuuuck* — disse ela. — Que nome interessante. Por que não começamos por aí, hein? De onde saiu esse nome?

— Foi um apelido que ganhei quando comecei na Sumwun.

— E quem o deu para você?

Lembrei daquele dia no Alcorão.

— Um antigo colega — falei, me endireitando.

Bonnie assentiu.

— Antigo mesmo, hein? Ouvi dizer que foi Clyde Moore Terceiro, presidente da Fraternidade Caucasiana. Isso é verdade?

Peguei minha garrafa de água na mesinha entre nós e balancei a cabeça.

— E foi porque você trabalhou no Starbucks por quanto tempo, quatro anos?

Balancei a cabeça de novo.

— Meu Deus, os padrões de contratação certamente caíram ao longo dos anos — disse ela, voltando-se para o público.

O riso se espalhou pelo teatro mais rápido do que a *sex-tape* da Paris Hilton.

— Tá, então você trabalhava no Starbucks. Clyde Moore contratou você...

— Rhett Daniels — falei, minha voz falhando bem na hora errada, me forçando a tomar outro gole de água. — Ele me contratou.

— Não é isso que ele diz. Ele diz que foi ideia de Clyde dar uma chance a você, que ele estava lá apenas para tentar ser seu mentor. E veja como você retribuiu. Provando ser um racista enrustido e fundando uma organização terrorista.

— Não é uma...

— O que nos leva ao tema da conversa de hoje. A diversidade deu errado. Quando o poder é colocado nas mãos de pessoas erradas e elas abusam dele, assim como você abusou do seu. Então, conta para a gente, por que você odeia brancos, Buck?

Tudo ficou mais lento, e a única coisa que consegui ouvir foram as batidas do meu coração, como uma bomba. Pulsava em meus ouvidos e nas veias de minha cabeça, braços, mãos, pernas e pés.

Me virei para o público. Havia tanta raiva lá: raiva intensa, ardente e de parar o coração. Eu não a entendia. Eu não entendia por que eles pareciam querer me ver morto quando nem sequer me conheciam. E se eles não me conheciam e já me odiavam, eu não tinha nada a perder, então peguei minha água, tomei metade dela e respirei fundo.

— Eu não odeio — falei. — Mas me deixa te perguntar uma coisa, Bonnie. Quantos negros trabalham no LinkedIn, Facebook, Instagram, YouTube, Google, Twitter e Tumblr?

Ela revirou os olhos, olhando para o público, e riu.

— Ah, *para*. Lá vem você falar de raça. Isso não adianta, Buck.

— Você falou de raça quando me perguntou por que eu odeio os brancos, o que não é verdade, então me diga. Quantas pessoas, digamos, em cem, são negras nessas empresas?

— Eu diria trinta, talvez quarenta — respondeu ela, irritada.

— São duas. Em cada uma dessas empresas, apenas dois em cada cem funcionários são negros. Na maioria delas, apenas quatro em cada cem funcionários são latinos.

— Ah, que peninha — disse ela, fingindo esfregar os olhos. — Você sabe por que não há mais? Porque eles não têm as habilidades, amigo. Se mais pessoas negras e latinas, sejam quais forem, fossem competentes o suficiente para conseguir esses empregos, elas conseguiriam. Veja os asiáticos. Você não os vê chorando e culpando o homem branco por não terem conseguido. Não, eles apenas se esforçam, tiram boas notas e alcançam o sonho americano.

— SIM! — gritou um homem, se levantando e batendo palmas. O resto da multidão aplaudiu junto com ele.

— Não estou aqui para convertê-los — falei, encarando eles. — E não estou aqui para, como você disse — me virei para Bonnie — falar de raça. Não quero desperdiçar seu tempo. Então, apenas me ouça por um segundo e feche os olhos.

— Como é? — perguntou Bonnie. — Achei que você tivesse acabado de dizer que não estava aqui para nos converter.

— Eu não estou, prometo. E estou cansado de discutir, defender e tudo mais que você me trouxe aqui para fazer. Você venceu. — Olhei para a multidão. — Todos vocês venceram. Mas, antes que eu vá embora, fechem os olhos. Será só por um segundo.

Virei para o lado do palco onde estava o homem com o fone de ouvido.

— Diminua as luzes, por favor.

Quando as luzes diminuíram, fechei os olhos e aproximei o microfone da boca.

— Quero que todos vocês se lembrem de quando eram crianças. Pensem em onde moravam, em seus pais ou em quem os criou. Pensem na escola em que estudaram, em sua primeira paixão, no que gostavam de fazer nas manhãs de sábado, nos seus lanches favoritos.

"Pensem no que queriam ser quando eram mais jovens. Talvez tenha sido bombeiro, enfermeiro, ator, policial, médico, advogado, caramba, até mesmo presidente. Tentem se lembrar de como era aquela sensação, quando acreditavam *mesmo* que poderiam ser o que quisessem. Que nem o céu era o limite. E agora guardem esse sentimento em seu peito. Sintam ele em seu coração: seu calor, como ele o levanta como se sua mãe ou seu pai o carregassem nos ombros.

"Agora quero que pensem no momento em que perceberam que não seriam o que queriam ser. Talvez vocês nunca tenham visto ninguém que veio de onde vocês vieram conseguir alcançar o que queriam. Talvez tenha sido um professor, ou um de seus pais, que lhes disse para cair na real. Merda, pode ter sido tão pequeno quanto um amigo rindo quando você contou a ele seus sonhos, e aquela risadinha, aquela semente de dúvida, acabou com você. Você se sentiu inferior, como se não fosse digno de ser mais, de ser melhor. Como se quem você era não fosse bom o suficiente.

"É por isso que fundamos os Soldados Felizes. Não para sermos rotulados como terroristas, racistas ou qualquer outra coisa que a mídia adora dizer, mas porque queríamos ajudar os outros — pessoas que, talvez até como você disse, Bonnie, geralmente não têm as habilidades para esses empregos — a ir em frente. Porque sabemos que, quando você levanta os outros, independentemente da cor da pele, seus braços ficam mais fortes. E o que eu quero para esses Soldados Felizes é a mesma coisa que quero para todos vocês aqui hoje. Que nunca, jamais, se sintam inferiores outra vez."

Abri os olhos e vi os homens e as mulheres na multidão abrindo os seus também. Quando olhei para seus rostos, tudo o que existia antes — a raiva, a violência elétrica e o ódio devastador — ainda estava lá, mas era mais suave. Como se tivessem se lembrado das crianças que eram, dos sonhos que tiveram e de quando se perderam. Me virei para Bonnie. O rosto dela tremia, como se ela estivesse travando uma guerra dentro de si. Ela ergueu lentamente o microfone e disse:

— Eu queria ser atriz, mas minha... minha mãe disse que eu era muito gorda, que Hollywood nunca deixaria alguém tão grande e desajeitada quanto eu fazer qualquer filme.

Ela fez uma pausa. Uma lágrima de rímel escorreu por sua bochecha, manchando seu vestido branco característico. Naquele momento, não me importei que Bonnie Sauren fosse uma supremacista branca malvada que provavelmente desejava que o Sul não tivesse perdido a guerra. Levantei e fiz o que teria feito com qualquer outra pessoa: eu a abracei.

A multidão não aplaudiu, mas também não vaiou. Bonnie, indefesa, soluçou em meu peito na frente de cinco mil pessoas que talvez ainda me odiassem, mas também, eu esperava, viram minha humanidade, o que era uma vitória. As guerras que travei para chegar lá haviam terminado, e agora, não importa o que acontecesse, eu estava, enfim, verdadeira e completamente livre. *Whoosh! Bang! Poof!* Todo dia é dia de negócios, querido. Todo dia é dia de negócios.

Leitor: não há nada como um homem negro cheio de determinação. Não, não há nada como um vendedor negro cheio de determinação. E não se esqueça disso.

35

— Como foi, Buck? — perguntou Chauncey.

Eu ri.

— Acho que foi tão bem quanto poderia ser, Chauncey. Ainda estou inteiro e ninguém me enforcou.

— É claro que você ainda está inteiro. Eu te disse, a força dura para sempre. Então, se você estiver livre hoje à noite, talvez possa se juntar a mim, Fatou e Amina para jantar lá em casa?

— Parece ótimo. Fatou vai fazer... — Meu celular tocou. — Um segundo.

Era Kujoe.

— Kujoe — falei, com a raiva borbulhando em meu estômago.

— Buck, eu sei que você me disse para não ligar, mas...

— Mas *o quê*, Kujoe? Não estraga meu dia perfeito, cara. Principalmente com toda a merda que você fez. Trey está morto, porra, e provavelmente a culpa é sua.

— Mas, Buck, estou ligando para...

— Você está ligando para me irritar, Kujoe. Escuta, você já era. O QG está destruído e precisamos recomeçar, e me dói dizer isso, porque eu gostava de você, mas você não fará parte disso. Há um limite de chances nessa vida, Kujoe, e seu tempo com os Soldados Felizes acabou — falei, e desliguei. — Como eu estava dizendo, Chauncey, eu espero mesmo que Fatou esteja fazendo aquela coisa, o que era mesmo? Com frango, legumes e arroz com molho de amendoim?

Chauncey riu, batendo no volante.

— *Mafé*, Buck. Você está mesmo se tornando africano! Acho que meu trabalho está feito.

Eu ri também, minha boca já salivando ao pensar na comida deliciosa que estávamos prestes a comer.

— Sim, talvez. — Meu celular tocou de novo. Atendi rápido. — Que porra eu acabei de dizer, Kujoe? Não me ligue de novo ou...

— D? — Era Soraya. — Do que você está falando? O que Kujoe fez?

— Ah — falei, me recostando, relaxando meus músculos. — Desculpe. Nada, ele simplesmente... não é nada. O que foi?

— Você está mentindo — disse ela. — Mas não importa. Jason está no hospital.

— Hospital? O que aconteceu?

Bati no ombro de Chauncey.

— Volta, Chauncey.

— Tudo bem, Buck. O que está acontecendo?

— Sim — continuou Soraya. — Ele está bem, mas tem uma perna quebrada e alguns hematomas. Ele está no Beth Israel. Eu estava lá, mas vim para sua casa para descansar. Ele está mesmo bem, D, acredite em mim, mas está perguntando por você, então você pode ir lá ver ele?

— Sim, claro. Te vejo logo depois. Mas o que aconteceu?

— Ele só disse que foi atacado do nada em Chelsea.

— Mas o que ele estava fazendo em Chelsea?

— Ele não queria me dizer, talvez você consiga arrancar dele. Mas vejo você em breve. Eu te amo.

Meu coração disparou. Levaria algum tempo para me acostumar a ouvir ela dizer isso, ou talvez eu nunca me acostumasse, e cada vez pareceria a primeira. Eu só sabia que era bom. Muito bom.

— Bem — disse ela, com um sorriso na voz. — Estou esperando.

— Eu também te amo, *habibti*.

— Foi o que pensei — disse ela, desligando.

Eu disse a Chauncey para esperar do lado de fora quando chegássemos lá. Se Jason não estivesse mesmo ferrado, então eu ia visitá-lo um pouco antes de pegar Soraya e ir para o Harlem comer um pouco daquele *mafê*. Isso era apenas um pequeno contratempo.

Uma enfermeira me conduziu até o quarto dele e, ao vê-lo deitado na cama e mexendo no celular, falei:

— Caramba, fi. Parece que você subiu de categoria hospitalar desde que coloquei você em Woodhull.

— Você se acha tão engraçado, nego. Engraçado para alguém que eu acabei de visitar no hospital.

Me sentei ao lado dele e examinei sua perna, que já estava engessada e elevada por alguma engenhoca suspensa no teto. Ele tinha alguns hematomas no rosto e arranhões no braço, mas parecia bem no geral.

— O que aconteceu?

— Os filhos da puta surgiram do nada, nego. Havia uns quatro deles usando umas máscaras assustadoras de bebê chorão. Um me acertou na cabeça e consegui derrubar dois deles, mas aí um cara, um cara mais baixo, pegou um taco e me acertou na perna. O médico disse que minha tíbia está fraturada, então colocaram um pino de metal em mim e agora estou aqui, conversando com você.

— *Entendi* — falei, tentando juntar as peças. — Você está dizendo que quatro caras atacaram você... em Chelsea... enquanto havia gente ao redor?

— Sim, nego. Tá dizendo que tô mentindo ou algo assim? Eu não preciso disso.

— Não, cara. Só tô dizendo que é estranho. Coisas assim não acontecem em Chelsea. O que você estava fazendo lá?

Ele pegou o celular e começou a mexer nele.

— Ei. — Peguei o celular das mãos dele. — O que você estava fazendo lá, indo para o SoulCycle ou algo assim? Por que você ficou quieto agora?

Ele pegou o celular de volta.

— Engraçado, ha-ha-ha. Eu estava comprando vinho e queijo de alta qualidade, nego. Tentando me animar, sabe.

— Você acabou de escolher as coisas mais brancas em que conseguiu pensar e mentiu para mim?

— Basicamente — disse ele, rindo. — Mas, tá, vou ser sincero com você, porque você, meu garoto, e eu precisamos da sua ajuda. Mas você tem que prometer que não vai surtar, tá bom?

— Tá.

— Eu tava montando uma boca.

Me levantei, usando toda a minha força para não estrangulá-lo.

— Você o *quê*? Espero que você esteja brincando comigo, Batman. Espero mesmo.

Ele deu de ombros.

— Por quê? — Olhei para o teto e andei pelo quarto. — Por que, depois de se juntar aos Soldados Felizes, conseguir um emprego e tudo o que fez, você ainda venderia drogas?

Ele largou o celular e olhou para mim.

— Não é tão simples, mano. O dinheiro que eu estava ganhando era bom, mas minha mãe tem uma dívida grande com algumas pessoas barra pesada. Estou trabalhando há, o quê, alguns meses? Sei que o dinheiro que preciso vai chegar, mas tive algumas oportunidades de ganhar dinheiro *de verdade* e estava tentando não deixá-las passar.

— Então, o quê? Você estava negociando com alguém de Chelsea? Há quanto tempo você faz isso? Quantos clientes você tem, cara?

Jason se sentou, rindo.

— Achei que você tinha nos ensinado a fazer apenas uma pergunta por vez, mano. Olha só você.

Rangi os dentes.

— Tá. — Ele respirou fundo. — Era só um cliente. Um cara rico que só me procurava a cada duas semanas querendo muita droga. Deve ter abastecido toda a parte baixa de Manhattan ou usado tudo sozinho. Mas só faz mais ou menos um mês que tô fazendo isso. Na verdade, cansei de traficar, mano. Foi Trey quem disse que conhecia alguém que queria, e quando ele me disse o valor, dez mil, eu disse que sim, que conseguia. Aí falei com Malcolm, ele me deu a droga e eu ganhei dinheiro fácil.

— Por que você não parou, então? Dez mil deve ser suficiente para liquidar a dívida de sua mãe.

— Não, mano. É uma dívida enorme, e não a do tipo que você paga ao governo, sabe? Então, quando o mano me chamou para esse trampo, eu pensei: "Tá. Essa é a última vez que vou fazer isso. Depois disso, mais as minhas economias, as dívidas dela serão pagas e estaremos resolvidos". Então, quando aqueles caras me atacaram, mandei mensagem para o cara e disse que teria que levar depois de uns dias, mas ele disse que não tinha uns dias, que era agora ou nunca. E não vou ficar em uma situação difícil com Malcolm por dez mil, então preciso entregar isso ao cara hoje à noite.

Ele estendeu a mão para o lado da cama, pegou uma mochila preta e a jogou em mim.

— Não posso confiar em mais ninguém — disse ele. — O cara é tranquilo, mano. Eu prometo. Basta tocar a campainha, pegar o elevador, deixar no chão, pegar o dinheiro na mesinha, contar e sair. Você não vai ver ele; ele não vai te ver. Eu nem sei como é o cara.

Porra! Eu sabia que a noite estava indo bem demais. Eu queria dizer não, mas não disse porque, se fosse o contrário, Jason teria feito isso por mim sem questionar. Além disso, ele não parecia muito preocupado, então eu também não fiquei. *Será rápido e fácil.*

— Me manda mensagem com o endereço — falei.

...

— Se eu não sair em quinze minutos, Chauncey — falei, jogando a mochila por cima do ombro enquanto me inclinava na janela dele —, vá embora e não olhe para trás. Tá?

Ele riu.

— Do que você está falando, Buck? — Ele balançou o dedo indicador para mim. — Está tentando se livrar do jantar hoje à noite? A gente pode fazer isso outro dia.

— Não. Não há nada que eu queira mais do que um pouco da comida da Fatou, mas, falando sério, se eu não sair em quinze minutos, vá embora. Tá?

O sorriso sumiu do rosto dele. Ele mordeu o lábio inferior e balançou a cabeça.

— Não entendi, Buck.

Estendi a mão pela janela.

— Me prometa, Chauncey. Me prometa que vai embora.

Ele olhou para minha mão por um minuto, como se não soubesse o que fazer, e então a apertou.

— Eu prometo, Buck.

O prédio, na Vinte e Três com a Décima, era como os outros da região: alto pra caralho, feito de tijolos e diante de árvores com cercas baixas e pretas em que os cães adoram mijar. Interfonei para o 818 e a porta se abriu.

Encontrei o elevador e digitei o número do quarto em um display digital de alta tecnologia. As portas davam diretamente para o apartamento, como no meu. Saí para um corredor vazio e vi a mesinha que Jason mencionara, com um envelope branco em cima. Peguei, contei as notas que havia dentro e coloquei a sacola no chão.

Até agora, tudo bem.

O suor escorria pela minha testa. Me virei rápido e apertei o botão do elevador, me perguntando se o cara estava na casa ou se, de alguma forma, ele estava me observando através de uma câmera escondida. Uma campainha tocou, as portas do elevador se abriram e, quando entrei, algo pesado bateu na minha cabeça.

— Merda — sussurrei.

Tudo ficou preto. Quando acordei, estava no que imaginei ser a sala de estar, amarrado a uma cadeira com sangue seco grudado na cabeça, nas mãos e nas roupas.

— Ei! — gritei, lutando com as cordas nos pulsos e tornozelos. — Que porra é essa!?

— Fica calmo — disse uma voz atrás de mim.

— Quem é você, porra? — Tentei me virar. — O que você quer?

— Boa pergunta — disse a voz. — O que você vai me dar?

— Dinheiro, você quer dinheiro?

A voz riu e me deu um soco na nuca. Meus punhos e tornozelos queimavam contra as cordas grossas. A voz forçou um saco plástico sobre a minha cabeça. Enquanto eu tossia, o saco ficou mais apertado a ponto de eu só sugar plástico.

Não havia ar. Minha mente ficou em branco. Eu tinha certeza de que ia morrer.

Assim que comecei a me dar conta, a voz arrancou o saco e eu fiquei ofegante, como se tivesse sido trazido de volta à vida. A voz apenas riu, riu e riu.

— Por favor — falei, minha garganta como se alguém tivesse derramado pedrinhas quentes nela. — Por favor, pare.

Eu odiava o desespero em minha voz, odiava como eu estava implorando a quem quer que fosse, mas não tinha escolha. Eu nem sabia onde estava. Havia apenas um piso de madeira abaixo de mim e uma parede branca na minha frente.

— Tudo bem — disse a voz. — Como quiser.

Uma mão branca balançou uma faca na minha frente.

— CARALHO! — gritei, girando na cadeira, tentando me libertar.

— Relaxa — disse a voz, virando a faca na minha frente. — Ou vou enfiar isso na porra do seu olho mais rápido do que você consegue dizer Harriet Tubman.

A voz levou a faca até meus tornozelos, cortando a corda. Depois aos meus pulsos. Embora agora estivesse livre, ou pelo menos pensasse que estava, fiquei colado à cadeira, com medo do que a voz faria a seguir.

— Vá em frente — disse ela. — Levante-se e fique de frente para mim.

Tremendo, me levantei devagar, meus olhos fixos na parede à minha frente, e rapidamente me virei.

— Olá, Buck — disse Clyde, sorrindo de orelha a orelha. — Bem-vindo à minha casa.

...

— Você? — falei, me perguntando como diabos Clyde tinha se tornado cliente de Jason sem que ele soubesse, como essas peças se encaixavam. *Jason armou para mim?*

— Eu — respondeu ele, indo para a cozinha. — Quer beber alguma coisa?

— Não, obrigado. Que porra você está fazendo, cara? Você está cruzando um limite, pelo quê? Essa merda de fraternidade branca? Qual é, Clyde.

Ele pegou uma garrafa de vinho branco da geladeira e serviu uma taça, cheirou-a sem pressa alguma, levou-a aos lábios, tomou um gole e soltou um suspiro de satisfação antes de se sentar à mesa de jantar.

— Tem certeza de que não quer um pouco? É caro.

Fiquei onde estava, decidindo socar ele ou algo pior. O cara havia deixado a faca na sala, então eu poderia pegá-la e forçar ele a me deixar sair.

— Tá. — Ele deu de ombros. — Como quiser. Mas, se quer falar de ultrapassar limites, acho que você e seus amigos ultrapassaram os limites quando me afogaram. Mas essa é só a minha opinião.

— Não sei do que você está falando.

Ele se serviu de outro copo.

— Não sabe? Vamos, Buck. Aquela sapatão Rose e seu amigo traficante de drogas Jason? Aquele golpe fofo em que você tentou me hackear. Devo dizer que todos vocês são criativos, mas não inteligentes.

Kujoe. Tinha que ser ele. De que outra forma Clyde saberia de todos esses detalhes?

— Não sei o que você prometeu a Kujoe — falei, caminhando em direção a ele. — Mas deve ser bom para ele nos dar as costas. Seu idiota.

Clyde olhou para cima, confuso.

— Eu não conheço nenhum Kujoe, mas se você está se perguntando como chegou aqui, vou deixar que ele mesmo te conte.

— Ele?

Clyde se virou para o corredor.

— Você pode entrar agora.

Eu não conseguia acreditar no que via. Dei um passo para trás, tropecei em uma cadeira e tirei os olhos do chão. Ele estava na cozinha, olhando para mim com fogo nos olhos.

— Trey?

— Em carne e osso — disse ele.

— Mas você está...

— M-m-m-morto? — disse ele, rindo. — Parece que estou bem vivo, Buck.

Ele se aproximou e estendeu a mão para me ajudar a levantar, mas, quando eu a agarrei, ele trouxe a outra mão e bateu com uma bengala no meu rosto.

— Que porra é essa, Trey?

— Deve ter sido bom — disse Clyde, tirando os olhos do vinho.

Trey se virou para Clyde.

— Quer saber? Sim. Foi *muito* bom.

Trey. Clyde. Eles se conheciam. E a verdade de tudo começou a se revelar. Kujoe não era o informante... era Trey. O tempo todo. Mas como?

Trey estava em cima de mim, ainda rindo.

— Você parece confuso, Buck, então eu vou te ajudar. Veja bem, foi você quem causou tudo isso. Quando entrei para os Soldados Felizes, você só falava de... como você chamava ele? "Clyde cagão deficiente de pigmento." Sim. Então pensei que, se você odiava alguém tanto assim, ele e eu nos daríamos bem. Quando nos conhecemos, era óbvio que tínhamos o mesmo objetivo, então traçamos um plano para — ele estendeu a mão em minha direção — acabar com você, por assim dizer.

— Mas Trey. Você está morto, cara. Encontramos o corpo. Pedaços de seus sapatos.

— Contrabandistas de corpo — disse Clyde, entregando um copo a Trey. — Você ficaria surpreso com como é fácil comprar cadáveres, principalmente negros.

Trey se sentou à mesa de Clyde e cruzou as pernas.

— Foi por isso que voltei correndo. Plantei o corpo e os sapatos. Corri pelos fundos pelo jardim e até deixei aquela foto lá, como um toque legal, muito antes de o prédio desabar.

Eu ainda não entendia.

— Por que você faria isso comigo, Trey? Depois de tudo que fiz, de tudo que os Soldados Felizes fizeram por você?

— Porque você é tudo o que há de errado nesse mundo, Buck — disse ele, e bateu a bengala no chão. — Uma pessoa que vive como se pudesse fazer o que quisesse sem nenhuma consequência. Considere isso uma consequência dos pecados que cometeu.

— Trey. — Me levantei e fui até ele. — Do que você tá falando?

Ele parecia inabalável.

— Como eu me chamo?

— Trey.

— Não. — Ele balançou a cabeça. — Meu nome completo.

— Treyborn Percival Evans. Por quê? — Coloquei a mão em seu ombro, mas ele a afastou. — Sou eu, Trey. É o Buck, cara. Que porra é essa?

— Por acaso meu nome parece familiar para você? Alguma parte dele?

Fechei os olhos, tentando pensar, mas não consegui relacioná-lo a nada.

— Não, não parece.

Ele se levantou e me encarou.

— Quando eu era mais jovem, as pessoas costumavam me chamar de Percy. — Ele fez uma pausa. — Em homenagem ao meu avô.

— E o que isso tem a ver com... — Parei, o sangue em minhas veias se transformando em chumbo. Eu conheci um Percy. Sr. Percy Rawlings. *Jacarandá, é claro*. Eu reconhecia aquela bengala.

Trey sorriu.

— Agora você entende, né? Você expulsou meu avô da casa onde ele morou por décadas, seu merda. Você sabe o que aconteceu quando ele saiu? Para onde ele foi?

Tudo o que pude fazer foi balançar a cabeça.

— Ele foi para um asilo. Ele e minha mãe não se falavam mais, mas, quando uma enfermeira ligou para nossa casa, eu atendi e disse que iria vê-lo. Embora minha mãe nunca tenha deixado que ele nos visitasse, eu me lembrava dele e o amava. Ele era o homem mais gentil que eu conhecia. Nem ao menos um! — Ele estava gritando agora. — Não havia nem ao menos um osso ruim no corpo daquele homem.

“Mas quando fui vê-lo, ele só conseguia falar de *você*. O cara que ele ofendeu ao não deixar que falasse com a mãe pela última vez. Ele dizia seu nome durante o sono e o repetia o dia todo, com lágrimas cobrindo seu rosto enrugado enquanto olhava pela janela. Poucas semanas depois de eu chegar lá, ele teve um derrame. As enfermeiras disseram que ele estava sob muito estresse. Que seu corpo simplesmente não aguentava mais.

“Então fui até onde ele morava para confrontar você, mas quando vi o que todos vocês estavam fazendo, imaginei que a minha vingança poderia ser ainda mais doce... machucar você *e* todos que você amava.”

— E quando ele veio me procurar — interrompeu Clyde —, não hesitei. Foi ideia do Trey eu começar a FraCa, e ele sempre me ajudou a ficar um passo à frente de você... exceto quando seus amigos surtaram.

— Essa foi a única coisa que perdi — acrescentou Trey. — Mas não importa. Jason estava sempre falando do passado no tráfico. Então, sabendo que ele não seria capaz de dizer não para uma graninha fácil, eu o convenci a começar a negociar com Clyde sem saber. Ele sempre vinha aqui, deixava a sacola, pegava o envelope e ia embora sem nunca ver Clyde.

"Fomos nós que fizemos com que o pessoal da FraCa atacasse ele e dissesse que ele tinha que entregar a cocaína hoje ou já era — disse Trey, olhando para mim com uma expressão cheia de satisfação. — Era xadrez, Buck, não damas. Você nunca sabia que jogo estava jogando, mas todos os caminhos ainda o trouxeram até aqui. E isso é o que mais importa."

— Isso mesmo — disse Clyde, contornando a mesa e chegando tão perto que pude sentir o cheiro de uvas fermentadas em seu hálito. — Você tirou Rhett de mim! — gritou ele, cuspindo na minha cara. — O único irmão que já tive. Você é uma escória, por isso te chamei de Buck: *centavo*. Porque eu sabia que você nunca valeria mais do que isso.

Olhei de um para o outro, imaginando o que fariam comigo, se havia alguma escada pela qual eu pudesse descer correndo, ou talvez até mesmo uma janela pela qual eu pudesse pular e de alguma forma sobreviver à queda. Eu precisava de tempo para pensar.

— E agora?

Clyde relaxou a mandíbula, sentou e se serviu outra taça.

— Você acabou de me entregar meio quilo de cocaína, Buck. O que você acha?

— Não — disse Trey, abrindo um armário e tirando outros pacotes. — Ele entregou alguns quilos, na verdade. E temos tudo aqui.

— Vocês dois são loucos. Eu nunca fiz isso.

— Não? — disse Clyde. — Você entra no meu apartamento, coloca a sacola no chão e pega o dinheiro. Quando contamos ao amigo do meu pai na polícia que sabíamos sobre um grande traficante de drogas que se apresentava como um ativista dos direitos civis, ele aproveitou a oportunidade.

Clyde pegou o celular e levou-o ao ouvido.

— Você pode subir.

Me virei para o elevador, vi os números subindo lentamente e corri para a janela. Coloquei a cabeça para fora e vi pessoas pequenininhas parando na calçada enquanto mais carros de polícia chegavam, com sirenes tocando. Era muito alto, eu não ia conseguir. E mesmo se conseguisse, eles estariam lá para me impedir. Olhei de volta para o elevador: os números continuavam subindo.

— Trey — falei, correndo até ele. — Me desculpa. Sinto muito pelo sr. Rawlings, cara. Por tudo.

— Tenho certeza que sente — disse ele, seu olhar duro me perfurando. — Eu também sentiria se estivesse prestes a ir para a prisão por muito, muito tempo.

— Clyde — falei, contornando a mesa.

— Não, Buck. — Ele riu. — É tarde demais para...

Eu soquei o rosto dele, quebrando sua mandíbula, nariz e alguns outros ossos menores naquela cabeça loira com aqueles olhos mais azuis que azuis.

Só então, quando o elevador fez barulho e as portas se abriram, foi que consegui pensar em uma coisa. Uma pergunta.

Isso tudo valeu a pena?

Leitor: me diz você.

Epílogo

No dia 8 de maio de 1973, o governador de Nova York, Nelson Rockefeller, assinou o que é conhecido como Rockefeller Drug Laws. Se você fosse pego vendendo sessenta gramas ou mais de narcóticos ou maconha, ou mesmo portando apenas cento e vinte gramas de qualquer um deles, seria preso por um mínimo de quinze anos e um máximo de vinte e cinco anos até prisão perpétua. Eu sei, quinze anos da sua vida perdidos por apenas sessenta gramas de maconha. A população carcerária em Nova York triplicou, e noventa por cento dos encarcerados sob a lei antidrogas eram homens negros e latinos.

Em 2004, o governador George Pataki sancionou a Lei de Reforma da Legislação das Drogas, que reduziu a pena mínima de quinze para oito anos. Portanto, agora um homem negro ou latino passaria apenas oito anos da sua vida na prisão por vender ou portar drogas que pareciam para eles a única saída de suas circunstâncias.

Em 2009, outro governador, David Paterson, removeu as penas mínimas e deixou o tempo de prisão por posse e venda de drogas a critério dos juízes.

Então, como me encaixo em tudo isso? Graças ao vídeo que Clyde fez de mim largando a mochila e pegando o dinheiro, e por me incriminar pelos dois quilos que Jason havia entregado, fui indiciado por tráfico de drogas.

Minha advogada jogou tudo o que tinha neles, incluindo armação e uma série de outras coisas, mas não deu certo. E como me recusei a delatar Jason, um júri me considerou culpado. Apesar de ser réu primário, fui condenado a saudáveis oito anos sem direito a fiança. Acho que não interferiu no resultado o fato de que o juiz e o promotor jogavam squash com o pai de Clyde nos fins de semana. Ou que sou um jovem negro que resistiu com sucesso ao sistema que foi criado para mantê-los no poder e minorias como eu sempre servis. Mas é só um palpite.

O resto do Quinteto Talentoso, com Jason e Soraya, fizeram marchas. Pessoas de todo o mundo fizeram cartazes dizendo *Libertem Buck*. Outras pressionaram o Congresso. Mas acabei dizendo a eles para pararem. Os Soldados Felizes eram maiores do que eu e seriam capazes de prosperar sem mim, provando que eu tinha feito algo certo.

Estou aqui há dois anos, e minha advogada segue lutando por mim. Mas, para falar a verdade, não tem sido tão ruim. Depois do turbilhão que vivi, os últimos dois anos me deram tempo para pensar, analisar e, enfim, internalizar tudo o que aconteceu: a morte de Ma, a do sr. Rawlings, a Sumwun, o Rhett, o Barry, os Soldados Felizes e todos os outros eventos que sinto serem como um sonho que aconteceu rápido demais para alguém tão jovem.

Além disso, recebo cerca de cem cartas todas as semanas de novos Soldados Felizes e de outros admiradores ao redor do mundo, por isso estou muito ocupado respondendo a eles, ligando para diferentes programas de entrevistas e recebendo cerca de uma dúzia de visitas por semana, de amigos a desconhecidos. No mês passado, Frodo apareceu com Marissa e me contou que eles vão ter um filho. A vida é estranha pra caralho. Eu nunca teria imaginado que Frodo sabia como era uma vagina. Até Brian tem namorada, a francesa que ele conheceu no bar durante seu treinamento de vendas.

Quanto aos outros, Jason pagou a dívida da mãe e ainda mora com ela em Bed-Stuy, só que em um apartamento muito melhor e maior que pertence a ele. Rhett ainda está forte na Sumwun, Barry continua subindo na lista da Forbes, Bonnie Sauren lançou um best-seller do *New York Times, Ofensa branca: por que está tudo bem ser branco,* e o resto do Quinteto Talentoso está ocupado com milhares de Soldados Felizes por todo o mundo. Trey, infelizmente, nunca me procurou, e não sei o que ele está fazendo agora. Espero que seja algo bom.

No começo deste livro, falei que meu objetivo era ensinar você a vender para consertar o jogo, para perceber que a vida se resume a um punhado de negociações importantes, e que ou você está vendendo a alguém um "amém", ou ele está lhe vendendo um "de jeito nenhum". Se eu te ensinei algo, habilidades que você pode adotar em sua própria vida para progredir, espero que cumpra sua parte no acordo e compartilhe este livro com alguém que precise dele. Não dê a eles o seu exemplar; quero que você o use, releia suas passagens favoritas e entenda as táticas que funcionaram e as escolhas que fiz e que não funcionaram. Compre um novo exemplar para seu amigo, abra a primeira página e escreva o que você mais deseja para ele. Para mim, o que mais quero para você é que seja livre.

Quanto à minha vida, estou feliz. Estou trancado em uma jaula, mas nunca estive tão livre. Também peço desculpas se enganei você; é que você provavelmente não gostaria de ler centenas de páginas escritas por alguém preso tentando ensiná-lo a como ser livre.

Mas terminarei este relato em um tom alegre, e espero que nos vejamos outra vez. O destaque de todas as semanas que passei aqui, nestes dois anos, são os domingos. Um agente penitenciário — que, devo acrescentar, tem uma sobrinha que é Soldada Feliz — diz que tenho visita. Ele destranca minha cela, apertamos as mãos e ele me leva ao centro de visitantes. Quando me sento, a primeira coisa que noto é o cheiro: canela e manteiga de cacau.

Nunca dizemos nada nos primeiros dois minutos. Só ficamos nos olhando, observando o rosto um do outro sobre a mesa. Então, minha visitante transforma a mão em um telefone: polegar para cima, mindinho para baixo, dedos indicador, médio e anular curvados em direção à palma da mão, e o leva até o ouvido. É o meu sinal para fazer o mesmo.

Quando levo minha mão ao ouvido, ela sorri, mas tem dias que não sorrio, que fico ali sentado o máximo que posso, olhando para ela de uniforme, pensando em como ela me torna um homem muito melhor, como ela é minha rocha, minha base, meu tudo, mesmo que eu não a mereça depois de toda a merda que fiz. Mas, nos dias em que retribuo e falamos com as mãos na orelha, sabe o que ela diz? Sabe como ela inicia nossas conversas?

Ela diz as duas palavras que se traduzem em oportunidade, que significam que a possibilidade de uma vida melhor está ligando, e que é melhor você atender antes que seja tarde demais. Duas palavras que, como o canto do galo, o nascer do sol ou o passar do café, indicam o início de um novo dia.

Duas palavras que, se prestar muita atenção, podem abrir portas que farão você nunca mais se sentir inferior.

Trim-trim.

Agradecimentos

AEE! Estamos aqui! Como J. Cole disse em "Note to self", que estou parafraseando, por razões legais (está vendo isso, Cole?!): *agradecimentos são como créditos de filmes. Se você não quer assistir, levante a bunda e saia do cinema!* Verdade. Imagine esta seção de agradecimentos como em versos de improviso: puro fluxo de consciência. Se você está lendo isso, você é pra valer, e quero começar lhe agradecendo por comprar meu livro, lê-lo e dedicar um tempo para digeri-lo. Mas, se lhe der energia ou indigestão, não é culpa minha!

Além de você, leitor, a primeira pessoa a quem preciso agradecer é a minha agente, Tina Pohlman. Tina, conseguimos! Ufa. Parece que foi ontem que conversamos pela primeira vez. Eu sabia desde a nossa primeira conversa que era você. Sério. Quando você disse: "Isso aqui parece um manual de vendas", caí duro, porque alguém além de mim entendeu o que eu estava fazendo. Obrigado por ser minha confidente, minha terapeuta, e por ser uma verdadeira parceira que sempre posso contar.

Pilar Garcia-Brown. Pilar! Perder meu voo em São Francisco e atender à sua ligação em um quarto de hotel sujo foi uma das melhores decisões da minha vida. Este livro não seria o que é sem você, e devo a você por seu jeito calmo, por sua paciência e por como você me ajudou a me tornar um escritor e cidadão literário melhor. Obrigado, Pilar.

Outras pessoas da Houghton Mifflin Harcourt com quem contei: Taryn Roeder, Lori Glazer, Michael Dudding, Matt Schweitzer, Jenny Freilach e todos os outros que trabalham para colocar este livro em tantas mãos quanto possível: obrigado, obrigado, obrigado. Um salve para a equipe de vendas também. É uma honra e um privilégio publicar meu romance de estreia com a HMH.

Um agradecimento para David Hough, que editou tudo isso! David, quer você saiba quer não, você me ajudou a me tornar um escritor melhor por meio de suas edições encorajadoras. Sério.

Pat Mulcahy e Matt Sharpe, dois dos meus primeiros leitores cujas anotações ajudaram este livro a estufar o peito e ganhar um bom peso, agradeço. Agradeço também a Julio Saenz e Gow Mosby, dois amigos íntimos que leram os primeiros rascunhos e me informaram que eu estava no caminho certo.

Mais uma vez, isso aqui é fluxo de consciência, então me deixe expressar meu amor profundo e realmente infinito por minha família. Palavras não farão justiça. Mas, mãe, Sonia Askaripour, eu te amo muito. Meus olhos estão marejados enquanto escrevo essas palavras. Você sempre acreditou em mim, mesmo quando eu estava perdido, e eu não estaria aqui sem você. Pai, Aziz Askaripour, o mesmo para você. Você me ensinou o que significa trabalhar duro e nunca desistir, não importa os obstáculos, e nunca poderei lhe agradecer o suficiente. *Doostet daram, baba.*

Meus irmãos — Darius, Dave, Khalik e Andrew —, vocês quatro têm sido meus maiores professores, apoiadores e amigos. Eu sei que quando tudo e todos no mundo desaparecerem, vocês sempre estarão ao meu lado, e eu sempre estarei ao lado de vocês. Às vezes parece que a terra está prestes a se dividir quando estamos juntos, e sou grato por esse sentimento. Quando nós cinco estamos alinhados, nada pode nos impedir. Eu amo vocês com todo o meu ser.

Às minhas tias, tios e primos — dos Estados Unidos à Jamaica, ao Irã, ao Canadá, à Inglaterra e em todos os outros lugares onde estivermos — obrigado. Sinto o seu amor e lhes mando o meu. Descansem em paz, tio Dicky e tia Sheri.

Vovó Clarine Emily Case e vovô William Rochester Case, tenho orgulho de ter seu sangue correndo em minhas veias. O sangue de pessoas escravizadas, sim, e muito mais. O sangue de professores, de políticos, de membros dedicados da comunidade que elevaram a vida de tantas pessoas. Obrigado por me ensinar a ler, vovó. Obrigado por me ensinar como liderar, vovô. Espero que vocês dois estejam orgulhosos.

Johania Dinora Ramos. Meu primeiro amor. Minha Soraya. Minha primeira leitora. Obrigado por me permitir ler novos capítulos todas as noites, bem como por sua franqueza sobre o que gostou e o que não gostou. Obrigado pela nossa história. Obrigado por ainda estar na minha vida. Espero que tudo tenha valido a pena.

Quemuel Arroyo. Ei! Conseguimos, Q! Caramba, cara. Eu entendo mesmo as limitações da linguagem quando tento expressar o que sinto por alguém como você, que esteve comigo desde o primeiro dia. Seja me apresentando ao Moet e ao sorvete do Trader Joe's, me deixando morar indefinidamente com você ou apenas estando lá nos meus altos e baixos maníacos, ei, eu te amo, cara. Não preciso de muitas pessoas neste mundo, mas preciso de você. Obrigado por sempre deixar a porta aberta... exceto aquela primeira vez.

Geetanjali Toronto e Adam Vinson: dois manos que estiveram ao meu lado e apoiaram este livro desde o começo. Obrigado. O mesmo para Michael Esposito. Um cara de verdade.

Obrigado a Delaney Poon e toda a turma de Poon por seu apoio quando tudo — conseguir um agente, um contrato para um livro, vender os direitos do filme/TV — estava dando certo. O tempo que passamos juntos foi significativo, e estou feliz por nos conhecermos naquela época.

Grovo. Grovo. Grovo. Eu sei, tudo isso é uma loucura. Mal posso esperar para ouvir o que você acha deste livro. Eu não sei o que dizer. Trabalhar com você foi um dos melhores momentos da minha vida. E um dos mais loucos. Obrigado por me permitir liderar, e por me perdoar, às vezes, pela minha incapacidade de perdoar — eu também estava apenas tentando entender tudo do melhor modo possível. Um agradecimento especial a Nick Narodny, por estar ao meu lado depois que saí e por permanecer um verdadeiro amigo; a Jeb Pierce, por garantir que mantivéssemos contato, mesmo quando eu me desentendia com tantas outras pessoas; a Ben Contillo, sim, você, Ben Contillo, por sempre dizer que eu era sua escolha nº 1; a Dan Levine, por ajudar a editar o manuscrito de um livro que nunca verá a luz do dia, e por fazer isso de coração aberto e com entusiasmo; aos SDVs, os outros fundadores, por me darem uma oportunidade; e todos os outros que fizeram da Grovo um dos melhores lugares para trabalhar em tecnologia na cidade de Nova York.

Grandes agradecimentos para a equipe da MACRO. Não é apenas um prazer trabalhar com eles, mas também são comprometidos a criar trabalhos *de* e *para* pessoas racializadas — obrigado a todos pelo seu trabalho árduo. E obrigado, Anna DeRoy, minha agente de cinema/TV! Este livro não poderia ter uma pastora melhor em Hollywood. Agradeço também a Jay Ellis, que se tornou um verdadeiro amigo e fonte de orientação. Obrigado por entrar na minha vida, irmão.

Falando de pessoas que entram na nossa vida, ei, o maior agradecimento para a Rhode Island Writers Colony. Posso dizer com total convicção: o caminho para a publicação teria sido muito mais solitário e difícil sem todos vocês. Vocês eram a família de escritores de que eu precisava, mas não sabia. Jason Reynolds, mano, obrigado por tudo o que você passou e continua passando para mim. Senhorita Dianne, eu te amo muito. John e Mary, obrigado por sempre fazerem Warren parecer o mais acolhedor possível. Meu grupo de 2018 — Lena, Carla, Qurratulayn — sou muito feliz por conhecê-los. A todas as outras famílias da RIWC, principalmente aquelas que me permitem desabafar à vontade, Candice Iloh e Irvin Weathersby, obrigado. Descanse em paz, Brook Stephenson. Seu espírito continua vivo, irmão.

Algumas pessoas da comunidade literária que me ajudaram quando eu realmente não tinha ideia do que estava fazendo, seja por meio de encontros, compartilhando informações ou apenas dizendo palavras gentis de encorajamento: Jess Mowry, Danya Kukafka, Viet Thanh Nguyen, Kris Jansma e Arvin Ahmadi. Morgan Jerkins também, que me deu meu a primeira oportunidade de publicar um ensaio, o que desencadeou muitas outras. Também agradeço a Joe Keohane, do *Medium*, que ofereceu ajuda quando não precisava fazer isso. E agradeço a Corinne Segal, do *LitHub*, com quem publiquei muitos dos meus ensaios favoritos.

Além disso, Jake Dunlap, de *Skaled*, por me ajudar a evitar ser um artista faminto enquanto escrevia este livro — obrigado, cara. A sua consultoria de startups foi uma dádiva de Deus. Obrigado a Tanya Fadlallah e Rahman Berrada, que conferiram meu árabe. *Shukran jazeelan*! E a Thomas Mailey, da agora fechada Lincoln Correctional Facility, que respondeu a algumas das minhas perguntas. Agradeço a Sally Wofford-Girand, que está trabalhando para vender este livro no exterior enquanto escrevo isto — obrigado, Sally!

Isso são os créditos passando, cara. Se você ainda está lendo, eu te amo. Eu te amo. Quero estender a maior gratidão a algumas das minhas maiores inspirações, muitas das quais já não estão vivas: Nina Simone, Malcolm X, Gordon Parks, Jean-Michel Basquiat, Fred Hampton, Frederick Douglass, Miles Davis, John Coltrane, Richard Pryor, Maya Angelou, Dave Chappelle, Oprah Winfrey, Nat Turner. Eu olhava fotos de vocês todos os dias antes de escrever este livro. Obrigado pelas vidas que vocês lideraram e lideram (falando com vocês, sra. Winfrey e sr. Chappelle).

Alguns sabem que eu assistia de duas a três horas de clipes e trailers de filmes todos os dias antes de escrever este livro, e embora não consiga listar todos os artistas a cujos vídeos assisti, alguns que se destacam: Nipsey Hussle (RIP, King), Boogie, Buddy, Kendrick Lamar, J. Cole, Aminé, Jessie Reyez, Joey Bada$$, Teyana Taylor, Kanye West, Tai Cheeba, Chance the Rapper, Towkio, Kid Cudi, Dave, Stormzy, KOTA the Friend, Sinéad Harnett, ScHoolboy Q, Childish Gambino, Tyler, the Creator, Jay Rock, Kyle, Russ,

Drake, ybn Cordae, Megan Thee Stallion, Nas, Wu-Tang Clan, Capital STEEZ, Radamiz, Snoh Aalegra, Dot Demo, Anderson.Paak, Meek Mill, Pusha T, Black Thought, SLOWTHAI, Vince Staples, Big Sean, Mac Miller, Duckwrth, The Game, Mereba e ODIE.

Cara, eu poderia continuar para sempre. Eu nem mencionei compositores, programas de TV, filmes ou outros escritores (mas leia John A. Williams, Toni Morrison, Chester Himes, Iceberg Slim, Percival Everett, Paul Beatty, Colson Whitehead, Chimamanda Ngozi Adichie, Nafissa Thompson-Spires, Brit Bennett e Mitchell S. Jackson). Eu só queria prestar homenagem a apenas um pequeno número de pessoas que me ajudaram a escrever este livro. Eu estava sozinho em um quarto, sabe. Não havia nenhum coach por cima do meu ombro dizendo: "Escreva essa merda, filho! Sim, sim, continue!". Então, essas pessoas e seu incrível talento artístico, assim como meus irmãos, pais e amigos próximos, foram meus coaches. Mas um escritor escreve sozinho, ninguém vai colocar os dedos nas teclas ou na caneta e guiá-los para você, a menos que você acredite em orientação sobrenatural, na qual acredito com frequência. A questão é que você precisa se inspirar de todas as maneiras possíveis, e as que listei há pouco são algumas das minhas.

Agradeço a alguns professores da Bellport High School, que me viam como um ser humano e não um fardo, e que construíram a mim e a outros em vez de nos destruir: sr. Boes, sra. Budd e sra. Bavosa.

É isso. O próximo livro que eu publicar não será nada parecido com este, e espero que você ainda o apoie. Mas, caso eu não lhe veja: bom dia, boa tarde e boa noite!

Primeira Edição (novembro/2024)
Papel de Miolo Ivory slim 65g
Tipografias PS Fournier e Brandon Grotesque
Gráfica LIS